[澳] 加思·尼克斯(Garth Nix)/著 程静/译

天地出版社 | TIANDI PRESS

图书在版编目（CIP）数据

古王国传奇. 5, 黄金掌 /（澳）加思·尼克斯著；程静译. —成都：天地出版社，2019.5
ISBN 978-7-5455-4368-1

Ⅰ. ①古… Ⅱ. ①加… ②程… Ⅲ. ①长篇小说—澳大利亚—现代 Ⅳ. ①I611.45

中国版本图书馆CIP数据核字（2018）第274208号

GOLDENHAND by Garth Nix

著作权登记号 图字：21-2017-137

古王国传奇5：黄金掌

GUWANGGUO CHUANQI 5：HUANGJIN ZHANG

出品人　杨　政
著　者　［澳］加思·尼克斯
译　者　程　静
责任编辑　张秋红　沈海霞
装帧设计　思想工社
责任印制　葛红梅

出版发行　天地出版社
（成都市槐树街2号　邮政编码：610014）
网　址　http://www.tiandiph.com
http://www.天地出版社.com
电子邮箱　tiandicbs@vip.163.com
经　销　新华文轩出版传媒股份有限公司

印　刷　河北鹏润印刷有限公司
版　次　2019年5月第1版
印　次　2019年5月第1次印刷
成品尺寸　145mm×210mm　1/32
印　张　12.5
字　数　291千
定　价　49.00元
书　号　ISBN 978-7-5455-4368-1

咨询电话：（028）87734639（总编室）
购书热线：（010）67693207（市场部）

目录

C O N T E N T S

序章

进入第六环后，贯穿冥界这条不可遏制的河流平缓下来，到了几近停滞的地步。那些不愿继续前行的亡者，还有千方百计想要返回五道门后的生物，便自然而然地在此聚集起来。

它们成群结队地等在此地，盼望着，也与朝冥界更深处走去的冲动抗争着。其中有两个活人。当然，她们是役亡师，否则不可能活着来到这里。眼下她们仍是活人，可是在冥界内，如果哪个粗心的役亡师踏出自身认知和能力允许的范围半步，便可能成为在附近游荡的高等亡者捕捉的对象。这些生物对任何一丁点儿的生命气息都极其敏感，因为攫取生命力有助于满足他们强烈的复生欲望。

但是眼下，高等亡者对她们二人却退避三舍。它们深知这两名女役亡师是多么非比寻常。她们都斜挎着皮套，里面装着七只灌注了法力的摇铃，那是役亡师的法器。这些摇铃把手是桃木的，而非乌木制成，而且银质的铃铛上还有着明亮的咒印。

这已经足够彰显身份了，她们的装束又多增加了一层证明：她们身着由名为钶希尼的材料片连缀而成的外套，外面还穿着铠甲罩衫。役亡师的罩衫是深蓝色的，布满银匙图案，另一位的蓝色罩衫上同样有银匙，但除此之外，还有一片布满金星图案的绿色区域。

银匙是阿布霍森的标志，而阿布霍森是亡者的对头和天敌。这位年长的女子便是萨布莉尔，第五十三位阿布霍森，跟随在她身侧的是学徒莉芮尔，一位准阿布霍森，她的罩衫上同时还镶有金星图案，这是珂睐的标志，意味着她具有独特的能力：不仅是阿布霍森，同时还是一位忆往师，能够看到过往，就像普通珂睐能够预见将来一样。

“她逃脱了。”萨布莉尔说着，朝那灰蒙蒙的河水看去。她感受到亡者的存在，很多亡者潜藏在水下，希望避开她的注意。但是与她和莉芮尔历经艰辛要猎捕的对象比起来，它们并不重要。时候一到，周遭这些拼命挣扎的普通亡魂自然会变弱，并且越来越弱，不需要她们出手。

“你确定那是戴面具者克萝尔？”莉芮尔问道。她比萨布莉尔更为谨慎地朝四周打量着。她进入冥界只有十一次，这是她第二次行进到如此深入的地方。不过她曾有一次走得很远，来到了第九道门的附近。她很感激身边有萨布莉尔的陪伴，可是心中那深深的失落感仍旧无法平息。这个年轻的女孩上一次穿过冥界的第六环时，尚有最好的朋友坏狗陪伴，给了她巨大的慰藉和勇气。

可如今坏狗已经永远地离开了。

痛失好友，莉芮尔仍旧很悲伤，封印奥兰尼斯那段日子的恐惧也一直萦绕在她的脑海中。那段时间里，唯一的亮点来自尼古拉斯·塞尔（尼克），来自他捎来的消息：坏狗如何将奄奄一息的他从这冰冷的冥水中送返现世。莉芮尔本想向尼古拉斯详细打听，尤其想问明他是否看见坏狗踏上了哪一条路，她心中尚存一丝希望，希望这条足智多谋的狗没有朝最后那道门走去。

实际上，莉芮尔很想见到尼克。在她遇见的人当中，他是寥寥无几的一见如故者，他让她感到一种难以言表的亲切，他们冥冥之中似乎有着些许牵绊。

可是尼克也走了。感谢咒契护佑，他没有死，但是为了远离古国那些邪恶的魔法，他回到了安塞斯蒂尔，去了界墙以南很远的地方。他必须彻底摆脱肆行魔法和咒契带来的影响，才能过上正常人的生活，莉芮尔告诉自己。

她必须忘了他。

“肯定是克萝尔。”萨布莉尔说道。莉芮尔将分散的注意力重新集中起来。年长的女子皱了皱鼻子，“过段时间，你就能分辨不同种类的亡者，还有那些强大到被称为高等亡者的亡者。你现在已经觉察到它们的存在了，我猜。”

“是的……”莉芮尔说。

莉芮尔的确觉察到了周围的亡者 ，凭借的是她早已拥有却不自知的一种奇怪的感觉。她眯起眼睛，努力从各种感觉中将那一种感觉分辨出来，因为那种感觉超越于视力、听力、触觉和嗅觉，同时却需要调动这一切。周围这群亡者中最强大的那一个留下了某种痕迹，但是那痕迹越来越淡，就像熄灭后的一堆柴火上冒出来的烟。

“克萝尔是否走到冥界更深处去了？”莉芮尔问。她希望自己声音中小小的颤抖不会太过明显。如果有必要继续前行，她已做好充分准备。她只是希望没这个必要。

“没有，”萨布莉尔说，“她的速度我们已经赶不上了，她可能绕道回到了现世。但是要做到那一点……”

她停下来，再次环顾四周，留意那平静却暗藏危机的河水。莉芮尔看着她，再次在心中喟叹，这位著名的阿布霍森，古国的女王，诸多传奇故事的主角，竟然会是自己刚刚发现不久的同父异母的姐姐——比自己年长二十岁的姐姐。不过，在刚刚过去的夏天经历了那样一场风波后，莉芮尔也不再是从前那个少不更事的少女了。

“要做到那一点，”萨布莉尔重复道，“克萝尔必须将自己锚定在现世。”

“锚定在现世？”莉芮尔吃惊地问道。克萝尔曾是一位古老的役亡师，后来她的肉身被萨布莉尔杀死。但是她没有走进第九道门，反而成为一个力量强大的高等亡者，一种火焰与暗影组成的，不需栖身于肉身便能在现世活动的生物。

“我摧毁了她栖身的肉身，”萨布莉尔说，“即使在当时我也非常疑惑。她很老，有几百岁了。我能感觉到她的苍老，那包裹在年轻皮囊下的沉重……”

她不再说话，转了个圈，嗅着什么，眼睛眯起来。莉芮尔也开始环顾四周，留神听着河水中那些微小的动静，那些一般情况下会被河水流动时发出的声音掩盖的声音。

“延续生命的方法有很多，”过了一会儿，萨布莉尔继续说道，“我忙得没有时间去分析她用的是哪一种，而且现在越来越忙，你也知道。可是如今，我认为她一定是靠某种锚定在现世的东西维系着，所以她并不完全听从我铃声的差遣，而且不会真正死去。”

“可是怎么……”莉芮尔有些磕巴地问，“她是怎么做到的？”

“办法有很多，但每一种都透着邪恶，”萨布莉尔若有所思地说，“也许……我得先告诉你凯瑞格是怎么做到的。《亡者之书》中也有一些段落谈及此事，不过那本书可能不会向你展示这些内容。读者何时准备好阅读某段内容，它总是有自己的标准……”

“的确如此。”莉芮尔说。在当图书管理员期间，她已经熟识那些与魔法相关的内容，可是一想到那本从未展示过同样内容的奇怪巨著，以及在阅读它时常常会感受到的寒意，她仍然心神不宁，那种寒意与眼下的河水那刺骨的寒意如出一辙。

莉芮尔说这些话时语速很慢，她有一部分心神仍然集中于对冥界以及亡者的探查上。有东西在前进，产生了细小的动静，就像波浪中的碎木……她花了几秒钟，才分辨出是一群群法力较弱的亡者正在聚拢过来，渐渐成了一大群。

“时机一到，我们自然会清楚。但是克萝尔本身并不是最重要的，”萨布莉尔说，“眼下奥兰尼斯已被重新封印，克萝尔也只能待在北边。还有一些更紧要的问题，一些近在眼前的问题。”

萨布莉尔解开固定她最喜爱的摇铃并使之不发出声响的皮带，她的手指靠在铃舌上，明亮的咒印从银色的铃铛上来到她的手上。她微微嘲讽地一笑：“我想，克萝尔给我们留下了一个惊喜，也有可能是一个埋伏。很有趣，这些小东西害怕她胜过害怕我们。我们必须对这种错误的观念加以纠正。”

莉芮尔尚未拔出剑、拿出摇铃，亡者们的进攻便开始了。她右手的动作还有些迟缓，萨姆斯（萨姆）用高档金属材料和咒契魔法为她制作了这只新手，要达到使用自如的境界，还需要一些时间。

足足有七十多个亡者冲了上来，其中大部分都已扭曲变形，因为在冥界滞留时间过长，它们原来的形体早已消散，而仅凭灵体是连模糊的人形都无法维持的。有些亡者看上去矮墩墩的，似乎为适应某种可怕的容器而被压扁了；有的却被拉得很长。它们嘴里挤着不计其数的牙齿，下巴松松垮垮的，指甲变成利爪，曾经是眼睛的地方只剩两个空洞的眼窝，里面燃烧着红色的火焰，咧得过大的嘴也在不停地滴着火焰。

它们扭动着，跳跃着，有的朝前猛冲，有的迂回前进，试图从单纯的数量优势中找到一些希望。它们一边积攒着勇气，一边向役亡师接近。想到自己可能会享受一顿饕餮大餐，亡者们开始咆哮起来。

当这一大群亡者发起最后的冲锋时，萨布莉尔将撒拉奈斯举过头顶，不断地画着数字“8”的回环。铃声纯净，却有着凌驾一切的意味，令亡者发出的刺耳噪音戛然而止。与此同时，阿布霍森说话了。她语气坚定，就像对孩子或马儿在说话，她没有大嚷大叫，可是话语的背后却有着坚强的意志和铃声的力量作为支撑。

“安静。”

受到了铃声的压制，尖叫声渐渐小了下去，就连那一双双狂乱的眼睛也变得黯淡了，眼中的火焰被阿布霍森手中那名为撒拉奈斯的铃声中蕴藏的力量熄灭了。

萨布莉尔将法铃一翻，抓住了铃舌，铃铛便不再响了。但是它的声音仍然萦绕不去，久久不散。亡者们停止不动。

“好了，”萨布莉尔说，示意那个年轻女孩手中拿着的铃，“基佰司。正确的铃总是主动来到你的手中，从天而降，遣它们走，遣

到最终的死亡。”

莉芮尔点点头，摇动了漫步者基佰司。这是一只兴奋而活跃的铃，它渴望着鸣响，莉芮尔必须以正确的方式摇动它，以免连自己也一并被带走。与往常一样，摇动这只铃时，她必须十分克制，因为每一次铃声响起，她都能从中听见记忆中那只小狗的声音，它仿佛正期待着即将到来的散步，朝自己发出欢快的吠声。

在基佰司的铃声中，亡者们开始抽泣和呻吟，它们步调一致地转身，缓缓向前走。莉芮尔继续摇铃，它们开始跑的跑、跳的跳，渐渐形成了一个大圈，仿佛在滑稽地模仿某种乡村舞蹈，只是这样一群怪物的表演显得怪诞而可怕。

这支长长的队伍被基佰司驱使着，绕着一个闭合的圆圈走了两圈，在绕第三圈时，第六道门发出一声巨响，在亡者们脚下豁然打开，它们被往后拖，不断地被往后拖去，奔赴那无法回头的死亡之路。

第一章
大门口有一位可疑的信使

绿水河大桥，北岸要塞

古国边界的北边，正处于凛冽的寒冬之中。生活在干草原的游牧部族会在下雪前离开高原地带，迁移到下游河段，但是有一个部族，不论春夏秋冬从不远行。他们住在西北边的群山中，那是比干草原更高的地方，不骑马也不崇拜马，逮着机会还会吃马肉。

这个部族的山民与其他部族很好区分，因为他们不穿游牧兄弟们那种长长的、下摆开衩的袍子，腰间也不系绸带。他们喜欢的是紧身坎肩和马裤，还有厚厚的斗篷。坎肩和马裤是用粗粗的红线将一块块的山羊皮缝在一起而制成的，斗篷则是由阿撒斯科的毛编织而成。阿撒斯科是一种在群山之间游荡的大猫，也是这个部族得名的原因。阿撒斯科人从山涧里淘金，在出席婚礼和宴席或是死去被火葬时，便会戴上由沙金制成的沉甸甸的手镯和耳环。

阿撒斯科山民出山本身就是很不寻常的事，朝东南方向跋涉数百里格之远更是少之又少。可是，在一个春天的下午，一个全身裹着毛斗篷，穿着红线缝制的山羊皮衣服的牧民突然出现在绿水河大桥北岸要塞的大门前，仿佛是从纷飞的落雪中突然冒出来一般，城楼上的护桥中队士兵们又是好奇又是警惕。这个人朝士兵们大声嚷嚷，问是否可以通过这座桥，进入古国境内。

“你不是商人，”一名年轻卫兵朝城下喊道，他已经将自己的弓弩搭在城墙上，随时可以放箭，“过桥不是为了做生意。”

“我是个信使！”牧民大叫。她比这名士兵还要年轻得多，看样子只经历过十六七次家乡的严冬。她那柔滑光亮的皮肤呈现出橡子一般的棕色，黑头发编成一个长长的发辫，在头上盘绕了好几圈，如同一顶皇冠，而她黑色的眼睛里充满恳求的意味，“我要行使信使的权利！”

“什么权利，哈拉尔？”年轻卫兵小声问他的前辈。他在护桥中队才服役十一个月，但哈拉尔资历已经很深了，她服役了二十六年。那时候，塔齐斯顿国王和萨布莉尔阿布霍森还未重整古国的秩序，整个王国一片混乱。在大复兴之前，这座桥和河两岸的要塞以及河中的堡垒常常被包围，但在那之后，一切都平静下来了，只是去年夏天，在南边出现过一次很大的乱子。

“这些部落的信使享有豁免权，可以免受战争和冤冤相报的世仇之苦。”哈拉尔说。她俯视着这位不太寻常——漂亮得不寻常——的信使，心想幸好这年轻士兵不是独自一人在此值守。桥上的过客并非总以真面目示人，有的甚至根本不是真正的人类，只是有着人类的躯壳而已。“但是我不知道山民也遵循这种惯例。我以前只见过他们两三次，他们也做生意，住在北边。”

“要传消息给谁？”年轻卫兵喊道。他的名字叫阿伦辛，但是大家都喊他阿伦。

“我必须告诉你吗？”年轻的牧民问。这个问题显得有些怪异，仿佛她不知道这里的规矩，不懂如何与人打交道似的。

“先告诉我再说。”阿伦答道。他瞟了一眼哈拉尔，发现她突然直起了身体。她在朝远方张望，紧盯着雪花飘落的远处，却没有留意下方的牧民。

“好像有点儿动静。”哈拉尔说。她从腰带上取下望远镜，放到眼前。一个牧民突然间出现在大门口尚可归咎于飘落的雪花和暗淡的光线，要是再来一个，那他们就该被扣上玩忽职守的帽子了。

“好了，信息是传给谁的？”阿伦继续问。他笑着看着那山里来的姑娘，喜欢她的模样，所以忍不住心中的欢喜，“还有，你叫什么名字？”

“消息要带给住在冰雪中，能未卜先知的女巫，”那山里来的牧民不太情愿地回答，“我的名字……我没有正式的名字。”

“那别人怎么称呼你？”阿伦问。他又瞟了一眼哈拉尔，她已经放下了望远镜，但是仍旧眯着双眼眺望着远方。雪下得越来越大，光线也随之越来越暗，能见度正在降低。

“有的人叫我翁皮，”那姑娘说道，一丝若有若无的笑意让她的嘴角微微上扬，大概是想起了快乐的事情，“现在能让我进去了吗？”

“我看——”阿伦刚开口就停住了，因为哈拉尔将一只手搭在了他的肩上，用望远镜指着远处。

在纷飞的雪花和渐渐四合的暮色中，出现了三个人影。其中两个骑着马，是游牧民，他们穿着常见的黑灰色羊毛长袍，长袍的两侧开着叉，腰部还系着彩色的绸带。看一眼绸带的色彩和图案，熟悉的人便能判断对方来自哪个部族。

但他们不是普通牧民。其中一个是巫师，脖子上戴着银环，一根银色的铁链从银环上垂下来，铁链另一头被另一个人抓在手里，那是巫师的主人。

就算看不见脖颈上的银环和银色铁链，哈拉尔和阿伦马上也知道这些游牧民到底是谁……或者说“是什么”，因为他们当中的第三个既没有骑马，也不是人类。

那是一个木怪，一种用硬木草草切割、雕刻和连接而成的怪物，有马儿两倍高，畸形的巨眼中闪耀着炽烈的红色火焰，这说明有一个肆行魔法生物被囚禁在那粗陋的形体中，而且正在巫师的驱使下全速行进。许多普通武器都伤不了木怪，但也有例外，所以木怪不算是多么可怕的敌人。还有比它恐怖得多的肆行魔法造物，比如石头雕凿而成的魂行卒。不过，这还是叫人心生恐惧。谁知道那巫师还可能有些什么样的法力和仆役呢？

“卫兵！警报！警报！”哈拉尔将双手环在嘴边，抬头冲着中心瞭望塔大声喊道。几秒钟之后，她才听到从高处传来一阵号角声，又过了四五秒钟，从河中堡垒处传来了回响，那儿已经被大雪挡住了视线。然后，从更远处的南岸要塞再次传来了一声号角。

“让我进去！”山里来的牧民急得大喊起来，同时也在不断地回头望。那只木怪已经大踏步地走在两个游牧民前面，那长长的树根一般的双腿伸得很直，双臂朝前伸出，以保持身体平衡，怪异的火焰从它的双眼和嘴里喷射出来，仿佛燃烧着的眼泪和口水。

那名巫师端坐在马背上一动不动，一副全神贯注的模样。为了确保肆行魔法灵体不对主人进行反扑，主人要有极强的意志力。这位巫师受到那巧妙铰接的亮银色圆环所控制，如果他想让这肆行魔法怪物对付自己的族人，或是按照他自己的心意行事，主人只要拉紧这个环，便可以使巫师窒息。

不过那位主人似乎不害怕巫师会背叛自己，只见她将那铁链固定在自己的马鞍上，双手挽弓搭箭，做好了放箭的准备。可是，她瞄准的目标仍远在弓箭的射程之外，尤其是在雪花仍在不断落下的情况下，进入射程后，她至多只能射出两到三支箭，弓弦就会被弄湿。说不定只来得及射出一箭。

“现在不能放行！”阿伦喊道，他已经拿起了自己的弓弩，“发现敌情！”

“可是他们追的是我！”

“这可不好说，”哈拉尔吼道，“谁知道你们耍什么花样，说不定只是想骗我们敞开大门。你说过你是信使，他们不会对你怎么样的。”

“不，他们会的！”翁皮大声疾呼。她从背后的匣子里拿起自己的弓，又从腰间的小匣子里拔出一支奇怪的箭，箭的尖端裹着一层皮革，皮革被牢牢绑在上面。她用左手拿着弓和箭，解开了绑着皮罩的细绳，把它拔下来，露出了黑玻璃做成的箭镞，它隐隐透着火光，一缕白色的烟从尖端升了起来。

随之而来的是一股难闻的刺激性气味，非常强烈，一小会儿便飘到了高墙上士兵们的鼻子里。

“肆行魔法！”阿伦大喊一声，迅速拿起十字弓，冲着下方射了一箭。幸亏哈拉尔突然将他的弓往下压了一压，那箭才没射中女孩的肚子，可即便如此，它还是射中她左脚脚踝附近，白色的积雪上立刻溅上了鲜红的血点。

翁皮飞快地扭头看了一眼，看到哈拉尔制止了阿伦，让他无法继续搭上下一支箭。腿上的疼痛让她咬紧了牙关，可她仍转身去面对那只木怪。那双粗陋的腿支撑着它，把身后的巫师甩在了几百步开外，而且它仍在不断加速。它的双眼发出耀眼的火光，就像刚刚点燃的涂满沥青的火把，它头上那姑且可称之为嘴的巨大豁口中，吐着一道长长的火焰。

翁皮拉开了她的弓，然后一松手，动作一气呵成。闪耀的玻璃箭镞如同夏日篝火中冒出的火星，径直击中了木怪的身体。一开始，木怪似乎毫无知觉，但是紧接着，这怪物的脚步就变得蹒跚起来，它跌跌撞撞地走了三步，然后便一动不动了，这时候，它看上去更像一棵支离破碎的树，而不像一只可怕的怪物。木怪眼中的火焰熄灭了，一道白光从红光中一闪而过，它的身体瞬间燃烧起来，熊熊的火焰，升起一股浓浓的黑烟，吞没了落下的雪花。

远处的巫师尖叫起来，叫声里愤怒和恐惧兼而有之。

“肆行魔法！”阿伦嚷嚷道。他仍在不依不饶地挣扎着，直到哈拉尔使出一招锁臂勾腿，将他摔倒在城垛后面，这才彻底制止住了他。“她是一个女巫！”阿伦喊道。

“不，不，小伙子，”哈拉尔的语气很轻松，“那是一支灌注了灵体的玻璃箭。没错，那是肆行魔法，但那是受遏制的肆行魔

法，而且只能使用一次。这种箭很稀有，牧民们很珍惜，因为他们只有用这种箭才能杀死巫师或是巫师使唤的怪物。”

“可她还是有可能——”

“我不这么认为。”哈拉尔说。一支巡逻队正在踏上台阶，很快城墙上就会有二十多个士兵站岗值勤，“不过中队长的助手可以用咒契魔法测试她。如果她真是从山里来的，而且有消息要送给珂睐，我们必须知道。”

“珂睐？”阿伦问道，“哦，冰雪中的女巫，能够未卜先知——”

“反正比你知道的要多。”哈拉尔打断他，“我可以松手了吗？”

阿伦点点头，放松下来。哈拉尔松开了手，迅速起身朝城墙外张望。

翁皮已经不见了。木怪正在燃烧，散发出让人窒息的滚滚黑烟。巫师和他的主人瘫倒在雪地上，已经死了。他们的眼睛里插着普通的箭，在昏暗的光线中，隔着那么远的距离，放箭人的箭法之好，可见一斑。他们的马儿受到鲜血和死亡的惊吓，已经各自跑开了。

“她去哪儿了？”阿伦问。

“可能没走远。”哈拉尔满脸严肃，专心致志地盯着地面。雪地上有一摊与手掌差不多大小的血迹，还有许多硬币大小的猩红色斑点，沿着河边延伸而去。

第二章

两只信鹰带来了信息

古国，拜里塞尔

尽管已经飞越两千多里格的距离，信鹰在穿越云层朝下俯冲时仍调皮地躲避着雨滴。从被咒契魔法加持过的蛋中破壳而出，成为一只接受训练的雏鸟开始，这只鹰的头脑里便烙上了一个信念。它正心急如焚地赶着飞到王城拜里塞尔的鹰舍中去。

这只从南边飞来的躲雨的鹰比从北边来的另一只快了半分钟，所以它第一个飞到驯鹰大师菲妮女士身边，晚到的鹰只得乖乖地飞到学徒的拳头上。

虽然已经认出了这只鸟儿，但菲妮女士仍循惯例查看鸟儿的踝环，确定它的来处。她认识古国所有的信鹰，它们由她一手养大，被派往四面八方，只是偶尔飞回王城。

“从威沃利学院飞来的，我的宝贝儿。”她轻柔地说，声音很特别，从还是个蛋起，所有的信鹰便认识这个声音，“多么遥远的路途，还要越过界墙，真是勇敢的宝贝。你带来了什么消息，宝贝儿？”

老鹰张开嘴，用一个女人的声音说起话来，那是科莉的声音，她在威沃利学院教授咒契魔法。学院位置特殊，位于界墙另一侧，但距离古国不远，魔法的力量在那儿只是有所减弱，到了更远的南方才会完全消失。

“尼古拉斯·塞尔给阿布霍森的电报。加急。”信鹰说。

“啊，给阿布霍森的，”菲妮女士说，“信使！”

旁边的长椅上坐着四个想要成为驯鹰人学徒的侍童，其中七岁的那位一个箭步冲上前来，等着将信鹰带来的消息继续传送下去。

“在，夫人！”

“去找准阿布霍森莉芮尔。告诉她，我在抄录一份从安塞斯蒂尔发来的加急消息，是给阿布霍森的。问她是来这儿听，还是待在原地，等你回来告诉我她的位置，我们再把消息送给她。”

“是，夫人。”女孩答道，脸上却露出了犹豫的神色。她不知道该上哪儿去找莉芮尔，也不明白为什么要找的是莉芮尔，而不是阿布霍森本尊。

“先去萨姆斯王子的工场碰碰运气吧。”菲妮女士想了想说，“我知道她常去那儿，因为他在帮她做一只新手。”

女孩点点头，表示明白，然后以一只脚为圆心向后一转，便朝楼梯冲了过去。

“慢点儿！”菲妮女士在她后面喊道，“要是摔下去可没好果子吃！”

噼里啪啦的脚步声变慢了。驯鹰人笑了笑，将老鹰朝着写字桌上的栖木送过去。信鹰走上栖木，看着夫人拿起羽毛笔，在墨水瓶里蘸了蘸，准备写字。

“好了，宝贝儿，把口信告诉我吧。”菲妮女士对老鹰说。信鹰再次开口，用科莉的声音清晰而大声地说起话来。威沃利学院位于界墙的另一侧，但是离古国尚不太远，还能使用咒契魔法。它的特殊位置意味着安塞斯蒂尔的科技在那儿不太可靠，但是送电报的小伙子骑的自行车出不了多大的问题，所以实际上，安塞斯蒂尔发来的电报都是在威沃利学院被转送给古国的信鹰，再由信鹰继续传递给南边的古国政府的。

“阿布霍森，我收到一封电报。上面写道：‘威沃利学院的科莉收尼克发现邪恶古国生物多兰斯展览馆告诉阿布霍森前来阻止尼古拉斯·塞尔……’多兰斯展览馆在南边，有好几百英里远，所以这事儿有些匪夷所思。但我听说这是政府的秘密地盘，所以也许应该调查一下。我已经向拜恩领事馆和位于考威尔城的大使馆发了电报，但是还没有收到回信——”

消息到这里戛然而止。信鹰是无价之宝，但是它们的脑子很小，无法容纳太多的信息，而且容量也会因为每只鸟儿的能力而有所不同。除非对即将使用的这只鹰非常熟悉，提前算好消息的字数，否则消息被拦腰截断是很正常的事。不过，发出重要信息的人往往因为过于焦急而忘记这一点。一条消息一旦被印在信鹰脑子里，想要重来一遍就很难了。

“做得很好，宝贝。”菲妮女士温柔地对老鹰说。她在刚刚誊写下来的消息下方仔细地画下一条线，然后将自己名字的首字母MF写在上面。她向一名学徒示意，后者走过来，把老鹰带到它的栖木上，喂它新鲜的兔子和水，以示犒赏。

另一名学徒已经将北边来的信鹰带来的消息记下来，他走到菲妮女士身边，将做了记录的纸递给她。

“这一封电报是给国王的。”学徒说，“从绿水桥护桥中队发来的。没有加急标记，是对他们之前送来的报告的跟进。”

“钉起来给艾丽米尔公主看。”菲妮女士说，朝放着数不清的长钉的桌子示意了一下，其中大部分钉子已经钉上了记录着消息的纸张，“她今天上午会过来，我在吃早餐的时候看见她了。”

“不用马上呈给国王吗？”

“我们为之效忠的王室发生了什么事，难道这儿竟没有一个人留意吗？”菲妮女士问道。这是一个反问句，鹰舍的学徒们个个大气儿都不敢出。他们保持着沉默，同时希望自己看上去是一副专心聆听教诲的样子。“国王和阿布霍森今早出发去度假了。一次受之无愧的假期。他们的第一个假期！他们以前从没度过假！你们都该以他们为榜样，从他们身上学到些什么。努力工作——”

就在这时，另一只老鹰飞进来，打断了她的话。在看到菲妮女士之前，老鹰暂时停在栖木上，一看到她，便马上飞到她的拳头上。

“你好，我的美人儿。”驯鹰人说道，她把说到半截儿的训话抛到九霄云外，“从高桥来的，不是吗？”

莉芮尔匆匆走上通往鹰舍的台阶。她一边走，一边伸缩着那只“假”手，惊叹于它竟然如此灵活。七个月前，为了让莉芮尔免受奥兰尼斯邪恶魔法的伤害，坏狗不得不将她的一只手咬断。萨姆斯当时承诺要为她制作一个替代品，并且实现了自己的承诺，证明自己真的继承了筑墙者们的天赋和巧夺天工的手艺，不过要做到让这只手能够像真手一般灵活，他还是花了不少时间，而且做了许多的修补和调整。莉芮尔也是这几天才感到它越来越活动自如的，仿佛已经成了自己身体的一部分。

这只手主要由流星钢制成，不过萨姆斯在钢的外表面镀了一层金，还在上面释放了一些咒契咒语，所以这只手不仅灵活自如，并且看上去就跟真的一样。同时，他还自作主张地在最外层加入了特殊的咒语，使它微微地泛出金色的光芒。

许多人已经开始管她叫“金手掌莉芮尔”了。

莉芮尔不喜欢这个名字，也不喜欢金色手指散发的轻柔光芒。她已经找到了破解这部分咒语的方法，她也盘算好了，只要想出一个不伤害萨姆感情的借口，便马上行动。哪怕没有这种轻柔的金光，有一只人造的魔法手掌也已经够引人注意的了。

不过莉芮尔心里也知道，现在才想到要低调些，也许有些为时过晚。在拜里塞尔，她几乎已是无人不知无人不晓的人物了。她曾经多次乔装打扮出行。她脱下那象征自己身份且印有阿布霍森的银匙和珂睐的金星图案的铠甲罩衫，穿着没有任何修饰的粗布衣，戴上宽边帽和手套，但是这种乔装——如果能够称得上是乔装的话—— 每一次都只能短时间起作用。人们总是能发现她的真实身份。

就在前一天，她本打算从洛厄瑟雷湖旁的市集中穿过，但最后还是放弃了。太多人跟在她身边，而且只要她略微驻足询问，店主们便纷纷免费把商品送给她，说是感谢她从毁灭者奥兰尼斯手中拯救了整个王国。不到十五分钟，她就能拥有一袋子的血李、三瓶酒、几种不同的奶酪、一大块上好的白面包和一大棵芦笋，她不得不打道回府，而身后仍跟着一大群人。

她希望安塞斯蒂尔传来的消息能让自己逃过大家的注意。萨布莉尔不在的时候，任何与亡者或肆行魔法造物有关的问题都归她处理。但必须承认，阿布霍森和国王之所以放心地去度假——到伊尔加德岛去度假——是因为在过去六个月的时间里，古国处处太平安定。

莉芮尔急于承担责任，不论什么责任都可以。失去坏狗的悲伤依旧萦绕她的心间，要摆脱这种情绪，忙碌起来是个不错的办法。与此同时，这方法还有一个好处，那就是能让她暂时免于面对准阿布霍森的新身份，面对新的生活，面对突然有了一个年长自己很多的姐姐兼导师的事实，这一切适应起来十分不易。尽管莉芮尔对萨布莉尔敬爱有加，但心中仍存着敬畏，除了谈论两人的共同工作之外，她还无法自如地与萨布莉尔谈论别的话题。

还有她的侄子萨姆斯和侄女艾丽米尔。她比他们略微年长一些，可要论如何与人打交道，她却比他们稚嫩许多，所以根本无法把他们当成晚辈。突然成为古王国统治家族的一分子，简直是个让人崩溃的挑战，特别是对于像莉芮尔这样的人来说。在大部分时间里，她更习惯于独处，或是与亲爱的狗狗安静而平和地待在一起。

如今，独处的机会已所剩无几，哪怕只是几分钟。此前的六个月中，她忙着恢复元气，学习运用阿布霍森的七只法铃以及与此相关的所有法术（她现在明白，这一切将贯穿自己的一生，而且就算穷尽一生的时间，也无法彻底掌握其中的奥妙），安装并与那只新手磨合，这很费时间。除此之外，她多少也得参加几次艾丽米尔为她组织的社交活动。艾丽米尔根本不像一个乖巧的侄女，反而更像一个喜欢牵线搭桥的专横的姐姐。最后，她还要努力融入这个忙碌的家庭，与彼此之间了如指掌的家庭成员培养感情。

带路的信使女孩在楼梯的顶端转过身来，一根手指放在嘴唇上。

“嗯，请记住要小声说话，脚步要放慢，”她严肃地说，“免得打搅信鹰。”

“我知道。”莉芮尔小声答道。珂睐的鹰舍位于俯瞰冰川的日落峰那高高的峰顶上，她曾在那里与信鹰打过交道，而且她从前也曾拜访过菲妮女士的领地。

莉芮尔登上最后几级台阶，进入狭长的房间，驯鹰人举起一只手向她打招呼。这个房间有一半是朝天空敞开的，百叶窗全部打开，好让信鹰们自由出入。雨停了，云也散了，浅淡的早春的阳光洒进来，带着一些暖意。在经历过黑暗的冬天后，这道光叫人心旷神怡。

“你好啊，莉芮尔。你来得真快。”菲妮女士说。她递出一张厚厚的亚麻纸。在重整古国后，塔齐斯顿和萨布莉尔最先做的事情之一，就是帮助造纸业者行会重建一些小磨坊。塔齐斯顿希望纸张能够促进通信和商业的发展，萨布莉尔则有其他目的。“我已经把消息记下来了。如果你要发送回信的话，有一只信鹰正在待命。”

莉芮尔接过她递来的纸，先快速浏览了一遍，然后才细细阅读，以确保自己完全看懂了其中传递的所有信息。信息并不复杂，简单来说，这是萨姆的朋友尼古拉斯——尼克——发出的，请求阿布霍森帮助他对付一个界墙南边非常远的地方的肆行魔法造物。

不过说起来，尼克本身就够不可思议的了。他体内曾经携带着奥兰尼斯的碎片，肆行魔法已经深入他的骨髓和血液，可是被这黑暗魔法侵蚀的他竟然活了下来。准确地说，他并没有活下来。他已经死了，但又被坏狗从冥界带了回来。坏狗用咒契为他施法，却不知为何他的体内同时混进了被肆行魔法污染的部分。大家都拿不准这会带来什么样的后果，最终尼克被匆匆带到安塞斯蒂尔的南部，大家都认为他在那儿也许能平安度日。

“我得找艾丽米尔和萨姆谈谈。”莉芮尔若有所思地说。不过，她已经做好了动身的决定，并且是立刻动身。在过去六个月里，萨布莉尔教过她如何驾驭纸翼飞行。她已经在盘算自己该如何朝西飞到瑞特林河，然后沿着河流向南飞，在巴赫德林山降落后，从那儿的警卫部队弄一匹马，并且找个人骑马带着她。尽管在萨布莉尔那儿学习了一些骑术，但莉芮尔掌握得很不好。她可不希望自己还没离开古国就从马背上滚下来，把腿摔伤。可她又不得不骑马，因为纸翼无法穿越界墙，而步行又太慢。只要穿过界墙，她就能搭乘安塞斯蒂尔那种臭烘烘而且非常吵的交通工具了，类似于带他们西行到福文加工厂去对抗奥兰尼斯的那种卡车。

“回信呢？”菲妮女士的问话打断了莉芮尔的沉思，“是给科莉吗？”

“哦……就说我会尽快赶到。”莉芮尔答道。她想了想，又补充说：“预计会在一天之内赶到。我会先去威沃利，找那里的魔法学督问问方向什么的。”

“我这就派一只鹰去。”驯鹰人说，可是这时候她身后已经空空如也，该听到这句话的人已经离开，台阶上已经响起了莉芮尔的脚步声。她等不及了，她想要立刻出发，让自己重新忙碌起来，忙得没有空余的时间沉溺在自己的过往中。

莉芮尔在半路上差点儿一头撞上了艾丽米尔，当时后者正以比下楼的莉芮尔慢得多的速度往上走。艾丽米尔公主手中拿着一叠要交给信鹰发出的消息，差点儿被撞飞了。

“你这么急，”公主兴致勃勃地说，“出什么事了？”

“萨姆有个叫尼克的朋友，从安塞斯蒂尔发来一条加急消息。”莉芮尔急急忙忙地说，“出现了一种肆行魔法造物，他们需要帮助。我打算驾一架纸翼飞过去——”

“等等！等等！”艾丽米尔喊道。她仍旧带着笑意，但是眉头却皱了起来，“你手里拿的是那条消息吗？”

莉芮尔把那张纸递给了她。艾丽米尔读着读着，眉头皱得越来越紧。

“可是边境的关卡巡逻队那儿，还有我们设在考威尔的大使馆都没有传来官方消息呀。”

“菲妮女士只收到这一条消息。”莉芮尔说。

“没有官方消息，真是奇怪。”艾丽米尔说，“而且那地方在南边好几百英里之外，肯定不是真正的肆行魔法生物。深入到安塞斯蒂尔那么远的地区，根本连咒契都感受不到了。这其中一定有问题。我怀疑其中有阴谋，又想诱骗母亲，搞个暗杀什么的……”

“这我倒真没想到。”莉芮尔说。她突然感觉到，自己行事过于仓促，根本没把事情搞清楚。而且她早该想到这有可能是针对萨布莉尔设下的圈套。七个月前，阿布霍森和塔齐斯顿国王就差一点在安塞斯蒂尔被刺杀，行刺者是祖国党派来的，这个组织由奥兰尼斯的役亡师仆役赫奇秘密资助并领导。尽管那个党派的领导和为数不多的活着的行刺者都已锒铛入狱，仍有一些地处偏远的小组织可能想要谋害萨布莉尔，因为他们还不知道这么做已经毫无意义。

“而且，珂睐应该会预视到即将发生的重大事件。”艾丽米尔继续说，“我的意思是，我的父母之所以同意去度假，是因为最近一切都风平浪静，而且珂睐说她们没有预视到任何可能发生的险情。”

“她们看到的图景并不一定很清楚。”莉芮尔说，尽管她没有预见未来的天赋，可她是与那些女孩们一起在位于冰川的堡垒里成长起来的。“我的意思是，她们预见许多可能的未来，必须从中寻找一定的模式或是反复出现的图景。而且有时候，她们的预视之力会受到其他法术的影响。”

“不过她们一般预视到大事的时候，”艾丽米尔说，她顿了顿后补充道，“都……”

“有时候几乎是太迟了。”莉芮尔说的是真心话。等珂睐看清奥兰尼斯到底是何方神圣，有着怎样险恶的用心时，就已经太迟了。“而且，她们无法预视到发生在安塞斯蒂尔的事，至少是界墙之外的事，她们看到的不多。如果在那儿真有个肆行魔法生物出没怎么办？他们当中懂得魔法的人可以说寥寥无几——甚至根本就没有，除了位于边界的关卡巡逻队以外。”

“但是在南边那么远的地方不可能有肆行魔法生物，”艾丽米尔说，“就是不可能。”

这一下轮到莉芮尔安静下来。她在思考。

“那封电报是尼克发来的，这一点也许能说明一些问题。”她缓缓说道。

“为什么？”艾丽米尔问。

“他的心脏曾经很长时间携带着奥兰尼斯的碎片，”莉芮尔说，“我能感受到他体内的肆行魔法。哪怕……”

她停下来眨着眼睛，把即将泛出的泪水逼了回去。“哪怕在坏狗把他带回来，给他施加咒印之后，肆行魔法也依然在，在他身体里。只是受到了咒契的束缚。从某种程度上说，他就像坏狗一样，或是戴着项圈的莫格。既属于肆行魔法，同时也属于咒契。”

“他身体里竟然还有肆行魔法的东西！”艾丽米尔说，“母亲知道吗？绝不能让他离开我们的视线。如果肆行魔法吞噬了他怎么办？他的处境多危险啊！”

“不会……”莉芮尔说，尽管她并不能确认这是不是真的。她给出这样一个否定的答案，主要是基于一种信念：她坚信，如果尼古拉斯·塞尔可能成为那样可怕的威胁，坏狗就不会把他带回来了。“我想这种事根本不会发生。而且，萨布莉尔了解尼克，她希望他跟我们一起回来，但是尼克不……他不愿意一起来，而且因为他叔叔是安塞斯蒂尔的总理大臣，所以萨布莉尔说不能直接带他走。她认为只要在南方足够远的地方，他体内的肆行魔法和咒契魔法就可能全部陷入沉睡——”

“或许他就是那个肆行魔法生物。”艾丽米尔打断她的话，她的眉头皱得更紧，“电报里可能没说清楚。”

“不论发生了什么，我想都应该去调查一番。”莉芮尔说。

“没错。”艾丽米尔说，“也许萨姆能和你一起去——”

莉芮尔摇摇头。她一直在萨姆的工场为自己的手做最后的调整。萨姆最近忙得不可开交。眼下，他就要出发去与南方难民领头人召开会议，而且要带他们去看皇室即将赐予他们的土地。在与奥兰尼斯的大决战发生前不久，萨姆对难民们承诺会给他们一个地方定居，并且以王子的身份亲口保证一定会践行承诺。要找到一块适合他们的地方，帮助他们打消疑虑并安定下来，对于萨姆而言是一个重大的责任。

“萨姆要接待南方难民的头领们，并要在难民到达位于白桥镇北边的新家园之前让他们习惯咒契魔法。我自己一个人去没事的，我保证。”

莉芮尔并不能肯定自己会没事，但是她知道自己需要离开一阵子，忙碌起来，逃离在宫殿里、在自己房间里度过的那些为坏狗而悲痛难眠的长夜。她知道，坏狗若是知道这一切准会难过，甚至可能为了阻止她沉溺于悲伤中而咬她一口。想到这一点，她更加沮丧了。

“你最好在巴赫德林停一下，选一队卫兵带上。”艾丽米尔说。她转身开始下楼，“我会给那儿的长官写封信，他们能陪你到界墙，确保你从边境防御带获得一支护卫队，陪你朝更南的地方走。而且，我还要知会拜恩领事馆一声，让他们派人往北来迎接你，派几个保镖，带着枪之类的武器。哦，还有考威尔的大使馆也需要通知一下。”

“我想我先得去威沃利学院，跟科莉聊聊，看看她还知道些什么。”莉芮尔说。就像一匹马说服另一匹马冲出了围栏，但自己反而成了跟不上速度的那一个。眼下，艾丽米尔对这个任务甚至比莉芮尔本人更有热情。

“好主意，但是通过界墙的时候千万要带上护卫。”艾丽米尔说，“如果这真是针对母亲的一个圈套，同样可能针对你。和杀死阿布霍森本人相比，杀死一个准阿布霍森一样会让祖国党的笨蛋们乐得屁颠颠的。你有什么要随身带的吗？”

“凡事能放在纸翼上的都可以。”莉芮尔说。萨布莉尔最早教她的几件事之一，就是要做好准备，随时响应召唤。亡者和肆行魔法造物可不会耐心等待你打好一个长途旅行的包袱。

“你选好新佩剑了？”

“有一把可用，暂时的。”莉芮尔说。束缚奥兰尼斯时，她把自己的剑弄丢了。皇家军械库对她完全开放，她也试过好几把剑，都是上好的钢灌注咒契后制成的，是非常精良的武器。但是她拿在手里掂量来掂量去，并没有一把特别称心。萨姆说会给她铸一把剑，但他的首要任务是先把手做好，再说，铸一把剑至少也要花上一年时间。不过莉芮尔已经告诉萨姆，从武器库中找到的这把剑最近使用起来感觉还不错，事实也的确如此。

所以，她有一把灌注着咒契的佩剑，由钶希尼片制成的装甲外套，还有七只阿布霍森的法铃。如此这般装备停当后，应该没有谁敢惹她了吧。

“你还等什么？”

“我没有等……我这就出发了！”莉芮尔说，“我的意思是，眼下我在与你说话，说完我就出发。”

艾丽米尔大笑着匆匆拥抱了莉芮尔一下，然后快步走上通往鹰舍的台阶，又在那儿停下脚步说了最后几句话。

“你这人真好玩。半小时后我会去纸翼广场送你。我有一封信要发给巴赫德林的地方长官，所以要请菲妮女士派一只鹰到威沃利学院去，而且我有很多的信息需要回复。”

“有什么重要的消息吗？”莉芮尔问。

“应该没有！”艾丽米尔喊道。她再次往台阶上跑，“护桥中队报告了与牧民的一些冲突，和你不相干，只是日常事务！”

但是她错了。这并不是与牧民的普通冲突。

第三章

献给大河的贡品

绿水河大桥，北岸

翁皮为自己绑上止血的绷带后查看了一番，那支弩箭并没有如她之前担心的那样穿透小腿，而是在小腿肚的侧面，脚踝的上方，擦出了一道深深的伤痕。如果它射在正中间的位置，而且再高一点儿，结果就将是骨头碎裂，而她最终会死于大出血。

至少眼下她还算幸运。不过伤口有可能恶化，虽然她已经往上面抹了好多药膏，希望能够延缓感染发生。所以，现在她的腿散发着熊油和瓦塞梅的臭味，它们是这种膏药的主要成分。这气味使得她有些想家。这里远离群山，低矮的瓦塞灌木丛和它们那有助于身体康复的苦涩果子远在千里之外。

绑好了绷带，翁皮小心翼翼地用那条好腿蹦着往前走。她藏身于河岸边一片密实的黑桤树林中，不过她的动作必须慢一些，而且要时刻注意保持隐蔽。当时，她离追杀她的骑马的牧民不够近，没看清楚他们来自哪个部族，不过这不重要。巫师立刻释放木怪的行为证实了她之前的猜测：命令已经传遍了所有二十个部族，要将那个从阿撒斯科山脉跑出来的女孩找到。找到她，并且杀死她。

所有给无脸女巫纳贡的部落都会遵照那条命令行事，也就是说，就翁皮所知，二十个部族当中有十九个会对自己展开追杀。只有一个部族逃脱了向无脸女巫纳贡的命运，并且不会遭受她的报复，他们的方法很简单，那便是划着筏子漂洋过海，到与女巫隔海相望的地方去。干草原上那些骑马的部族，甚至是她自己那些深居群山中的族人，都要为无脸女巫提供贡品。

“贡品。”翁皮小声嘀咕着，笑了起来。这正是她名字的来由。她出生时是有名字的，但早已没人记得，因为在被选作献给女巫的贡品后，所有与她相关的记录和记忆都被消除了。但是后来，族人当中有个年幼的小妹妹，她很努力地学着大人们的样子，叫她“贡品”，最后却只能发出“翁皮”这样的音。虽然大人们总是按照传统小心地称她为“贡品”，但所有孩子都叫她“翁皮”。

至少是在她被允许与族人们相见时，孩子们都是这么叫她的。她见到大家的机会不多。每个部族中被选作贡品的人必须离群索居，离主营地的距离保持至少一里格，同时部落里最优秀的老师会监督她们，确保贡品们身体强健，心理强大。她们个个身形优美，身段柔软，行动起来很敏捷，而且性情温顺。贡品们接受射箭、剑术和刀术等训练，还要学习说部落和古国的共同语言，甚至要读书和写字，这些都是大部分牧民永远不会染指的事情，那些打算成为女巫或巫师的人除外。

当无脸女巫需要换一具新的躯壳时，她只挑其中最好的那个。

翁皮苦笑起来，一方面是因为回忆至此，同时也是因为腿上的阵阵疼痛。没有肌肉或肌腱断掉，所以如果情势实在危急，这条腿尚能够支撑她身体的重量。她只是觉得疼，不仅是伤口疼，而且那疼痛感还会突然窜上整条腿，侵入每个脚指头之中。

向女巫纳贡已经进行了数百年之久。无脸女巫要求女孩们随时做好准备，每过大约十二年，她就会从中选择一个，具体时间则视她使用的身体损坏到何种程度而定。当她的躯壳老化——不知为何，女巫的身体老化速度远比随时间流逝的自然老化要快许多——或是有所损伤，女巫就会从旧躯壳里离开，移至新的身体中。

如果贡品长到十七岁仍没有被女巫选中，就会被杀死，尸体被焚毁，还需要将骨灰呈到女巫面前，作为贡品已经死去的证据。毕竟，可供选择的贡品有很多。如果一个部族出现了短缺，另一个肯定会有合适的备选对象，总会有一具新的躯壳供无脸女巫使用。

但现在再也不会了，翁皮冷酷而满意地想。

大概在八次月圆之前，女巫吃了一次败仗，寄居的躯壳被彻底摧毁。消息刚刚传来时，人们都很高兴。可是好景不长，后来大家才明白，女巫的身体虽然死去，并不意味着女巫本人真正地死去了。

她从冥界回来后，便成了一个可怖的灵体，就像寄居在木怪和魂行卒中的恶灵，或是灵体玻璃箭头中的那些邪恶的小东西一样。只是她力量更为强大，因为男女巫师们根本无法控制她，甚至连威力最大的灵体玻璃箭也对她无可奈何。

在几经试探，并且牺牲了好几名弓箭手之后，人们发现灵体玻璃箭的确无法伤女巫一丝一毫。在这些部族中，对这女巫怀有恨意的大有人在，因为他们的孩子被当作了贡品，失去了生命。如今，幸存者们仇恨她的理由虽然更加充分，却也只能眼睁睁看着她作恶而束手无策。

人们曾一度想过，也许无脸女巫成为一个没有躯壳的灵体后，便不再需要贡品，甚至会让剩下的这批贡品离开远离人群的住所，回到各自的部族中去。可是，这纯粹只是人们的奢望而已。女巫传下话来，贡品必须被杀死并烧掉。

女巫也许害怕贡品，也许只是希望她们永远消失在这世上，以免当她看到她们，就想起自己曾经以人的形态在世间行走的日子，而那种日子已经一去不复返了。

整个北方的贡品都遭到了无情的屠杀，她们的骨灰被装在瓮中，呈到无脸女巫面前，证明她的命令被忠实地执行着。

只有一个地方除外。阿撒斯科人，这个生活在巍巍群山之中，身着红线缝制的山羊皮衣服的部族送去一个装着人类骨灰的坛子。这没错，但是那不是贡品的骨灰。

他们这么做，是因为受到另一位女巫的指引。那位女巫在大约九年前已经死去，并且从未返回现世作乱。一道飞瀑从她的洞口落下，冬天，她在冰瀑中“看”到了将来发生的事，并且告诉了部族的长者们。那瀑布高悬于阿撒斯科人夏日营地的上方，在族人们平常搭建帐篷的那座山的顶峰上。

对于这位洞穴女巫——族人们都这样称呼这位外来者——翁皮只保有一些模糊的记忆。但是她还记得，那个女人有着蓝色的眼眸，肤色比山民的棕色皮肤更深，头发像干草一样发黄。翁皮曾听大人们讲过，这位女巫在某一年的夏天出现，在阿萨斯科人冬天和夏天的营地之间选定了一个远离山间小道的山洞，然后安下家来。她初来乍到便杀死了五个阿撒斯科人，包括一个力量较弱的巫师。这些人企图杀了她，将她带来的那些丰富且古怪的物品占为己有，还觊觎那两头替她运货的骡子。骡子在山里是很罕见的牲畜，吃起来甚至比马肉还要美味。

不过，洞穴女巫用不同寻常的魔法杀死了这些偷袭者。那是古王国的魔法，来自大河那一侧，在遥远的南边。探明她的实力后，长者们便以对待外来术士的态度对待她。若是平常，他们一定会把这消息向无脸女巫报告，可是洞穴女巫告诉他们，这样做会招致厄运，是最不明智的选择。她还告诉阿撒斯科人，生活在干草原的最高处，离高山不远的瑞纳什人，又称月马部族，即将前来侵袭。这话果真应验了，因此人们便听从了她的劝告。此后，她又陆续预测到未来几年将要发生的事情的片段，都对族人们有所帮助，于是他们便继续对这位女巫言听计从。

在因患上慢性消耗病而死去的几个月之前，洞穴女巫将自己最重要的预见告诉了阿撒斯科人。她预见到无脸女巫将被杀死，但并非真的死去。而且从那之后，她将不再需要年轻女孩作为贡品。可是，她会提出诸多要求，最终会导致整个部族的衰落，也就是阿撒斯科人的灭亡。

那蓝眼睛的女人告诉他们，要阻止这一切，唯一的方法便是向她的伙伴派去一名信使。正是那一次，她说起一个先知们的部族，她说她们生活在古国，在一座冰川上。

她称她们为珂睐。

女巫将一封写好了的信交给人们，请他们送给珂睐，交给她自己的女儿。她反复说着这句话，一次又一次。她说起女儿的名字，仿佛这名字意味着一切。

莉芮尔。

珂睐之女莉芮尔。

长者们拿到了信，却没有送出去。外来女巫的预言并非每次都应验，他们认为，这一次她有可能会看错。

可是，接下来无脸女巫真的被杀死，又真的从冥界复生了。两次月圆后，无脸女巫下达了新的命令，正如外来女巫预言的那样，这命令可能导致阿撒斯科人灭族。

于是长者们下了决心，必须要将这消息送给珂睐。既然如此，还有谁能够比贡品，族人中最优秀的人，也是曾经被剥夺过一次生命的人，更适合去当信使呢？

如今，这条消息就在翁皮这里，烙印在她脑海中，牢记在她的心里，因为不论以任何方式写下来，都可能被偷走或是弄丢。她必须渡过这条河，赶到冰川，将信送到，拯救自己的族人。

几乎是从她离开群山，横穿干草原的那一刻开始，那些人便在无脸女巫的驱使下展开了追杀，就好像他们清楚她是谁，知道她会去哪里，或打算去哪里一样。

翁皮没有被杀死，却始终无法摆脱这些追兵。不过，她根本不曾费心去想如何应付追兵或任何别的事情，她只知道珂睐冰川在绿水河的彼岸，可是具体在何处，完全摸不着头脑。她活在当下，她集中所有的精力，只解决眼下的问题。

那就是过河。

翁皮扫视着河面。雪花仍在飘落，但已不像先前那样密集，太阳的最后一丝光也消失在西边。她看不清远处，所以也无法看清河的对岸。在她所在的位置，绿水河至少有三千步宽，水流裹挟着融雪不断咆哮着，大冰块打着漩儿从河中流过。这些冰块都是冬天的残迹，一直流连在岸边太阳照不到的地方，直到春天的洪流把它们冲出来。

翁皮绝不可能游到对岸去，更何况她还受了伤。河水太过迅猛，而且冰凉刺骨，游不到一半她便可能被淹死或冻死。

过桥是不用想了。要上桥，唯一的方法就是通过北岸要塞，可是巫师和他的主人恐怕早已领着一帮牧民蹲守在那儿，等着她自投罗网了。如果他们人数够多，甚至可能沿着河岸向北边搜索，防止她往回逃跑。不过他们更可能一直等到早晨，等到天光大亮。

这就意味着，翁皮无论如何都必须在今夜渡过这条宽阔的、狂暴而冰冷的河。

她撕下一条黑桤树的树皮——它对伤口有好处——细细地咀嚼着，在昏暗的光线中观察河岸边的情况。附近生长着一大丛灌木，不是生长在她家乡高山湖泊中的那种，但是与之有些相似。

翁皮抬起头，听着周遭的动静。水流的声音非常大，她必须高度集中精力，才能从中辨别出其他声音。不过，她的听觉非常灵敏，并且受过很好的训练。翁皮悄然站立在桤树的树干后面，将所有细小的声音汇聚在耳朵里。其中没有任何动静像是人发出的，特别是那种蹑手蹑脚朝她走来的人。

翁皮离开了黑桤树林，沿着河边谨慎地匍匐前进，这样一来，留下的便像是某种小动物的痕迹，不会让人看出在这雪地和泥地里留下印记的是一个人。她来到一片芦苇丛后，停了下来，再次凝神细听，同时也留意着河岸边那些齐膝高的草丛中是否有任何动静。

依旧平安无事。翁皮将一棵高高的芦苇拉到眼前检查了一番。光线很暗，她只能尽自己所能，同时手中的触感也能帮助她摸索出芦苇的形状。它长长的茎似乎是中空的，就像她认识的那种湖中芦苇一样，不过眼前这棵芦苇长着一朵多花的大脑袋，而不是像矛一样闭合的尖。

翁皮拿出自己的小刀，将一根芦苇齐根砍断，放在跟前的地上。她又一次停下所有的动作，侧耳聆听，然后缓缓砍下另一根芦苇放倒，然后再次聆听。

她一边砍芦苇，一边时刻保持警惕，就这样谨慎而艰难地忙碌了好几个小时。太阳落下去之后，气温骤降，但是比起高山上那刺骨的寒冷，仍是小巫见大巫，至少对于身穿阿撒斯科斗篷的翁皮而言是这样。她将斗篷内外反转后穿在身上，白色的绒毛为她增加了几分暖意，而山羊皮的内衬是上过油的，能够阻挡飘落的雪花。

此时雪已经停了，云逐渐散去，露出一弯月牙和璀璨的星空。翁皮对着这般明亮的天空皱起了眉头，因为她不需要这份光亮，可是追捕她的人或许会为此而大受鼓舞，决定在夜晚就展开搜索，而不是等到黎明。

翁皮将砍倒的所有芦苇分成九捆。她将每一捆单独绑成一束，利索地做了个筏子。四捆用作筏子的底，每侧边缘用一捆，充作低矮的舷缘，第九捆她仅仅绑了一半，另一头是张开的，刚好凑合做个船桨。做完这一切后，她手头所有的绳索几乎用完：一段原本用来系住箭矢或抓钩用的绳子；编织起来的六厄尔[1]长的漂亮绸绳，这是所有阿撒斯科人都梦寐以求的；四条备用弓弦其中的三条。

它看上去并不像一艘能够在绿水河中穿行的船，可是，就算翁皮心中对此尚有任何疑虑，也来不及细想，因为她听到从远处传来了声响，那种声响与夜晚的大自然中的各种细小声音截然不同。马儿们在走动，马鞍吱嘎作响，盔甲碰撞发出轻轻的叮当声，还有模糊的人说话的声音。不论对方是谁，他们甚至没有一点谨慎行事的打算，或许他们仗着人多，认为对付翁皮这么一个女孩完全不在话下。他们的估计没错。在被他们抓住之前，翁皮也许能够射出两到三支箭，可她知道，若对方派出许多弓箭手，射出铺天盖地的箭雨，自己连一个敌人也杀不了。

翁皮匆匆确认身上的东西一一固定妥当。她将自己的包袱和弓袋放到小筏子上，绑在绑芦苇的绳索上，又用斗篷紧紧裹住自己的身体，然后把小船推进浅水中，河水立刻将这份新鲜的献礼一把攫住，把团团打转的筏子朝水流湍急的河中心推去。

[1] 厄尔：长度单位，1 厄尔相当于 45 英寸，1 英寸 =2.54 厘米。

第四章

一个男人和一个死气沉沉的怪物

安塞斯蒂尔，界墙附近

“你们最好待在这儿，”莉芮尔说，“等我看清楚外面埋伏的是什么再说。”

“我们要跟你一起去，夫人。”安洛上尉抗议道。她带领的三十名士兵就在她身后，沿着从界墙中穿过的隧道排成一行，靠近位于古国那一侧的隧道口。莉芮尔在巴赫德林走出纸翼后，他们就一直跟着她。“可能会有别的危险。风是从南边吹过来的，他们的武器能用，刚才我们听到的那些响亮的砰砰声，就是枪声。有些枪隔着很远的距离也能置人于死地。他们在这儿待着心里很害怕，所以常常开枪，他们常常搞出乱子——”

“我来过安塞斯蒂尔，认识他们的枪。”莉芮尔板着脸说，“这是阿布霍森分内的事。你们待在这儿，等我把那怪物处理好。”

他们站在安洛刚刚打开的大门边。在他们身后，界墙的北边，野花盛开的草场正宣告着春天的到来，夕阳正渐渐西沉，红色的霞光普照着大地。

而界墙以南却正值午夜。冬天的彻骨寒冷依旧统领着大地，天空中悬着细细的月牙，星星隐没在云层后面，几乎无法为前方那光秃秃的一大片无人区提供多少光亮。那片土地上纵横交错着真正的荆棘丛林，由生锈的、红棕色带刺的铁丝组成，地上布满子弹坑和炮弹坑，证明有人不断地使用爆破性很强的武器，虽然事实上靠它们根本无法阻止许许多多穿越界墙的怪物。

制成铁丝网的铁桩锈迹斑斑，有数百个之多，其间竖立着一支支风笛。尽管在黑暗中看不到它们，但莉芮尔能听到它们的呜咽，感受到它们的力量。这些风笛吹奏着一首歌，回荡着与她的法铃具备相同力量的余韵，能够令生死之间的边界关闭。这里见证了太多的死亡。没有这些风笛，过境站便会成为一扇敞开的大门，供亡者们迈入生者的世界。

莉芮尔能感受到冥界，也能感受到那条不可遏制的河流的寒意，以及在这片鲜血浸漫的大地上众多亡者的存在。这并不意外。可是，与此同时，她还闻到肆行魔法那腐败的、热金属般的刺鼻气息，而且能够觉察它的存在。

这么强大的肆行魔法，是不该出现在这儿的。他们刚打开界墙那扇朝南的大门，莉芮尔就感觉到了，所以她才停下脚步，让士兵们稍息，待在原地不动。

“我还是坚持，至少，我跟着——”安洛说。

“待在这儿。”莉芮尔打断了她。一时间，连她自己也惊愕不已：自己竟敢呵斥一位皇家卫队的长官。过去这半年里发生了很多事情。她不再是一个羞涩的二级助理图书馆馆员，她成了准阿布霍森。有时候她会感到难以置信，但是在紧要关头，她是不会犹豫的。正如眼下，她有任务在身，有责任等着她去承担。

莉芮尔拔剑在手，另外一只手中则握着撒拉奈斯。这只摇铃被称为“禁锢者”，是七只铃中的第六只，有着一股强大而抚慰人心的力量。她暂停片刻，花了些时间去体察隐没于面前黑暗中的肆行魔法。她感到冥界近在咫尺，但并没有任何通往现世的缺口。然后，她缓步走出大门，离开了身后界墙石上那些光彩夺目、不断游走的咒契，然后眯缝起双眼，直视面前的黑暗。

莉芮尔没走出几步，周遭就变得漆黑一片，而且异常的安静。他们刚到界墙时，正听见阵阵枪响，南边传来大炮的轰鸣，还能看见照明弹在天空中徐徐绽放成一个个小太阳。所以他们才加快脚步赶了过来。去年夏天，她急切地赶往福文加工厂时也是这样的心情。

莉芮尔一手执剑，一手握铃，小心翼翼地迈开步子。她调动一切感官，搜寻着眼前这片区域。许多肆行魔法生物都擅长伏击。它们可能潜伏于地下，可能幻化为树木、石头，或是这块不毛之地上一卷生锈的金属丝。

可是，这个生物似乎根本没企图隐藏。在莉芮尔眼中，肆行魔法留下的痕迹就像一条清晰可辨的小径。她能捕捉到它的源头，但并未加快脚步或放松警惕，而是不紧不慢地跟着这些痕迹来到料想中的源头。

一只肆行魔法生物。

莉芮尔的每一块肌肉都绷紧了。撒拉奈斯在她手中轻轻颤动着，迫不及待要发出声音，束缚这只怪兽。她希望这只摇铃稍安毋躁，只得将它握得更紧。剑身和铃舌上的咒契突然发出光亮，并且开始无休止地游走，明显是对什么东西产生了反应。

但是莉芮尔并没有摇动撒拉奈斯，也没有挥动长剑，因为那生物躺在地上，没有丝毫动静。它并未伏低身体准备一跃而起，也没有潜伏在草丛里，而是躺在光秃秃的地上，长长的胳膊就那样伸展开来，长着倒钩，像棍棒似的双手一动也不动。

莉芮尔观察了它好一会儿。它的皮肤是紫色的，像鳄鱼一般长着网纹，长长的脖子上是一颗人头一般的头颅，不过耳朵所在的位置只是两道用来听声音的裂口。它紧闭着梨状的双眼，一张大嘴足足有莉芮尔伸开的手掌两个那么宽，里面挤满了墨黑的牙齿。

那张阔嘴的周围有血迹，黑色的牙齿上也有，血迹一直延伸到它尖尖的下巴。

“一只赫儒尔。”莉芮尔喃喃道，她想起很久以前在珂睐的大图书馆中读过的一本书。书名叫《奈吉生物记》，那是一本怪物大全，描述了好几百种肆行魔法的魔物。它在同类书中算是佼佼者，虽然内容还远远称不上翔实。肆行魔法生物的种类不胜枚举，有些不过是惹人讨厌，有的却非常危险。

她眼前的生物就是非常危险的那一类。

她小心翼翼地凑得更近些，心中疑惑它为何躺着不动，同时也努力回想自己在那本怪物大全里读到的内容。赫儒尔非常稀有，饮血，她记得书上是这么写的，也可能是见到它嘴边的血迹她才想起来的。

除了处于休眠状态之外，这只赫儒尔身上还有其他的古怪之处。它的脖子上挂有一串雏菊，这意味着有人曾尝试使用魔法降服它。将一些花儿、草药、香料、金属组合成某些特殊的形状或图案，能够暂时性地迫使肆行魔法生物做出某种行为，或是令其静止不动。有些怪物只需一串雏菊就足以令其静止，对于更为强大或聪明的生物，比如赫儒尔，利用一串雏菊就可能与之进行谈判。

但是一串雏菊却不能使赫儒尔失去知觉，就像眼前这只一样。莉芮尔皱起眉头，努力回想一切可能导致赫儒尔休眠的原因。她应该从《奈吉生物记》那本书中读到过，要将这种生物幽禁起来，似乎要用到一些花或草药……

莉芮尔向前走了一步，她能感受到肆行魔法带来的刺痛，但与此同时，还有生命存在的气息。

一个正在消逝的生命。

就在附近的某个地方，有个人正在死去。

她绕着怪物，加快脚步，跟着自己的感觉走。

在离怪物十二步远处，躺着一个年轻的男人。他穿着一件卡其布长袍，里面是白色的衬衣，下身穿着黑裤子。他瘫软在地上，手上有一道伤口，缠着破烂的绷带，绷带浸透了鲜血。更多的血聚集在他的手腕下面，在斑驳的大地上形成了一摊血洼。

莉芮尔在他身旁跪下，利用剑身和摇铃上咒印闪耀的微光去看他的脸。

这是尼古拉斯·塞尔。

她倒吸了一口冷气，万籁俱寂中，这声音显得尤为明显。莉芮尔没想到竟然这么快就再次见到尼克，而且还是在这样一个地方。她一直渴望再见到尼克，因为从前遇到他的时候，她就感觉很亲切，虽然她不太确定那到底是一种什么样的感觉。就连尼克成为奥兰尼斯的傀儡时，这感觉也不曾改变。不过她那时为他感到难过，就像妈妈对孩子，或是姐姐对弟弟一样。他们击败毁灭者并将其束缚后，莉芮尔和尼克都身负重伤，他们曾并肩躺在担架上，谈论着她的朋友坏狗……

眼下，这些感觉统统回来了，而且还增加了一种更加强烈的情感。

害怕。害怕他死去，她甚至来不及……来不及做些什么。

莉芮尔深吸一口气，告诉自己留意眼下的形势，不要一味沉溺在自己的情绪中。尼克受伤了，他已经奄奄一息。她必须搞清楚事情的经过，然后采取行动，同时还要确保赫儒尔不会突然间跳起来喝她的血……

莉芮尔看了看那只怪物，又看了看尼克的手腕，突然明白了事情的来龙去脉。赫儒尔喝了尼克的血，尼克的血已经被污染，或者也可以说，因为奥兰尼斯而被赋予了力量。奥兰尼斯是第九位光明者，有史以来存在过的最为强大的肆行魔法生物之一，因此赫儒尔一定有些承受不了。不过，它也可能是需要时间慢慢消化饮下的鲜血而已。就像一条蛇闯进了珂睐冰川的兔笼中，在饱餐一顿后，它也不得不死气沉沉地躺下休息一段时间。

莉芮尔在尼克身上找到的唯一一处比较严重的伤，就是他手腕上那道深深的切口，不过他的双脚同样也是血糊糊的，并且布满了疮疤。她正要扯下他长袍的袖子做绷带，却想起要搜一搜他衣服的口袋。她在里面发现一个罐头盒，上面有一个红色的十字架标记，里面装着薄布做成的紧紧盘绕的绷带，还有两个玻璃瓶，玻璃瓶里面装着的是吗啡，不过她并不认识。

莉芮尔娴熟地为尼克的手腕和双脚绑好绷带，然后去探他的脉搏。她将自己的手指压在他的下巴下方，去摸脖子上那条大动脉，却发现他的心跳由于失血过多已经变得微弱而紊乱。在不知不觉中，莉芮尔使用的是自己的右手，也就是灌注了魔法的那只手。那些金属手指竟然感受到了尼克皮肤的冰凉和他的心跳，虽然有可能是因为灌注其中的咒契魔法，却也让她大吃一惊。萨姆为她做的这只手效果之好，早已超出了她的预期，不过，她仍旧用左手重新检查了一次，只是为了以防万一。

尼克的脉搏证实了莉芮尔的感觉。他命悬一线，他的灵魂随时可能进入冥界。坏狗曾经把他从那儿带回来过，但这样的事情不可能重演。将他以一个活人的模样再一次从冥界中带回来，这是绝不可能办到的。莉芮尔到现在也不明白，坏狗是怎样做到使尼克复生，而非变成某种冥界的生物的。

仅仅包扎好伤口还不够，莉芮尔还要施放一个治疗咒语，并且要快。脑海中刚刚冒出这个念头，她便已探入到咒契中，让自己的思绪在魔法咒印的滚滚洪流中穿行，同时心中感觉到一阵安慰。她将心神集中于自己需要的那些咒印，用意念将它们聚集起来，她的手指在空气中勾画着，努力让每个咒印现形，并且进入合适的位置，连缀成自己想要的咒语。

可是她尝试的第一个咒语没能奏效。这个咒语相当简单，也很常用。它只需六个咒印即可完成，而且其中每一个都不难。长时间的练习后，莉芮尔早已游刃有余，她轻轻松松就将它们从咒契中拉出来，连缀起来组成咒语，又将这些闪着亮光的咒印注入尼克的胸膛。

可咒印顺势滑了下去，没入尼克身体另一侧的地里，消失不见了，就像是洒出的水一样。

莉芮尔皱起眉头想了想，然后小心地碰了碰尼克前额的浸礼咒印。她原本怀疑它已经腐败，可一触之下，却无比真切地感觉到与咒契之间的连接。尼克仍是那变幻莫测的不息洪流，那制约万物，勾画世界之象的咒契中的一部分。

一定是他身体里的肆行魔法作祟，莉芮尔猜测，也就是奥兰尼斯的碎片。浸礼咒契构建了一个咒契魔法的壳，将肆行魔法困在其中，而肆行魔法潜藏在尼克身体的每个部位中，它拒绝并抵抗着咒契更深层次的渗入。

所以她可能需要更强大的咒语。

施放强大的咒语需要更多时间和精力，可是这样一来，赫儒尔也就有更长的时间，得以从容消化它饮下的蕴藏着巨大能量的血。莉芮尔不由得踌躇起来。她刚才想到了如何对付这只怪物，不过需要花些时间沿着界墙找一样东西。她觉得曾经在大门口附近见到过自己需要的东西，可在她离开的时间里，尼古拉斯随时可能死去。

“还是先治疗尼克为好。”莉芮尔喃喃自语道。她一边留心着肆行魔法生物的动静，一边再次探入咒契中。这一次，她进入那永恒河流的更深处，寻找更加罕见、力量更为强大的咒印。她必须懂得与它们有关的知识，而且更集中精力，才能将它们拉出来。莉芮尔终于将它们一一排好，封存在脑海中，嘴里念念有词，一个主咒印从咒契之流中应声而出，它缓缓转动着，像一个光彩夺目的轮子，其他咒印尾随其后，与它一起组成了一个长长的螺旋。莉芮尔按照自己的意志，用金手指将主咒印拖动到尼克的胸口。螺旋收紧了，变成一道光华璀璨的金色旋风，非常缓慢地钻进年轻人的身体。金色的光芒在他的躯干上铺展开去，很快便传递到了四肢。

莉芮尔擦了擦额头，摇摇晃晃地站起身来，看着那金银两色的咒印组成的袖珍螺旋慢慢地钻进尼克的胸口。她感到疲惫不堪，施放这样一个咒语耗尽了她的体力。可是，她还要对付那只赫儒尔，为此需要一根矛轴和一朵蓟花。回到界墙大门口，找个士兵，就可以得到矛轴，而且她早就看到在界墙附近生长着一片蓟花。

获取这两样东西只需要几分钟而已。莉芮尔急急忙忙地回到大门边，没有注意到在自己身后，赫儒尔的双眼已经慢慢地睁开了，露出黑紫色的瞳仁，而且它那骇人大嘴周围的肌肉也开始微微地抽搐起来。

第五章

灵体玻璃箭的多种用途

绿水河上

湍急的水流带着翁皮的筏子迅速漂离了岸边。这倒是帮了翁皮的大忙，因为仅仅几分钟后，就有一个牧民出现在那儿，朝她离去的方向连连射出几支箭。借着明亮的月光，她射得倒是挺准，但这些箭仍旧只是嗖嗖地从翁皮身边擦了过去。那人想走进河水中，朝她靠近些再放箭，却一不小心被激流冲得失足跌倒，连弓也丢了，只能空手而归。看到这一幕，翁皮心情十分畅快。

也有不好的消息。为了把筏子推下水，她腿上的伤口又开始流血不止，绷带都被浸透了。翁皮仔细地将伤口重新包扎好，同时还努力地保持着筏子的平稳。她发现当芦苇被水浸湿后，这艘临时拼凑的交通工具略微下沉了一些，虽然下沉得有限，但是看来它的浮力还有些不够大。翁皮想保持全身干燥看来是不可能的。

水很冷。翁皮发着抖，苦着脸，用力咬紧牙关。她缓缓起身，想要换成坐着的姿势。但是河中水流实在太过汹涌，筏子难以维持平稳。她只能靠着包袱躺下，试着将充当船桨的芦苇当成一个方向舵，而不是提供推力的工具。在一泻千里的河水中，她根本无法通过划桨催动筏子朝前航行。

与船桨较了二十到三十分钟的劲后，翁皮终于明白了，控制筏子方向的主意也纯属痴心妄想。即使用一支上好的木桨代替她那散开的芦苇桨，同样无济于事。水流如此湍急，她只能任凭自己随波逐流。

靠向南岸的可能性微乎其微。

不过，她仍旧继续咬牙坚持使用那支船桨，并不是因为能够改变筏子的方向，单纯是因为只有干些体力活才不会被冻死。

天空继续放晴，星星和月亮越来越明亮，却不向人间散发一丝热量。天气更冷了。翁皮停下了划桨，将毛斗篷裹紧了一些，吃了点山羊肉干和几块结晶的蜂蜜。食物多少能提供一些热量，可是她也知道，自己浑身又湿又冷，如果不出现转机，只怕熬不到黎明便会被冻死。

不过转机是不会从天而降的，所以她必须做些什么才行。翁皮开始考虑使出自己的最后一招，虽然这算不上一个叫人非常满意的生存机会。

她的箭袋中仅剩的那支灵体玻璃剑。

部落的大巫师给了她三支这样的箭，还教过她如何使用。阿撒斯科一族拥有的灵体玻璃箭也只有这三支而已。在正常情况下，它们只是武器而已，只要射入肆行魔法生物的某些部位便能杀死它们，比如头部，如果它有头的话，也可以用来射杀巫师或女巫，但要瞄准他们的肚脐放箭，那是他们能力聚集的中心点。

可是这种箭还有别的用途，非常危险的用途。

其中之一便是在别的生火方式都无法奏效的情况下用来生火。这种火苗点燃后，不需要任何燃料便能持续长达一天的时间，甚至更久。但是与普通的火不同，它被点燃后可能引来其他的肆行魔法造物，而且会产生毒烟。

要么是被冻死，要么引来敌人或吸进些毒烟，在两者之间做了一番权衡后，翁皮认为自己没有别的选择。不过她还有些顾虑：芦苇筏虽然很湿，但仍有可能被这种火烧成灰烬，所以这办法似乎有些麻烦。灵体玻璃箭破裂后燃起的火苗不仅能在水下燃烧，甚至在地底也能燃烧，只有动用魔法或是任其随时间流逝而熄灭，否则它是扑不灭的。

翁皮左右为难地琢磨着，突然发现自己不知什么时候起打起了瞌睡。在这冰天雪地里，打个盹儿可就醒不过来了。一定能想到好的办法，在享受火光带来的温暖的同时不会将筏子……

又不知过了多久，翁皮猛地清醒过来。她睡着了，而且不知道自己睡了多久。她记不起之前月亮在天空中的位置，只觉得寒意刺骨。还有她的腿，自膝盖以下斗篷便遮不住，双脚已经湿透，必须使很大的劲儿才能略微活动一下。她的脚已经快失去知觉了，就连从脚踝上方伤口处传来的疼痛也只有模糊的感觉，这可不是个好兆头。

翁皮逼迫自己冻僵的身体活动起来。筏子摇晃了一下，不过下沉了一些之后，它反而变得更加平稳了。活动了几分钟后，翁皮感觉四肢恢复了一些活力。她小心翼翼地坐起身来，而且没有将筏子压翻。

翁皮知道，自己必须用那支灵体玻璃箭来点火了，而且要马上去做。她转动自己那冷得快要冻僵的脑袋，琢磨着怎样找个容器把那魔法火焰收集起来。

一个主意真的从她的脑海中冒了出来，就像河水中突然弹出来的大冰块一般。那主意灵光一闪，消失了，不过翁皮知道它并没有真正溜走。好一番绞尽脑汁地回忆后，她终于找回那个主意，并且马上开始行动。

翁皮用冻僵的手指在包裹上摸索了一阵，费劲地解开了一条系带。她将手伸进包里继续摸索，碰到了装药膏的陶罐，之前她还用过里面的药膏。她把罐子拉出来，放在组成筏底的两束芦苇之间，放在自己能碰到的最远的位置。罐子上有个木头塞子，她费了九牛二虎之力，才将它拔了出来。她的手指有些不听使唤，但好在最后还是做到了。

然后，翁皮从箭囊里取出那支灵体玻璃箭。解开箭镞上的皮套对她而言也是一番考验，不过她成功了。她把箭举高，全神贯注地盯着那个陶罐。她想到的方法是将箭使劲朝下扔，使箭头与陶罐相撞，但是要确保箭头的所有碎片都掉进罐子里。

翁皮正要动手，突然意识到那罐子可能破掉，而且无论怎样，箭头的碎片一定会溅得到处都是。还有一个更简单的方法，她只是又冷又累，所以这样大动干戈的主意才抢先出现在脑海里。

翁皮将箭头置于罐子上方，黑色火山玻璃里困住的灵体正扭动着，散发出刺目的亮光。然后，她拿出了自己的小刀，倒握着刀刃，深吸一口气，用刀柄使劲敲打箭镞。

灵体玻璃应声碎裂升来，碎片掉进罐子里，与此同时，一道白色火焰猛地升起。一股散发着金属气味的浓烟绕着白色火焰打着旋儿，翁皮往后一缩，同时把头偏向一边，想要躲开这股烟。筏子也随之危险地晃动起来。

罐子别破！翁皮想着。罐子千万别破！

尽管紧闭着双眼，翁皮仍旧能感受到白色的火焰。从火焰上窜起许多火星，她感到这不是火焰，反倒更像一个跳跃着的生物，它由细密的光线组成，正在拱起身子，试图朝她扑过来。

翁皮竭力往后缩，筏子随之一阵摇晃，罐子也有些倾斜起来。看到这一幕，翁皮的心都提到了嗓子眼。不过罐子并没有真的倒下，而且那窜起老高的白色火焰渐渐变小，缩了回去，颜色变得通红，更像普通的火焰了。烟的颜色接着又发生了变化，变成了黑色，并且缩成细细的一缕。

翁皮看着它，就像看着一条蜷曲的蛇。最后，她再也受不了严寒，只得朝罐子靠了过去。她坐在包袱上往那边一点点蹭过去，脸上感到了火焰带来的暖意。筏子摇晃起来，罐子又稍微倾斜了一点儿。翁皮停止了动作，她的鼻子已经恢复了一些知觉。她甚至都没意识到自己的鼻子也被冻得有些僵了。她的耳朵被斗篷的兜帽保护得很好，可脸却暴露在寒气中。

罐子开始发出红光，四周的河水也沸腾起来，发出嗞嗞的响声。翁皮警觉地盯着那只罐子。如果火苗不断升温，罐子可能会裂成碎片，筏子也可能被烧掉，然后沉下去，到那时她还是一样被冻死。

但是它没有。罐子被烧得遍体通红，却没有裂开，而筏子下方涌动不休的水恰好起到了冷却的作用，所以芦苇也没有被烧着。每当筏子发生摇摆时，一波小小的水浪便哗啦哗啦地在筏底晃荡，翁皮总觉得自己随时可能听到嗞嗞声突然变成可怕的爆裂声。她硬着头皮等待大难临头。但是罐子一直都稳稳立在那儿，继续散发着热量。

最后，她终于放下心来，看来陶罐是不会裂开了，自己也做不成淹死鬼了。翁皮缓缓转动身体，将双脚移动到火边。透过那双短靴，她的脚感到了火焰烘烤的温暖。靴子是由三层厚厚的山羊皮做的，靴内絮上了松貂的毛，松貂是阿撒斯科猫最喜欢捕食的动物。

双脚暖和了一阵后，翁皮便开始感觉到一阵突如其来的疼痛，等到疼痛感消失，翁皮的双手和脸又变冷了。她再一次慢慢转动身体，换成一个能够烤暖上半身的姿势。

通过月亮的位置判断，距离天亮还有三四个小时。天气已经完全放晴，天空一片澄澈。有了这个陶罐，只要不发生意外，从此刻到太阳升起，这一整晚都不会冷了。身体暖和过来后，头脑也随之活跃起来。翁皮开始努力思考下一个问题的解决之道。

她身处一条大河的中心，河流中涌动着春季泛滥的洪水。水流正带着她飞速朝东漂去，比驰骋的马儿还要快，可是和马儿不同，它可以无休止地流动，不需要休息，直到筏子沉没，或是撞上什么……或是流入大海。

翁皮曾在阿撒斯科部族的春季大营里见过一幅地图。地图不是非常详尽，也不是非常准确（不过她当时不知道这一点），但是从上面看来，绿水河大桥的上游离外海有着很长的距离，大约是三十到四十里格。尽管如此，一条湍急的河流要流过这段距离是不需要太长时间的，而且还可以裹挟着任何东西。

翁皮看着自己临时拼凑的桨。她会游泳，与一些河流和湖泊有过亲密接触，尽管它们都不像绿水河这样宽阔和湍急。可是她对大海几乎一无所知，对于这条河汇入大海后会发生什么，同样一无所知。

如果筏子在漂入大海之前能够靠岸，那就好了，她对自己说。也许到了白天，会更容易想到逃离的方法。如果运气足够好的话，说不定能有漩涡什么的，把她带到离河岸不远的地方，这样她就可以游过去，而且还可以把筏子拖在身后带过去。

离日出还有些时间。翁皮再次调整自己的姿势，直到整个人躺在筏子上，然后略微蜷起身体，好叫身体的正面都能感觉到陶罐传递出来的暖意。当然，当筏子偶尔晃得厉害的时候，她的头或双脚会有些往下沉，但这没关系。

现在要做的，就是保持清醒，直到天亮，她告诉自己。天亮之后，她会使出浑身的劲儿划动船桨，争取在这条河的南岸登陆。

可是眼下，翁皮感到既安全又暖和，同时也感觉极度的疲惫，所以她很难保持清醒。就连伤口的痛感也无法阻止困意的靠近。渐渐地，水流不像之前那样湍急，筏子也平稳了一些。

水流之所以缓下来，是因为河面变宽了。可是黑暗中的翁皮看不到这一变化，而且她根本不知道，这个迹象表明河流正逐渐接近入海口。离入海口仍有十几里格的路程，可是随着河面增宽，水流徐徐平缓下来，翁皮也在对抗疲倦的战争中败下阵来。

筏子载着熟睡的她旋转着，摇晃着，朝河水和外海的交汇处漂去。小小的陶罐一路上都散发着微弱而稳定的红光，一股细细的黑烟从火光中袅袅升起，清晰地标记着她的航行轨迹。

这股烟在夜幕里是看不见的，但是一旦天色放亮，在蓝色的天空下，这缕飘升的黑烟就会成为一条线索，向所有人宣告，在绿水河上漂浮着什么不寻常的东西。

第六章

将军仿佛死了一般

界墙

莉芮尔找到一根矛轴，释放了一个简单的固定咒印，将一朵蓟花固定在矛轴的顶端，然后返回去找尼克。就在这时候，安塞斯蒂尔人再次发射了照明弹。四颗照明弹排成一行，窜上了数千英尺的高空。因为刮着南风，它们一度真的起了作用，白色的火焰乘着降落伞缓缓下降，照亮了一大片无人区的土地。燃烧的镁迸发出刺目而璀璨的焰火，将这一区域映衬得色彩尽失，只剩黑白两色。

在照明弹的映照下，莉芮尔看到大约二十名士兵从前面的战壕里爬出来。有的抬着担架，或许是医护人员，但更多士兵拿着枪，在飘落的火焰那单调的光线中，枪上的刺刀闪着寒光。

莉芮尔听到身后的安洛上尉朝士兵们吼叫着，命令他们往前走。很明显，警卫队长官担心安塞斯蒂尔人做傻事，担心他们攻击莉芮尔，也担心有冲突发生。

莉芮尔突然意识到，安塞斯蒂尔人可能是想把赫儒尔带回去。它是从南边来的，而且眼下仍旧处于界墙的那一侧，属于安塞斯蒂尔的地盘。她不能坐视不管，必须赶在他们到来之前把它处理掉。

她加快脚步，直到看到那肆行魔法怪物仍躺在泥地里纹丝未动，这才大大地松了口气。莉芮尔一边提防着它，一边朝尼古拉斯跑了过去。他已经醒了，正努力地想要把头抬起来。莉芮尔跪在他身边，把挡在脸上的头发拨到脑后，以便将他看清楚，以便被他看清楚。

“能听见我说话吗？”莉芮尔问。尼克醒是醒了，可是却半睁着双眼，一副迷迷糊糊的模样。她能感觉到治疗咒语仍在起作用，可是眼前的景象却叫她吃了一惊。在尼克的喉咙和脸庞处，咒印在皮肤下游移不定，符文随血管四处流动，短暂地浮现，片刻之后又消失不见。这不是正常现象，可她只能假设这是好现象。

“能。”尼克小声答道，“莉芮尔。”

莉芮尔再次紧张地把头发拨到脑后，却没注意到金手掌发出的光比从前更加明亮。她没有笑。她满脑子想的都是治疗咒语、赫儒尔，还有即将赶到的安塞斯蒂尔人。她在心里告诉自己，她的不安来自心中的忧虑，与尼克正在对自己露出笑容一点儿关系都没有。

要专心，她严肃地告诉自己，像个准阿布霍森的样子。

“咒语正在帮你疗伤，虽然看上去有些不正常，但还是管用的。我还是去对付赫儒尔吧。”

“那个怪兽？”

莉芮尔点点头。她的目光一直闪烁不定，时不时就会朝那怪兽瞥上一眼。不过她没有意识到，自己这样做还有一个原因：尼克离得这么近，她很紧张。

“我没杀死它？”尼克问，“我还以为我的血会毒死它……”

“它喝了很多血。”莉芮尔说着又看了怪兽一眼，“等它完全消化之后，会变得更加强大。”至少在她心目中，事情是这样的。

“那你最好杀了它。”尼克气喘吁吁地说。他再一次挣扎着想要抬头，但实在太过虚弱。

“它是杀不死的。”莉芮尔说。她已经记起了《奈吉生物记》中有关赫儒尔的全部内容了。更准确地说，是没人知道该怎样才能杀死赫儒尔。不过现在没有时间展开讨论了。“任何石头或金属，都无法刺开它的皮肉。不过，用一朵蓟花能把它遣回地下，只能管用一段时间。”

这只是权宜之计，不算是根本的解决之道。赫儒尔只会在泥土下被幽禁一年又一天。莉芮尔皱着眉，想起艾丽米尔给她的那本红色皮面日记本。艾丽米尔坚持让莉芮尔收下，把她将要参加的社交活动做个备忘录。“一年后前来处理赫儒尔”该是其中最不寻常的一条吧，她想。

莉芮尔拿起顶着蓟花的长矛朝怪物走去。它那紫色瞳孔的眼睛盯着她的一举一动，但是这家伙仍旧没有动弹。也许它就是动弹不了，不然可能早就向她发起攻击了。莉芮尔想起来，赫儒尔的动作可是非常迅速的。

莉芮尔擎起矛杆，将它朝那怪物的胸口掷去。她自己也不知道接下来会怎么样，但总觉得那带着蓟花的长矛不可能毫无阻力地刺入赫儒尔的身体，要知道，那鳄鱼一般的表皮能够轻轻松松地抵挡剑和安塞斯蒂尔人的子弹。可事实上，矛杆真的深深地刺入了那怪物的皮肉中。

矛杆颤抖了一会儿，然后冒出一股轻雾，化为了齑粉，她的手指一下子攥了个空。那团粉末落在怪物身上，在它掉落的地方，坚硬的皮和肉如水一般渗入了地下，很快地面上便连那怪物的痕迹也看不见了。

“你怎么知道要带一朵蓟花？”尼克问道，他的声音颤抖着，因为他挣扎着想要起身，或者只是想翻个身侧躺着。莉芮尔朝他走过去，把手放在他的胸口，轻轻把他按了回去。

“我没有带着它。威沃利学院的科莉传来了一条古怪的消息，所以我来到这里。我本来只是从这儿经过，却没想到撞见一只极其少见的肆行魔法生物，还有……你。我给你包扎好伤口，在你身上施放了一些治疗咒语，然后才去找的蓟花。”

“我很高兴来的是你。”尼克说。他有些发烧，莉芮尔想。她垂下头，头发再次挡住了脸。她去探尼克脖子上的脉搏，努力不把心中的担忧表现出来。别分心，别出岔子，她对自己说。

“真是幸运，我小时候读过很多有关怪兽的书。”莉芮尔闲聊似的说。她顿了顿，不知道接下来该聊些什么。她抬头看了一眼迫近的安塞斯蒂尔人，又扫了一眼自己带来的卫兵，他们正在二十码开外列队等待着，离她最近的安洛上尉，正在努力吸引莉芮尔的注意。她朝卫兵们挥挥手，示意他们回去。他们也的确往后撤了一点儿，但是莉芮尔一转身便停下了。

莉芮尔重新朝尼克看去，这时最后一枚照明弹在咝咝声中被引爆了。安塞斯蒂尔人很快就会来到，她估计他们会再次把他带走。

“也许就连萨布莉尔也不一定了解独特的赫儒尔。”

这话太像是自吹自擂了，莉芮尔突然想到。她有些慌乱地站起来，继续说道：

“好了，我还要继续赶路呢。抬担架的人正等着把你抬回去。你现在应该没事了，没有后续损伤。我的意思是，赫儒尔没有伤害你。没有新出现的持续性的影响，就是说……我真的得走了。更南边的地方有亡者或是别的什么——那条信息没说清楚……”

莉芮尔停了下来，尴尬而懊恼地用牙齿轻轻扣在嘴唇上面。她刚才叽里咕噜说的一大堆全是废话。尼克一定认为她是个傻瓜，因为很明显，消息是他发出来的，而且电报里提到的生物就是赫儒尔，而这只怪兽已经处理完毕了。她真希望自己从来没来过，不过她若是没有来，尼克可能已经死了，而赫儒尔会做出不知什么样的——

“那个怪物就是它。”尼克说，但是语气中并没有指责莉芮尔的意思，“是我给科莉发的消息。我从多兰斯展览馆就开始跟踪那怪物，一路到了这儿。”

“那么我就可以回去找送我来的士兵了。”莉芮尔说。她朝自己背后示意，很明显是指那些如同犯错的孩子那样再次偷偷跟上前来的安洛和她手下那一群士兵。“他们还没回巴赫德林呢。我把纸翼停在那儿了。我已经能自己飞了。我是说，我还——”

“我不想回安塞斯蒂尔去。”尼克脱口而出。他努力地坐起身来，这一次终于成功了。莉芮尔伸手去扶他，可是刚接触到他的胳膊，马上又放开了。她觉得自己又犯了一次傻。尼克眼下只是一个受伤的、需要帮助的人，这次接触仅此而已，不带任何其他意义。

“我想去古国。”尼克说。他抬头看着莉芮尔，但是她却看向别处，看着那些逐渐靠近的安塞斯蒂尔人。他们正沿着一条之字形的小道穿过铁丝网，还有人在官腔十足地大吼大叫，尽管她听不清说的是什么。

“我想去古国。”尼克重申道。

“但是你上次没有来。”莉芮尔仍旧没有看他，“上一次，我们离开的时候，萨布莉尔说你不该来，因为……因为发生在你身上的事情。我想……我是说，萨姆后来觉得，说不定你不想来……我是说，因为某些原因，你必须留在安塞斯蒂尔，我指的是那些原因——”

“不。”尼克说，“在安塞斯蒂尔我什么也没有。我害怕，就是这样。”

“害怕？”莉芮尔问。她终于看着他了，却仍有些犹豫，半边脸藏在头发后面，就像从前在冰川时那样，“害怕什么？”

“我不知道。”尼克说。他又笑起来，那是一个迟疑的微笑，仿佛在寻求她的赞同，“你能拉我一把，扶我站起来吗？哦，你的手！萨姆还真给你做了个新的！”

莉芮尔伸缩着那注入了咒语的金手指，她的手如同金色玻璃罩中的蜡烛一般散发着柔和的光芒。这只手很温暖，很漂亮，但是对她而言太过醒目。就在此时此地，莉芮尔下定决心，不论会不会伤害萨姆的感情，一定要将这些咒语破解掉。

尼克伸出了自己的双手，其中一只布满了斑斑的血痕。他似乎很自信，她会拉住它们。

“我一个月前才装上这只手的。”莉芮尔慢慢转动自己的金手掌，握紧拳头，又展开，“这里已经靠南边很近，它可能不起作用了。萨姆真是个很有用的侄子……”

莉芮尔直视着尼克。他仍旧举着双手。她知道，一旦拉住这双手，便会横生枝节，给自己带来更多的苦恼和伤害。如果她牵起他的手，而他来到古国，会发生什么事呢？而她更害怕的，是什么也不发生……

她真希望坏狗能在这儿，帮助她理清自己的感情，让她不再如此紧张和拘束。她又一次感到自己与人群的格格不入，别人似乎天生懂得该如何交朋友，寻找爱人——

集中精力，莉芮尔告诉自己，一步一步来。

“你觉得自己能走路吗？”

“你要是肯帮我就行。”尼克说。

莉芮尔弯下腰，他们的双手握在一起。就在这时，安塞斯蒂尔人赶到了。莉芮尔带来的士兵也靠上前来，安洛上尉打了个手势，士兵们便散开围成一个新月形，准备保护准阿布霍森。

远处传来隆隆的响声，另一个照明弹应声在高空里绽开，将它那夺目的光亮投向这片毫无人烟的土地。

伴随着这突如其来的亮光，传来了阵阵吼声。声音来自一个高个子的安塞斯蒂尔军官，他身材苗条，脸色很苍白，以至于莉芮尔把他当成了亡者生物，差点儿伸手去够自己的摇铃，尽管她并没有

感觉到这种生物的存在。

不过他是活着的。活生生的，而且在抗议着什么。

这位将军没有戴着头盔或帽子，光秃秃的头顶被亮光照得白花花的。他也没有像其他军人一样身穿卡其布军装和盔甲，反而穿着一件深红色的燕尾服，胸口挂着许多小奖章—— 任何一个目光足够敏锐的观察者都能发现，其中没有一枚是因为作战勇猛或战时服役而得到的。他穿着一条黑色长裤，裤腿侧面有一条宽宽的红条，脚蹬一双绅士鞋，在无人区泥泞和污秽的路上行走，这双鞋是最不合适的。与其他边境军队的军人相比，他简直是格格不入到了极点。

“就是他！”面色苍白的将军指着尼克喊道，“立刻逮捕他！让其他人离开这儿！”

第七章

什么也不如捕鱼重要

靠近绿水河入海口的海上

漂入绿水河的入海口后，水面变得不那么湍急了，芦苇筏便随之减速，随着大海波涛上下晃动，显得轻柔多了。这儿风平浪静，天空也放晴了，看来当第二天的太阳在地平线上升起之后，会带来一个晴好的春日。天气仍旧很冷，不过几个小时前云朵就已散去，雪也已经停了。

那超自然的火焰仍在小罐中继续燃烧，产生的黑烟不断升起，然后飘散开去。现在，在不远处就能看到这股黑烟了，它正升起在黎明前灰白色的天空下。

翁皮仍在酣睡当中。一路躲避追杀，把她累坏了，哪怕没有受伤恐怕也不容易醒来。一路上的惊吓加上极度的疲惫，使得她陷入深沉的睡眠中，几乎已经是昏迷的状态。虽然已经从打着漩的河水中漂到缓慢起伏的大海上，但她丝毫未能觉察到这些变化。在山里的时候，她曾为自己高度的警惕而倍感自豪，这倒是真的，一般情况下，哪怕最轻微的声音，或是光线的细微变化都能让她惊醒。

可是如今，就连一艘渔船小心翼翼地靠了过来，两只强壮的胳膊将她拖上船，她也依旧浑然不觉。与此同时，有人用船桨把莉芮尔的筏子推开了，这样做是为了尽快摆脱那附有魔法的燃烧着的罐子，它的黑烟太过明显，而且还散发着微弱却盘桓不去的肆行魔法的臭气。

这艘船上有四个渔民，都来自同一个家庭。两个儿子，一个女儿，以及发号施令的妈妈兼船长，一个叫作卡里尔克的女人。他们都是普通个头，因为经年累月拉动沉重的渔网，所以肩膀很宽，前臂粗壮。日晒风吹和海上的劳作使得他们的皮肤呈现出一种黑色，与他们造船的木头的颜色如出一辙。这艘船遵循渔民们的传统，是没有名字的。

卡里尔克的额头上有咒印。她粗略懂得一些咒语，大部分都很简单，比如帮助他们在夜晚或迷雾中找到方向，定位大鱼群，获得风暴的预警的咒语。但是船长还知道一种治疗咒语，被刀划伤时常常用来止血，或是缓解被绳子擦伤的疼痛。

她把这种咒语施放在翁皮受伤的脚踝上，准确地说是，她试图这么做。尽管她很确定自己在咒契的洪流之中找到了正确的咒印，并且以正确的方式把它们连缀在一起，但那些明亮的符文在牧民女孩的皮肤上跃动一阵后，便散开消失了。

可是，这些咒语却把翁皮唤醒了。那是一种强烈的，突如其来的疼痛，甚至比被那把弩箭擦伤时的疼痛更甚，就像是一把锋利的刀刚好刺在她的肚子上，而且一路刺穿，从背后又刺了出去似的。

翁皮一跃而起，双手同时在摸索自己的刀。当她意识到自己并非裹着自己的斗篷，而是被包在一床干燥而刺痒的羊毛毯子里时，双手开始胡乱地挥舞起来。她的疯狂举动仅仅维持了一会儿，很快就被两个渔民制止了。

“冷静，冷静，”卡里尔克大声说，“我们不想伤害你。我们是渔民，简单纯粹的渔民。我们把打来的鱼卖到绿水河两岸，给你们的人，也给我们的人。”

翁皮再次反抗，想要挣脱对方的掌控，无奈始终被抓得紧紧的，一丝松动也没有。与此同时，她肚子的疼痛消失了，所以她很清楚，那疼痛并非因为自己真的被长矛或刀刺中了。于是她让自己放松下来，同时希望对方也能有所松懈。过一会儿，如果他们能够放松警惕，她也许能找到可乘之机，溜之大吉。尽管他们有四个人，个个强壮而结实，但翁皮认为自己也许能找到合适的时机劝说他们放了自己。她看见他们都拿着刀，不是格斗刀，而是剖鱼的刀，却能与别的刀子一样轻易取人性命。

“不是我们的人。”翁皮说道，声音里有一丝苦涩。那些部族应该尊重她才是，就像对待信使那样，但他们却没有。

“不是你们的人？”卡里尔克问，“看样子，你应该属于二十个部族中的一个，虽然我对你的衣服不太熟悉。”

“我是阿撒斯科人，我们住在山里，不在干草原上。”翁皮缓缓说道。她已经完全清醒了，开始缓缓转动着眼珠四处打量，试着看清自己的处境，同时摸清敌人的底细。如果他们真的是敌人的话。“不过我们的确常常把自己视为那些马上部族的亲戚。表亲，不是亲姐妹。”

“好吧，马上部族的表亲，我的名字叫卡里尔克。该怎么称呼你？”

翁皮沉默了片刻。她不知道自己是否应该取个名字，这样与陌生人打交道会比较方便。但是取什么名字呢？还是把她那没有血缘关系的小妹妹莉利奥思给她起的名字告诉他们吧。

“翁皮。”她答道。

“山里来的翁皮。”卡里尔克说，“你为什么乘着一艘芦苇筏，来到绿水河的河口，还在筏子上点着一罐散发着肆行魔法臭气的火？”

“我是一个信使。”翁皮说，“我要把一条消息带到大河的另一边，给那些住在雪山里的女巫。”

“上游有一座桥。”卡里尔克说，“比起乘芦苇筏，过桥容易得多。”

“我试过。”翁皮缓缓地说。她看着卡里尔克的双眼，估量着女渔民的身份，揣测她听了自己的话会有怎样的反应，“可是敌人守在那里，我在打斗中受了伤。他们还会继续守在那儿，那是唯一的桥。我只能转到水路。而且这方法可行，不是吗？如果你们能把我带到南岸，我会给你们金子。”

“你不怕我们直接把你带的值钱货偷走吗？”卡里尔克问。

“不怕。”翁皮说，“我觉得你们不会这么做。你的眼神在说话时没有躲闪。而且，你的前额有咒印，就像我传递的这条消息的主人，洞穴女巫一样。这是一个征兆，说明你会帮助我。”

“是吗？”卡里尔克反问道，不过她笑了起来，“山洞里的女巫？你们那儿的山吗？而且还有咒印？”

“是的。”翁皮说，“她的伙伴们是住在雪世界里的女巫。”

“你是说珂睐？”卡里尔克问。

“没错。”翁皮说，“但是我不会这么说，因为名字应该用来称呼具名者，否则会被别人听去。我现在已经知道，有许多人不希望我把消息成功送到。”

“罐子里那簇怪火，是我们叫作肆行魔法术士的那种人才会用的。”卡里尔克缓缓说道，她希望把这个从海上捡到的奇怪女孩的底细搞清楚，“但是你看上去并不像是肆行魔法术士。他们很少下水，而且你们的人习惯把他们的脖子用链子锁住，对吗？”

“我不是巫师。”翁皮说，“那火……来自一支灵体玻璃箭。不然我早就被冻死了。”

“我听说过这种箭。”卡里尔克说，“很珍贵，对吗？”

“我的消息非常重要，对我们的人和你们的人都很重要。”翁皮说，“我出发的时候，带着三支灵体玻璃箭。现在，告诉我，你们是否愿意把我送到绿水河南岸去？”

卡里尔克没有立刻给出答案。她将目光从蜷缩在毯子里的翁皮身上移开，朝海面望去。目光所及之处，能够看到远处的海岸，就像地平线上的小黑点；他们现在在绿水河的北边，所以那片土地肯定是其中一个部族的领地。在靠近那处海岸的地方，一缕细细的黑烟从起伏的筏子上升起，但是对于卡里尔克来说，她仍嫌太近了。

“我们应该弄沉它的。”她半是自言自语地说。

“什么？”翁皮问。船长正抓住一根支索，站在舷缘朝四方眺望。

“我们应该弄沉你的筏子，灭了上面的火才对。”卡里尔克说，“那股烟会把不祥之物吸引过来。好了，告诉我，你是否愿意起誓……你们山民以谁的名义起誓？”

“我们从不起誓。”翁皮说，“我们说话算话。”

“那么只要你同意保持冷静，听我的安排，我们就会放你走。”

“你们会带我去南岸吗？”翁皮问，“我会付报酬的。”

“我们家所在的港口叫黄沙村，在绿水河的入海口往南二十里格的地方。我们会把你带到那儿，但是要等到我们捕够巴蒂斯才行。”

翁皮满脸的不解。

“巴蒂斯是一种鱼。”按住她的人中有一个小声告诉她。

“可是……可是我说了会付钱的！”翁皮嚷嚷着。她又开始挣扎，却发现自己被船长的孩子们按得死死地，“我有金子，足够买满满一艘船的鱼了。”

“每一次返航，我们都载满渔货。”卡里尔克说，“收获一直都不错。只要花上三天，也许四天，就能回家了。”

“我的消息非常重要！”翁皮喊道，“我不能浪费时间！我可以拿我的金子给你们看！”

“用来捕鱼的时间从来不叫浪费。”卡里尔克说，“但钱只是钱而已。”

“能卖给我一艘你们的……小船吗？”绝望中的翁皮看到船的两侧挂着两个小舢板。

“你会划舢板吗？”卡里尔克问。

“不会。”翁皮说，“但我总会想出办法来的。”

“你会不会我不管，但我们捕鱼时要用到小舢板。”卡里尔克说，“好了，你同意保持冷静，听从安排，与我们合作吗？三四天后，你很可能就活着在黄沙村上岸了。”

“很可能？”

“在海上永远没有绝对的事。”卡里尔克说，“也许我应该这么说：等我们捕够了鱼，就会把你送到绿水河南边，尽量让你安全上岸。”

“看来我也没有别的选择了。”翁皮慢慢地说，“但我告诉你们，就算只是耽搁三天的工夫，我的族人也可能被屠杀，甚至可能包括你们的人。我送的消息真的非常重要。”

“你这么年轻，离家又这么远，”卡里尔克说，“照我看，所谓这消息很重要，不过是说说而已，也许实际上并没有那么重要。不然他们就会派一个年长的信使——”

“我是最好的信使！”翁皮打断了她的话，“我从会走路起就开始接受训练，任何事都要做到最好。让我站起来，我证明给你看！”

卡里尔克笑了。

“总之，如果是大事，珂睐会预视到的。我们这是在浪费时间。只要你愿意起誓，那么三天后就能安全上岸，继续送你的消息。”

“只能这样了。”翁皮心灰意冷地说，“我发誓老老实实，听从命令，等着你们一切就绪，把我送到河的南岸。”

“很好。”卡里尔克说着朝儿子和女儿示意了一下，他们欣然松开了手，朝后退去。“你的首要任务就是睡觉，如果睡得着的话。腿上的伤用不了治疗咒语，但是休息对伤口一定会有帮助。安静地躺好，我可是说真的！”

她之所以补充最后这句话，是因为翁皮厌倦了只能看着船底或头顶的天空，正挣扎着要坐起来。

“我只想看一看周围。”翁皮乖乖地解释道。她一副低眉敛目的样子，就像对部落的长者说话似的。

“托尔瑟，休伊尔，小心地把她扶起来，让她靠着桅杆。”卡里尔克说，“但是你听好了，翁皮，双腿要伸直，不要弯起来。快点儿，我们还要打鱼呢！”

“我是托尔瑟。”在扶起翁皮时，那男孩告诉她，“妈妈虽然严厉，但是她处事很公正。只要捕够了鱼，我们就会全速返航。”

“我是休伊尔。”年轻的女孩开口说，“你的白毛斗篷是从哪里来的？可真是又柔软又暖和。”

“那是一种大猎猫的毛。”翁皮对她解释道。既然许下了承诺，她便不能像以前那样豁出性命去送信了，比如翻过船舷跳到水里，再游向远处的陆地这种办法是不能考虑的。翁皮觉得很累，伤腿也疼得厉害。年轻的渔民动作轻柔地扶她躺了回去，她硬生生地忍住了，愣是没有显露出一丝一毫的不适。

“谢谢你们的好意。”翁皮费力地挤出这几个字，然后瞥了一眼四周的海面。只见一个蓝灰色的巨浪把小船托起，几秒钟后，小船随着海浪来到波谷，白色的浪花四散飞溅。对从未离开过深山的翁皮而言，这一切都很陌生。

然后，她再次昏昏睡去。在卡里尔克的一声声指令下，主帆升了起来，几经调节后高高地鼓起来。船只迎风扬帆，朝着东北方向越来越快地驶去。陆地越来越远，海浪拍打在船身上，发出的轰鸣越发的响亮。小船的目的地是比海面高出六十里格的那片海岸线，大群的巴蒂斯鱼正在那里游动着，等待着渔网的捕捞。

第八章

不听话的摇铃

界墙附近，无人区

那位面色苍白的将军下令马上逮捕尼克，却没人做出反应。他加大了嗓门，怒气冲冲地朝离自己最近的士兵转过身去，哇哇直叫。

“逮捕那个人！其他人，从哪儿来的，回哪儿去！”

被他吼的士兵是一位带着伤疤的老兵，袖子上有一个准尉的皇冠图案，前额有一个咒印，钢盔的侧面印着关卡巡逻队的徽章。他没有答话，只是漫不经心地移开目光，一副什么也没有听到的样子。

“我在给你下达命令！”将军咆哮道。他用自己那瘦巴巴，几乎只剩骨架的食指指着尼克，“逮捕……那个……人！”

准尉继续目光空洞地瞪着界墙。一位军士走到他跟前，从他的徽章看来，同样来自关卡巡逻队。这位军士拿出自己的烟卷，开始往里面塞烟草。

“我不会忍受任何沉默的傲慢！我是菲弗沙姆将军，来自位于考威尔的司令部，听见了吗？逮捕那个人，否则我会让你们余生都在禁闭室里度过！”

莉芮尔扫了一眼安塞斯蒂尔的士兵们，发现他们都来自关卡巡逻队，都带着咒印，而且似乎每个人都沉醉在与黑夜、天空、界墙、地面的交流中，这么说吧，他们在与天地万物交流，唯独除了面前这位咆哮的将军。

“我自己去！”将军怒吼道。他在自己的腰带上摸索，想找一把左轮手枪，却忘了自己衣衫不整，没有把武器带在身上。于是他伸手去拿离自己最近的士兵的步枪，可是那士兵装作一切都没有发生的样子，并没有让他得逞。

“不。”见那将军继续抢夺士兵的武器，莉芮尔平静地说了一句。她探入咒契中，从头脑中流过的璀璨洪流中迅速聚集了五个咒印，把它们连缀成一个金色的网，从手上施放出去，罩在将军的秃头上。

他放开了步枪，朝自己的耳朵抬起一只手，发出打嗝似的声音，浑身瘫软下来。就在即将倒地的那一瞬间，他被身边的军士扶住了。军士扔掉了手中的烟，开始骂起来。

“对此我很抱歉，夫人，”准尉朝莉芮尔转过身来说道，并且很机灵地朝她致敬，“巡逻队军士长尼尔德。啊，您遇到麻烦了是吗？从南边来的怪物引起的麻烦？”

“没错。”莉芮尔说，“那怪物已经被制服了，不过，我或者阿布霍森本人要在一年零一天之内回来，因为它只是暂时被幽禁，到那时会再次冒出地面。”

“那到底是什么？”巡逻队军士长好奇地问，“请原谅，夫人，但是我们这些人都没见过那样的东西，虽然我们见过很多越过界墙的东西。”

“一只赫儒尔，拥有自我意志的肆行魔法生物。”莉芮尔说。她感觉自己身边的尼古拉斯在往下倒，便匆匆扫了他一眼，发现他已经快要昏过去了，但仍然挣扎着保持站立的姿势。“对不起，我们得走了。”

“带着塞尔先生吗？”巡逻队军士长问，“他是尼古拉斯·塞尔，对吗？廷德尔中尉派我们做先遣小分队的时候说过他的名字。”

“是的。”莉芮尔说。她犹豫了一下又说，“他必须跟我走。你可能知道他被感染了……在福文加工厂那次事件中。他那时就该跟我们回去的。”

“我们接到最高层的命令，不能让他走。”巡逻队军士长半信半疑道，“我是说，发出命令的人不是来参观的好管闲事的家伙，像菲弗沙姆这样的，他不过是因为晚餐被搅黄了所以才跑来闹事。他以为这是一个骑着摩托车的入侵者。那位将军，我是说。他在追赶中瞅见了塞尔先生，但是从头到尾都没见到那怪物。这条命令是巡逻队的司令官发来的，不允许塞尔先生通过界墙。”

“他必须跟我们走。”莉芮尔平静地重申。她听见自己带来的卫兵在身后走来走去，可能已准备好为她提供武力支持。眼下关卡巡逻队的人只有二十个左右，不过其中有的拿着那种可以快速开火的武器——列文机枪。“你知道我是准阿布霍森吧？”莉芮尔问道。

“是的，夫人。”军士长答道，他的表情很纠结。

“尼古拉斯·塞尔……嗯……他被注入了肆行魔法。”莉芮尔仔细地选择词语，“我们必须把他带回古国，才能确保他不……”

尼克感觉身体变得越发沉重了，他的双膝在发软，眼看着就要昏过去了，所以全身的重量都靠莉芮尔的手臂支撑着。她快要扶不住他了。

“我们要帮助他维持人形。”莉芮尔小声说，希望不会被尼克听见，“让我们走，我会派出信鹰给所有需要解释的人发送消息，然后转换成电报。你不用承担任何责任。”

“无论如何，我们总得把将军送回去，罗杰。”抽烟斗的那位军士说，“照我看哪，我们根本不知道这儿发生了什么事。你说呢？”

军士长看着地上那位脸色苍白的将军。因为躺倒在地的缘故，他看上去真像个死人，尽管他胸前的小奖章正随着他缓慢的呼吸而起伏。

“他什么也不会记得。”莉芮尔赶紧解释，“他黎明才会醒来，而且会忘记前一天日落后发生的所有事情。”

军士长和军士都惊讶地扬起了眉毛。这是一种强大而精妙的咒契魔法，远非他们的能力所及。

“我想你说得对，什么事也没发生。”军士长低声对另一名军士说道。他并没有看着莉芮尔，“我在这儿什么也没看见。我们把将军抬回去吧。”

军士长朝身后等待着的两名抬担架的士兵打了个手势。他们迅速走上前，翻动将军的身体，把他抬到帆布担架上去，动作一点儿也不轻柔，其中一个还压低嗓门粗鲁地评论着什么，另一个听了直笑。不过当军士长看过来时，那士兵把笑憋了回去。

两名安洛上尉手下的士兵快步走到莉芮尔身旁，接过了尼克。莉芮尔因为不用继续扶着他而松了口气，可同时她又有些不太情愿放开。趁着松开尼克的当儿，她凑近看了看他。那失去意识的、放松的脸庞在月亮下显得如此苍白。看到微弱的咒符在他的皮肤下游走，她颇感安慰，这意味着治疗咒语仍旧在起作用。

“我们回去吧。”莉芮尔说。

安洛上尉大声下达了命令。几名卫兵上前来围绕着尼克，其中的一个展开一种吊床样的担架，两个士兵各抬着其中一头。莉芮尔领头朝着贯穿界墙的隧道走去，满脑子想着的都是尼克该怎么办。身体失血过多，只要好好休息应该就能很快恢复，但是更严重的是他身体里的肆行魔法。

从大门口经过时，界墙石上的咒印闪耀起来。她伸出手去触摸石块，随即汇入了无尽的咒契之流中，那温暖、熟悉的咒印叫她倍感安慰，她对尼克的悲观情绪也稍有缓解。在这些石头里有如此宁静却无处不在的力量。毕竟，即便强大如奥兰尼斯，最终也在莉芮尔等人的合力下，被咒契打败和禁锢。尼克体内的那股力量不论是什么，也不可能与奥兰尼斯相提并论。

她一边走一边想得出神，突然被身后传来的惊恐的尖叫声吓了一跳。莉芮尔一边转身，一边伸手朝摇铃和剑探去。在她身后几步开外的地方，抬着尼克的卫兵们飞快地放下了担架朝后退去。但是并没有突如其来的肆行魔法的气味，也没有白色闪电似的亮光，尼克体内潜伏的力量并没有发作。

原来，是流入他体内的咒印惊动了卫兵们。咒印离开了界墙的石头，在空气中飘浮着，似乎有某种奇怪的、看不见的东西托举着它们。它们在空中旋转着，螺旋状朝下落在尼古拉斯·塞尔身上，铺满他的全身，从脚到苍白的前额。咒印如同刚刚落下的雪花一般在他身上停留了一会儿，然后便透过衣服和身躯，渗了进去。

越来越多的咒印从石头中浮现出来，每一分每一秒都在成倍增长。它们密密麻麻地落下，就像涓涓细流，又像闪着金光的瀑布。这么多咒印，根本无法一一看清，莉芮尔冲到尼克身旁，摊开手掌抓过几个一看，根本不是她所认识的咒印。

“我们该怎么办？”安洛上尉着急地问，“这种情景我从没见过。”

“它们没有展开防御。”莉芮尔缓缓说道，“界墙并没有试图阻止他通过。”

她松开了手中的咒印。它们没有直接往下落，而是朝旁边的尼克飘了过去。她已经觉察出它们的一些本质，尽管她还无法更为准确地进行辨别。而且，她完全想不通，咒印为什么这样汹涌地进入尼克的身体，也不知道它们最终会有什么作用。

“把他抬起来，我们走过去。”

尽管所有士兵都是咒契师，精通各种不同种类的咒契，可他们再次抬起尼克时，还是明显表现出不情愿的样子。不认识的咒印和不知底细的咒符是相当危险的。可即使如此，莉芮尔还是很惊讶，因为士兵们的动作实在太慢了。

这时候她才恍然大悟，士兵们不想接近的并不是尼克，而是她自己。他们之所以害怕，是因为她胸前的摇铃开始颤动起来。尽管它们的铃舌已经被皮带锁住，但它们仍旧发出轻微的声响，就像遥远的音乐一般，传到大家的耳朵里。

所有的摇铃都在同一时间响了起来。

声音虽有些沉闷和含混，但是不知为何它们会自己响起来！莉芮尔能感觉到它们的震动，更糟糕的是，她能感到它们的力量。所有的摇铃，从安眠者岚纳，到摄人心魄、能够将听到铃音者统统遣入冥界的阿斯塔睿尔，全都在响。虽然单个摇铃发出的声响并不起眼，可它们的翁鸣正逐渐加大。谁又能知道，此情此景之下，七只法铃脱离了主人的掌控，共同自行摇响，将会产生什么样的后果？莉芮尔知道唯一的一次七只摇铃同时响，还是在束缚奥兰尼斯的时候，而且当时七只都在主人牢牢的掌控之中，每一只都是。

不知道尼克身上和界墙内蕴藏的魔法到底发生了什么事，有一股力量或是唤醒了法铃，或是激怒了它们，而这一切已经超出莉芮尔的知识或经验范围。在那一瞬间，她从一位自信的准阿布霍森变成了一个被吓得魂飞魄散的小女孩，脑子里只能想到一个方法。

走出去。让摇铃远离界墙内的咒契魔法，而且要赶在她和所有卫兵以及尼古拉斯或被催眠，或被剥夺记忆，或被迫行至他们不应该去的地方之前……或是更糟糕的，被不情愿地遣往冥界，永远无法返回。

“抬起他！赶快！”她大叫着朝北边冲去，双手紧紧握着整个铃带，希望铃铛们能够安静下来。

第九章

春天从不出海的天马族

绿水桥入海口外的海上

天色已近黄昏，被拖上渔船的翁皮仍然沉睡不醒。船斜着撞上一道海浪，水花溅得她满脸都是，可她仍旧没有醒来。这根本不是正常的睡眠。她双颊通红，在毯子里痛苦地扭动着身体，想要把毯子推开，明显睡得极不安稳。她将受伤的脚踝从毯子下伸出去，绷带上满是血痕，那条腿脚踝以上的部分肿起老高。

“她那条腿可能保不住了。”托尔瑟说。他用不着挑明“你做错了”或补充一句“除非我们把她带回到黄沙村去找治疗师”，大家都心照不宣。不过，船上的孩子们都不敢说卡里尔克做错了，在海上不行。当他们回到岸上，恢复到单纯的家人关系后，他们也许敢壮着胆子把意见提出来。当然，是非常小心翼翼地，用一种很委婉的方式提出来。

“我们打了多少鱼？”卡里尔克问。

“刚刚超过第四条线。”休伊尔说。这意味着唯一的渔舱里只装了一半海鱼。卡里尔克出海打鱼向来是满载而归，这一纪录已经保持了二十年。有时候，这意味着出海的时间比平时长出一个星期，每个人只能喝额定量一半的水，饥饿时只能以鱼果腹。卡里尔克因此而闻名，被人们称为“满载卡里尔克”，虽然人们不是当着她的面说。

“妈……”托尔瑟正要开口，卡里尔克却给他了一个眼神，一个她已经很长时间没有用过的眼神，“我是说，船长……”

“什么事？”卡里尔克说。她的目光并未投注在他身上。她一只脚踏着舷缘，正眺望着大海，毫无疑问，是在寻找海面是否有象征着巴蒂斯鱼群的银色斑点出现。

“她会失去这条腿的。”托尔瑟小心翼翼地说，“也许还会死掉。”

“我认为你说得对。”卡里尔克说。

“所以我和休伊尔……”托尔瑟深吸了一口气说道，“我和休伊尔觉得应该带她回去。你可以拿我们的报酬补偿这一趟的损失。”

“那就意味着你们两个没有报酬。”卡里尔克说，“这次和下次出海的报酬都没有。”

托尔瑟点点头。

“准备掉转船头。”卡里尔克说。

托尔瑟与休伊尔面面相觑。休伊尔惊讶得张大了嘴巴，灌下了好大一口风。

“怎么了，你们还在等什么？”卡里尔克问。她朝左舷指了指，“动作快一点。我看那艘船来者不善。”

托尔瑟也是一脸的惊讶。他和休伊尔一起转头朝左舷方向看去。就在那儿，一个清晰的黑点出现在地平线上，依靠多年海上行船的经验，他们马上认出那是一艘牧民的入侵船。那种船体形修长，线条流畅，由六十名战士划桨前行。它是伊鲁斯部族最常用的船。在那二十个部族之中，伊鲁斯人是唯一一个在海上如同在马背上一样自在的部族。不过他们通常不会在春天出海，这个季节他们忙着照顾草原上的牧群。

托尔瑟与休伊尔朝前桅帆和主帆冲过去，他们的哥哥劳恩，则准备好把控舵柄。三人当中最年长的他眼下正在放声大笑。

“妈妈正有这个打算，你们却撞在枪口上，放弃了自己的报酬！”笑完了之后，他大吼一声，“掉头！”

渔船掉过头去，开始顺风行驶。远远的，他们隐约听到入侵船上桨手们的吼声，仿佛在喊着节奏。

“有这阵风在，他们永远也追不上我们。”劳恩对妈妈说，“说真的，他们干吗这时候跑出来？不是休战到仲夏之后吗？”

卡里尔克低头扫了一眼翁皮，见她仍躺在甲板上，不耐烦地翻腾着。

“休战只是传统，不是铁律。”她说，“也许和她有关……也可能他们想瞧瞧那股烟是怎么回事。至于这风，只希望他们不会……”

她的眼睛眯缝起来，因为常年被海风吹拂和在日头下瞭望所产生的皱纹看起来非常明显。

“不会什么，妈妈？”

“那艘船上不会有巫师或女巫。”卡里尔克说，“不会有鼓风人，或是更糟糕的，有一个食风人。”

“他们怎么会在船上安排巫师？”劳恩问，“巫师害怕大海，不是吗？”

“没错，但是如果他们的主人希望他们上船，他们就得去。”卡里尔克说。她仍旧盯着那艘入侵船，倾听着顺风飘来的桨手们的号子，“他们划得更快了。”

劳恩扭头看了看，然后又看了一眼风帆。风帆鼓满了风，绷得很紧，弟弟和妹妹正在非常熟练地调整着它们。

“我们在拉开距离。”他说，“保持这条航线吗？”

“暂时保持。”卡里尔克说，“除非风向有变化，不过应该不会。”

“我们要帮这女孩做点什么吗？”托尔瑟朝妈妈大声喊道，话刚出口便被风吹回他的脸上。

“治疗咒语不管用。”卡里尔克说，“眼下最好别动那道伤口。如果黄昏时风向稳定，我们天亮时就能到家了。我们还是寄希望于阿斯蒂拉兰吧，希望他能想想办法，保住她的那条腿。”

他们的所有对话，以及将渔船向南吹去的东北风，翁皮全都浑然不觉。她发着高烧，已经迷失在自己的精神世界，被困在几年前的一个时间气泡里。那是一个梦，一段记忆，她无法挣脱出来，清醒地回到当下。

她正在自己的帐篷里，和她的衣服一样，帐篷也是用红线缝制的山羊皮做成的。红线的染料取自于一种介壳虫，它生活在低矮山坡上的橡树上，线则是由山羊毛纺成的。翁皮自己不纺线也不染色，而且也不放羊，虽然对于阿撒斯科人的孩子们而言，这是最惯常的工作。她所有的时间都用来训练和学习，准备好最优秀的头脑和身体，随时等待被无脸女巫征用。

在发着高烧的梦中，翁皮与那位跟自己关系最为紧密的长者进行了“例行谈话”。那是一个叫作吉特拉尔的女人，简称吉斯。翁皮将其称之为“例行谈话”，是因为谈话内容经久不变，特别是被要求与族人一起参加几个节日之前，总会有这样的老生常谈。这样的机会不多，每当回到族人们中间，翁皮便会感到自己是和大家一样的女儿、姐妹，反正是阿撒斯科人当中的普通一员，和大家没有区别。

“你是贡品。”吉斯说，“意味着你是我们当中最好的，或者说，会成为最好的。意味着你最强壮，最快，最灵巧。”

翁皮微微点头。常规谈话期间她从不说话。

“你与我们分开住，并非因为你不是阿撒斯科人当中的一员。你住在别处，是因为你做的事是为了所有人，不是为了某个家庭。我们都是你的父亲和母亲，都是你的兄弟姐妹，也都是你未曾孕育过的孩子。”

翁皮再次点头。

“你必须是最好的，如果献给无脸女巫的贡品有瑕疵，她会不高兴。她会一怒之下大开杀戒，肆意摧残族人的性命。你，作为贡品，就像战队中最强壮的人必须对抗势不可挡的敌人一样，你是在反抗她，牺牲自己高贵的生命，为族人赢得逃跑的时间。你是我们的希望，我们的保护伞。”

翁皮再点点头。

梦境变得模糊不清，恍惚之间便已变换了场景。翁皮坐在贡品之椅上。所谓贡品之椅，不过是在一块圆形巨石中央的一个洞里放上的一个软垫，这块石头俯瞰着位于低处山坡上的营帐，那是阿撒斯科人过冬的营帐。

熊熊的篝火在石头前方的空地上燃烧，火星飞溅，朝着晴朗而寒冷的夜空飞去。天空中挂着一轮满月，一圈冰块围绕着那明亮的圆盘。舞蹈已经结束，所有的族人正按照传统，依次向贡品致谢。排在队伍最前面的是最年长的族人，他们一个接一个地从贡品身边走过，握住她的双手，保持一会儿，低声为她必须做的一切表达感激。然后是年富力强的成年人、猎人、战士、牧羊人、纺纱工、染色工、采集工和其他人。再然后是孩子们，那些快要成年的孩子冷漠而局促，再小一些的则疲倦而暴躁，最后是蹒跚学步的小娃娃，他们是最后一批，因为婴儿们实在太小了。

那些很小的孩子尽管能走路，却够不到翁皮的双手，而她是不能朝他们弯腰的，在这个晚上贡品不能对任何人弯腰，所以他们只能触摸她的双脚，把那番话念叨一遍，便摇摇晃晃地走开，等待被家人拥抱，然后上床睡觉。

最后那孩子除外，他没有去碰翁皮的双脚。翁皮好奇地低头看去，这孩子看起来有些与众不同。他……不，应该是它……抬起头来，翁皮顿时感到毛骨悚然：那不是一张人脸，而是一张色彩暗淡的青铜面具，面具只遮住上半张脸，却没有遮住嘴。那张嘴里满是锋利的牙齿，它一低头，牙齿落在她的脚踝上。它发出咕咕哝哝的声音，像野猪用獠牙撕扯猎物一般，开始啃噬翁皮的肉。一阵疼痛袭来，她努力屏住呼吸，不让自己喊出声来。她使劲踢自己的脚，想把这可怕的怪物甩出去。她知道咬自己腿的不是一个孩子，而是无脸女巫本尊……

翁皮憋着气醒来了。一时间她以为自己在另一个梦里，因为头顶的夜空怪异地倾斜着，而且还有一种气味扑鼻而来。她懵了好一会儿，后来才反应过来那是盐味，是大海的咸味，其间还混杂着鱼腥味。她在一艘船上，一艘渔船，而她的脚踝并没有被咬，而是被一支弩箭射中了。

“再喝一些，如果喝得下的话。”有人在对她说话。一张脸映入她的眼帘，一张模糊的脸。翁皮眨了眨眼，再眨，再眨，这才将对方看清楚。

“我是托尔瑟。”那年轻人说，“还记得吗？好些了吗？你的烧退了。这个是好……好兆头。”

翁皮抬起头，同时努力想要抬起受伤的腿。头部感到一阵刺痛，她喘着粗气向后仰去。

“不，最好别动它。”托尔瑟说。他把毯子重新在她身边掖好，同时小心地注意着不要碰到她。“你继续休息。我们很快就能安全地回到黄沙村的家，找治疗师来看你的伤……”

他的声音里有些不确定或是犹疑，翁皮能听出来，于是她朝他转过头去。

“有麻烦？”她问。

“一艘入侵船在跟着我们。”托尔瑟说，“太阳落山前就一直跟着。他们船上有女巫或者巫师，一个食风人，不停地夺走我们的风，所以他们越来越近了。”

“一艘入侵船？另一艘船？”翁皮问道。她挣扎着想要坐起身，托尔瑟犹豫片刻后还是帮助了她。她注意到自己的弓和箭袋就在身旁。光线有些不足，所以除了上方模糊的风帆和绳索的轮廓之外，别的她都看不清。

“那些部族当中的一个。”托尔瑟说，“天马族。但是他们不那么称呼自己。他们来自北岸那边靠此地最近的草原。”

翁皮说：“我知道他们。天马人……他们管自己叫伊鲁斯人，就像我们叫自己阿撒斯科人，但是别人管我们叫山猫一样。我不知道伊鲁斯人竟然会出海……”

“他们春天不会出海，至少是不经常出海。”托尔瑟说，“只是在夏末和秋初，而冬天从不出海。至少我是这么认为的。我们在冬天也会休息，所以我还是很怀疑。”

“我感觉到风了。”翁皮说。她感到有风吹在脸上，寒冷而凛冽。“这个食风人也许不是很强？”

她话音还未落，风便减弱下去，然后消失了。托尔瑟苦笑了一下。

“风向发生改变时，可能有那么一小会儿能加以利用，然后那家伙又会把它抢走。”

“他们会赶上来吗？”翁皮问。

“我会尽量避免被他们追上。”卡里尔克突然出现在她儿子身旁，“托尔瑟，准备好前桅帆，调整好它，尽量多捕捉风。”

“他们还有多远？”翁皮问。她挣扎着要坐直些，可是那条腿只要稍微挪动就会一阵剧痛，如果她保持不动，疼痛则有所减轻。她低下头看去，只见那条腿的脚踝上肿起老大一圈。她缓缓地将目光从腿上移开，仿佛那根本就不算事儿似的。“他们在箭程之内吗？”她拿起自己的弓问道。

卡里尔克俯视着这个意志力惊人的牧民兼乘客。

“也许在你的射程范围内。”她说，“但要从船尾算起。不过，我来是想问问，你是否知道他们为什么能一直全速前进，已经差不多九个小时了。食风人我是见过的，虽然不常见，但是略微了解一些。但是这划船的……要是普通人的话，应该早就累坏了。”

“我对大海一无所知。”翁皮说，“你能帮我到……船尾去吗？我看看情况，也许能杀死那个偷走风的巫师或女巫。”

“你不该动的。”卡里尔克说道，犹豫了一会儿又补充道，“事实上，治疗师可能不得不给这条腿截肢。”

翁皮耸耸肩。

“我的这条腿和我整个人一样，无足轻重。”她说，“但我必须把消息送到它该去的地方，也就是说，这艘船必须要靠岸。扶我起来。”

“人年轻的时候总爱逞英雄。”卡里尔克说，“吃的苦也少，但你说得对，失去一只脚总比丢了性命好。”

宽肩膀的女人弯下腰，扶着翁皮的腋下，把她搀起来。翁皮的脚踝在甲板上拖着，当她站起身来，那条腿完全直立的那一刻，又是一阵疼痛，又突然又强烈，翁皮眼前一黑，昏了过去。仅仅几秒钟过后，她便恢复了清醒，但疼痛依旧不减。她深吸了好几口气，努力平复着自己的呼吸。翁皮拿弓的手张开来，弓掉落在地上。

“拿上……弓……和……箭袋。”翁皮好不容易挤出这句话。

“我过一会儿回去拿。”卡里尔克小声说。她用肩膀架着翁皮，小心翼翼地带着她朝船尾走，另一只手随时准备抓住一根支索或是扶手。这时候，脚下甲板的摇晃和颠簸并未达到她盼望的程度，这意味着他们的船再次减速了。几乎一丝风也没有，风帆了无生气地耷拉着，起不了作用。

虽然没有风儿帮忙把声音吹到渔船上来，但桨手们整齐的号子现在听得很清楚了。他们很近了，而且越来越近。

卡里尔克尽量轻柔地把翁皮放在舵柄柱旁。翁皮靠在围栏上，努力地忍着疼，将视线集中在后面那一团黑黑的东西上。

追来的船上有些小小的火焰，有的人或许会把那星星点点的红光当成点燃的火把，可是，在一艘木船上出现这么多的火把，实在异乎寻常。翁皮还有更大的发现。她继续观察。双眼适应了之后，她留意到那艘船的大部分船桨虽然位于两侧，但不是被绑死就是被绑在高处。每一侧只有六支船桨在划水，但是每次都划得很深，仿佛具有一股不可阻挡的力量。

“每侧实际上只有六支船桨在划动。”她说，“但是这十二个桨手是木怪，或者类似的怪物。它们不知疲倦，而且力气至少比最强壮的士兵大出四到五倍。船上至少有十二个女巫或巫师，还有他们的主人。不，十三个，因为食风人驾驭不了木怪。”

“原来不是普通的入侵者。”卡里尔克说道。她已经把翁皮的弓和箭袋拿了回来，还有她的毛斗篷。船长将斗篷盖在女孩的双腿上。

“天马族是个小部族，不可能有这么多术士。至少两个部族的力量加在一起，才能凑够十二个。”翁皮说。她的胃突然发沉，这是绝望的迹象，她拒绝接受这种感觉。“不同部族从不共骑一匹马。而且他们害怕深水，怎么会派出族人到他们恐惧的海上来呢？这一定是无脸女巫干的。”

“无脸女巫？”卡里尔克问。

“如果能活下去，我再好好讲讲她的事。”翁皮说。她将一支箭搭在弓上，但是没有拉弓，而且一边凝视着黑夜，一边努力忽略脚踝上传来的阵阵疼痛，这疼痛已经传遍了整条腿，随着每一次心跳都会给她狠狠一击。

在入侵船上没有发现目标。那艘船就跟在他们的正后方，大概八十步开外，不过随着船桨的每一次入水和划动，都变得更近一些。渔船仍拿无精打采的船帆束手无策，对方却在不断前进。

就在这时，风向改变了。就那么一点点的角度，船帆便鼓起来，卡里尔克的孩子们抢风行驶，卡里尔克则亲自接管了舵柄。她转动着舵柄，希望能尽量多捕捉一些风。

在入侵者那长长的、带弧线的船头高处，出现了一个人的侧影：有个人为了能够看得更清楚，所以站起来了。

那是食风人。

那阵珍贵的风捎来了肆行魔法的刺鼻气味，不过，翁皮刚刚嗅到，风便悄无声息了。魔法又将风从他们的船帆上夺走了。

翁皮坐在一个摇摆的平台上，一阵疼痛从脚踝传到整条腿，又窜上了头部。她的眼睛模糊了。这是晚上。

翁皮开弓放箭，她的箭飞速掠过了被星光照亮的水面。

第十章

肆行魔法的威胁

古国，界墙的北侧

直到莉芮尔离开界墙，摇铃才安静下来。她刚刚跑出北边的大门，回到温暖的春夜中，铃声便戛然而止了。白昼最后一丝温柔天光仍旧流连不去，夜幕渐渐笼罩的天空中却已有星辰初现。尽管铃声已经止息，她还是往前多跑了五十步，这才停下来将手从铃带上拿开。她发现自己的金手掌比平日更加明亮，许多陌生的咒印组成一个光圈，围绕着她的手指，却与萨姆灌注在这只手上的那些毫无关联。可是她一朝它们看去，这些咒印就渐渐褪色，当她尝试将它们记在心中，以便日后研究时，它们彻底隐没了。

士兵们也跑了出来，其中六个人抬着尼克，应该说，她推测那应该是尼克，因为眼下他们抬着的是一个金光织成的茧，亮得叫人无法直视。咒印依旧不断从界墙的北墙上冲过来，融进这个由咒契魔法结成的光彩夺目的罩子当中。不过，士兵们继续往前走，那无数道光流便渐渐退了回去。在走出十几步或更远之后，那些围绕着尼克的咒印，有的消失了，有的没入他身体里。莉芮尔终于再次看到了他本来的样子。他依旧昏迷不醒，对通过界墙时发生的事浑然不觉。

莉芮尔谨慎地朝士兵们走去，他们也朝她迎了过来。她用双手捂住那些摇铃，以防它们再次发出声响，但是它们没有。这证实了她的怀疑：要形成这种反应，界墙内本身蕴藏的力量必不可少，并不仅仅是尼古拉斯体内潜伏的肆行魔法就可以做到的。

安洛上尉快步从门里走出，后面跟着小分队剩下的其他人。她径直走向莉芮尔，带着满脸的惶恐。莉芮尔可以肯定，她其实并不想把这种情绪表露得这样明显。在几分钟前，这位上尉仍表现得那样坚定沉稳，堪称警卫队长官的楷模，而且在整个过程中，她事事都在向年轻的准阿布霍森证明自己经验老到。

“这种事还会再来一次吗？”安洛问，“还有……这到底是怎么回事？”

“我不知道。”莉芮尔说。她示意士兵们放下尼克，然后走过去跪在他旁边。她犹豫了片刻，才伸出两个手指去触碰他的浸礼咒印。

她感到咒契温暖的迎接，跌入无休无止的咒印的洪流中。这里没有腐败的迹象，与她触碰所有纯净咒印时的感觉毫无二致。但是她能感到一股强大的肆行魔法的力量，潜藏在咒契的背后……或是躲在某个未知的地方……这是一种她无法定义的东西，因为咒契是无穷无尽的，可在这无穷无尽之外，仍藏着什么东西……

她的双眼之间一阵发痛。

莉芮尔直起身，站了起来。

“我不知道，上尉。”她说，“他的咒印是纯净的，和我们一样是咒契的一部分……但是他……肆行魔法已经深入到他的骨子里。还有，他流了很多血。我的治疗咒语仍然在起作用，但是他很虚弱……”

莉芮尔的声音渐渐低了下去，她在想自己该怎么办。

“在巴赫德林有个叫塞莱米的人，”安洛说，但语气中有迟疑的味道，“我们的大治疗师。他不仅是治疗师，还是魔法师，对于普通伤口和疾病的处理很有经验。”

“谢谢你。”莉芮尔说道。她心中已经有了一个方案。她知道这是唯一的选择，虽然并不太情愿这么做，“但眼下是最不普通的……嗯……情况。”

“那么你打算带他去拜里塞尔吗？”安洛问。莉芮尔从她的声音里听出了如释重负的感觉。

莉芮尔考虑过那么做。可是，即使把都城里最有经验的治疗师找来，可能仍旧应付不了这件事。她甚至怀疑，就算萨布莉尔和塔齐斯顿也不一定解释得了尼克身上发生的事。当然，他们都是非常强大的咒契魔法师，而且本身就是很高明的治疗师，可是这不是医学上的问题，而是一个谜团，一个根源于肆行魔法和咒契的本源的谜团。

要解决这样的谜团，哪怕仅仅是弄清这种谜团的性质，最好的地方就是珂睐的大图书馆。同样，古国最顶尖的治疗师也只能在珂睐的医院才能找到。

这便意味着，莉芮尔终于要重返她童年时期的家园了。几个月来，尽管收到许多次邀请，甚至是萨布莉尔直截了当地提出了建议，莉芮尔一直拖着不愿回去。在珂睐冰川生活的那些日子里，她总是处于深深的压抑之中。不过，所有有关冰川的快乐记忆都深深地与坏狗交织在一起，她是莉芮尔曾经仅有的朋友，现在仍是她深深信赖的伙伴，只是坏狗已经不在生者的世界，莉芮尔也知道自己再也见不到她了。

“不。”莉芮尔慢慢说道，“不是拜里塞尔。”

她深吸一口气，甩开那些一直不愿面对的记忆，将每当想起冰川，想起自己在那儿的生活，想起所有姐妹、姨妈和亲人时心中便会涌起的复杂感受压抑下去。珂睐这个大家庭，她从前没有在那儿找到过归属感，将来也永远不会是她真正的归属。事实上，她是被她们驱逐出来的，虽然珂睐们自己不会这么认为。

“不。”在长长的沉默后，莉芮尔重复道，“不是拜里塞尔。我会带他到珂睐冰川去。那地方最合适。”

“我们会在两匹马之间安放一个舒适的担架。”安洛说道，很显然，知道这个棘手的难题会远离自己的管理范围，她一下子轻松多了，“你打算用纸翼载着他飞过去吗？”

“是的。”莉芮尔说。这也可能是个问题。她对乘纸翼飞行并不陌生，但是仅仅六星期前才第一次独自飞行，而且从没载过乘客，更不用说载一个身体里藏着肆行魔法的人。希望纸翼不会拒绝带上他……

纸翼不仅是魔法驱动的飞行器，而且有一定程度的自我意识，行事很难预料。有时候，它们更像是拥有自由意志的咒契魔法影像，一种会自己思考的人造物品。

到时候，尼克只能坐在她身后，这个念头叫她不安，尽管她相当肯定尼克不会被肆行魔法吞噬，变成魔法师或是魔法怪兽。但是即便如此，如果到了巴赫德林后他仍未能恢复意识，就得想办法把他支撑住或是绑在固定的位置。

莉芮尔再次低头朝尼克看去。他脸色煞白，几乎和她自己一样面无血色。但是她的情况不一样，尽管她从一开始肤色就很苍白，但是在冥界出没的经历使得她的肤色变得更白，因为寒意森森的冥河水能够涤荡一切色彩，哪怕是颜色最深的皮肤也不例外。而尼克的苍白却是失血过多造成的。猛然间，莉芮尔有了一种冲动，想抚摸他的额头，而且差一点就真的伸出手去。不过她最终阻止了自己，转过身来。

“没错，用纸翼。”她重复道，“而且我要派一只信鹰到拜里塞尔，给艾丽米尔公主送一封信，还要有一只飞去找科莉，送一封电报给廷德尔中尉，解释我们为什么要带上尼克……”

“我们的鹰舍里至少有十几只，甚至更多的信鹰。”安洛说，“我们那儿总少不了它们。”

“这我知道。”莉芮尔心不在焉地说。她在想，在信鹰的小脑袋那有限的空间里，如何用三言两语把事情对艾丽米尔说清楚。当然，萨布莉尔和塔齐斯顿也需要通知，不过可能要等到他们度假回来……艾丽米尔一直非常坚持不能打扰他们，除非发生了十万火急的事情。还有，萨姆也应该通知一下。说起来，萨姆兴许对解释尼克身上发生的事能有些帮助。他曾与许多魔法师就咒契魔法的本质有过各种各样的探索，虽然目的主要是为了制作物品，但他可能会有特别的见解。而且，尼克是萨姆最好的朋友之一……

莉芮尔眨眨眼睛，把自己的思绪拉回到安洛正在说的事情上。

“你刚才说什么？”

“我在想，最好让他离咒契石远一点。”安洛说，“巴赫德林山山顶的那一块。”

“好的。”莉芮尔答道。她发现安洛比自己头脑更清醒。界墙和咒契石深深根植于咒契之中，都是力量强大的咒契之源。尼克身上发生了那种怪事似乎并不危险，可是他们对渗入他体内的可能是一些什么咒语却一无所知。尽管咒契一般是善意的，可是为了顾全大局，它可能以牺牲引起麻烦的当事者为代价，带来可怕的后果。比如，当有人试图使用超出自己能力或经验范围的咒契魔法时，他可能会禁言、变盲，甚至失去生命。在事态变得无法挽回之前，咒契会以这样的方式阻止个人做出不可逆转的傻事。

“你的纸翼离那块石头相当近。”安洛继续说。

莉芮尔瞪着警卫队长官。

“我会挪走它。”她说。

“可是为什么要带着他……尼古拉斯·塞尔……到巴赫德林去呢？”安洛建议道，“你可以自己去，然后飞回来，在这里的平地上轻轻松松地降落，然后再带他走。”

“哦，没错。”莉芮尔说道。她的脸腾地红了起来，因为皮肤苍白而红得特别明显，“我很抱歉，安洛上尉。我没动脑子。”

“你制服了那头肆行魔法怪物。”安洛说，“赫儒尔。”

“可能那才是最轻松的部分。”莉芮尔说。她又朝尼克瞥了一眼，然后将头发从眼前拨向脑后，这是一个紧张时下意识的小动作，她没有意识到，但凡认识她几天的人，都会对这个动作感到相当熟悉。“那么，我该走了……”

她顿了顿，把事情梳理了一遍。骑马赶到位于巴赫德林的岗哨不过几个小时，午夜前她就能到。但是飞回来就没有这么轻松了……那么尼克将要与这些士兵一起待上一晚。如果出点什么事的话……

“纸翼不喜欢在夜晚飞行。我可能没办法在天亮前赶回来。”

“我们就在那片矮树林边扎营。”安洛指着一片树林说。那儿离他们大概有百步远，是一片绿草如茵的平地，旁边是横跨两侧海滨的北界墙。一眼望过去，那儿只有齐脚踝深的青草，这样一来，如果有任何人或生物想要通过界墙，都会一目了然。

“一定要严加看守，上尉。”莉芮尔说，“肆行魔法，哪怕是受限状态下……在尼古拉斯身体里的……也可能把亡者或其他东西吸引过来。”

说完这番话，她欲言又止。安洛看出来了。

“你是在担心我们？还是担心他？”

“都有一点。”莉芮尔诚实地说，她皱起了眉头，“没错，我也认为他最好不要靠近咒契石。但是如果……如果在夜里真的出现了什么，也许把他带回到大门口，进入界墙，会有用。”

“哪怕不清楚回到那儿去会发生什么？”

莉芮尔缓缓点头。“那些咒印并没有攻击他，也没有攻击我们。它们只是唤醒了摇铃。总之，我希望不会有任何影响……而且我的治疗咒语应该还能发挥一天的作用。”

“我自己也能施放那个咒语。”安洛说，“那个螺旋形的万能灵药。你施放的时候我都看见了。”

“真正做起来可比你以为的要难得多。”莉芮尔说。她又看了看尼克。通过界墙时发生的事情，没有在他身上留下一丝一毫的痕迹。她没有感受到肆行魔法从他身体中“泄露”出来，而且，虽然他流了很多血，现在却睡得很安稳。

莉芮尔摇摇头，这个动作不是表达悲观，而是告诉自己别再踌躇不决，要开始行动。

“我会尽快赶回来，就在明天一早。”

第十一章

天马族从不越过绿水河

黄沙村附近的海上

一声长长的尖叫回荡在海面上。入侵者船头的那个身影向后退去，尖叫声转变为一连串的吼声和咒骂，像是同一个人发出的。划手们的节奏和歌谣连一点细微的变化也没有。

“没射死。”翁皮说，有些失望，有些尴尬，尽管射出这一支箭已经很不容易了。她笨拙地收回胳膊，顿时感觉虚弱不堪，那张宝贵的弓差一点从船舷旁掉下去。这张弓可是在十几次月圆以前，由部族里最好的制弓人，用她储备的最好的牛角、肌腱和桑木专门为她制作的。其中桑木尤其珍贵，因为在阿撒斯科人生活的高海拔地区不长这种树，只能靠交易或是突袭其他部族时得来。

“已经很准了。”卡里尔克说。船长抬起头，皱了皱鼻子。“如果那是他们的食风人……”

翁皮点点头。她希望那是食风人，希望那人伤重不支，无法继续施展法术，因为她已经没有力气再射出第二支箭了。她尽量想换个轻松些的姿势待着，让受伤的那条腿保持不动。翁皮从未觉得如眼下这般虚弱和疼痛。

“没有什么变化。”卡里尔克不无遗憾地说。空气依旧凝滞不动，入侵船划得更近了，近到足以听到船桨的呻吟和桨叶在海水中的拍打声，还有那吟唱，如今也变得非常清楚了。翁皮猛然间意识到，那种抑扬顿挫的节奏根本不是来自人类桨手的声音，而是术士们在为他们的肆行魔法生物打拍子。

“把我从侧面推下去。”翁皮哑着嗓子说。一切都完了。她送的消息，她们阿撒斯科人……但是没有理由让这些善良的渔民也跟着送命。“他们想抓的是我。他们不会继续追的。”

卡里尔克没有接话，可是就在她要开口的时候，刮起了一阵带着咸味的清新的海风。东北风又回来了。

“拉呀！快拉！”卡里尔克朝船员们咆哮着，自己则倚在舵柄上，迫使船朝着最佳航线转弯。一个浪头打来，船身晃动起来，又一阵更加剧烈的疼痛随之传遍了翁皮的整条腿，她硬生生把一声尖叫吞了回去。

可是，即使船帆鼓起，渔船能否逃得过仍是个未知数。追击船上的肆行魔法师加快了他们吟唱的节奏，迫使那些那非人的生物划得更快了。

过了一会儿，一支箭从站在船头的卡里尔克的身边擦了过去。她俯下身去，可是在弯着腰的同时还要掌控沉重的船桨，这不是一件容易办到的事。翁皮扭头去看。只见一个模糊的人影位于追击船的船首，正要直起身来，也许是刚刚搭好了一支箭。几乎可以肯定，这就是被翁皮射伤的那名术士的主人。术士当中很少出现优秀的射手，可是刚才那支箭却是从离卡里尔克很近的地方飞过去的。

翁皮这样想着，直到下一支箭从离她自己头顶一掌宽的地方飞过去，她才明白，并非是射手的准头好，而是他或她瞄准的并不是船长，而是翁皮本人，只是风向发生了变换，加上光线不够充足，才让上一支箭射偏了。

翁皮向后一倒，片刻后另一支箭便射中了船身，使得整艘船都颤抖起来。如果再高个几英尺，它可能就射中了她的头。

下一支射来的箭又偏了，因为卡里尔克驾着船朝顺风的方向转了一个小弯，随后又恢复为逆风。随后射来的一支箭掉到了海水中，离他们的船差着十几步的距离。即使全速划船，入侵者也落后了，再也赶不上这股吹着渔船向南航行的东北风。

“劳恩！抓住这里！”

劳恩回到舵柄旁。卡里尔克弯下腰，看着翁皮。

“你是个勇敢的姑娘，而且你刚才射的那一箭救了我们的命。”船长说，“虽然在海上没有什么绝对的事，但是我们很有可能在天亮后不久，就把你送上岸去找治疗师。”

“你们黄沙村离……珂眛住的地方有多远？”翁皮问，“她们住在冰里。”

“珂眛冰川？”

卡里尔克挠挠头，翁皮留意到，船长在说话时仍一直高度警惕地看着船尾。她还是能听到追击船上传来的吟唱和船桨击水的声音，不过已经微弱了一些。

“我也不太清楚。”卡里尔克继续说，“我想你应该取道向南去纳维斯，然后朝西南方向一直走到辛德尔，从那儿再顺着瑞特林河往北走。那一路都是平坦的大道。从纳维斯应该有小道往西走，我想。骑马的话，也许五到六天。黄沙村应该有人有地图。”

“好的。”翁皮说。她竭力想再说些什么好让自己别晕过去，她认为这是很羞耻的事。可是，她无法抵御虚弱和疼痛的双重攻击。

看到翁皮翻着白眼往旁边一歪，卡里尔克赶紧扶住了女孩的头，小心地扶她在甲板上躺好。船长再次朝船尾望去。追击船上依旧亮着那并非火焰的红光；船桨仍旧按照术士们喊出的节奏，整齐划一，快速地划动着，但它渐渐落在了后面。

即便如此，那艘船依旧紧追不舍。

卡里尔克头一回没了把握。她不知道如果追击船一直追到黄沙村，会发生什么事。天马族的入侵者以前没有这样做过，反正在她记忆里没有。不过，卡里尔克同样从未被满满一船的肆行魔法生物追杀，而且它们能够划上一整晚的船，不眠不休……

黄沙村是个渔村，不是高墙耸立的城镇，没有驻扎军队。当然，渔民们会奋起反抗，可是即使大部分的船都停在村子里，能打的也只有大约六十到七十个年轻人。其中可能有六七个咒契法师，可他们只会一些与大海和打鱼有关的简单魔法，并不精于使用战斗咒语，就像卡里尔克自己一样。

假设风向保持不变，卡里尔克估计天亮后不久就能到黄沙村，也许比入侵船早到一个甚至是两个小时。但他们需要做好准备，对抗十几个木怪，以及同样数量的巫师和女巫，再加上他们的主人，这点时间并不算长。

最近的岗哨位于往南六十里格远的纳维斯。黄沙村有自己的乡村治安官，但是只有一个人。她叫梅格里利，是个惹人不快的年轻人，总爱干涉老实渔民们的生意。卡里尔克努力地回忆着梅格里利是否有一只信鹰以备不时之需。很久以前，黄沙村曾经拥有过自己的自卫队和信鹰，但是自从塔齐斯顿国王和阿布霍森萨布莉尔将古国的秩序恢复后，这么多年来王国一直很太平。

卡里尔克清了清嗓子，尽量让自己的语气显得轻松一些。她在海上从不害怕，或许是多年的磨砺，使她养成了压抑恐惧的习惯，但是一想到肆行魔法生物在整个村庄横冲直撞，她仍旧感到有些慌张。她的家里还有三个孩子，还有她的丈夫，一个伐木人……每当要打仗的时候，他总是拿着自己那把长长的双刃斧冲在最前面……

“劳恩，”卡里尔克说，“梅格里利是否有一只信鹰，你记得吗？或者村子里谁家有？”

劳恩做了个鬼脸，每当提到那位乡村治安官时，他总是如此反应。

“梅格里利有没有我不知道。”他说，“不过奥尔瑟不是有一对吗？用来和市场之间传消息的。”

“啊，我忘了。”卡里尔克一下子高兴起来。奥尔瑟是渔民们的代理商兼银行代理，他将大部分的渔货卖到位于拜里塞尔的鱼贩行会，同时安排载货船将腌过的海鱼运往南方。他的信鹰也许只能在城市里的鱼市场之间往返，但这也不失为一个向外发送警报和求救信号的方法。

但这并不意味着袭击开始之前会有任何增援力量赶到。

“我们的船一停，你就跑去找奥尔瑟。”卡里尔克对儿子交代，“如果可以的话，就请他派一只信鹰到最近的岗哨去，如果他不能，就到鱼贩子那儿去，去请求帮助，就说村子即将被十几个肆行魔法造物、魔法师和他们的主人袭击，这些人来自天马部族，可能还有其他部族的。”

“我们吗？我是说，我们会被袭击？”劳恩问。他年纪尚轻，还没有打过一场货真价实的仗，所以眼下他的兴奋多于恐惧。

“我估计是的。”卡里尔克说，“做完这些后，你赶紧跑回家，让你爸把外出用的东西尽快收拾好，能收拾多少就带多少，然后在咒契石那儿和我们碰面。告诉他有人入侵，还要给我们所有人带上食物和水，三天的量，路上用的。”

“食物和水？路上用的？”

“十多个木怪，我们可打不过。”卡里尔克说，“必须让村子里的人全都撤离，要赶在那些人到来之前出发，目的地是南边路上的旧瞭望塔。托尔瑟和休伊尔会把女孩带到石头那儿，我会去找梅格里利，让她拉响警报，然后我把阿斯蒂拉兰给叫去。对了，把我的鱼叉从家里带出来，还有旧的皮胸甲和园艺工具。”

“那……那打到的鱼怎么办？”劳恩问。

“不管了。”

“不……不管？”劳恩惊讶得连声音都提高了。

“活命更重要。”卡里尔克说，她激动地用光脚蹬着甲板，“总不能为了咸鱼而不要命吧。再说，只要这艘船一直漂着，它们会留在船上的。”

“如果船被他们弄沉了怎么办？”劳恩又问。他是卡里尔克的孩子们当中想象力最贫乏的一个，有时候这是优点，有时候却没什么好处。

“那就把船捞起来。”卡里尔克说，“另外造一艘。等到真的发生了再去担心这些吧。还有多久到黄沙村，你觉得？”

劳恩抬头看看天，找到组成乞儿星座的六颗星星，粗略地估计了一下自己与它们之间的相对位置，又用“北巨人腰带”上的“搭扣”进行了核对，这颗星有时候被称为“水手的欺骗”。最后，他再想象一根不存在的线，从乌阿勒斯星穿过，这是一颗北方略微偏东一些的红色星星，位置很固定。做完这些之后，他朝空气里反复嗅了嗅，又凝神望向大海，观察海浪的起伏等情况。在陆地上生活的人也许认为这片海看起来到处都一样：漆黑一团，很神秘，只有星星和月亮微弱的光洒在海面上，但是劳恩却对这片海域了如指掌，他知道自己位于何处。

“我觉得，我们应该很快就能听到河口浮标的声音了。”他说，“虽然那些追击者吵个不停。”

“吵个不停”的是魔法师们持续不断的吟唱，不过如今已在远处汇成一片嗡嗡之声，有些像大海鸟在夜间发出的鸣叫。

“好。”卡里尔克说，“等听到就转弯。我要到前面去找托尔瑟和休伊尔，我有话要对他们说。”

“遵命，船长。”劳恩说。他将注意力转到前方，等待聆听古旧的浮筒顶端的铃铛发出的声音。它以前是一个从西边运货的酒桶，用柏油处理过，能够浮在水面上。那个浮标标志着黄沙村水道的入海口，这是唯一能够进入村子的入口，它连接着曲折的水道，穿过许多变幻莫测的沙洲，这个村子就是因此而得名的。

卡里尔克曾考虑过不让浮标上的铃铛发出响声，这样可以增加找到水道入口的难度，但是她放弃了这个打算，因为这会占用宝贵的时间。入侵者是一艘浅水船，本来就能够从大部分沙洲中穿行而过，而且她怀疑天马族的追击者是利用魔法力量进行追踪的。

船长不再考虑浮标的事。她一边往前走，一边时刻关注着船帆，一旦发现它们有抖动的迹象或是听到它们的声音，就叫孩子们对它们进行调整。

翁皮躺在甲板上，就在劳恩的脚边。她很安静，不再因为发烧而翻来覆去。她那被毛披肩包裹的身体看上去只是小小一团，呼吸时下唇偶尔的颤动便是她活着的唯一迹象。

第十二章

一场欲言又止的谈话

飞往珂睐冰川的途中

尼古拉斯·塞尔缓缓醒来，他觉得牙齿很痛，一阵冷风劈头盖脸吹来，他眼前一片模糊。他愣了一会儿，不知道自己身处何地，因为能看到的只有头顶的蓝天。他想要活动活动，却发现腰间被什么绑着，又从后背处固定住，完全动弹不得。他是坐着的，这也很奇怪，特别是当他以某种姿势放松下来时，头便搭在了什么东西的边缘……

尼克努力坐直身体，发现这样做竟然能避开刺骨的冷风，进入一个温暖的空间。他那迟钝的头脑做出了推测：我一定正坐在某人后面，而且被绑在类似吊床的吊椅上，是那种……安装在敞开的飞行器驾驶舱中的吊椅。

尼古拉斯从前飞过，并且飞过好几次。他对航空和飞行的原理很感兴趣，有个飞行杂技团常来离他家很近的场地进行表演，他便在特技飞行员的带领下体验了飞行的滋味。但是眼下他并非置身于像惠登—哈尔机或者贝斯克韦思机这样的飞机里。至少，这里非常安静，就连驾驶舱也很暖和，这太不可思议了，因为这儿连挡风玻璃也没有。

尼克环顾四周，映入眼帘的是一个精巧的装置，很像某种独木舟的船身，带着长长的、如同老鹰一般的翅膀，翅膀看上去很脆弱，似乎一飞就会折断。他又仔细查看离自己最近的一面墙，发现这层壳是用某种非常不坚固的东西制成的，类似于薄薄的胶合板层叠起来的样子，甚至是更轻的东西。

他依旧迷迷糊糊的，感觉胳膊比平时更沉。他拍了拍前面那个人的肩膀，那个人便扭头看了过来。即使是在晕头转向的状态下，尼克也认出了她。

“莉芮尔！”

刚说出这个名字，记忆就涌了回来，就像一条河被临时修建的大坝阻隔，如今大坝破裂，河水终于回流到原来的河道。一开始是涓涓细流，那些模糊的记忆、影像和声音，然后整件事的线索都涌入了他的脑海。多兰斯展览馆、箱子里的怪物、一路追到北边、让怪物喝自己的血，然后就是……莉芮尔。她已经解决了那只怪物……不，只是暂时幽禁了它……用她那尖端附着蓟花的矛。但是那之后的一切他就不记得了。他恍惚记得有一些金色的光，就像一觉醒来，阳光透过卧室的窗户照进来，亮得叫人睁不开眼睛。

现在他已经睁开了眼睛。

他发现自己位于一架安静的、看上去脆弱不堪的飞行器中。它也许是由魔法驱动，而魔法是他多年来一直认为子虚乌有的东西。飞行器由一个年轻女孩驾驶着，自从第一次遇见她后，她就一直出现在他的梦中。也许从遇见她之前就开始了，他还不知道自己与莉芮尔在红湖附近的相遇并非是幻觉。

“你还好吗？”莉芮尔问。他很轻松地听到了她的问话，不知道为什么，高速飞行产生的风绕过了驾驶舱。

“我……我觉得还好。”尼克说，“但是我记不起发生了什么事……从你把那个怪兽解决掉之后。”

“它是赫儒尔。”莉芮尔说，“从那时候开始你就一直在睡，这能帮助你疗伤。我们把你带过了界墙，今早又把你抬到这架纸翼上。”

尼克将手按在身旁那薄薄的材料上。手指所到之处，出现了小小的泛着金光的符文，它们明亮地闪了闪，然后便消失了。

“这架飞行器是纸做的？”他问。

“复合纸板。”莉芮尔说，“还有许多的咒契魔法。抓紧了，我得赶上高处的风。”

她再次看向前方，然后吹响了口哨，纯净而清晰的声音仿佛在尼克的头脑中产生了阵阵回响。他用眼角的余光瞥见更多这样离奇古怪的金色符文，随着她的呼吸而出现，很明显这是被那哨声召唤出来的。当他凑上前去想看个仔细时，它们却从他的视线中消失了。

纸翼先是向后，然后向侧面倾斜，它开始以螺旋形路线向上飞。纸翼从一片云朵中间穿过，尼克看到成千上万的小水滴滴在纸翼上翅膀上，但是驾驶舱里却一滴水也没有。

“我们……我们是怎么保持温暖，并且避开风和雨水的呢？”当莉芮尔的口哨停下来，纸翼再一次开始平稳地飞行时，尼克问道。

“我们坐的地方——萨布莉尔管它叫驾驶舱——是施过咒语的，能够保持温暖，并且将风避开。”莉芮尔回答道，“不过作用有限。如果飞得太快，你就会感到有风吹过，就会感受到云层里的湿气。对此我也是个十足的新手，所以我们比萨布莉尔和塔齐斯顿飞得低，飞得慢。”

尼克朝下望去。他能看到下面绿色的土地，其中点缀着小片树林，还有星星点点的建筑，也许是农庄。他看到一条宽阔的河流，河水在阳光下闪闪发亮。很难看得出纸翼飞得有多高，但是看起来至少有个几千英尺。

“你还没飞多长时间吗？”他问。

“时间不长。”莉芮尔说。尽管他的问话并未透露出担心的意味，她还是补充了一句，“但是我知道我在做什么，而且老实说，这架纸翼自己就会飞。”

“哦。”尼克说，“它能自己飞？”

“是啊。”莉芮尔说。

接下来是一分钟左右的沉默。尼克试着把自己零碎的想法整合起来。他之所以想到古国来，出于许多原因，并不仅仅是想再次见到莉芮尔，况且这个原因他本人并没有充分地意识到。不过他没有想清楚到了古国后要做些什么，他本以为在得到批准越过界墙之前，会有时间给萨姆写封信。他觉得每个步骤都会花上很长时间，完全来得及慢慢考虑和准备。

可如今，他却被绑在一个吊椅上，坐在一架由魔法控制的安静的飞行器里，感觉自己又虚弱又愚蠢。虽然和莉芮尔在一起，但是周遭的氛围却不能让他轻松地与她交谈，或是在她面前好好表现。实际上，他担心这一切与自己的期待南辕北辙。他帮助一个肆行魔法怪物从监狱里逃跑，一不小心又让这家伙变得更加强大，莉芮尔赶来救了自己，而且利索地把所有烂摊子都收拾好了。

尼克闭上眼睛，内心叫苦不迭。他在莉芮尔的心目中可能已经成了一个只会捅娄子的废物。他之前和奥兰尼斯沆瀣一气，名声本来就不好，现在又放跑了赫儒尔，还帮那怪物增强了法力，可谓错上加错。唉，怎么说都好，反正就是那么回事。他总是瞎掺和自己不明白的事，总是让身边的人遭殃。

“嗯，我这是带你去珂睐冰川。”莉芮尔在几分钟相当让人难受的沉默后开口说道，“你……知道珂睐吗？”

“我和萨姆一直保持通信。”尼克说，“我们什么都聊。我……那个，我以前还不是这么蠢，我们在学校的时候。我的意思是，我本来不相信萨姆说的那些故事，这些事和我知道的科学常识根本对不上号。然后……然后我第一次来到这里……已经不太清楚了，我的记忆，但是我似乎变得更蠢了，因为我竟然拒绝承认摆在眼前的事实——”

“可那不是你的错！”莉芮尔抗议道，“奥兰尼斯的碎片在你的心脏里，控制着你。”

“它在我的心脏里！”尼克惊呼道。他不由自主地低头看去，几乎能感到胸膛里有似真似幻的疼痛感，“萨姆没有告诉我！但是它出来的时候没杀死我吗？”

“没有……”莉芮尔说，“它在你的血管里穿行，沿着与之前进去的路径反向移动，然后从你的手指爆发出来，与那两个半球汇合了。”

尼克抬起手来看着食指。在最上面的关节处有一个星形的伤疤，这里总是有些麻麻的，有时还能感到针刺般的疼痛。他一直为手指发麻的原因以及那个伤疤的来由感到疑惑。

“萨姆早些告诉我就好了。”他平静地说，“估计他以为我知道后会很生气……对了，珂眯……就是能够预视未来的人，他们住在一座建造在冰川附近的地下城市里，对吗？”

“没错，差不多。”莉芮尔说，“当然，比这还要复杂得多。”

“可是你为什么要带我去那儿？”尼克问，“我是说，我很感谢，非常感谢，请别误会。谢谢你对付了那头怪兽，赫儒尔。我不希望再有任何人因为我的愚蠢而受罪，有点儿像……嗯……”

尼克的声音渐渐低了下去。他摇摇头，不知道为何想要对莉芮尔说几句很有道理的话会这么困难。他曾经在考威尔的舞会上对着初进社交场合的富家姑娘高谈阔论，在桑伯雷装模作样地与女才子们交流学术，甚至是与那些看穿他的学生一起参加学术讨论会，那时候他表现得很好。人人都认为他魅力非凡，这总不可能全因为他那权倾朝野的家庭吧？

“我很好奇，你和赫儒尔是怎么跑到界墙那儿去的。”莉芮尔说道。她听起来似乎也不太自在，尼克悲哀地想。他可能只是她不得不承担的一项任务，是她作为准阿布霍森职责的一部分。不过他很高兴与自己一道的是莉芮尔，而不是萨布莉尔。他害怕萨布莉尔，尽管在她为数不多的几次去学校看望萨姆的时候，对他一直相当亲切。

“都是从我去参观多兰斯展览馆开始的。”尼克开口说道，他讲得断断续续的，不过还是把整件事情的经过告诉了莉芮尔。赫儒尔是怎样被带到那儿，作为博物馆的展览物被展出，而疯狂的复仇者多兰斯又是怎样试图用尼克的血让它复活，一切都顺利得太过分了 。

“好了，我最后干的这件蠢事也如实相告了……为什么要带我去珂睐冰川？”

“我带你去那儿是因为……”莉芮尔开了个头又停下来，她清了清嗓子，似乎对于自己想说些什么并不太确定，“我带你去找珂睐是因为，你大概知道，你身体里还残留着肆行魔法的力量，来自奥兰尼斯的碎片。一般情况下，这非常凶险，你最后会无法自控地使用这股力量，成为肆行魔法术士。但是你……我的朋友坏狗……用咒印为你施洗，所以你成了咒契的一部分，但同时体内还有肆行魔法。这……很不寻常……要弄清楚这件事情，我是说，情况……或者说……前因后果……最好的地方就是冰川。那儿有许多精通各种咒契之道的法师，还有大图书馆，可能会有些书，或者别的什么……可以帮助你。帮助我们。我们所有人，我是说。不仅仅是我们两个……这就是我们去冰川的原因。天黑前就能到那儿。”

尼克只能看到莉芮尔的后颈，但是他注意到，在她外套高高的衣领上方，那片苍白的皮肤上出现了一片红晕。他苦笑一下，这一切甚至比自己以为的还要糟糕。他不仅引起了麻烦，而且自己本身就是个大麻烦，而莉芮尔因为不得不指出这一点而尴尬万分。

换个话题，他想，快换个话题！

“嗯，这样飞行还不错。”他憋出一句话来，却感觉听起来是那么空洞，不得不再次苦笑起来，但是他仍坚持着往下说，“我是说，在我们的飞机里吵得很。上次我乘飞机的时候，引擎里的油喷了我一身。而且飞机上很冷，就算穿着毛大衣也还是不行。这种……嗯……纸翼是一种非常高明的飞行器。”

莉芮尔没有回答，但是纸翼对于这番恭维产生了反应，它陡然间下降了四十到五十英尺，并且弯了弯双翅，这两个动作把尼克吓坏了，但是并没有惹恼莉芮尔。

“我的确喜欢驾纸翼飞行。”她饱含感情地说，并伸手轻轻拍了拍机身侧面，“比起变成猫头鹰飞行要舒服得多，也轻松得多。”

“猫头鹰？”尼克在心中默念，他有一种强烈的似曾相识的感觉。莉芮尔的声音和关于一只猫头鹰的记忆叠加在一起，勾起了他的回忆，虽然他还无法将两者准确地联系起来。一只长着金色眼睛的猫头鹰。还有一只长着翅膀的狗……那些事难道真的发生过？

他脑子里正想着猫头鹰和长翅膀的狗，突然再次注意到莉芮尔放在驾驶舱侧板上的金手掌。除了微微散发金光之外，它似乎与真正的血肉之躯毫无二致。他盯着这只手，像被迷住了似的，视线无法从上面移开。它那么像普通人的手，却又与普通人的手有着微妙的区别，因为每过一会儿，那只手上就会闪起微光，咒印会游移起来，在短短一瞬间，露出那皮肉的幻象掩盖之下的金属构造。

“你的新手……”尼克说，“太不可思议了。想一想，居然是萨姆做的。他在学校做木工活儿的时候可没有那么厉害。”

“是的。”莉芮尔回应道，很快地将那只手缩回到膝头上，不让他看见，“没错，这是个奇迹，真的。我常常忘记这不是我的……不是我真正的一部分。”

尼克忍住了狠狠敲自己脑袋的强烈冲动。萨姆已经把发生在福文加工厂的事详细讲给他听，也包括莉芮尔在束缚奥兰尼斯的最后时刻痛失一只手的遭遇。失去一只手当然是让人痛彻心扉的事，事实上，那时候发生的所有事都是不堪回首的。所以，不论这只替代的手多么能以假乱真，她也不想提起。

最好把嘴闭紧，尼克告诫自己。而且，莉芮尔在失去那只手的同时，还失去了她的朋友坏狗。尼克是见过坏狗的，正是她把他从冥界带了回来。

尼克想着想着，前额因为努力思考而挤出了皱纹。那只长着翅膀的狗。他曾经见到她与用莉芮尔的声音说话的猫头鹰在一起。那是同一只狗……也许这是一段记忆，而不是幻想出来的片段……

他们沉默地飞行了一阵子，直到尼克感到自己憋不住想要小解。太阳已经高悬在他们上方，所以这会儿一定已经过了正午。他们一路飞行，已经与那条河相当接近了，莉芮尔明显是朝北飞。尼克俯瞰着河水，但是那波涛奔涌的情景对他而言实在没有什么吸引力……

最后，他再也憋不住了。如果尿裤子那可就再也没脸见人了。相比而言，请求停下来小解一下，这种尴尬还勉强能够接受。

“不好意思。”他说着自己先红了脸。他觉得自己似乎回到了六岁，正在学前班的课堂上，并且差一点就举起一只手来，“我可能需要……嗯……停一下。自然的召唤，你懂吧？”

“自然的召唤？”莉芮尔问道，扭头去看他，满脸都写着困惑。尼克看向别处，不想迎上她的目光。很明显，她对这种特别的说法闻所未闻。

“哦，我是说，我需要……嗯……小便。”

“哦！”莉芮尔答道，迅速朝侧面瞥了一眼。很快，尼克便听到她的哨声，再次见到咒印出现在她头部周围，不断地成形、游移和旋转着，渗入纸翼中。飞行器立刻开始下降，留下一条长长的飞行轨迹，朝散布在河流中的许多沙丘中的一个俯冲下去。

纸翼降落时带给尼克的惊奇感丝毫不比飞行时小，因为当他们下降到接近地面的时候，它一个逆风转弯，然后便触到了地面，就像从花朵上飘落的花瓣那样轻柔。纸翼在沙地里安静而轻巧地滑行了不到十码远，便稳稳停住了。整个过程与尼克在安塞斯蒂尔坐飞机时的那种左摇右晃，颠来颠去，叫人把心都提到嗓子眼儿的降落截然不同。

莉芮尔先走出纸翼，舒展了身体后，又转身从驾驶舱里拿出一把剑，系在腰带上。尼克一面看着她，一面又努力地克制着自己，显得有些鬼鬼祟祟的。但是在此时此刻，他仿佛同时看到了两个莉芮尔，一个是站在自己面前的莉芮尔，在这个形象之外，还叠加了另外一个，那个莉芮尔站在齐腰深的、长满了水草的沼泽里。两个莉芮尔都穿着同样奇怪的外套和斗篷：外套由一个个小片叠加而成，斗篷上的蓝色区域饰有银匙图案，绿色区域有金星图案，另外她们都挎着皮质的铃带，里面装着七个不同大小的摇铃，它们的桃木把手垂向下方。

但是两个莉芮尔的剑不尽相同。在芦苇丛生的沼泽里，莉芮尔佩着另外一把剑，虽然它并不是特别长或特别重，但更容易叫人过目不忘。实际上，与莉芮尔现在拿着的这把新剑相比，那一把仅在剑柄顶端的圆球上镶有一个小小的绿石头，而且剑柄本身只是简单地镶了层银，这把剑却有一个雕花的金剑柄，顶端的铜球被铸成一只咆哮的雄狮模样。

尼克眨眨眼，两个莉芮尔合而为一。她在他身后弯下腰，把将他固定在座位上的带子搭扣解开。

“我们必须把你绑住。”她说，“我不确定你什么时候会醒，当然我也不希望你从纸翼上掉下去。”

“谢谢！”尼克一本正经地说。他用双手撑着驾驶舱的边缘，缓缓站起身，这时一阵头晕猛地袭来，莉芮尔赶紧扶住了他的手肘。他并不真的需要这样的帮助，但也没有拒绝。相反，他转过头去看着她，端详着她，迎上了她的目光。

“你是不是……我第一次遇到你的时候，你是一只猫头鹰吗？”尼克缓缓问道，“我知道这么说显得我好像不正常似的，但是也许这里——”

“是的。”莉芮尔说，“我穿着一只猫头鹰的咒契皮肤。”

尼克点点头。他差一点就要唤醒自己的那部分记忆了。它就像近旁一块闪光的绿洲，四周全是阴冷而毫无希望的沙漠。他跟着赫奇的日日夜夜，从他穿过界墙去到靠近边界的大坑后，就都是这样的日子。记忆中是一片荒凉的空虚。

“还有那只狗，带翅膀的狗。”尼克追问道，“跟把我从冥界带回来的那只……是同一只狗吗？”

莉芮尔的眼中一下子泛出闪亮的泪花。她眨眨眼，把它们憋了回去，说道：“是的，坏狗。我最棒的朋友。”

“谢谢你们。”尼克说，“感谢你们两个。”

他低下头，轻轻地将自己的胳膊从莉芮尔手中抽出来，迈步走出了纸翼。小岛上大部分地方都是沙地，不过在北边有片地方地势较高，那儿长着矮矮的灌木。尼克嘀咕着什么，朝那儿走过去。

没走出多远，他就发现自己的长裤沿着接缝裂开了，“借来”的衬衫和卡其布军外套也随着双臂的每一次摆动而撕裂开来。他停下脚步，低头一看，鞋子还好好的，但是衣服却随时都有四分五裂的危险，最后他将赤身裸体地站在散布着鹅卵石的沙地上。

“我的衣服！”他转身对莉芮尔喊道，“它们全都破了！”

第十三章

咒契石和肆行魔法护符

古国北部，黄沙村

翁皮醒过来的时候，正被人从渔船上抬上栈桥，黄沙村的海边排列着十几个这样摇摇晃晃的建筑。一道高高的防波堤为海港提供了庇护，与栈桥相比，这道防波堤俨然成了古老而宏伟的巨型建筑。它由大块的黑石头以十分精巧的方式堆砌而成，叫海水根本无缝可钻。

“欢迎来到黄沙村！”托尔瑟说，“休伊尔正要把你转移到我背上来，这样带你走更轻松。没问题吧？”

“好的。”翁皮说，“你要带我去哪里？”

她很高兴自己离送信的目的地更近了，也很欣慰能再见到新的一天，充满希望的一天。天气已经暖和起来了，太阳慢慢升起，天空是轻柔的蓝色，她的脚也不像之前那样疼了，虽然她不确定这是好事还是坏事。她朝那条腿看去，发现脚踝以上的部分还是肿得厉害。

“去咒契石那里。”托尔瑟说，“我们将在那儿见阿斯蒂拉兰，治疗师。大家为转移做准备的时候，他会给你的脚做检查。”

“转移？”翁皮不解地问。这时候，休伊尔将她托起，放到了托尔瑟宽阔的后背上，翁皮只觉得脚上突然袭来一阵剧痛。她强迫自己闭上眼睛休息一会儿。她告诉自己闭眼不是虚弱的表现，只要别人看不见就好。

“那艘入侵船还跟在后面。”托尔瑟说，“你用两只手抱着我，低一点，别搂着我的脖子。凭我们的力量，这儿根本守不住，想保住村子很难。所以大家都要转移到一段距离之外的旧塔去。”

“啊！”翁皮小心翼翼地控制自己的声音，不想让别人知道她的伤口很疼，“都是我害了你们，真对不起。”

“好啦。”托尔瑟一边说，一边小心地在栈桥上走，休伊尔跟在他后面，拿着翁皮的弓、箭袋和包袱，“天马族人竟然会跑到南边这么远的地方来，而且追得这么紧，看来你要送的信的确很重要，就像你对我妈妈说的一样。所以我们还是帮助你比较好。”

“好的，谢谢。”说话的同时要忍住疼痛真不是件容易的事，但是她做到了。还好托尔瑟说的话不需要她答一长串句子，真是万幸。

托尔瑟把翁皮从栈桥背上了铺着石头路的防波堤，这儿有一间侧面敞开的木制建筑，分类和包装渔货就在这儿进行。一群渔民停止了工作，正在激动地与卡里尔克说着什么。托尔瑟快步经过了这个渔货包装棚后，翁皮看到一条大道，道路的终点是一座小山的山顶，两侧道旁依次排着许多精心搭建的房子。房子由涂成白色的石头搭成，红色的瓦片屋顶，和阿撒斯科人的山羊皮营帐完全不同。他们离开码头，踏上了那条铺着卵石的大道。坡度开始缓缓上升，托尔瑟一边爬着坡，一边喘着粗气。

见到他们经过，渔民们纷纷从家中走出来，询问发生了什么事。休伊尔简单地讲述了事情的经过。人们的反应让翁皮想到在高湖射鸭子时的情景：射出第一支箭后，一只鸭子应声落下，其他鸭子大部分会呱呱地发出警报，然后便逃命去了。但总有一些鸭子不跟大家一起飞，它们便成了下一次射击的目标。听了托尔瑟的讲述后，那些村民全都大呼小叫着跑回家里，却仍有一些待在原地，愣愣地张着嘴。他们就像是那些仍旧浮在水面的鸭子。

托尔瑟和翁皮快要到达山顶时，路的两侧已经没有了房子。这时候，一声低沉的号角声从下方海湾处响了起来，紧接着又是两个尖锐而高亢的声音。

“警报。”托尔瑟气喘吁吁地说，“估计是妈妈终于劝说梅格里利采取行动了。”

“可是这警报和火警一模一样。”休伊尔怀疑地说。

“反正大伙儿听了都会出门，然后消息很快就会传开的。”托尔瑟说。

翁皮转头朝下望去。只见四处乱跑的人更多，吵嚷声也更大了，简直是一盘散沙。不过她又想，也许只是南边的人做事的方式不同而已。阿撒斯科人有各种不同的号角声，以对应不同的情况。当某一种号角声响起，人们便会井然有序地，最重要的是，安静地行动起来。这样吵吵嚷嚷的情况根本不可能出现，特别是那种尖叫声，翁皮在自己的部族里是绝对听不到的。

休伊尔也停下来回头张望。她指着大海说：“入侵船来了！就在不远处，看到了吗？”

托尔瑟闻言也转过身去。翁皮的腿跟着转了个圈，脖子也随之一阵摇晃，疼得她龇牙咧嘴。她从托尔瑟的肩头望去，初升的朝阳有些强烈，她不得不眯缝起眼睛。

千真万确，追击船就在那儿，在绿色海面和金色沙丘当中的一个黑点，正沿着一条宽阔的水道前进。从山上能够看到许多条形态各异的水道，它们纵横交错，仿佛由深色动脉和毛细血管组成的繁复花纹，蜿蜒曲折地穿行在黄沙组成的巨大沙堆、沙滩和沙洲之中。

有的水道入口看上去很宽，但是很快就会收窄，甚至彻底消失。翁皮想，若在海面上行船，很容易误入这样的水道。但是追击者没有选择这样的水道，至少没有选择一条会突然导致速度减缓的水道。他们选择的航道并不是最宽，并且直接通往码头的那条，但与之平行，而且很快便会与之相连。从船的尾迹来看，木怪依旧以非人的速度不停地划着船。

“可惜在涨潮。”托尔瑟说，“否则他们可能会绕圈子的。”

“可能这样，可能那样，都不值得去想。”休伊尔重复着妈妈的那句名言。

“我估计再过一小时，他们就会驶进防波堤，在某座栈桥边停下来。”托尔瑟说，“我们领先得不算多……”

他加快了脚步，也喘得更厉害了。他很强壮，翁皮想，但若比耐力的话，就不如她的族人了，至少论走路和跑步的耐力他是比不上的。毫无疑问，这主要是因为他大部分时间都在船上。

“石头就在上面。”托尔瑟说，“我会在那儿把你放下，等待阿斯蒂拉兰，然后我要赶回去帮助爸爸收拾要带的东西。休伊尔，你留下来和翁皮在一起。”

“你为什么不留下！”休伊尔提出抗议，“我也有要带的东西！”

“跟那没关系。”托尔瑟说，“我比你大，所以听我的。”

“我会留下，但不是因为你比我大。”休伊尔说，“总得有个聪明人留下来陪着翁皮。”

“我很感激你们所有的帮助。”翁皮说。一瞬间她感到自己仿佛老了，成了孩子堆里唯一的大人。很明显，他们对于木怪的能力，还有迫近的追击船上所有巫师和女巫的能力一无所知，否则就不会浪费力气像孩子一样斗嘴，或是浪费精力去帮助一个受伤的陌生人。如果他们知道追击者到底是什么样的角色，一定会马上逃之夭夭的。“谢谢你们两个。”

小山的山顶平坦而宜人，在春意盎然的时节，这里一定覆盖着茂密的小草。眼下已经有些发芽的小草冒出头来，为去年冬季留下的贫瘠地面上装点上片片绿意。在这片即将变成草场的平地中央，高耸着一块灰色的石头，底部是圆形，到了顶部就逐渐变细变尖，这形状让人联想到冷杉。它大概有翁皮身高的两倍，走近之后，她看到石头上从底座到顶部都刻着许多奇怪的符号。

她正仔细看着那块石头，突然，这些符号开始移动，并且发出亮光，像是由金箔做成的一样。翁皮把眼睛眨了又眨，怀疑自己又发烧了。但是她没觉得自己在发热，而且那些符号是真的在移动。

它们四处游走，游移不定，有的还会变，从一种形状变成另一种形状。而且，符号变得越来越明亮，亮得刺眼，简直像是从熔罐里倒出来的炽热的金子一般，以至于翁皮不得不遮住眼睛，看向别处。

“那……那是什么？”翁皮用沙哑的声音问道。

“咒契石。”托尔瑟说，“是很好的魔法。不过那些符文不会总是这么亮的。一定有什么打搅了它们。帮我把翁皮放下来，休伊尔。”

兄妹俩将翁皮放在草地上，离那块石头大约十步远，并且把她受伤的腿放直，又把她的背包放在她身后，好让她能够靠着包坐起来。翁皮好奇地盯着那块石头，看着那些符号不断移动和变化。有些甚至会飘离石面，就像随风飘动的树叶一般飞到空中，然后缓缓褪去颜色，最后仅仅成为一缕亮光，消失无踪。

又过了一两分钟，大部分闪闪发亮的符号都暗淡下来，移动的速度也越来越慢，很快，那石头又变回了之前的样子，成了一块遍布蚀刻图案的高高的石块。

“那些小小的雕刻，它们是什么意思？”翁皮问，“是字母吗？有那么多……”

“要当上咒契法师才能知道。”休伊尔说，“我妈就是，她懂一点儿。她坚持让我们都印上咒印，但我总是没有时间学习。我知道怎样变出光来，就会这一点而已。不懂的符文是不可以胡乱摆弄的。”

休伊尔把刘海往后撩起，给翁皮看她前额上的咒印。

“我以为这只是一个烙印，标记你的族群用的。”翁皮说，

“我也有这样的印记，在这里。”

她拍了拍自己的肚子，就在肚脐上方。

“看起来的确像是画上去的符号，或是一个烙印。”休伊尔说。

“但是如果另一个带有咒印的人触摸它，或是你去触摸咒契石，它就会闪闪发光，而且会移动，就像石头上的那些一样。如果你有咒印，那感觉……就像是成为咒契的一部分。那是一种很难描述的——”

“休伊尔，我要下山去帮忙了。”托尔瑟打断她的话，“你和翁皮待在这儿。”

“我正待着呢，不是吗？”妹妹没好气地说，“把我的蓝色斗篷和后面带长条的羊毛帽子带来，如果你要回家的话。还有，一定要提醒爸爸带上所有的好刀。”

“好的。”托尔瑟说完便沿着来路跑了下去。

“男孩子呀！”休伊尔说，“总怕错过战斗的好机会。其实永远不打仗才好呢。”

为了省力气，翁皮只是点了点头。休伊尔把弓和剑袋放在她身旁，这很好。翁皮真希望自己当初能留下几支灵体玻璃箭，或者出发时能多带些也好。不过就算没有，只要能射中术士的主人，巫师或女巫也可能会逃跑，或者转头攻击他们的主人。哪怕只有两三个术士和他们控制的木怪开始攻击同伙，那帮助也不小。

这时候，一只老鹰从他们上方俯冲下来。刚开始翁皮以为它要攻击自己，便去拿自己的弓，可它只是从休伊尔的头上飞过，最后落在了咒契石的顶上。这只鹰浑身长着棕色的毛，双翅上有浅黄色的条纹，琥珀色眼睛露着凶光。它在石头上落下，咒印隐隐发亮，形成一道光环，将它的双腿和爪子围绕其中。老鹰再次飞向天空，符文便落回石头里，再一次成为暗淡无光的蚀刻符文。

“信鹰。”休伊尔说，“阿斯蒂拉兰，也就是前来帮助你的治疗师，他说在过去，我指的是古时候那种过去，咒契法师们只用魔法就制造出送信的鸟儿，根本用不着从鸟蛋开始培养，或是拼命训练一只真鸟。想想看！”

翁皮看着那只老鹰迅速拍打着双翅向天空飞去，再次点点头。能够飞来飞去传递信息的魔法鸟儿一定非常有用，特别是在袭击其他部族的时候。翁皮是整个部族的无价之宝，所以从来不允许参加真正的战斗，但她参加过很多次演习。一般而言，一次大规模的进攻会有五到六支不同的小分队，但他们常常因为无法及时传递军情而功亏一篑。

伤腿传来的一阵剧疼，将翁皮飘飞的思绪带回到眼前。她俯下身，见脚踝上方肿得很高，所以马裤的裤腿绷得很紧，她感觉更加难受了。她拿起自己的刀，小心地沿裤缝将红色的线划开，将膝盖以下的山羊皮裤腿翻开来。

腿上的绷带已经浸透鲜血，又结成了硬壳，显得肮脏不堪。她正打算继续把绷带也划开，山顶上突然冒出一个身形瘦小的男人。这人看不出年纪，鼓鼓的眼睛，眉头一直皱着。他穿着一件奇怪的浅蓝色袍子，上面至少有十几个扣着扣子的口袋，许多都是鼓鼓囊囊的，而且他的肩上还挎着一个包。

“好了，好了！”他嚷嚷着，“叫我瞧瞧要不要开刀，如果要的话，我会开的。我是阿斯蒂拉兰，医生，也是咒契法师，两样都学艺不精，但是也许能够满足你的需要。多漂亮的一件毛斗篷。”

他在翁皮的身旁蹲下，围着绷带嗅来嗅去，就像一只小狗不确定自己找到的会是一块点心，还是会咬它鼻子的东西。

“是弩箭射伤的，我说得对吗？”

“没错。”翁皮说。

“卡里尔克试过用治疗咒语，但是没成功？”

“是的。”休伊尔说，“她常用的那个。”

“嗯。”阿斯蒂拉兰说，“你身上有护符或是类似的东西吗？翁皮，这是你的名字吧？”

“是的，我叫翁皮。我身上没有护符之类的东西。部族的巫师交给我三支灌注了灵体的玻璃箭，已经全部用完了。”

“过会儿我试试另一种治疗咒语。”阿斯蒂拉兰说，“但是首先，我想看一眼伤口。闻起来暂时还好，但是我担心可能会发生溃烂。”

他解开几个口袋，从一个口袋里拿出一卷干净的绷带，从另一个口袋里拿出一个小小的银瓶，又从书包里拿出一卷帆布，迅速摊开后，露出一些看上去非常锋利的短刀。医生从中拿起一把，迅速而熟练地切开了翁皮那凑合绑上去的绷带，用刀尖挑去那些因为血液凝固而粘在上面的碎片。山里姑娘强迫自己看着这一切，一副不以为然的样子。不过，当阿斯蒂拉兰将银瓶里那不知是什么的液体往伤口和伤口周围洒下来时，她差一点忍不住叫出声来。

那不是水。

伤口又开始流血了。虽然鲜血不是一下子涌出来，而是缓缓流淌而出，但也已经让翁皮有些警觉。她本能地挪了挪，想用手按住伤口，不让血流出来。

“不，不，你尽管待着别动，我不会让你流太多血的。”阿斯蒂拉兰说，“这么做是为了让伤口表面那些已经化脓的有害液体流干净。一会儿我会施放一个咒语，既能够清洁伤口，又可以起到缓解疼痛的作用。这儿很疼吗？”

治疗师将手指按在她膝盖上方一点的位置，翁皮轻轻地点了点头。

“嗯。”阿斯蒂拉兰沉吟道，他仔细地盯着她，“就算很疼，你也不会说出来，是吗？你们部落的人觉得面露痛苦之色不好？”

“疼痛是一种需要面对和克服的挑战。”翁皮咬着牙说道，这时阿斯蒂拉兰正在按压其他几个地方。

“还好我的目的达到了，你的瞳孔、皮肤和咬紧的牙关，这些反应已经足够回答我提出的问题了。”阿斯蒂拉兰说，“现在，我要施放一个咒契的治疗咒语。你见过别人这么做吗？”

“没有。”翁皮回答。卡里尔克在船上施放治疗咒语时，她已经昏过去了。

“你看到咒契石上那些移动的符文了吧。”阿斯蒂拉兰说，“我会召唤出那样的咒印，并且把它们连缀成咒语，它会进入你的腿里。不要动，也别害怕。这个咒语能够大大减缓疼痛，将血肉缝合，并且清洁伤口。”

“我们没有这样的咒语。”翁皮说，“我们的巫师和女巫的咒语只会伤人，破坏东西，或者叫别人屈服于他们的意志，所以他们必须被主人和颈环加以约束。我们的治疗师不会魔法，他们看病时使用草药，制造药剂和药膏。”

“这些我也做。”阿斯蒂拉兰说，“咒契魔法也是需要付出代价、承担风险的，如果能够用别的方法治病，我会用的。现在，听我的，不要动。”

治疗师闭上双眼，举高双臂，伸开他那长长的、优雅得惊人的手指。闪亮的咒印渐渐浮现在他的双手周围，它们彼此缠绕着，飘浮不定，而且不停地变幻着。几秒钟后，治疗师握住了一连串亮闪闪的咒印，它们已经不再游移不定，而是被安排在合适的位置上。

阿斯蒂拉兰一挥手，那串闪亮的链条便落在了翁皮的脚踝上。就在这时，一阵剧烈的疼痛袭击了她的腹部。她哼了一声，翻着白眼，头朝一侧无力地垂下去。那串符文散开了，它们纷纷滚落下来，落在地面，消失了。

施咒失败了。

“嗯。”阿斯蒂拉兰沉吟着举起左手，朝着咒契石的方向，握紧拳头，再一次专心致志地闭上了眼睛。这一次，咒印如沸腾了一般，源源不断地由石头中冲出来，飞舞着从空中落到他紧握的手上，绕着他的手指继续往上，沿着他的胳膊进入了身体。越来越多的咒印聚集过来，形成了一条流动的发着金光的藤蔓，将石头和治疗师连接起来。

几秒钟后，翁皮恢复了意识，腹部的疼痛也消散了。她看到一条亮光形成的长线，还有跪在自己身边的阿斯蒂拉兰。她想说些什么，可嘴里却干巴巴的，所以只能发出几声呻吟和咳嗽。

阿斯蒂拉兰说出一个词，一个特别明亮的咒印便在翁皮伤腿的上方浮现出来。它开始缓缓转动，同时迸出火花，耀眼夺目。许多咒印纷纷由阿斯蒂拉兰嘴里冒出来，汇入这个咒印当中。这时候，他突然将右手放在翁皮的脚踝上，那明亮的咒印和所有来自石头的咒印都跟随着它，注入他的手中，又进入了她的腿中，同时伴有一道亮光闪过，就像晴朗天空中骤然在近处出现的闪电。

翁皮的腹部又是一阵剧痛，而且比上一次更加强烈，她直接疼得昏了过去。

不知过了多久，也许是一分钟，翁皮慢慢醒来。阿斯蒂拉兰正在检查她肚脐上方的部落标志。他的双手悬在她腹部的上方，就像在灼热的火上取暖一般，不敢靠得太近。

同所有阿撒斯科人一样，翁皮年幼时便在身上烙下了部族的标志。拿一把烤得发红的刀，用那炽热的刀尖在皮肤上刻出一个简单且风格一致的山猫图案，也就是他们部族因之得名的那种动物。留下的伤疤不会比刀口更宽，微微泛红，不过在许多的老人身上，那种红色已经褪去，最后只剩一些白色的线条。

“这就是麻烦所在。”阿斯蒂拉兰说。他似乎突然间变得疲惫不堪，眼皮耷拉下来，双手也在发抖，“有些东西藏在你的皮肤下面，某种肆行魔法的护符，而且非常强大。也许是差遣亡者的……带着冥界的气息……”

翁皮呆滞地瞪着他。腹部那难以忍受的疼痛的确是以部族标志为中心点产生的。但是疼痛已经消失了，她坐起身去查看自己的腿。红肿消退了，伤口不再流血，仿佛已经治疗了半个月似的。那些熠熠生辉的小符文——咒印——仍旧四处游移着，但是没有渗到皮肤里面。

翁皮试探着将那只脚伸缩了一下，能感到疼痛，但是与之前的疼痛相比不值一提。她双手撑地，想要站起来。

“慢慢来，慢慢来。”阿斯蒂拉兰说道，“为了让咒语力量足够强大，能够突破你皮肤下藏着的肆行魔法护符，我只能从石头那儿借力，而且使用了一个主咒印。在一段时间内，这个咒语能使你感到自己很强壮，比实际更强壮，但你还是需要休息。”

“你说我的皮肤下面有一个魔法护符？”翁皮尖声问道。她拿出自己的小刀，将刀尖对准腹部的部落标志，“我把它挖出来！”

“不！你不能那么做。”阿斯蒂拉兰赶紧反对，同时抓住了她的手腕，“只能用魔法才能将它除去，咒契魔法。或者最初把它放进去的人才能办到。”

“无脸女巫。”翁皮喃喃道，“一定是她。所以追杀我的人都知道我在哪儿。”

“很有可能。”阿斯蒂拉兰说，“但是卡里尔克告诉我，你要去找的是珂脒。她们当中的很多法师都懂得处理这种情况，她们有能力消除这种恐怖的东西。”

翁皮带着满脸的怒火，缓缓将刀插回去。她在阿斯蒂拉兰的帮助下站起身来，又停了一下，拾起自己的弓和箭袋。她扫了一眼自己的包袱，但是阿斯蒂拉兰摇了摇头。

“我说过了，你只是感觉自己有力气，但实际并非如此。暂时还是让别人帮你背吧。体力若是消耗得太厉害，疼痛和虚弱很快就会回来的。我也不知道我的咒语与你肚子里的护符谁更厉害，我的咒语可能很快就会落败，也可能发生异变。你得小心些。”

翁皮往前踏出一步，慢慢将体重移到受伤的那条腿上。疼痛加剧了，但是脚踝能够撑住。她能走路，甚至能跑。最重要的是，她能够站起来，稳稳地放箭。

许多人正沿着那条路往上走，一批又一批，都拿着包裹和袋子，有些甚至推着小车。他们现在安静多了，不再像刚刚听到消息时那样喧闹了。

在防波堤的外面，追击船正驶向最后一段水道。很快，那艘船就会系在某个栈桥边，木怪不再被束缚在划手的位置上，它们会上岸，后面紧紧跟着术士和主人们。

猎杀就要开始了。

第十四章

尼古拉斯开始了解真正的图书管理员

沿着瑞特林河飞往珂睐冰川

“哦！”莉芮尔惊叫一声。她用手捂住脸，也捂住了一串笑声——尼克那满脸的倒霉相让她禁不住笑了出来。他担心自己赤身裸体，似乎更甚于担心出血过多而死。“我早该想到的……凡是安塞斯蒂尔那些机器做的衣服，过了界墙之后都会破掉。我有一件备用的斗篷，我去拿给你。”

“谢谢。”尼克一面说，一面紧紧抓住那些破布挡住身体。这让他想起另一段记忆。猫头鹰和狗，在他位于洪湖大坑的那个帐篷里……

“嗯，我似乎想起来，我曾经……啊……没穿衣服，从前……我是说，你曾经见过……”

“没错。”莉芮尔拿着一件斗篷朝他走去，“当然，那时候你已经被奥兰尼斯控制了，根本不是你自己。你那时候非常非常瘦。”

“哦。”尼克拿起斗篷，迅速把自己裹起来。这句话是什么意思？非常瘦？是说“瘦得很丑”，或者只是“瘦得很不健康”，或者没有什么特别的意思，只是看到什么就说什么，就像“那朵花是黄色的”这种话？这是否意味着莉芮尔对此毫不关心，因为她有更多要紧事要考虑？

“我要到那边去。”尼克说着，便像一只大大的蓝色甲壳虫般匆匆地跑开了，一边跑，一边还忙着从斗篷下把各式各样的烂布片从身上扯下来。

莉芮尔一直看着尼克离开，直到他走到一个矮灌木丛里。他一定认为自己躲在那里很隐蔽，但实际上灌木丛并没有将他遮挡严实。莉芮尔赶紧移开了目光。奔流而过的河水让她想起自己也需要方便一下，却不知道应该现在就绕到小岛的另一头去，还是原地等待尼克回来，然后再走到灌木丛的更深处去方便。接着她开始疑惑，自己为什么会翻来覆去地思考这么一件琐事。和萨姆一起赶路时，他们两个只是按各自的需求，分头行事，谁也没有多想，就像坏狗一样。对于必要的盥洗，她也没有大惊小怪，并非因为萨姆是她的侄子。那时候她甚至还不知道自己和萨姆的关系，对她而言，他只是一个年轻人，和尼克一样。可是，出于某些原因，他们还是不一样……

尼克回来后，莉芮尔递给他一个小小的皮袋子。

“面包和奶酪，还有一个水壶。是空的，从河里打水，水很干净，能喝。我……我要去一趟那边。和你一样。我是说，嗯，你的斗篷就要开了——”

她飞快地溜走了，而尼克则急匆匆地将斗篷在自己身上又裹了半圈，裹得紧紧的，以至于坐下吃面包和奶酪时差点儿栽倒。

在小岛的另一端，莉芮尔小解完之后在河水中洗净了手和脸。虽然离位于珂睐冰川的源头这样遥远，但河水依旧冰凉清澈。莉芮尔见过这条河源头的那眼泉水，位于珂睐广阔的地下居住区下方极深处。

那儿有一眼泉水。一眼非常古老的泉水，位于山脉的心脏，藏在幽闭的黑暗中。

她们一起探险时，坏狗这样告诉过她，就在莉芮尔发现暗镜和竖笛之前不久。竖笛是役亡师的法器，那次探险也是她成为阿布霍森的开始。

莉芮尔再次将手浸入那冰凉清澈的水里，叹了口气。与萨布莉尔在一起的时候，要么是处理与亡者有关的事，要么是行走在冥界，学习如何成为称职的阿布霍森，她没有时间去想自己成为什么人，或是正在成为什么人，更少回想自己与珂睐在一起的生活。不仅如此，在社交场合中，她作为准阿布霍森的身份也成了一面堂而皇之的挡箭牌，为她挡开艾丽米尔孜孜不倦地向她推荐的那些人。她只要说自己有阿布霍森的公务在身，人们就会放任她独处。

但是凡事都有好有坏，莉芮尔知道。男人和女人如何相处，如何交朋友，她仍旧没有任何经验，更别提相恋了。就算是女人和女人如何相处，就像珂睐那样，她也懂得不多。或是两两相配，一夜欢好，大部分珂睐觉得这样做更直接，也更常见。

除她之外，似乎任何人都能够毫不费力地做到这一点。一想到姐妹们彼此结对，冒险跑到底层食堂去谈笑风生，与生意人和祈愿的人喝酒，随后便把他们带回自己的房间，莉芮尔就忍不住皱起眉头。

莉芮尔不知道她们是如何安排这些活动的。她从出生开始就是一个孤独的人，却无比幸运地“造”了坏狗这样一个了不起的好朋友。在坏狗身上，用“造”这个字的确恰如其分，她不知怎么将那只狗召唤了出来，但是坏狗已经走了。

现在，莉芮尔有了自己的家，她感觉萨布莉尔和塔齐斯顿像是自己的父母，她根本无法把他们当作同父异母的姐姐和姐夫。萨姆和艾丽米尔更像是哥哥和姐姐，当然，他们也从未把她当作姨妈对待。

但是这是一个痴迷于工作的家庭，或者说，很有责任心的家庭。莉芮尔认为她自己也一样。可是，当没有各种亡者需要对付，没有肆行魔法怪物需要束缚，或是没有迫在眉睫的问题要面对，只是和普通人进行普通的来往时……她就不知该怎么办好了。即使是艾丽米尔—— 似乎能够按照自己的心意将所有社交场合安排妥当的艾丽米尔，也无法让莉芮尔融合到任何朋友圈子里，或是把她介绍给某个可能成为爱人的对象。

莉芮尔差点儿又叹一口气，最终还是忍了回去。坏狗不会赞成她这样长吁短叹的。莉芮尔露出微笑，一个讽刺而哀伤的微笑。她伸手去摸绑在铃带上的一个小口袋。它就在最小的摇铃岚纳的下方，里面装着一尊黑褐色小狗的皂石雕塑，它耸着耳朵，舌头耷拉在外，正咧着嘴大笑。几年前她从斯狄肯那个奇怪的房间里发现的这座小雕像就像是一颗种子，正是在它的基础上，她造出了坏狗。

莉芮尔在小狗的双耳之间挠了挠，然后把口袋再次扎紧。她仿佛听到坏狗在对自己说，继续挠呀，不要停。

莉芮尔回到停放纸翼的地方，看到尼克正从那破成碎片的裤子上取下皮带，绑在自己的斗篷上，确保它保持围拢的状态。尼克很担心它突然裂开，那样显得太不庄重了。他对这事儿非常在意，比莉芮尔在意多了，不过莉芮尔提醒自己，他本来就出生和生长在一个和自己迥然不同的国度。

“手工腰带。”他说着用自己的左脚指着什么，“就像我的鞋子一样。虽然花边没了……我得找若列先生谈谈……等我回到考威尔之后。”

“若列先生？”莉芮尔问。

“我的补鞋匠。”尼克答道。看到他的脸上有了一点儿血色，而且整个人看起来也比前一晚，甚至是今天早上好了很多，莉芮尔很高兴。“机器造的花边！你能想象吗？”

“到了冰川后，我们会给你新衣服和新靴子的。”莉芮尔说。

“哦，那好啊。”尼克说，他犹豫了一会儿，又补充道，“我好像记得萨姆说那儿都是女人。我是说珂睐都是女人。”

“我们……她们是啊。”莉芮尔说，“嗯，有什么不妥吗？”

“衣服。”尼克说。

莉芮尔还是一脸困惑。

“男人的衣服。”尼克问，“我能弄到男人的衣服吗？”

“那儿经常有男性访客。”莉芮尔说，“不过……我们和他们穿的衣服也没多大区别。一些内衣除外……"

她示意了一下自己的胸部。尼克点点头，看向别处。

"我的意思是，马裤、短袍，靴子之类，这些都是一样的，可以根据需要放大或改小……"

"哦，我明白了。"尼克说，"瞧我多傻。你穿着盔甲，佩着一把剑，还有那些……那些铃铛。我想你得用它们吧。我指的是所有这一切。我也会有剑和盔甲吗？我会击剑，水平相当不错，代表学校参加过重剑比赛，一路比到了国家级。不过我可不能说我穿过盔甲，我是说真的盔甲。我需要穿吗？盔甲和一把剑？"

"我想你最需要的是好好休息，把身体恢复好。"莉芮尔谨慎地说。她并不太确定珂睐会如何对待尼克，但是她知道，搞清楚他身体里的肆行魔法会带来什么后果是最重要的事情。"在冰川待着，你会很安全。我是说，只要你不去图书馆之类的地方。"

"哦，凶神恶煞般的图书管理员，是吗？"尼克问，露出一个非常勉强的笑容，"冲着你说'嘘'什么的？"

"有些是很凶。"莉芮尔表示赞同，她微笑着说，"至少投入战斗的时候是这样。但我不明白你说的'嘘'是什么意思。"

"就是……安静。"尼克说，"图书管理员就是干这个的，在我们那儿。我是说上学的时候，那些……大学里的那些不一样。"

尼克没有透露的是，自己对于大学图书馆的认识其实很有限，尽管他曾经在桑伯雷上过两个学期。他一心跟进自己手头的研究，几乎没去上过课，自己学院的图书馆只去过一次，大学里最主要的两座图书馆都没去过。他那时已经完全处于奥兰尼斯的摆布之下，毁灭者主导着他的思想和所有安排。

“他们要你安静？”莉芮尔问，“是因为你会招来那些未被收编的危险生物吗？”

“不，不是的。”尼克说，“嗯，你们的图书管理员还要参加战斗？”

“有时候是的。”莉芮尔说，“图书馆非常古老，而且很大，有很多东西必须加以收编，比如说怪物、危险的知识、做工精良却不合时宜的物品……有的书只有准备充分者才能翻开，有的书永远也不得重见天日。”

“怪物？”尼克小声问。关于自己之前在古国的经历，他能想起来的不多，一般都是稍纵即逝的片段，比如他看到、听到的古怪生物，从冥界返回来的东西，还有一些他希望自己根本没见过的怪物。当然，还有赫儒尔，箱子里的怪物……

“是的。”莉芮尔说。她想到的是斯狄肯，她无意中在图书馆的古层中发现，并且不小心从一间满是花朵的房间放出来的怪物。她侥幸在第一次与它相遇时逃脱了——第二次，当她主动去对付那头怪物时，也逃脱了，全凭运气。而且多亏坏狗的大力帮助，虽然那只猎犬会说她并没有做什么，压根儿就没管过这事。

“我喜欢图书馆。”尼克说。他喜欢预备学校的图书馆，但是在萨默斯比，因为图书管理员尼普维奇太太的缘故，这种喜爱变成了不快。她与一代代蜜罐里长大的恼人学童们打交道，把他们看作害虫，就像那些吃掉图书装订胶的蟑螂一样，所以变成了一个尖酸刻薄的妇人。“不过图书管理员就不一定了——”

“我就是个图书管理员。”莉芮尔生硬地打断了他的话，“一个二级图书馆馆员。红马甲。我想我现在仍是，同时也是准阿布霍森。”

“对不起。”尼克说，“我无意冒犯。我喜欢初级学校的图书管理员。后来，尼普维奇太太兴许是当图书管理员当得太久，上了年纪，脾气也变得古怪，成了一个非常恐……”

尼克的声音小了下去，他意识到自己在说废话，或许还是对面前这位图书管理员有所冒犯的废话。

“我很抱歉。”他说。

“你怎样看待图书管理员，或是怎样看待我，根本就不重要。”莉芮尔说。她希望在说这句话的时候，自己能做出完全不在乎的样子，虽然她实际上受到了伤害。可以说，成为一名图书管理员让她重获新生，让她获得了一个身份，当她还是一个没有预视之力的珂睐时，最渴望获得的就是身份。听到尼克以不屑一顾的态度谈论图书管理员，她很伤心，仿佛他谈论的就是她自己。

“如果你准备好了，请回到纸翼里去。我们还要飞很长一段路，必须在天黑之前赶到。”

“你不吃点面包和奶酪吗？”尼克把袋子递过去，“或者喝点水？我把水壶装满了。”

“不了，谢谢。”莉芮尔说，其实她已经饥肠辘辘，“我可以边飞边吃，纸翼认识路。”

“好吧……”尼克迟疑地说。他瞥了一眼飞行器，那独木舟一般的机头上画着两只眼睛。纸翼朝他挤了挤眼睛。他抛下食物袋，面包和奶酪甩了出来，掉在沙地上，立刻沾上了一层沙粒，没法儿吃了。

“或者不吃。”莉芮尔简短地说，“请你快点上去。你还需要被绑在座位上吗？你不觉得头晕吧？”

“不，我很好。”尼克说。他十分气恼，一方面是生自己的气，同时也生莉芮尔的气。她似乎因为几句无心的评论而反应过度了。他怎么会知道她是个图书管理员之类的事儿？而且她还不断唠叨他是如何虚弱，随时可能昏过去，真是太过分了。他爬进纸翼，在像吊床一样的座位上坐好，这时候才注意到自己的右侧也有一个宽宽的口袋，可以用来装些零碎的小东西。

莉芮尔收好剑，坐进了前面的座位里。尼克看着前方布满黄沙的地面。他们面前只剩大概二十码的陆地，就他所知，没有哪一种飞行器能够在这么短的跑道上起飞。

“我们怎么起飞？”他忧心忡忡地问，“我们最后会冲进河里的，不是吗？”

“我知道该怎么飞。”莉芮尔说，“纸翼也懂，我之前说过的。只要吹响口哨，把风召唤来，将我们托起来就行了。”

第十五章
从黄沙村转移

古国，黄沙村

渔民们从村子里散乱无序地离开，沿着那条路经过咒契石，从小山的另一侧下了山，这时候翁皮清点了一下人数。村民一共八十九人，包括二十三个太过年幼无法参加战斗的孩子，即使是以阿撒斯科人的标准来看，这些孩子也太小了。要知道，若为情势所逼，阿撒斯科人会塞给五岁大的小孩一把刀，送他上战场。下山后，人们将继续沿那条路直线穿过一个空旷的山谷，山谷的东南边是一座长满青草、坡度平缓的小山，西北边则是延绵高耸的灰色页岩山。

看着那铺得平平整整的道路，还有路两旁光秃秃的地面，翁皮沮丧地发现，对于那些马上部族来说，或者就眼下的情形而言，对于跑起来像马儿一样快的木怪来说，山谷中的这条路简直堪称完美。她的脚好多了，不需搀扶就能大步流星地行走，比渔民们的速度快得多。这些渔民们可真是拖拉。虽然，在乡村治安官的命令下，那些推着手推车和四轮货车，甚至是带着鸡和鸭的村民弃车的弃车，放走家禽的放走家禽，可他们还是走得很慢。治安官梅格里利正在将末尾的队伍往前带，她很好认——唯一一个身穿胸甲，头戴闪亮的钢盔，腰上还佩着剑的人。

她跑前跑后地催促落伍者加快脚步，虽然催了一路，队伍的整体速度还是和原来一样慢吞吞的。脚步沉重的渔民们把队伍拉得很长，他们在渔船的甲板上一个个行动自如，在陆地上却利索不起来。

翁皮凑到大步前进的卡里尔克身边，她身边是她的儿子托尔瑟，还有一个年长的黄胡子男人。那个男人穿着一件无袖的皮坎肩，戴着布满尖钉的腕甲，露在外面的肌肉很发达，显得强健有力。他背着一个沉甸甸的包裹，上面横挂着一把双刃斧，腰带上还插着一把长刀。

“船长。”翁皮说，“这样不行。木怪跑起来堪比马儿小跑，我们的领先优势并不明显。一旦进入开阔地带，它们就会赶上来的。”

“我知道。”卡里尔克无奈地说，“按计划，我们要走到这条路向南拐弯的地方。为了抵御亡者，那儿建有一座旧的瞭望塔，就在入海口旁边。塔里很宽敞，所有人躲进去也绰绰有余，而且塔很高，也很坚固。我们可以在那儿好好组织一场反击。但是就像你说的，我们走得太慢了……”

翁皮朝前方张望。她能看到这条路开始往山后转弯，却看不见塔和入海口，看来离那儿至少还有一里格远。可是木怪会在村民们赶到那儿之前追上来。别说木怪了，眼下这种情况，就算巫师和女巫也能追得上。他们可能是骑马的牧民，可在这生死攸关的时刻，就算是牧民也会拔腿狂奔，比这些渔民要快得多。

“它们追的是我。”翁皮说，“如果我转个方向，它们就会跟着我走。”

卡里尔克摇摇头。

“不行。你说过你送的消息很重要，以追兵的规格来看，你说的确实没错。而且，你是我们的客人。那样做就等于把你给出卖了。”

轮到翁皮摇头了。

“想抓到我可没那么容易。”

她朝西南边那灰色页岩山遥遥一指。

“我猜，山脊上有一条路，在那上面，对吗？”

“没错。”卡里尔克身旁那背着斧头的男人说，“一条险峻的小径。有些地方的山脊就像刀锋一样，只能趴着才能过去，而且得用双手和双脚撑住两侧。”

“我丈夫，斯温瑟。”卡里尔克介绍说，带着一丝讽刺的微笑瞧着他，“我想他自打长大后就没走过那条路，不过他不是不敢走，只是不想走。”

“如果我走那条路，它们肯定会跟上来。”翁皮说，“那种窄道或路况多变的地方，木怪很不习惯。从这儿能看到山上有很多松动的页岩，就算是木怪，从那么高的地方摔下去也会完蛋。”

卡里尔克仍在犹豫着。

“这样就为我们赢得了赶往瞭望塔的时间……”

“你需要一个向导，”斯温瑟说，他似乎马上认同了这个主意，“看起来像从下面直接上去的，可实际上有好几道山岭，不小心会走错。如果乌云压下来，你会迷路的。”

“我不确定……”卡里尔克小声念叨。

“这女孩说得没错。”斯温瑟对妻子说。他用手示意那条长长的、散乱的队伍，“等落在最后的几个人被杀死，他们会加快速度，可是如果那些家伙真的像你说的那么快的话，又有什么用呢？翁皮，我带你去找那条路。”

“不，爸爸。”托尔瑟插嘴道，“让我去！”

“不行，孩子。”斯温瑟摸了摸他的头，“你还没翻过第一个峰顶呢，不是吗？”

“我都走到一半了。”托尔瑟说，“让我去吧！”

“不行。”斯温瑟和卡里尔克异口同声地说。片刻的沉默后，卡里尔克补充道，“到瞭望塔之后，我还有需要你帮助的地方。”

托尔瑟满脸不高兴地朝别处看去。翁皮忍住了摇头的冲动。在这生死攸关的时刻，这个男孩仍旧没有意识到情形有多严峻。

“我们应该需要盾牌。”翁皮说，“术士们应该没有弓，但是他们的主人有，而且其中至少有一个视力超群。”

“那我们最好也有一个人能朝他们放箭。”斯温瑟说。他捕捉到翁皮压抑着的怒气，赶紧补充了一句，“除你之外，还得有一位，我是说。小拉斯卡在哪儿？”

“前头。”卡里尔克答道。她深吸了一口气，然后用那适于远航的大嗓门喊起来：“嘿！小拉斯卡！我们在找你！”那声音足以穿透最为肆虐狂暴的大风。

在队伍的最前头，一个中年女子正走在一位老态龙钟的男子身旁。她应声朝后面望，然后举起了手，飞奔而来。她的皮肤、头发和衣服几乎是同样的深棕色，整个人就像是一棵饱经风霜的栗树。翁皮最感兴趣的，是她背上的一张长弓，还有一袋带鹅羽的箭，它们比起她的族人们使用的弓和箭要长得多。

“小拉斯卡在边境当了很多年的守卫，现在她父亲上了年纪，为了让老拉斯卡走得安心，所以才回来的。”卡里尔克说，“不过看来他一时半会儿还走不了。她还会打猎，我相信她是个好射手，不会让大家失望。”

“至于盾牌，我们没用过这种东西。”斯温瑟说。他朝散乱的队伍一路望去，为了避开刺眼的晨光，还眯缝起了眼睛，“不过那儿可能有……我很快就回来。你们继续走，我应该会在转向山脊之前赶上你们。”

说罢，他便健步如飞地向后头跑去。与大部分邻居们不同，他惯于在户外劳作，常年在丛林和山谷里砍树，拖动沉重的木材，所以精力非常充沛。

小拉斯卡从队伍前方赶来时，恰好阿斯蒂拉兰也急匆匆地从相隔甚远的队尾来到这里。翁皮早已再次背起了背包，而且白天穿毛斗篷太热，她便将它收进背包中，如此一来，背包变得更加沉重了。老治疗师对她非常不满。

“我告诉过你要尽量多休息。”他一边追赶着她的步伐一边说，“你的脚伤并没有好转，我的咒语只不过是把疼痛压下去，辅助你的身体自行康复而已。如果你过分劳累，咒语会失效的。”

“我不能休息。”翁皮说，“追杀就要开始了，我必须把木怪从你们的人身边引开，毕竟是我把它们带来的。”

“什么？你说什么？”阿斯蒂拉兰问。

“我打算沿着页岩拐到山脊上的那条小路去。”翁皮指着那边说，“只要它们跟着我走，大家就可以继续逃命，赶到塔里去避一避。”

“你会把咒语打破的！”阿斯蒂拉兰表示反对，“爬页岩山……非压着伤口不可。”

“翁皮说木怪能够跑得跟马儿一样快。”卡里尔克说。她抬眼朝缓慢移动的村民队伍后端张望。

“嗯。”阿斯蒂拉兰说着也往后看了一眼，他挠了挠头，苦笑起来，永远挤在一块儿的眉头皱得更紧了，“我们最好找几个人担任队尾的警卫。梅格里利一个人撑不了多久。我想到一些咒语，也许用得上，我大概能够对付其中一两个怪物——”

“至少有十二个木怪呢。”翁皮说，“也许还不止。还有驱使它们的术士和看管术士的主人。让他们跟着我，而不是你们，这是你们唯一的逃生机会。在页岩上，木怪可能会摔下去，术士也一样——”

“他们是可能会摔下去，可是……”阿斯蒂拉兰哼声道，“我的咒语一失效，你那条腿便会失去控制，你一样也会摔下去。我不喜欢这个办法。”

“这个方案可行。”小拉斯卡说道，她的语气平静而笃定，“考虑到眼下的情况，这是唯一可能的方案。卡里尔克，你叫我回来，是不是想让我跟客人一起去？”

“如果你愿意的话。”卡里尔克说，“翁皮，这是小拉斯卡。”

翁皮朝她点头示意，她也以同样的动作回敬。

“你这把大弓能射多远？”翁皮问。

“山上？有风的时候？”小拉斯卡问，“在保证命中的前提下，差不多三百步。”

“用我的弓再使劲也射不了这么远，伊鲁斯人的弓也不行。”翁皮说。她不太确定小拉斯卡的话是否可信，因为她用自己的弓射击时，在保证命中率的情况下，射程还不到三百步的一半。可是她的确听说过南方的长弓能够将箭矢射出很远的距离。不过她还是认为这种弓太大了，若是平时使用，有些不便携带。比如骑马、爬树或是想要隐蔽起来的时候，这种弓是没法儿用的。

“普通的箭伤不了木怪，当然，这些术士也可能利用咒语或护符防身。不过如果能射中他们当中的一些人，或是他们的主人……一样能管用。”

“我有五支施过咒语的箭可以用，上面灌注了与战斗有关的咒印。”小拉斯卡说道。她一边说一边抬起头，宽檐帽向后倾斜过去，露出了额头，在她的前额同样也有咒印，“至于与战斗有关的咒印，我自己也略懂一二，其中有一些应该能够对付这些木怪，我很高兴有机会让它们派上用场。”

“不错，不错。”翁皮说道。她抬头看着太阳，估算着自托尔瑟说入侵船即将登岸后过去了多长时间。她觉得追兵应该已经很接近登岸处了，而木怪很快就会飞奔到咒契石所在的小山上，并且下山朝他们追来，“不过我们必须爬上那道山脊，而且要快。”

“斯温瑟在回来的路上了。”卡里尔克说，“通往山脊的小路从那儿开始—— 你们看见那条沟了吗？就在最前面那两块巨大的石头之间。”

翁皮点点头。她能看见一条小径从那儿往上蜿蜒，那是一条光秃秃的小路，路的两旁起初是茵茵绿草，往后便堆叠着松散页岩。

他们边说边走，不知不觉中速度便慢了下来，队尾那些拖拖拉拉的人已经有了进步，眼下离他们只有两百到三百步的距离了。斯温瑟拿着两个圆形的金属盾牌跑了回来，等他走近，翁皮才看清那其实是两个大铁锅的盖子。

“我就知道格布勒肯定会带上他的锅。”他说着将一个盖子交给翁皮，另一个递给小拉斯卡。锅盖由黑铁制成，安着一个巨大的把手，眼下用来充当盾牌倒是挺合适，可她不想一路都扛着它。“这边走，我来带路。你压阵，可以吗，小拉斯卡？”

“好的。”翁皮还没来得及反对，这位前边境守卫已经欣然应允。小拉斯卡看着翁皮，一丝若隐若现的微笑扯动了她的嘴角，“你的任务多的是，小姑娘，我保证。我不会把它们全部霸占的。”

“祝你们好运。”卡里尔克说。她与翁皮和小拉斯卡简单地握了握手，然后在自己丈夫的面颊上留下了一个吻。

“你也一样。”翁皮有些尴尬地说。

就在这时，在他们身后响起了一个刺耳的声音，在那咒契石所在的小山上回荡开来，仿佛一只老鹰朝一只肥美的鸽子扑去，却扑了个空，于是恼羞成怒发出尖啸，不过这个声音比那还要响亮得多。

“已经到石头那儿了！”卡里尔克喊道，她的手握住了自己的刀柄，“我们来不及了！”

“不，不。”阿斯蒂拉兰赶紧解释，“那是我设置的一个警报咒语，触发时间是肆行魔法第一次接触到码头时。咒契石会重复发出警报。他们已经登岸了。但是我们必须要快，说真的！希望我们还能再见面！”

说过道别的话语，他跑回队伍的末尾，朝那些拖拖拉拉的人吼叫起来。

“敌人已经上岸了！你们必须快些走，不然只会死在半路上！”

第十六章

意料之外的故地重游

古国，珂睐冰川

纸翼掠过瑞特林河上空，朝着珂睐冰川飞去。只剩最后几里格路程时，云层翻滚着笼罩下来。冰川是一座闪闪发亮的蓝白色冰峰，被夹在两座深灰色的石头山之间，一座叫作星辰山，另一座名为日落峰，它们一左一右，仿佛冰川的护卫一般。虽然有魔法维持着驾驶舱的温度，还是会感到越来越冷，更悲惨的是，开始下雨了。大部分沉甸甸的雨点被看不见的咒契魔法挡开，可是它们溅开之后产生的雾气却很快将莉芮尔和尼克包裹起来。

“真抱歉，没有更合适的衣服给你穿。”莉芮尔回过头，一脸不放心地说。她已经忘了他对图书管理员的言论，也不再计较和生气，只是一门心思关心着他，“你一定很不舒服。”

“没关系。”尼克说道，其实他正浑身发抖。若在平时，他肯定觉得自己能撑得住，耸耸肩表示满不在乎。可眼下他的确很虚弱，他感觉自己浑身发冷，疲惫无力，哪儿都不舒服。虽然身上穿着借来的斗篷，可是在斗篷下却一丝不挂，而且每当他想动一动，换个舒服些的姿势，斗篷便会滑开。

“已经不远了。”莉芮尔说。她朝前头张望着，虽然透过大雨根本看不见什么，“幸运的是，纸翼对路线非常熟悉，不然我是不敢在离山峰这么近的地方穿越云层的。”

“我们要直接飞进去吗？”尼克问，他看着两侧云山雾罩的巍峨冰川和山峰，“我们在哪里着陆？”

“有一个着陆平台，是从星辰山的侧壁里开凿出来的，离峰顶大概有三分之一的高度。”莉芮尔说，“珂眯应该预见到我们会来，所以着陆肯定不成问题。我们可以直接滑进机库，马上就会暖和起来的。”

“我们要在离这山峰峰顶三分之一高处的平台着陆？”尼克问，“它们至少得有一万英尺高！”

“英尺？”莉芮尔疑惑道，“哦，你们安塞斯蒂尔的长度单位，就像我们说的‘步’一样。没那么高。这两座山里，星辰山要高一些，大概八千步，日落峰是七千五百步。古国还有更高的山呢。”

“它们已经够高的了。”尼克发自肺腑地感叹道。突然间，他很欣慰自己是坐在一座由魔法驱动的飞行器里，如果有谁蠢到驾驶一艘贝斯克韦思机或胡姆伯特12来到这儿，试图穿越层层浓云，在一座冰川上方的山峰侧面降落，一定会散架的。雨一点儿也没小，而且还下起雪来。若是在安塞斯蒂尔，不论天气如何，这么做都是够疯狂的了。

尼克努力让自己想些别的。

“我们到了之后呢？”

“啊，我也不太确定。”莉芮尔说，这个问题她自己也曾想过，“不过首先应该是洗个热水澡，换上干净的衣服，吃晚餐……”

“我是指除了这些必须马上做的事之外。”尼克说，“不过你说的这些听起来都很舒服。”

“医生会查看你的伤口，看看你的总体情况。”莉芮尔说，“然后……我想图书馆馆长和其他珂睐会研究你身体里因为奥兰尼斯的碎片而残留的肆行魔法。

尼克沉默片刻。“萨姆在信里说过这个，说过一点儿，并且对我解释过，你们的咒契魔法和肆行魔法是对立的。我不确定自己是不是完全弄懂了。他说不知为什么，我的身体里两者都有……我必须弄清楚这个。我得知道自己成了什么！”

“珂睐会帮你的。”莉芮尔说。

“好的。”尼克说，他也早已忘记了刚才的不快，“我……嗯……想要再次谢谢你。因为你来接我。”

“是我自己想这么做的。”莉芮尔说道，几乎是脱口而出，并且同时因为自己的坦率而涨红了脸。

“太好了。”尼克说，“我……我很高兴你这么做了。很高兴是你。”

两人突然都感到在这小小的驾驶舱里产生了一种亲密的氛围。一切似乎突然停滞了，为他们留出了只属于两人的空间和时间。就在这时，纸翼开始倾斜，这感觉也就随之消失了。纸翼开始往上飞，穿过潮湿的落雪和更白更松软的云朵。不过云雾依旧缭绕，他们只能看到飞行器的"鼻尖"。

"哦！"莉芮尔喊道，"我们正在朝着着陆平台爬升。我该吹响口哨，让周围的风朝南吹，好让我们的朋友飞得轻松一些。"

她将手伸出驾驶舱，亲昵地拍了拍机身的侧面，就像她以前常对坏狗做的那样。纸翼弯了弯双翅，继续飞速向上攀升。这时候，莉芮尔吹响了口哨，金色的咒印从她噘起的双唇之间流出。

随着她的哨声响起，风向开始有所变化，这让尼克惊讶不已。他看见云朵开始飘动，突然之间，缕缕白云之间出现了一道缝隙，他从中瞥见了左侧那片平整的白色区域，不知不觉中着陆平台就呈现在他们下方。

尼克闭上双眼，想做出祈祷的手势，可不知怎么的，他觉得自己这么做的话，纸翼也许能够看见，甚至感到被冒犯。所以他只得紧闭双眼，死死地坐在自己的吊椅上，同时暗暗希望莉芮尔对这艘飞行器的极度自信有着充分的理由。

过了几分钟，他并没有感觉突如其来的颠簸，或者他预料当中的与山腰的碰撞。于是尼克睁开了双眼。这一下，他不禁使劲地眨巴起眼睛来，完全无法相信自己真的已经落地了。

纸翼停在平台的正中央，在山壁上那扇大门的前方。尼克估计那门足足有七十英尺宽，二十五英尺高。门由黑色的木材制成，兴许是乌木，发绿的青铜螺栓排列成各种不同大小和形状的星座，装饰在门体各处。

"星辰山之门。"莉芮尔的语气中带着疑惑，"我以为它会是开着的，而且会有人在这里迎接我们。她们总是能够预见到访客，有时候能提前好几天，至少也能提前几个小时。你待着别动，别离开驾驶舱，这里还算暖和……至少是暖和一些。”

她从纸翼里爬了出去，踩在平台上冻结的薄薄一层积雪上。尼克注意到这儿的积雪似乎没有想象中那样厚，两侧的雪堆可是堆得很高的。看来这个平台刚刚有人进行过清扫，虽然并没有任何迹象表明真的有人做这样的工作。他还注意到莉芮尔拿起了剑，而且她自始至终都没有取下铃带。看来就算在这儿，这个他以为相当安全的地方，她也不会冒险行事。尼克真希望自己也能有一把剑，哪怕有把小刀也好。

尼克看着莉芮尔走到大门的一角，然后靠了过去，手上不知是拿着一把钥匙还是别的东西，并用它打开了一扇小小的暗门。莉芮尔背对着他，所以看不清楚她的动作。然后，她消失在门里，暗门又在她身后关上了。

尼克突然间产生了一种孤立无援的感觉。他沮丧不安，疲倦困顿，怀疑自己是不是做了错事。可是同时，他也在细细回味着莉芮尔的话。

“我自己想要来的。”尼克在心里默念她的话。她本来就想来带他走。是为了她自己着想？是为了帮萨姆的忙？也许她只是说句恭维话，并没有任何意义？他不这么认为。那么，她应该是相当认真的。他喜欢这个结论，只是他们仍未熟识，无法确认她真正的感受。

此时此刻，我看起来一定像个彻头彻尾的笑话，尼克想。一个瘦巴巴、脸色苍白的丑八怪，瑟瑟发抖地藏在借来的斗篷里，而且发红的鼻头上还淌着鼻涕。这与他想象中的重返古国的形象完全不是一回事。

或者不如说，这和他想象中的与莉芮尔重逢的情景完全不是一回事。

尼克拿起斗篷的一角擦了擦鼻子，回头去看那暗门。它仍旧顽固地紧闭着。云层又将着陆平台包裹起来，它们细细密密地聚成一片厚实的白色，其中点缀着黑色条纹。天空再次飘起了雪花。潮湿的、茫茫的白雪。

十分钟过去了。不过在尼克看来似乎远不止十分钟。他厌倦了等待。他把斗篷的前襟揉成一团，费力地从驾驶舱爬了出去。一旦脱离魔法的庇护，他立刻感到非常寒冷。尼克不得不屏住呼吸。他刚刚呼出的气体立刻凝成了一片白雾，鼻尖发凉，仿佛在瞬间便被冻住了。

尼克蹑手蹑脚地走向那扇暗门，打算去敲上一敲。可是，他刚从纸翼旁走出几步远，就看见前方薄薄的积雪下突然闪过一道亮光，仿佛几百名摄影师的镁光灯突然打开，只是没有像平常一样喷出白烟。尼克停下脚步，盯着那地方，在积雪下出现了一道道游移的金光，似乎有只看不见的巨手在用阳光描摹一幅图画。

就在尼克死死盯着地面的当儿，所有金光突然汇集到一处，闪过一道更刺眼的光芒。眼前重新清晰起来之后，尼克看见的除了一些跳动的黑点，还有一条巨大的虫子，出现在他和大门之间。

这条虫子足足有七十英尺长，直径达十二英尺，靠近尼克那一侧的身体末端是一张血盆大口，大得吓人。那张嘴里密密麻麻地环绕着六层不同尺寸的牙齿，所有牙齿加起来足有上百颗，而且每一颗的形状和大小都像一把嗜血的小刀。

尼克倒吸一口气，跌跌撞撞地后退好几步，回到了纸翼旁。他希望纸翼能给自己提供一些保护，同时也绞尽脑汁地琢磨着，如何才能与这突然出现的庞然大物相处。

大虫立起前半段身体，其余的部分蜷缩起来，并没有追赶尼克，却也没有离开。它的整个姿态（如果一条巨虫可以有“姿态”的话）活脱脱就是一名警惕的哨兵。

尼克意识到，它在守卫这扇大门。他真希望这也意味着这条虫子不会主动进行攻击，除非自己故意靠拢过去。

尼克稍微松了口气，却听到身后传来一个微弱的声响。他侧过身去，只见一把剑的剑尖正指着自己的喉咙。而且，在猛地一转身之后，他的斗篷又敞开了。他伸手想把它拉拢，又立即停下来，因为这一下剑尖触到了他的皮肤。

“别动！”执剑的女人命令道。剑身上闪动着咒印，在冰冷的钢刃上游动着的温暖明亮的咒印。那女人全身着白衣，与白雪皑皑的背景融为一体。她穿得很厚，捂得很严实，在一件带兜帽的斗篷外露出一缕缕浅黄色头发。她的皮肤是深棕色的，她将护目镜移到前额上之后，又露出了一双明亮的蓝眼睛。另一个棕皮肤、蓝眼睛的金发女人同样在护甲外穿着白色的毛斗篷。她站在旁边，将一支箭搭在一张短弓上，箭尖瞄准尼克的头，不过她并没有真正绷紧弓弦。

“我是客人。”尼克说，努力表现出总理大臣的侄子该有的派头来，虽然他只披着一件斗篷，而且敞着前襟，近乎赤身裸体。他一动不动地站在那儿。剑尖刚好抵在他的皮肤上，而且很锋利，和他使用过的剃须刀一样锋利，“或者说，我一直是这么认为的。”

“这么说——”持剑的女人刚开口，就被突然回来的莉芮尔打断了。莉芮尔正要打开暗门出来，却发现门被那只巨虫挡住，只能打开一半。她把头探出来，看着那条占据了大门前一大半空间的巨虫，跺了跺脚。尼克在吓唬自家偷偷溜到禁地去的小狗时也会这么做。

“嘘！”莉芮尔挥舞着金手掌轰它走。

那条巨虫一拱一拱地往后退，直到腾出足够的空间，供莉芮尔把小门打开。她大步走出门，朝纸翼走去。“这是怎么回事？马上放下你的剑！”

“你是谁？”持剑的女孩问。她没有放下剑，而她的弓箭手随从将瞄准目标转向了莉芮尔。

“准阿布霍森！你们从我的铠甲罩衫、法铃，还有近在眼前的皇家纸翼就该看出来，卡丽塞特！”

那把剑终于收了回去，弓箭手也犹犹豫豫地放低了弓。

“莉芮尔？”卡丽塞特问道。她从尼克身边退开几步，尼克则抓紧机会，赶紧用斗篷重新将身体裹紧，然后战战兢兢地看着那条巨虫。它待在门口没有挪窝，这倒叫他多少放了心。

“准阿布霍森只有一个，不是吗？”莉芮尔呵斥道，“为什么大门没有打开？我还以为会有预视轮值的人上来迎接我呢！”

卡丽塞特呆若木鸡地看着她，然后咕哝了一句“长高了”什么的。

“那么，大家都在哪儿？”莉芮尔问。她指了指弓箭手，“放下你的弓，别不小心惹出麻烦。你是叶莱斯瑞，对吧？原来你也在巡逻队里。”

“我……我是三个月之前才加入的。”叶莱斯瑞结结巴巴地说。她比卡丽塞特年轻得多，后者二十岁出头，而她大概只有十几岁。

“对不起，莉芮尔。”卡丽塞特生硬地说，“我只是太惊讶了，我从没听到你说过这么多话。你以前根本不是这样。我们常常叫你话匣子，记得吗？”

“不记得了。”莉芮尔说。她很惊讶自己竟然会有外号，特别是从像卡丽塞特这般年纪的珂睐嘴里说出来。作为一名珂睐的生活似乎已经十分久远了。或者就像她一直以来感觉到的那样，自己并不算真正的珂睐，因为她没有获得预视之力。“你这么叫过吗？”

“嗯，那个，有的人叫过。”卡丽塞特说，她这才意识到，莉芮尔已经不是从前那个羞涩的、不爱交际的二级助理馆员，而是准阿布霍森，不仅如此，她更是古国的一位大英雄。

“大门为什么没开？”莉芮尔问，“发生什么事了吗？所有值守人都很忙，只有两个巡逻队员有空来迎接我和我的客人？”

“客人”指的是尼克。他仍旧紧张地看着那条巨虫，有些迟疑，高度警惕。他在想，如果那条巨虫张开大嘴，露出满嘴的利齿突然扑过来，应该往哪儿逃。莉芮尔竟然背对着这样一个怪物，真是太大意了……

“他的名字是尼古拉斯·塞尔，一位……一位来自安塞斯蒂尔的王公贵族。”莉芮尔继续说，“换句话说，他叔叔是他们那儿的统治者——”

“这么说稍有偏颇，”尼克插话道，他的目光仍旧没有从大虫身上移开，“准确地说，世袭大法官是国家领导人，他是我的表亲。爱德华叔叔是总理大臣——”

“所以我本来以为，至少会有值守者在这儿等着迎接他，哪怕大家都认为我还是从前的莉芮尔！”

“我可不认为大家还这么想。”卡丽塞特脱口而出，“只是……只是……我们……她们……九日预视轮值值守者没有‘看’到你。”

“哦。”莉芮尔说。

就算可能错过其他的事情，珂睐也从不会“看”不到来访者。不过，也有例外。莉芮尔从小到大从未被珂睐预视到。普通预视轮值需要四十九名珂睐，最多曾增加到极其罕见的一千五百六十八名，为的是将她们的力量全部集中起来，将大量的碎片进行过滤。可是即便如此，她也未在冰镜中被看到过。

实际上，预视轮值者们看到过莉芮尔一次，那还是在对付奥兰尼斯的行动最为关键的最后时刻。莉芮尔还以为从那时候开始，珂睐就能够“看”到自己了，就像她们能看到别人一样。可是也许并非如此……

“还有……星辰山守护者，”卡丽塞特继续说，她指的是那条在大门前盘踞的巨虫，“警报响起，说明守护者被唤醒，我们才从旁边高处山坡上的岗哨赶过来。只有在大门外出现极大的威胁时，它才会现身。”

“我朝……朝那扇小……小门走过去的时候，它从……从……地……地下冒出来。”尼克一边说，一边冷得牙齿直打颤，他努力想让它们停下，却做不到，“它是……是……真……真的吗？”

“它是一个守护影像。”莉芮尔说，“是咒契魔法的造物。若真和它打起来，它是挺真实的。不过我不得不说，那个造它的人——那是很久以前的事了——把它的牙齿搞错了。真正的古蛴螬没有前面这一圈尖牙，应该说根本就没有尖牙。不过现在，不能让你继续受冻了。走吧！”

莉芮尔抓住尼克的胳膊，领着他朝大门走去。可是刚一走近，那巨虫就冲他们竖起身体，牙齿加速旋转起来，一股股紫色的黏液顺着嘴往外淌。

“真是胡编乱造，古蛴螬哪会流口水！”莉芮尔生气地说。看到尼克开始往后缩，她也停了下来，“不过，它的确像是因为你的出现才被唤醒的，尼克。”

“凡是被星辰山守护者拒绝的人，我们都不能放行。”卡丽塞特惴惴不安地说。她从腰带上的口袋里抽出一本皮质封面的小书，打开来念道：“第三十六条法则规定，如果星辰山巨虫或日落峰雄狮——嗯，还有好些，我就不全都念了——自行出现，则须执剑在手，不可让守护者禁绝之人进入。”

“禁绝？”尼克问。

“这是原来的说法，”莉芮尔赶忙解释，“就是阻拦的意思。”

卡丽塞特把小册子放回去，抬头挺胸，肃然挺立，可惜浑身仍旧透露着不确定。

“所以……嗯……我们不能让你的客人进去，虽然他是从界墙那边来的王公贵族。我很抱歉。”

“因为第三十六条法则，”莉芮尔说，“你得遵守规则。”

“是的。”卡丽塞特说。

莉芮尔看着那个守护者影像，想了一会儿。

她也许能用咒语遣它回去，或是废了它的法力，但是这样只会引起更多麻烦。两名年轻的巡逻队员绝对不会违背她们的规矩，甚至可能不得不与她交手……想到手足相残，莉芮尔顿觉不安，迅速放弃了强行闯入的念头。

“应该还有些巡逻队员在赶来的路上了吧？比如山上其他岗哨的，还有从冰川内部来的？更高级别的？”

“是的。”卡丽塞特说，“各处都会敲响警报。”

“所以，可以等米瑞丽或别的官员赶来，把守护者遣回去休息喽？”

米瑞丽是巡逻队的指挥官，巡逻队是负责在冰川、山峰与河谷附近巡逻的珂睐，她们还把守着通往外部的大门。

“也许只是一位副指挥官。”卡丽塞特说。从她的表情能看出，她希望不是指挥官本人出现，“离这儿最近的是琪拉。”

“琪拉已经升任为巡逻队副指挥官了？”

琪拉只比莉芮尔大五六岁，年纪轻轻便身居如此高位，实属少见。巡逻队的副指挥官与大图书馆的一级助理馆员级别相当。在冰川居民的心目中，在这许多不同的工作中，不是所有同等级别的人都同样重要。一切都要为核心任务服务，而核心任务就是预视未来，或是预视到许多情境后，对它们的可能性进行合理的解释。

“代理副指挥官。”卡丽塞特说完便缄口不言，好像自己说得太多似的。

“我们还是等着她来吧。”莉芮尔说，“但是叶莱斯瑞是否可以进去帮尼古拉斯拿件纸翼飞行员的皮衣来？这是否有违规定呢？”

卡丽塞特朝年轻的巡逻队队员点点头，后者一溜烟向暗门跑了过去。尼克注意到，她也小心地绕开了那条巨虫，很明显，对于它是否懂得区分放行的对象，她不是特别确定。看到自己并非在场者中唯一一个害怕古蛴螬的人，尼克松了口气。他真希望自己能够像莉芮尔一样对那虫子不屑一顾。自从把它从大门口赶走后，她几乎没有朝那巨虫正眼瞧过。

“也许我应该解释一下，封印奥兰尼斯时，尼古拉斯也被牵扯其中。”莉芮尔说，“所以他的血液和骨骼都被肆行魔法污染了。我怀疑这就是虫子有所反应的原因，这种影像还做不到明察秋毫。”

“也许它只是不……不喜欢我的脸。”尼克试图搞笑，却没有起到效果，因为莉芮尔和卡丽塞特都是一脸懵懂。

“古蛴螬看不见。”过了一会儿，莉芮尔说道，“它们能够感受震动。这个影像造出来时，也许被赋予了其他感官，不过你应该能看到，它没有眼睛。”

“是的。”尼克喃喃道，上牙和下牙仍在咔咔响个不停。他觉得自己越来越凄惨了，“我可真……真傻啊。”

第十七章

松动的页岩和被施过咒语的箭

古国，黄沙村附近

翁皮和大部队分开后不到三十分钟，第一只木怪就上了咒契石山，而且远远地绕过了咒契石。这只肆行魔法造物十分特别。它的躯干很长，是由一段核桃木潦草切割而成。它有八条腿，是由一段段树根连接而成。这怪物看上去既像蟑螂，又像蜘蛛。肆行魔法的火焰在各个关节里熊熊燃烧，身躯末端那由螺钻和斧头凿出来的眼睛和嘴里也燃烧着烈焰。

它跑起来速度惊人，远比翁皮见过的所有木怪快得多，就像飞奔的马儿一样。不过，它总是猛冲一段，稍作停留后接着往前冲。它把同伙远远甩在后面，几分钟后便冲下了山谷。在山谷中，它依旧朝前猛冲，仿佛检测空气般停留片刻，然后继续奔跑。

翁皮和同伴正在页岩山半山腰略高处，山脊线在他们上方隐隐浮现。他们停下来，朝下望去，这一下差点儿惊得停止了呼吸：那木怪并没有跟着他们掉转方向，反而继续沿着那条路追击逃跑的村民们。最后十几个渔民依旧清晰可见，可是他们离通往入海口和瞭望塔的路口还远得很。

最多再花上十分钟，木怪就能赶上那些掉队的人。虽然落后的村民已经看到了它，并且跑起来，可无论如何也跑不过这样一个风驰电掣的怪物。

更多木怪出现在渔村小山的山顶，同样在经过咒契石时保持着一段绝对安全的距离。它们和在桥头要塞攻击翁皮的那只木怪一样，是由冷杉、云杉和铁木炮制而成的高个儿怪物，在树木稀少的干草原上，这些木材都属稀罕之物。

翁皮再次疑惑起来。在离干草原如此遥远的地方，如此挥霍地使用木怪，实在有些古怪。出动这些术士和稀有木材制成的木怪要耗费很高的成本。她曾估计那条入侵船上载着两个部落的魔法力量，但现在看来，更像是三个，甚至四个部族在无脸女巫的紧急调遣下进行的联合行动。阿撒斯科人只有两位巫师和三位女巫，只有其中最高级的才会制作木怪。木怪的躯干做起来很费事，需要好几年时间，先对木材进行雕凿，再用咒语将各部分融合一体，这样才能供一个法力巨大的肆行魔法灵体栖身，而这个灵体也得靠术士们寻觅而来。

“咒契在上，请让它转个方向，来追我们吧。”斯温瑟小声说，小拉斯卡也表示同意。伐木人没有留意冲下咒契石小山的那些落在后面的怪物，只管盯着下方路上那像蜘蛛一样八条腿的木怪，它与渔民队伍末尾负责殿后的警卫之间的距离正在逐渐缩小。称其为“殿后的警卫”其实相当勉强，因为其中真正有战斗力的只有乡村治安官梅格里利和阿斯蒂拉兰两人而已，眼下前者正踢着一个赫赫有名的浪子，催促他跑快些。

“我们能把那怪物的注意力引过来吗？”翁皮问，“用你的魔法？”

“可以。”小拉斯卡答道，她苦笑了一下，“我习惯了尽量避免这些东西。不过既然要用……”

她低下头，双手在嘴边环成杯状，眼神异常地专注。小拉斯卡轻轻呼出一口气，翁皮聚精会神地看着她的一举一动，只见闪光的咒印从她嘴边落下，又在她的双手中聚集，然后它们环绕在一起，像一条头尾相接的小蛇。她又吐出一口气，比刚才的要大，然后双手摊平，把转动的咒印之环吹到空中。闪闪发亮的环没有沿着山坡滚落，反而飘浮在空中，发出了一阵阵雷鸣之声后便缓缓消失了。那声音不算大，仿佛是从遥远的地方传来一般。

这动静足够将下方山谷里所有的木怪吸引过来了，包括那些术士在内。他们一路飞奔，身后跟着紧紧拉住银链的主人，就像是猎人不得不用短短的狗绳控制坏脾气的猎狗一般。

“‘蜘蛛’转过来了。”翁皮说，她挥舞着胳膊大喊，“这里！在这里！”然后做出一连串所有游牧部族都很熟悉的粗鲁的动作，不过这对肆行魔法生物没有任何意义，而术士和他们的主人又因为距离遥远而看不清楚。

翁皮身旁的小拉斯卡咯咯直笑。翁皮看着她。

“你知道这动作的意思？”

边境守卫点点头。

“我被派到西北边的沙漠驻守过好多年，那是古国最偏远的地区之一，紧挨着较低的西部干草原。那儿有几块绿洲，月马族和血马族的人都去那儿做交易，有时候也会抢劫。我对这些部族，甚至沙泳卒、木怪和魂行卒都略有了解。不过我得承认，我以前只见过一次木怪。它们不常在沙漠里出现。”

“可是你逃过一劫，”翁皮说，“不错啊。”

“我躲起来，然后逮着机会就跑了。我运气是不错。”小拉斯卡说。她指了指下方，那只动作很快的木怪已经掉转方向，朝她们这边的山坡跑过来。“就算还不赶紧跑，我们也该走快些了。”

“不要跑。”斯温瑟说，“这条路不到山脊就变窄了，到那时，脚下就会有很多破碎的页岩，每次落脚都必须非常小心，并且要把身体伏低。留神看我踩的地方，照我的样子做。跟上！”

斯温瑟话刚说完，路就真的变得陡峭起来。松掉的页岩本来应该积了厚厚的一层，但也许因为常常有人经过，抑或是有人清理，所以他们脚下踩着的是页岩下的岩床和泥土，而且在最难走的地方，已经有人将U形铁钉深深地钉入岩石中，可以当作把手或踏脚处。不过，有些铁钉锈得十分厉害，就连斯温瑟也得测试一番才敢着力 。

路越是难行，翁皮心中越是安慰，因为这样才能够减缓木怪们的速度。不过同时她也担心它们太容易放弃，转回头去抓那些未能躲进旧塔寻求庇护的渔民。

靠着许多深深钉入岩石中的铁钉，通过非常险峻的一段山路后，他们便翻上了山脊。从这里开始，行走变得轻松了许多，至少刚开始是这样。这条小径有六到七步宽，还算平整，走出老远才不过几英尺上下的起伏。路上的页岩踩上去是松的，但已经裂成细小的碎片，所以可以站得很稳当。反而是小径两侧那些层层叠叠的片状石头暗藏着危机。毫无疑问，如果有人走在那些页岩上面，它们会突然断裂，让那个倒霉蛋滑落山崖。

他们往前走了大约一百步左右，小拉斯卡停了下来，举起一只手测定风向。在山下时，几乎没有风，山脊上的风本来并不大，现在却突然间刮起风来，天气变得更冷了，眼看大雨将至。

“风向变了，”小拉斯卡说，她朝西边看去，“现在是西风，从山那边吹来的，不是自然的风。”

“他们那艘船上有个食风人。”翁皮说，“被我射中了，但是没射中要害。”

“风会把云吹来。”小拉斯卡说，“我怀疑——”

她的话被页岩跌落的巨响打断了。他们回头看去，只见在最陡峭的那段小径的尽头，跑得最快的木怪用两只爪子一阵抓挠后，成功爬上了山脊。它停了一会儿，死死盯着翁皮三人，突然发力顺着小径奔跑起来。它的一举一动叫人联想到一只捕猎的蜘蛛。

说时迟，那时快，小拉斯卡从后背取下弓来，搭上了一支箭。翁皮也是一样。两支箭嗖嗖飞了出去，翁皮的那支箭射在怪物的身体上。但是小拉斯卡的箭上附有咒语，朝那怪物的眼睛射去，一大团白色的火星喷射出来。

“箭要省着点儿用！”小拉斯卡朝翁皮喊道，同时将另一支箭射进了怪物的另一只眼中，又是一团火星喷出。木怪停了下来。翁皮以为这些伤足以致命，可实际上，只是把它射瞎了而已。木怪用前腿摸索着前方的道路，继续紧追不舍。

小拉斯卡又射出一支箭，这次是冲它的一条前腿射去。那支箭射入它的关节中，顿时爆发出一片金色的火焰。咒契魔法开始与木怪体内的肆行魔法一争高下。她又朝它另一条腿射出一支箭，这次却偏了，只是射中了旁边的页岩。怪物张开它那粗陋的大嘴，喷着烈焰和白烟，还散发着肆行魔法那令人作呕的臭气，然后它朝前一跃而起。

小拉斯卡扔下自己的弓，将一支附有咒语的箭握在手中，就在这时，斯温瑟高举着双刃斧，从她身边跑过，高喊着："为了黄沙村！"

第十八章
谁也不想承担责任

古国，珂睞冰川

巡逻队新上任的代理副指挥官琪拉，认为自己的级别尚未高到可以无视第三十六条法则的程度，拒绝将古蛴螬的影像遣回到平台的石头下，使其恢复休眠状态，并准许来访者进入，尽管这是莉芮尔的要求。

“哦，看在咒契的分上！”莉芮尔哀叹，“能不能找个人把米瑞丽请来？或是九日预视轮值发言人也可以。”

“发言人？”琪拉问道，她撇了撇嘴，又摇摇头，“我不认为该叫——”

“琪拉，”莉芮尔打断了她的话，“我知道要让你们接受这个事实的确很难，但我不再仅是你们普通的姐妹，更是准阿布霍森。如果换作萨布莉尔站在这里，请你让她的客人进去，你们会在这冰天雪地里僵持到现在吗？”

“哦，不会。”琪拉说，“但是……”

“叫米瑞丽来。”莉芮尔说，“或者发言人。”

琪拉似乎想要说点什么，但是莉芮尔的眼神朝她一扫，她立刻闭上了嘴。莉芮尔的金手掌搭在第六只铃撒拉奈斯的手柄上，它能使亡者按照执铃者的意志行事。因为血缘关系，又或者因为工作或共同参与预视轮值的关系，有的珂睐之间会比较熟悉，但所有珂睐至少彼此都是认识的。琪拉过去与莉芮尔有过几面之缘，对莉芮尔有一些了解，现在的她与那个懦弱、沉默的女孩已经判若两人了。

“我会派人传话给米瑞丽。”琪拉说。她到一旁与另一名巡逻队员商量起来。着陆平台上眼下有四名巡逻队员，她们站在那儿，四处打量着，仿佛是在保护莉芮尔和尼克免受外部的意外攻击，而不是偷偷防备着这两个古怪的不速之客。

莉芮尔看看尼克。她已经让他回到相对温暖的纸翼驾驶舱里。尼克身穿飞行用的皮外套和羊毛裤子，衣着齐整，再也不会因为突然的动作或一阵风吹过而陷入尴尬之中，他觉得暖和多了，也安全多了。但他不知道自己看上去状态仍旧很糟。他脸色煞白，一副病恹恹的模样，还不时发抖，不是因为寒冷，而是因为失血过多加上连日的疲累。

他冲莉芮尔笑笑说：“我千里迢迢到了另一个国度，那地方感觉完全像另一个世界，可是又是那么熟悉！就像想闯进开到一半的议事会中见一眼我爸爸或叔叔，却有些……我是说……有个守卫或官员说，要么出示特别通行证，要么把某人请来，才能放我进门。”

“谢谢你，因为你没有……没有生气。”莉芮尔说。莉芮尔有些窝火。尼克在场看着她被晾在外面这么久，这让莉芮尔觉得自己表现得很无能。而且，尽管她并不愿意承认，哪怕是对自己承认，她心中其实暗暗希望着，当自己再次回到冰川时，能够被当成一个有身份的人。就像孩子们的童话故事那样，她希望自己被视作英俊的青蛙，而不是一只丑陋的癞蛤蟆。

大约三十分钟后，米瑞丽终于到了。她是一路跑上星辰山梯的，所以有些气喘吁吁。若是换作另一名珂睐，跑这么远的路一定会累得筋疲力尽，甚至可能呕吐起来。这段路很长，台阶也比普通阶梯高很多，简直像是专为八英尺高的人建的赛道。不过很显然，对于这位面有皱纹、头发灰白的巡逻队指挥官而言，这番小跑无异于在春日下午稍微舒展一番筋骨。

“欢迎您，准阿布霍森。”米瑞丽说着鞠了一躬。她抬起头，伸出两个手指问道，“我可以测试您的咒印吗？”

莉芮尔点点头。这是规矩，可她怀疑米瑞丽有些醉翁之意不在酒。也许米瑞丽对她怀有疑心，把她当成了一个替身或是居心叵测的敌人。莉芮尔看到这位高阶珂睐的另一只手一直放在短刀的刀把上，这把刀十分锋利，就插在她的腰带上，紧挨着她的佩剑。那种被提防的感觉更强烈了。从前在与米瑞丽擦身而过时，莉芮尔总是怯生生的，不过这一次她不再害怕了。她的思绪就此飘忽开去，想起了从前的自己。但是那个稚嫩的莉芮尔并没有与肆行魔法造物、不计其数的亡者生物、克萝尔，以及奥兰尼斯本人厮杀过。

米瑞丽伸出手去触碰莉芮尔前额上的咒印，莉芮尔也对她同样为之。两人都在瞬间感受到彼此之间紧紧相连，都融入了无止境的咒印之海，那些熟识的和许多不认识的咒印都在短时间之内一闪而过。

米瑞丽收回手，露出了笑容。

“我为自己的警惕道歉，莉芮尔。”她说，“我们极少看不到即将发生在家门口的事，但你是个例外。我能测试一下你的同伴吗？”

“当然可以。”尼克答道，尽管对方询问的并不是他本人。他疲倦地微笑着说：“只要能离热水澡和一顿饱餐更近一步，怎样都可以。”

“在此之前，”莉芮尔压低了声音说，刚好只让米瑞丽和尼克听见，“我向你介绍，这位是尼古拉斯·塞尔。他的身体里藏有一块奥兰尼斯的碎片，所以在混沌恍惚的状态中帮助了赫奇。后来……后来坏狗，也就是基佰司，用她的力量帮他起死回生，并用咒契为他洗礼。不过他的体内仍存有大量肆行魔法。所以我把他带到这儿，想看看……看看是否能够找出这两种魔法共存的本质。同时……还希望能处理好他的伤口，有旧的，也有新的。”

“我明白了。”米瑞丽说。她弯下腰，碰到尼克的前额，并且将手指在他的额头上停了好几秒钟。然后她缓缓收回手指，却没有直起身来。

“现在轮到你触碰我的咒印了。”她说，“这是老规矩。我们这么做，只是为了确认咒印并非作假，也没有被肆行魔法所腐蚀，或遭到阴谋算计。”

尼克朝莉芮尔看去，她鼓励地朝他点了点头。于是尼克伸出手来，学着米瑞丽之前的举动，去碰她额头的咒印。那咒印就在她头上那顶钢盔的帽檐下方，钢盔用白布包裹着，有些像包头巾。

碰到咒印的一刹那，尼克感到自己突然置身于无数灿烂的咒印包围之中，真实的世界反倒渐渐模糊起来，最后彻底消失了。他不由自主地喘息起来。他知道自己仍坐在纸翼里，能够感受到寒冷的空气，但同时他还有一种下坠的感觉——不，是下潜——深深地潜入了另一个天地，那是由璀璨咒印组成的无穷无尽的海洋。他感到自己脱离了躯壳，这时候他开始害怕起来，担心自己会迷失在其中，只能聚集起所有意志力，将自己的手指拉回来。于是，连接中断了，尼克重新找回了自己。

“原来这就是萨姆说过的……咒契。”他哑着嗓子说。骤然跌入咒印的海洋中，感受到与其深深的连接，令他觉得自己渺小如微尘，觉得自己的存在毫无意义。

“恐怕你身上存在一个问题。”米瑞丽说，“你的咒印是真的，可你同样带有大量的肆行魔法，就像我们许多的死敌一样，甚至比它们身上的肆行魔法更强大。星辰山守护者觉察到的正是这一点，不论有多少咒契魔法覆盖在上面也没用。按照规定，如果是作为客人或来访者的话，你应该被禁止进入冰川。”

莉芮尔注意到了米瑞丽这番话的措辞。她似乎是在暗示着什么，某种可以绕开禁令的方法，但是并未挑明。莉芮尔对她的话中之意不是很有把握。

“发言人能否决这条禁令吗？”莉芮尔问道，“说来说去，现在的发言人是谁？”

“她可以否决。”米瑞丽说话的语气仿佛在暗示这根本是痴心妄想，“但是那是你的吉瑞丝姨妈。至少在接下来的五天里都是。”

“什么？”莉芮尔失声惊呼，“不是萨娜和瑞尔吗？”

吉瑞丝姨妈是幼年珂睐的监护人。莉芮尔是从小看着她负责这项工作长大的。从事这项工作通常意味着不可能参与九日预视轮值，进而也就没有资格成为其发言人。成为发言人是一种荣耀，也是一种责任，常常落在最善于预视的珂睐身上。也就是说，只有像萨娜与瑞尔这样的人才能胜任，因为她们的预视能力非常强大。在许多轮的预视轮值中，这对双胞胎姐妹总是占据着发言人的职位，有时是其中一人，有时候是两人一起。但是莉芮尔知道，当天下太平，且没有特定的预视需求时，这个位置会让给那些在其他方面表现杰出的珂睐，作为对她们的奖赏，也是对她们日复一日为冰川辛勤工作的感激。

“她们得了流感。”米瑞丽说，微微耸了耸肩，“不是很严重，但是这几个星期有很多人需要卧床养病。我们预视到了这次流感，同时并没有‘看’到任何大事，所以用来奖励那些永远不能成为发言人的人，是个不错的时机。”

莉芮尔将一声抱怨憋回了肚子里。她对吉瑞丝姨妈的评价可不高。更糟糕的是，只要是来自珂睐世界之外的人和事，这位姨妈都抱着疑神疑鬼的态度。她绝对不可能打破任何珂睐的传统、规矩，甚至是旧习惯。

“你的姨妈好像不欢迎我的到来？”尼克说，“我自己也有几个姨妈，她们也不喜欢我。”

“要尽快给尼克找个暖和的地方，让他休息。”莉芮尔对米瑞丽说，“我真想不到会被逼着离开！早知道就去拜里塞尔了。”

“当然，如果有国王的命令，我们可以带他进去。”米瑞丽说，“但是就我所知，国王似乎正在度假。”

“是的。”莉芮尔说，“除了十万火急的重要事情之外，不能让信鹰打搅他们。我想眼下应该不算……”

她抬头看着天空。眼见暮色四合，寒风渐起，纸翼的驾驶舱里很快也将无法维持温暖，在里面度过漫漫长夜实在是不可能的事情。尼克抖得越来越厉害，嘴唇似乎也有些发紫。眼看着温暖的栖身之地近在咫尺，却不能带他进去，简直太荒谬了。莉芮尔能够担保，尼克体内的肆行魔法仍在控制之中，绝不会发作。这和她企图将一个斯狄肯偷偷运进去完全不是一码事。

她不由得好奇，斯狄肯最初是怎样进到图书馆里去的？当然，它也许早已在那儿待了好几百年。两座高山和一座冰川有太多入口，有太多可供藏身的罅隙，珂睐不可能对每一处都严防死守。它甚至可能是被装在那口玻璃棺材里，故意带进去用来做研究的……

莉芮尔的脸上缓缓浮现出一丝笑意。

“尼克。”她瞧着他，眼睛突然变得亮闪闪的，“有个办法能把你弄进去。”

“好啊！”尼克虚弱地说，他也朝她微笑着，“我真的不介意你提到过的热水澡……”

莉芮尔转身面对米瑞丽，她惊讶地发现，这位向来严肃得令人生畏的巡逻队队员脸上出现了一丝忍俊不禁的笑意。

“图书馆有很宽泛的豁免权，可以把她们感兴趣的研究对象带进去，包括活物，甚至是与肆行魔法有关的东西，对吗？”

“没错。”米瑞丽说。

“那么请传话给图书馆馆长或是副馆长，就说准阿布霍森，曾经的二级助理馆员莉芮尔向她致意，而且她为图书馆带来了一件临时性的馆藏，一个可供研究的对象。你可以将那影像遣回地下，打开大门，让我们将纸翼放进去了吗？”

“如你所愿。”米瑞丽说。那丝隐约的笑意扩展为一闪而过的微笑。她鞠了个躬，挥手让其他巡逻队队员进去，自己则径直朝那大虫走去。她低吟了几句，虫子马上如同被擦掉的素描般变得模糊起来，重新变成一个由亮光勾勒而成的轮廓。它在空气中浮动了一会儿，没入了地下，只留下数千个熠熠发光的咒印，就像在雪地上开放的怪异的野花，最后咒印也渐渐消失，那条大虫彻底消失了，一丝痕迹也没有留下。

莉芮尔扶着尼克走出纸翼，吹响了口哨，那是三声短促的口哨。咒印从她的呼气中跃到纸翼的鼻子上，它战栗起来，轻轻拍打着翅膀。莉芮尔扶着尼克朝缓缓打开的大门走去，纸翼跟在他们身后，悬浮在离地面几英尺高的地方。

第十九章

页岩山山脊之战

古国，黄沙村附近

斯温瑟的斧头砍在魔法木怪的腿上，又被弹开，但还是让那怪物向旁边一歪。与此同时，小拉斯卡铤而走险，一只脚踩在小径旁那些松散的页岩上，从伐木人身边闪了过去。她设法保持平衡，拿着一支箭猛地一刺，刺入木怪左前腿最高处的关节中，然后原地转了个身，跃了回去。

白色的火花从伤口喷溅而出，发出嗞嗞声。就在小拉斯卡转身之时，木怪低头朝她一口咬去，不过斯温瑟再次举起了他的斧头，将那绝对致命的一击给打偏了。

“后撤！斯温瑟！快往后撤！”小拉斯卡大声吼道。她抓起自己的弓，顺着小路飞快地往回爬。翁皮也在向后退，百忙中不忘朝木怪再射出一箭，但箭矢被怪物的身体弹开，跌落在山坡上，没有起到任何作用。

斯温瑟往后退，手中的斧头左右翻飞地乱砍。斧刃并没有砍到木怪身体里，也没有木屑飞出来。刚才把它的前肢打偏，已是作用最大的一击了。木怪仍在他身后紧紧追赶，但是行动起来不如之前那样迅速了。白色的火花不断从它的双眼和关节处往外冒，但它看起来伤势并不重。

"走！"斯温瑟吼道，"我来拖住它！快走！"

这时候，翁皮一探手，碰触到小径旁的一块页岩。

"帮我一把！"

小拉斯卡瞬间便明白了翁皮的意图。她把弓放下，抓住石头，两人合力把它抬了起来。

"躲开！"她们同时大喊。斯温瑟闻言一弯腰，两人趁着这个机会，将那块石头高高举起，朝木怪已经受伤的前腿砸过去。石头仍旧未对这个木怪造成伤害，只是被摔成碎块，在那怪物受伤的前腿周围散落一地。这样一来，木怪不得不花上十几秒钟的工夫，用长长的腿在碎石中探查坚实的地面。

趁着这珍贵的十几秒钟，斯温瑟得以脱身，小拉斯卡和翁皮后撤得更远，来到一个拐弯处，山脊和山脊上的小径从这里突然拐向北方。

"小石头！"翁皮叫道，"在它面前砸碎！"

她捡起小块的页岩，朝木怪扔过去，页岩在木怪面前摔得四分五裂。小拉斯卡也有样学样，两个人以最快的速度举起石块，然后扔出去，不一会儿，小径上已经铺满碎石。

插在木怪眼窝中那两支施过咒语的箭依旧闪着火花，被刺瞎的木怪只能用前腿在破碎的页岩中探路，寻找可能的下脚之处，步履越发踉跄了。与此同时，射进关节中的那支箭也在发挥作用，将关节的肆行魔法切断了。

斯温瑟也来到小径的拐弯处。他把斧头放在身后，伏下身，与她们一起扔岩块。小拉斯卡和翁皮用双手从地上捡起石块，然后扔出去。那怪物前方的小路上已经堆起了高高的碎页岩堆。

眼盲的木怪只能用跛了的前腿探路，四面八方的页岩碎片又叫它辨不清方向，找不到道路。木怪终于错过了拐弯，沿着小径继续笔直地往前走，走着走着，前腿打滑，整个身体便往前一倾。就在这时，木怪前方的页岩骤然塌了下去，紧接着，又一整块巨大的页岩滑了下去，一场石头的“雪崩”开始了。木怪随着断裂的页岩一起冲下山坡，被随后滑下来的好几吨重的页岩彻底埋在了下面。

与此同时，从小径的远处传来一声愤怒的号叫声。一名巫师攀上了这条小径，身后的主人正扯着套在他脖颈上的银链，命令他不许动弹。但巫师未加理会，企图朝翁皮等人跑来。他拼尽了全力，也只跑出了两三步，就被扯了回去，终于不支倒地，咳嗽起来。

主人在跌倒的巫师身后爬起，跪在他背上，扯着银链猛拽数次，既是对巫师的警告，也是为了确定他是否依然顺从。做完这一切后，巫师的主人松开手，把链子扔在地上，站起身来从自己背后取弓。

她还没来得及从身侧的箭袋里拔出箭来，便被小拉斯卡射出的箭射中了。那是一支普通的箭，没有施过咒语，但足足有一码长，本应把她刺穿，叫她一命呜呼。可是，就在即将刺入她的身体时，箭似乎因某种无形的力量偏转了。

“有保护符！”小拉斯卡一声断喝，又连着射出三支箭，全部都奔着同一个目标而去：那巫师主人的左胸部。

前两支箭与第一支箭一样，被肆行魔法改变了方向，未能命中目标。但是她的防御魔法没能挡住最后一支箭，至少是没能充分发挥作用。那支箭也突然改变了方向，但变得不多，只偏了几英寸而已，结果那主人一头栽倒在地，再也不动了。她的脖子上贯穿着一支血肉模糊的箭。

翁皮本也拉满了弓，可是她终究没有将箭射出去，考虑到距离和风的影响，她估计自己可能会射偏。

那巫师摆脱了主人手中银链的束缚，缓缓站起身来。他停了一会儿，带着满脸的怒意，跌跌撞撞地踏上了小径。巫师举起一只手，摆出施放咒语的姿势，小拉斯卡却已经张弓搭箭，连射三次，三支箭如流星般朝巫师飞去。那巫师也许是没有护符，也许是仓促之间没有准备，被三支来箭射中。巫师溜溜地转了个圈，发出最后一声痛苦而愤怒的号叫，从山脊跌落下去。片刻之后，粉尘再次腾空而起，那情景与受他控制的木怪掉下去时一模一样。

“还有十一支。”翁皮说。

“我没有施过咒的箭了。”小拉斯卡淡淡地说，“普通箭也只剩八支。”

“那我们就别落在他们手上。”斯温瑟说。他正在查看自己的皮坎肩的前襟，那儿已被木怪锋利的前爪撕开，衣服下一片血肉模糊。

“你受伤了？”翁皮问道。她的脚踝正发出阵阵剧痛，阿斯蒂拉兰已经警告过会有这种情况发生。但比起之前那种疼，这仍旧不算什么，她还能够自如地活动。

“没有……”斯温瑟将沾着血的手在裤子上擦拭着，“它只是打了我一掌，可我感觉它的爪子热得很，像烙铁一样，那爪子不但能抓人，还能把人烫伤。不过千万别被它咬上一口，那可严重了，瞧它那歪七扭八的牙齿……待着别动，我到你们那儿去。这条路很快会变窄，然后有条岔路，沿着它走的话，最后会走到海里去。我们还有一段很难走的山脊路，要手脚并用才行。就算是那八条腿的怪物，我看也不见得过得去。”

小拉斯卡抬头看了一眼渐渐聚拢的云层，然后又向下望去。她对眼前的景象感到疑惑不已。只有一个被银链锁住的人和他的主人仍在往上攀登，而且他们身边没有木怪的踪影。其他术士的主人们则聚在另一处，术士们被他们围在当中，一个个缩成一团。从那些人打出的手势和模糊的话语声判断，他们正在争论着什么，到目前为止尚未升级为打斗。

“只有一个术士和他的主人跟上来了。”小拉斯卡说。

“你能分清这些人来自哪些部族吗？”

“看不清楚。太远了，看不清他们腰带上的颜色。”翁皮答道。她朝身后的小径比画了一下，“你杀掉的那个，他来自伊鲁斯族，也叫天马部族。你认为他们会发生内讧？不会的，当他们都听命于无脸女巫时是不会发生内讧的。”

“照我看，他们是不想派自己的木怪上来。”小拉斯卡说。顺着她指的方向看去，只见术士主人们围成的圈子突然扩大，术士们被链子拖着，木怪们也站了起来，“看，他们返回头，朝村子里去了。”

"肯定是去烧杀抢掠。"斯温瑟的语气很沉重，"不过，丢了房子和船都没事，没有丢了性命就好。"

"除非确定我被抓了或是我死了，否则他们是不会回去的。"翁皮说，声音里透着疑惑，"但是只派一名巫师，一个主人，连木怪也没有……"

小拉斯卡再一次抬头望向天空——愈加浓重的乌云正飞快地朝太阳飘去——然后她转回头去，看着下方那孤军奋战的巫师。

"我大胆猜测一下，也许他们的食风人同样也是鼓风人？"她缓缓说道，"不仅如此，他还是个役亡师。否则他们为什么要遮住太阳？我想不出有什么别的原因。"

她话音未落，乌云已经将阳光完全遮蔽，将阴影投在他们身上。山上骤然冷了下来。下方的巫师在阳光里多待了几秒钟，翁皮低头紧盯着他看，发现他胸前的确有一条铃带，上面有七只役亡师的法铃。而且这巫师没有头盔，耳朵附近有新近缠上的绷带，这说明她在渔船上射出的箭曾与他有过亲密接触。除了携带法铃之外，巫师的背上还有一个奇怪的匣子，表面涂着漆黑的柏油，毫无疑问，那里面装着供他的邪恶魔法驱使的东西。

巫师身上穿的并非牧民部族的传统衣服。翁皮好一会儿才看出来，他最外层的米白色外衣是一种盔甲，由深色铁环将数百片细小的骨头连缀而成。几乎可以肯定，这件护甲上灌注了对付普通箭矢，甚至包括其他普通武器的护符。

跟在他身后的主人是个女人。翁皮认识她腰带的颜色，而且能看到她把银链握得很紧。她戴着手套的右手中拿着一支没有护套的灵体玻璃箭，一股细细的白烟正从箭的尖端升起。

“他是个役亡师。”翁皮说，“他的主人来自鬼马部族，他们是拥有役亡师的三个部族之一。这巫师的法力一定非常强大，令主人十分忌惮，所以虽然有颈环和银链，她手中还得随时握着一支灵体玻璃箭，以备不测。他们两人身上都有强大的护符，足以应付箭矢。”

“有机会的话，这些都能一一验证。”小拉斯卡说，“但是眼下，我们还是应该与他们拉开距离，而不是靠拢。”

“没错。”翁皮回应道。她又看了看那名役亡师，然后问斯温瑟，“这山上有没有埋着死人？”

斯温瑟回忆了一会儿。他很清楚翁皮提这个问题的原因。役亡师需要一些东西供其利用：尸体、坟场、战场，诸如此类。

“山脊上没有。”他说，“但是在这座山的山下，在北方，山谷里曾经有过十几个农场，也许还不止。其中一个叫南甘雷斯特的农场规模最大。他们有一次大宴宾客，附近方圆几里格的人都去了。没人知道究竟发生了什么，反正最后他们打了起来，几乎全部死光。南甘雷斯特在那一次被烧了个精光，包括农舍、瞭望塔等所有的一切。后来，人们的尸体被埋进了地下，一座小山丘鼓了起来。要知道这是五十……五十四年前的事了。那时候没有国王，正是王国最混乱的时期。”

“死了多少农夫？”翁皮问，“还有，离这儿究竟有多远？”

“据说死了几百人。”斯温瑟答道，“就在我们下方，我之前说过。你现在就能看到那个隆起的地方，是个小小的绿色山丘，离最后一部分页岩大约有半里格远。”

他顿了顿，接着补充道：“还有……沿山脊这一路也死过人。每隔几年就死一个。农场的男孩们把这个作为一种成年礼，这是他们的传统，有时候我们的孩子也会参加，我很小的时候就参加过。摔下去的，就被压在页岩下面，尸体是挖不出来的。”

“那么他能使唤的人可就多了。”小拉斯卡又问，“最近的活水在哪里？”

“就在村民集中的地方，南边入海口旁的那座塔那里。”斯温瑟答道。这一路上，木怪并没有令他恐惧，可是眼下他却脸色苍白，前额也沁出了汗珠，虽然气温已经随着阳光的隐没而下降了。

数量如此之多的亡者，足以叫生者不寒而栗。

“我们能到那儿吗？”翁皮问。她必须十分努力，才能让自己保持镇定。她从未见过亡者，但是听过有关的传闻。阿撒斯科人不喜欢役亡师，不允许自己的法师们涉足役亡术，但是偶尔有族人会在山间遭遇拥有自我意识的亡者生物。这种生物害怕阳光，洞穴和山间狭窄的峡谷正是它们最合适的藏身之所。

“原路返回是不行的。”斯温瑟说，“我们可以从科米峰下山——沿着这条路一直走，第三个山峰就是科米峰——至少从那儿有一条更好的路下山，然后就能抄近路穿过山谷。如果……”

他的声音渐渐低了下去。太多的“如果”，没必要一一列举。夜晚来得比平日要早，很快，他们后面的役亡师就会开始召唤亡者……

第二十章
旧家具和洗澡的希望

古国，珂睐冰川

从纸翼停机库往下，有一条路比星辰山阶走起来更轻松，但也更耗时间。绵长道是一连串呈之字形平缓下降的廊道，这也是它得名的原因：走上两里格半，高度才下降两千步。在一天的飞行之后，这样一条长路对于眼下的尼克而言太长了。他再一次躺在一个吊床般的担架上，由四人一组的巡逻队队员抬着前进。米瑞丽又召来了几名珂睐进行护送，所以共有八名巡逻队队员与他们同行。指挥官同样一路陪着他们，但总是把他们甩开老远，就像一匹总也收不住马蹄的赛马。

莉芮尔走在尼克的担架旁，步履缓慢，有些疲倦，脑子却一刻不停地思索着。这一路上没有人说话，也没有遇见谁。这地方比珂睐的生活区的位置高了许多，很难碰到惊喜。去取纸翼的人都会明智地选择走星辰山阶那一条路。

但是，走绵长道至少是温暖的。就像珂睐那广阔的地下生活区一样，蒸汽管道从极深的地下温泉抽取热水进行传输，为廊道进行加热。古老而精妙的管道工程，加上审慎使用的咒契魔法，还有因为处理蒸汽管道而弄得浑身肮脏的工程师们不懈的工作，造就了这个温暖的世界。头顶和四壁上都有咒印，每过十年左右便会进行更新和改造，一如既往地提供着连续并柔和的亮光。

尽管莉芮尔几乎从未来过绵长道，但是走在这独特的咒契亮光下，感受着蒸汽管道带来的特有的潮湿的暖意，她的心中还是百感交集。她有一种重归故里的感觉，同时却又觉得是那样陌生。她在这儿总感觉自己是个外人，从小到大，所熟知的地方只有冰川而已。过去，莉芮尔从未想过要离开冰川，或是抛开珂睐的身份来生活，直到她最终发现自己永远不可能拥有预视之力，注定要走上另一条截然不同的道路：成为一名阿布霍森。

如今，她的心中真是百味杂陈。必须回到自己出生和长大的地方，一个她曾经渴望成为自己永远的、名正言顺的归属之处，与此同时，她早已清醒地认识到，自己与冰川之间的关联仅限于过去的记忆而已：有些东西一旦逝去便再也追不回来了。她已彻底改头换面，她的人生和未来与一名普通珂睐已经截然不同了。

曾经的我与现在的我是如此不同，简直判若两人，莉芮尔想着。她想得出了神，所以没能及时看到那一群迎面走来，迎接自己和自己为图书馆带来的新藏品的图书管理员。

等她终于见到她们，认出她们，她的心开始狂跳不已，这种感受在她走进珂睐的大厅时未曾发生过。看到那些熟悉的制服和脸庞，特别是看到队伍最后面那个级别最低的馆员正一边走路一边读书，莉芮尔忍不住笑了。她大概觉得自己在最后面，所以根本不会有人注意。

这是一支非常隆重的队伍，由图书馆馆长梵赛莉亲自带领。她仪表庄重，穿着一件黑色的马甲，腰间一把缚魔剑；她的后面跟着两位副馆长，身穿白色马甲，肩上扛着仪式斧——那斧头上镀着金，装饰着各式各样的花纹，仿佛只能在仪式中摆摆样子，但它们依旧是锋利的武器；然后是四位一级助理馆员，她们穿着蓝马甲，参加仪式时携带的武器是饰着蓝色流苏的短戟；八位二级助理馆员则佩着短弯刀，穿着和从前的莉芮尔一样的红马甲，莉芮尔的那件已经装在放着樟脑球的箱子里，留在了拜里塞尔的皇宫中；还有一群三级助理馆员，她们穿着黄色马甲，手执长矛，灌注其中的咒印在矛尖闪闪发亮，只有在特别的场合，她们的长矛才有这种待遇。

当然，她们所有人都带着短刀、口哨和发条银鼠，这是珂睐图书管理员们的标准装备。如果不随身携带这些物品，巨大的阅览室之外那些深不可测的地区，她们是绝对不敢涉足的。

莉芮尔自己也曾站在这种仪式性的队伍中，欢迎各方大人物的到来，比如国王本人，比如萨布莉尔，或是拜里塞尔的市长大人。她先是三级助理馆员，然后是二级助理馆员，总是站在这支队伍的末尾，就像那位一路埋头苦读的三级助理馆员一样。莉芮尔从没想过要站到最前面来，更没有想过有一天，自己也会受到如此隆重的接待。

双方行至相距十几步远时，停了下来。梵赛莉走上前，向莉芮尔鞠躬致敬，莉芮尔也回应了她的问候。然后，梵赛莉走近了莉芮尔，拥抱了这位年轻的姑娘，这倒是叫莉芮尔大感意外。

“你建立了丰功伟绩。”梵赛莉说，“所有的图书馆馆员都为你感到骄傲。”

“谢谢。”莉芮尔答道。她努力忍住眼眶中的泪水，尽管她认为自己不再是珂睐的一员，却仍旧感到自己是一名图书馆馆员，而且永远都是，无论自己有了什么样的身份。

“为了你的归来，我们早早备下了礼物。”梵赛莉指着两名一级助理馆员手中拿着的精美的匣子：其中一个匣子是狭长的，另一个则近似方形。两个匣子都由深红色的雪松制成，配以精工铸造的铰链、镶边和亮闪闪的黄金锁片。其中一位一级助理馆员是莉芮尔的老朋友伊姆什，是她在六年前为莉芮尔办理了图书馆的就职手续，也是她将短刀、哨子和发条鼠交到莉芮尔的手中。伊姆什微笑着，晃了晃自己的小指作为问候，为了把盒子端稳，她只剩这一个手指能够自由活动。

“不过，它们已经等候你很久了，也许再等一等，等你们一切都安顿好了也不迟。”梵赛莉注意到莉芮尔眼中的疲倦，体贴地说道。她的目光扫过年轻的准阿布霍森，看向睡在担架上的尼克。他很苍白，满面病容。“这是尼古拉斯·塞尔吗？那个安塞斯蒂尔的年轻人，就是他成了奥兰尼斯的仆人？你带他来，希望我们为他做个检查？”

“是的。”莉芮尔说。把尼克的事告诉梵赛莉不啻一种解脱，似乎能帮她卸下一部分她自己加在肩头的责任，“他的咒印很纯净，但肆行魔法却渗入了他身体的每个角落，简直堪比肆行魔法生物。可他不是！而且我很确定，他不会成为那种怪物，尽管我没有可靠的……没有可靠的事实来支撑这个信念。我想解开这个谜团，所以我才费尽心思把他带来。先送他去医院吧，他又受伤了，就在昨晚——”

“医院已经人满为患了，感染了流感的人都挤在那儿。”梵赛莉说道，“不过我们来了，我们会继续护送你们，米瑞丽的人就能回到冰川外头去了。把他安置在你的房间是否更好些？”

“我的房间！”莉芮尔叫出了声，“我的老房间？那儿没地方，我是说，只有一张床——”

“不，不，我说的是阿布霍森的房间。”梵赛莉笑着解释，“位于南区。那儿至少有十几间卧室，好几间会客室，还有一个非常宽敞的洗浴室……当年阿布霍森的人数比现在要多，有时候会有二十多位同时造访冰川，所以为他们准备了这些房间。”

“哦。”莉芮尔回应道。她满脑子只想着把尼克安置在医院，其他的事完全没有考虑过，而且她哪里想得到，自己有一天会拥有如此重要的客房。为了适应成为准阿布霍森后的生活所做的调整，没想到竟然在这儿派上了用场。“好的，那样很好。可是，能否请医院的人来看他一下？我试过了，他对我的治疗咒语非常排斥，可我仍想试试别的……我是说，希望某个人，更加精通治疗术的人，试试其他咒语，改善他失血过多的状态。”

“我保证医生会尽快赶过来。”梵赛莉说，“但同时，如果你不反对，我会尽量做些自己力所能及的事。你也许不知道，在去图书馆之前，我曾经在医院工作过很多年。”

“哦，谢谢你。”莉芮尔结结巴巴地说。年长的珂眎常常叫她惊诧不已，因为她们的知识总是如此渊博。虽然年事已高，但这些珂睐大都显得比实际年龄年轻许多，因此人们容易忘记她们曾在冰川内（或冰川外）做过各种各样的工作，而且时间还不短。梵赛莉一头烟灰色的长发，脸上不乏深深的皱纹，可即便如此，莉芮尔还是觉得她看上去不会超过六十五岁。但实际上，她至少已经九十岁了。这并不算珂睐里的高龄。大部分珂睐都要安然度过百岁后，才会退隐梦境室，其中绝大部分在进入梦境室后再过上几十年才会逝去。人们普遍认为，珂睐的长寿与预视能力有关，也与在轮值塔中使用咒契魔法有关。

“在此，我将您托付给这些最为杰出的图书馆馆员。”米瑞丽说。她朝莉芮尔鞠了一躬，又对梵赛莉鞠了一躬。她说话时并未表现出明显的敷衍，但莉芮尔知道，负责抵御外敌的巡逻队和负责防备内部威胁的图书馆馆员之间，向来存在着竞争。珂睐一族有过寥寥几次派遣人员外出探险的经历，其中的主力每次都是由巡逻队队员和图书馆馆员组成的。

“谢谢你。”莉芮尔说，“我很高兴，你没有把我们留在外面受冻，虽然有违第三十四条守则。”

“第三十六条。”米瑞丽纠正道，脸上的肌肉依旧绷得很紧，“第三十四条守则是有关横贯冰川的道路和通行方式。”

她再次朝所有人鞠躬，看着几名三级助理馆员将自己的长矛交给同伴，又从卡丽塞特等人手中接过尼克的担架。米瑞丽示意巡逻队队员们跟上自己，然后，她开始快速小跑，沿着绵长道往来路返回，下属队员们也加快步伐，紧随在她身后。莉芮尔看着她们跑开，想到自己没有傻乎乎地要求加入巡逻队，而是成了一名图书管理员，竟没来由地产生了一种如释重负的感觉。

莉芮尔与梵赛莉一边走，一边低声交谈着。她告诉图书馆馆长自己如何找到了尼克，然后又做了些什么，告诉她赫儒尔如何在南方出现，讲述了抬着尼克通过界墙时法铃的怪异反应。馆长问的问题不多，主要是听莉芮尔说。不知不觉中，年轻的准阿布霍森竟敞开心扉，倾吐了许多与工作无关的心事，直到猛然醒悟过来，这才缄口不语。

这条长路的尽头与西路合而为一，又走过短短的一段廊道后，她们踏上了人迹罕至的二号后旋梯，这条路通往南区。南区有最重要的一条长廊，许多高阶珂脥都住在此地，其中就包括图书馆馆长。从馆长的房间经过时，莉芮尔看着门旁蚀刻的符文，想起自己在过去的某个夜晚，在坏狗的帮助下，从房中偷走缚魔剑的事。她需要用那把剑对付斯狄肯，而且坏狗最终在梵赛莉醒来之前，把剑还了回去。至少，莉芮尔一直以来认为事情就是这样的。可是经过那扇门时，莉芮尔还是紧张地用余光朝自己身边这位阔步而行的老人瞥了一眼，看着她那挺直的后背，莉芮尔不由有些怀疑，关于缚魔剑的事，还有别的一些往事，这位馆长到底知道多少？

沿着长廊没有走多久，就到了阿布霍森的房间。一群负责内部日常事务的年轻珂脥正穿着打扫用的围裙，忙忙碌碌地擦拭门外走廊上的石头地面以及前门上的灰尘，很显然，要么是提前得到了通知，要么是有人预见到了什么。这扇大门由一块巨大的黑色花岗岩制成，上面没见到把手或锁。

“必须由你把它打开。”梵赛莉说，“这些房间已经很长时间没人用过了。萨布莉尔更喜欢住在为皇室准备的房间里。你碰一碰，门就开了。”

莉芮尔点点头，将自己的手放在那冰凉的石板上。石板在她的手掌下缓缓朝内转动。一开始，里面只是一片黑暗，但是渐渐地就有照明咒印绽放开来。它们被放置在天花板上，模仿着夜晚星辰的模样，排成珂睐们熟悉的星座的形状。

“您先请。”梵赛莉对莉芮尔说。当莉芮尔跨进大门时，图书馆馆长转身对自己的副手们交代了一番，随即，大部分人都离开了，回到各自的工作中，只留下梵赛莉、伊姆什和另一名拿着礼物的珂睐，以及四名抬着担架的珂睐。

莉芮尔停下脚步，一块看上去仿佛被忘在门边的粗麻布在她面前飘了起来，一个个咒印打着旋，一条条炫光渐渐汇合成为一个人形的仆人，身穿一件破旧的束腰外衣。最后，这个影像向莉芮尔鞠了一躬。见它没有携带武器，莉芮尔猜测这不是护卫影像，而是一个守门人。其他人进来时，它也一一鞠躬，只是面对尼克时，它犹豫着弯下腰去，就像一只疑心的狗嗅着某种自己不太确定的东西。不过，最终它并没有企图拦下尼克，还是一视同仁地对他也鞠了一躬。

会客室与莉芮尔在青年会所那间老旧的、朴素至极的房间有着天渊之别。在这儿，地上铺着厚厚的深蓝色羊毛地毯，四边绣着银匙图案，中间还装饰着略微抽象却很好认的铃铛图案。几把深棕色皮革做成的矮脚扶手椅沿一面墙排成一行，看起来非常舒服，中间还放着小桌子，可以放书本和饮料。门口有一个黑色的铁衣帽架，旁边是一个桃木雕成的剑托，中间嵌着象牙，足够容纳十多把剑。还有一个奇怪的窄窄的书架，上面闪动着咒印，莉芮尔花了些时间才看出，这也是一种托架，架子上还铺着毛毡垫，是用来放置铃带用的。

“这里的家具都来自希尔费尔，阿布霍森们在和平时期建造的行宫，后来在大约四百年前不得不将其摧毁。”梵赛莉说道，“他们竟然对亡者完全没有抵御能力，真是惊人的愚蠢。不过，阿布霍森们把宫里的陈设带走了，有些带到了他们位于瑞特林河上的古宅，有些带到拜里塞尔——那部分在后来的空位期流散无踪——还有一些放在这儿。当然，如果你想读的话，图书馆存着这些家族的族谱，还有它们的历史资料。左边的门通往卧室，右边的门打开后，是一间大浴室。自从萨布莉尔最后一次来到这里，已经有好多年了，但是有相当数量的家政影像负责保持这儿的整洁。”

“谢谢你。”莉芮尔说。她感到累极了，也饿极了。她朝尼克看了一眼，见他睡得很沉，不由担心他已经昏了过去。正在这时，尼克眨眨眼醒来了，见莉芮尔正注视着自己，便朝她露出一个有些恍惚的微笑。

“我们到了。”莉芮尔说，“这里是珂睐冰川里为阿布霍森准备的房间。请允许我把你介绍给梵赛莉——图书馆馆长——这里所有图书管理员的头儿。这位是尼古拉斯·塞尔。”

“我很高兴能够来到这儿。”尼克说道。他充满敬意地点点头，用不着别人说，他也知道，这是一位与过去学校里的那位尼普维奇太太截然不同的图书管理员，“也很高兴见到您，图书馆馆长。”

“叫我梵赛莉就好，我不在意这些头衔。你能站起来吗，如果有人扶着你的话？”

尼克点点头，被搀扶着好不容易才站起身来。尽管他还是非常疲倦，而且手腕很疼，感觉却比之前好多了。

“很抱歉，我以这样的状态出现在您面前。”尼克说着顺便瞥了一眼莉芮尔。他又低头看看自己，暗示眼下还穿着这身不合适的纸翼飞行员毛大衣，有些太热了，“如果我能找个地方清理一下自己……”

梵赛莉上下打量了他一番，评估着他的状态，最后赞同地点了点头。

“右边有几间浴室。”梵赛莉说。她对一位负责日常事务的年轻珂睐打了个手势，“扎尔娜会帮你——”

“哦，我不需要帮助。”尼克说着环顾了一圈身边的女人们。有几名年轻的珂睐已经随扎尔娜一起走上前来，仿佛要帮他洗澡似的。“我洗澡的时候还是喜欢……啊……私密一点……”

“没问题。”梵赛莉赶紧答道。她明白他的意思。“浴室里任何时候都有影像。顺便说一句，莉芮尔，它们也来自希尔费尔，所以它们非常古老，但功能还在。它们会照顾你们。”

“萨姆提到过影像，它们就像……嗯……魔法仆人……”

“算是吧。”莉芮尔答道，“他们是由咒印生成的，有不同的模样，不同的本领，还有着一些自我意识。不论本质上是什么，它们随时愿意提供帮助就是了。”

“好吧，那么……”尼克说，“如果我需要帮助……在那边洗澡是吗？”

他迈步朝那扇门走过去，但打了个踉跄，靠在了墙上。所有在场的珂睐都迅速行动起来，但莉芮尔仍是第一个赶到他身边，扶住他胳膊的。可是尼克挥了挥手，挣脱开来，咧嘴笑了笑。

“不，我能行的。”他的声音很嘶哑，“我不希望总是成为累赘。”

“你不是累赘。”莉芮尔的语气里没有一丝怒意，“你失血过多，需要一些时间恢复，而且你还受着寒，坚持了那么久。”

她还是因为耽搁了那么久才进来而生气，如果尼克真的得了感冒，她准会大发雷霆。在冰川里，过不了几年就会有一次流感大爆发。许多珂睐认为，感冒和流感是靠蒸汽管道传播的，因为每当有珂睐得了什么病，所有人最后都会染上同样的病，只是时间早晚的问题。

“我可以的。”尼克坚持道。他靠在墙上，步履缓慢地走向浴室。门已经被一个高个子影像打开，从它身体里那些苍白的咒印和他身上磨破的袍子来看，它已经十分苍老了。影像用一条胳膊环住尼克，莉芮尔带着几分愠怒地注意到，尼克并没有把它的手挡开，而且她看到影像变得更加明亮，那一直在它的魔法皮肤上的咒印游走的速度也变得更快了。

“有意思。”梵赛莉评价道，她也注意到了这一效果，“我想他眼下没什么危险，只要留意手腕上的伤口，不要再次裂开即可。莉芮尔，我会给你留出一小时的独处时间，你也可以洗个澡。等我回来，不论有没有医生在场，我们都去看一眼塞尔先生的伤口和整体情况。伊姆什，你能留下来陪着莉芮尔，在她有任何需要的时候帮助她吗？一定要记住，如今莉芮尔是准阿布霍森，必须恭恭敬敬地对待她，不能因为你把茶水溅了自己一身就使唤人家去拿备用马甲。”

“好的，馆长。”伊姆什低垂着眼帘说道，“只有一次。或者是两次。而且莉芮尔是愿意的，不是吗——”

伊姆什停下来，因为她听到了莉芮尔咯咯的笑声，而梵赛莉早已不见了踪影。

第二十一章

红光意味着血鸦

古国，黄沙村附近的页岩山山脊上

夕阳的最后一丝余晖从云层背后透出来，天空瞬间亮了许多，但是太阳终究是西沉了，页岩山上也随之变得漆黑一片。趁着刚才那点亮光，翁皮等几人朝着那名为科米的山峰加速攀登。他们距离峰顶仍有几百步之遥，只要上了峰顶，就能找到下山的路，进入山谷，然后穿过山谷到达入海口。只要有了活水，他们就能得到保护，逃脱亡者的追杀。

可是役亡师根本不打算让他们攀上顶峰。

翁皮和同伴们沿着山脊缓慢前行，他们摸索着前方的道路，能够依靠的只有微弱的亮光，不久前小拉斯卡在斯温瑟的斧柄上施放了一个发光的咒印。斯温瑟扛着斧头，以便察看前方的页岩和道路。就在这时，翁皮看见一团炽热的火光从天而降。

“血鸦！”小拉斯卡惊叫道。

翁皮将充当盾牌的锅盖挥舞起来，护住自己的脸，斯温瑟抡开了斧头，在面前形成一道防御墙，小拉斯卡则将长弓当棍子一般向四周抽打。几秒钟后，腐鸟们展开了攻击。它们来势汹汹，腐烂的尖嘴和森然的爪子专门朝着人们暴露在外的皮肤，特别是眼睛袭去。

役亡师一定早将血鸦准备妥当，关在他背上那紧闭的柏油匣子里随身携带。先举行一定的仪式，然后朝其中注入一个死灵，一个死灵可以注入数十只鸟儿身体内，令它们在同一目标的驱使下抱团行动。

翁皮伏低身体，右臂胡乱地挥舞着盾牌护住双眼。只听得斯温瑟一声大喊，那是因为吃痛而发出的咆哮，然后又听到小拉斯卡喊了句什么，可是听不真切。小拉斯卡的喊声停后不久，便闪起一道刺目的光亮。翁皮朝亮光看去，只见小拉斯卡的弓在金光中轮廓凸现，明亮的咒印像液体火焰一般从上面簌簌掉落。小拉斯卡将弓挥出去，一只血鸦应声落下，再也没能起来。

借着这道光，斯温瑟和翁皮的每一击都更加精准，不久便将剩下的血鸦杀了个精光。血鸦虽然被杀死了，但是那一团团恶心的羽毛和骨头仍在蠢蠢欲动。他们三人忙活了好一会儿，才将血鸦们从山脊踢下山崖。

“我数了数，一共十九只。”小拉斯卡说道。她的双手和两颊都在流血，但伤势不算严重。她把长弓举高，让亮光照到其他两人身上。“我怀疑他那个匣子里可能装不下更多血鸦了……至少我希望没有了。斯温瑟！你受伤了？”

伐木人用一只手捂着右眼，一股股鲜血从指缝里流出，沿着手背淌了下来。

“该死的！”他骂道，“帮我绑起来。在事情变得更加糟糕之前，我们必须赶到科米峰，走上下山的路。”

“拿着我的弓，但与你的身体保持一些距离，别让自己全身都被照亮了，保持警惕。”小拉斯卡说，她把那仍旧亮着的弓递给翁皮。“坐下，斯温瑟。”

斯温瑟坐下来，小拉斯卡从自己的腰包里拿出一块布和一卷绑带，她将布折叠四次，叠成一个小垫子，交给斯温瑟，让他将这个小垫子压在受伤的眼睛上。然后，小拉斯卡将那卷绷带围着他的头缠绕起来。

“你可真是有备而来。”翁皮说。

“这是我在边境当兵时用的救护包。”小拉斯卡说。她把绷带绷紧，这样才能将布垫固定住，“如果时间充裕，我也有精力，可以试试治疗咒语。可现在两样都没有。实际上，单是把弓点亮，我就已经筋疲力尽了。真不想承认啊。知道我这么不经事，老伙计们会笑话我的。”

“我们应该利用这点亮光赶路。”斯温瑟说，“役亡师似乎对我们的位置清楚得很，不论是有光没光，他都清楚。”

“我确实很清楚！”一个声音突然在山脊上响起，就在他们身后不远处，把几人吓了一跳，“还有我的仆役们，它们很快就到。只要把阿撒斯科女人交给我，就可以放你们一条生路。”

小拉斯卡从翁皮手里一把夺过弓来，嗖的一声，箭矢朝那声音传来的地方射去。但是他们没有听见箭矢射中目标的声音，只有咔嗒的一声。

笑声再次从后方更远处响起，这次是在他们的右侧。过了一会儿，几支被射上高空的箭落了下来。翁皮听到它们的破风之音，飞快举起盾牌挡开了一箭。小拉斯卡往地上一趴，几支箭射中了她穿着盔甲的后背并被弹起，她却毫发无损。这是牧民的箭，而且是从最远射程处射过来的，射箭的人是那役亡师的主人，小拉斯卡那把发亮的弓便是她的目标。

斯温瑟反应稍微慢了一些，被一支箭射中了肩膀。他一时没有站稳，往后踏了一步，踩碎了一块页岩。碎裂的岩石向路边滑去，他胡乱挥舞着胳膊，朝前猛地一扑，小拉斯卡和翁皮赶忙伸手去拉，可是越来越多的页岩从他脚下滑走了。

“第二条路——”

斯温瑟的话被页岩滑落的哗啦声盖住了。又过了一会儿，他们听到了震耳欲聋的一声撞击，然后便是已经相当熟悉的、岩石崩塌时发出的隆隆巨响。

小拉斯卡碰了碰自己的弓，咒印暗了下来。黑暗中，看不见从斯温瑟跌落的地方腾起的大片烟尘，可是尘土落在她们舌尖，飞入她们眼中，提醒着她们失去同伴的苦涩。

“看来我的快乐小分队又有新成员了。”黑暗中的那个声音说，现在听起来似乎很远，在她们左侧，可是那儿看起来空无一物。役亡师的声音如此飘忽不定，也许是用了一些魔法。“你们还会再见到他的，不过我怀疑，重逢时你们可能不那么喜欢他了。”

翁皮感到小拉斯卡碰了碰自己的胳膊。

“我们得前进。”小拉斯卡小声说，“趴下，探路。快！”

翁皮不需要鼓励。她用最快的速度朝前爬了十几步，停下来把锅盖放到一边，然后继续爬。这面锅盖用作盾牌本来就太沉，更何况她眼下疲惫不堪，脚伤又进一步恶化了。翁皮希望役亡师的主人不要离她们太近，她若是用更大的力量射箭，那可就糟糕了。

她感到小拉斯卡碰到了自己的脚踝，也能听到页岩咔咔直响。探明前头的路并不算太难，不过她的双手和膝盖已经被破碎的岩片割伤，手指也血流不止。伤口本身并不严重，可是新鲜血液对亡者有着莫大的诱惑。她们两人浑身都是被血鸦抓挠出来的伤口，这无异于雪上加霜。

翁皮的脚踝传来了更加钻心的疼痛，毫无疑问，阿斯蒂拉兰的咒语正在渐渐失效。翁皮没有理会这阵疼痛，正如她将所有被挠破、刺破、擦破的伤口，还有斯温瑟的死带来的悲伤全部暂时抛诸脑后一样。他是卡里尔克的丈夫，六个孩子的父亲，一个善良的热心人，就这么离开了人世。

翁皮对死亡并不陌生。面对死亡，她的族人都是虔诚的宿命论者，认为死亡随时可能到来，无法预料，也无须准备，只要勇敢地面对即可。如果情况允许，人们会哀悼死者，赞颂他们的生命。

但前提是情况允许。若是在战场上或狩猎时，所有的死亡都被锁死在当下，直到时间较为从容时，人们才有时间追思逝者。

翁皮正在努力这么做。但是这一次，她觉得自己要为斯温瑟的死负很大的责任，因为自己是整件事的发端。她第一次怀疑自己送的消息是否真的如此重要。但这只是一闪念而已，翁皮马上抛弃了这种想法，再一次全神贯注地面对着前方的道路。

道路越来越倾斜，这意味着她们已经离山顶不远了。在亮光完全消失之前，翁皮争分夺秒地朝前方的科米峰看了一眼。这是一座页岩峰，但是它的山脊似乎抬升之后变宽了，成为一个巨大的平台，然后有好几条山脊线从那平台继续往下延伸，其中之一应该就能通往山谷，然后到达入海口的瞭望塔。但是斯温瑟不在这儿，她们不知道到底哪一条才是，一片漆黑中也看不清哪一条才是……

第二条路……

翁皮猜测斯温瑟跌落山崖时挣扎着喊的到底是什么。他是否告诉她们，在山顶选择第二条小路？可是从哪边数起呢？左边第二条？右边第二条？或者他想说的完全是另一件事？

仅凭他最后的寥寥数语，她们无法做出选择，必须做些别的努力。

翁皮往前爬，一边用手摸索着探查前方的道路，一边琢磨着这个问题。在这样的地方，哪怕只是行差踏错半步，也可能从山脊上掉下去，一命呜呼，所以她不得不反复提醒自己慢一些。她能感觉到小拉斯卡一直紧跟在自己后面，而在小拉斯卡身后的某个地方，有役亡师和他的主人，还有被役亡师拖入现世的亡者生物。

翁皮停下来，伸手去拉小拉斯卡的手，并把她拉到自己跟前，近到能听到彼此耳语的地步。

“我们无论如何都要把这个役亡师的主人杀掉。”翁皮把声音压得很低，“没有主人，役亡师就能自行其是，说不定他会拐到别的地方去，甚至是选择让我们走。”

“我看不一定。”小拉斯卡说，她仍在犹豫，“但是……我现在大脑一片空白。到底该怎么办，你有什么主意吗？”

“朝她多射几箭。”翁皮说。

“说起来简单。”小拉斯卡说，“但是这么黑——”

翁皮立即打断了她的话：“我希望你能在页岩上施放一个咒印，等役亡师或主人踩上去，就让它发亮。我们就在峰顶等着，然后放箭。”

“如果失败的话，他们会追上我们的。”小拉斯卡说，“我觉得还是应该一直往前赶。我们一定有机会把他们甩得远远的，然后下山，赶到瞭望塔——”

“你知道要沿着哪条路下去吗？”

“不知道。”小拉斯卡说，但是她同样注意到斯温瑟最后的那句话，“第二条路，斯温瑟想告诉我们这个，不是吗？”

“也许吧。”翁皮说，“但是能确定他具体的意思吗？再加上我们只能在黑暗中摸索，要找到那条路很难。”

小拉斯卡沉默了片刻，最后说道：“好吧，我们现在离峰顶很近了。我会在这儿施放一个咒印。”

施放咒印花了小拉斯卡几分钟，翁皮则一直高度警惕地紧盯着身后的山脊，专心聆听每一个声音，努力地在黑暗中分辨着每一个细微的变化，判断是否有人靠近。她听到页岩不时碎裂开来，还有石头移动的声音，她知道，役亡师和他的主人仍旧尾随在后面，只是很难判断他们离得有多远。可以肯定的是，他们正在慢慢靠近。

小拉斯卡将双手环成杯状，遮盖咒印出现时的短暂亮光，然后那咒印便沉入小径中央的一块页岩中。只要有人踩上去或者从旁经过，它都会爆发出亮光，并且能维持好几分钟。

“走吧。”小拉斯卡急切而小声地说，“安排好了。”

翁皮继续往前爬。山脊上的小径越来越陡，路也越发崎岖不平。她用手指在前面探路，摸索着小径两侧的页岩哪一块更大，哪些堆得更高。

翁皮正和之前一样伸手往前探，突然发现天空亮了起来。她稍停片刻，抬头朝天空看去。役亡师招来的狂风吹起的乌云开始分崩离析，从中透出了星光。在那微弱的星光下，她看见了面前的山脊线，还有那黝黑险峻的科米峰。

翁皮往后看，能模模糊糊地看到小拉斯卡的脸，或者说，是星光在她双眼中反射的亮光，还能隐约看得出她头部的轮廓。

“云散了。”翁皮小声说，“役亡师对风的掌控变弱了。”

“也可能他用法力干别的去了。”小拉斯卡催促道，“快！”

翁皮继续往前爬去，攀爬似乎变得容易了，也能看得更清晰了，因为头顶出现的星星而备受鼓舞。可是，还没走出十几步，翁皮略微放松的心情又紧张起来，因为她们身后的役亡师摇响了一个法铃。

她们听到的是墨思锐尔的铃声，不过翁皮和小拉斯卡并不知道而已，她们甚至不知道那是役亡师的法铃声。对她们而言，那只是一个刺耳的声音，往她们身体的每个缝隙里钻。这声音拉扯着她们的骨头，似乎要将它们从血肉之躯中拉出来，似乎要让她们的牙齿从牙床上脱落，并且引爆她们身上的每一个关节。

醒灵者墨思锐尔，将亡者带回生者的世界，但前提是找到容纳它们的皮囊。

尽管铃声持续了还不到一分钟，可在翁皮听来，却仿佛响了很久很久。她躺在小径上，牙关紧咬，眼睛紧闭，双手使劲压住两只耳朵，可是铃声以及铃声带来的痛楚丝毫没有减弱。

最后，那刺耳的铃声消失了。翁皮将双手缓缓从头上拿开，麻木了似的继续朝前爬。除此之外，她不知道自己还能做些什么。某种原始的本能使她只想赶快远离，以防那声音再次在耳边响起。

但是铃铛并没有再响。翁皮渐渐平复了心情。她重复着机械的动作，继续往前爬，对自己周遭的环境又重新有了觉察的能力。天空变得更加明亮，从云朵散开的缝隙之中，露出了一角弦月。

翁皮在月光下到达了峰顶。这是一片宽阔的平地，大概有二十步宽，五道山梁在此相汇。这里没有松动的页岩，是一个坚固的石头平台，踩上去很踏实。翁皮马上把包袱抛到一边，拿起自己的弓，又挪了挪箭袋，拔箭时可以更方便些。然后她转过身，俯瞰着刚才走过的路。小拉斯卡站在她身旁，手执长弓。眼下光线充足，山脊看上去是一条淡淡的白线。

但是她们看不到山脊上有任何动静。云朵飘了过来，从月亮前面飘过。翁皮的脚踝痛如刀绞，情况越来越糟了。她只得将身体重心放到左脚上，虽然这站姿并不利于弓箭手放箭。

“看到什么了吗？”小拉斯卡压低嗓门问。

“没有，我——”

这时，小径上发出亮光来，那咒印被激活了，变成一团金色的火焰。可是被照亮的并不是役亡师和他的主人。

那是一个亡者手卒。一具脚步踉跄、扭曲变形的尸体，受寄居其中的灵体使唤，如同重获新生一般。这个灵体是被役亡师从冥界召唤出来的，所以完全按照役亡师的意志行事。

它身后不远处有三个亡者手卒，也许比这个数量还要多。它们只是些白森森的骨头，上面残留着小块的皮肉。走在前面，朝她们悄然逼近的亡者手卒与它们不同，那是斯温瑟的身体，只不过被另一个灵体占用了。被石块埋压的身体已经支离破碎，只能通过身上残留的皮坎肩，才能加以辨认。那具躯壳本身就遍体鳞伤，残留的血肉更是被潜藏其中的灵体腐蚀殆尽，曾是双眼的地方如今只是闪烁着两团红色的火焰。

在这些肆行魔法生物后方很远处，在弓箭的射程之外，便是那蹲伏在小径上的役亡师。他的身体上有一层薄冰，因为他已经踏入了冥界。使用墨思锐尔会产生一种“跷跷板效应”，役亡师为四个死灵重新赋予生命，使之成为自己的傀儡，而自己的魂魄也被铃声拉入冥界，与之形成平衡。

对于亡者，翁皮和小拉斯卡都束手无策。她们已经用光了施过咒语的箭，也没有灵体玻璃箭，甚至没有火。她们抓起各自扔下的背包，背上弓，匆匆跑向左手边第二条小径，沿着它朝山下跑去。

两个人都盼望沿着这条路能走下页岩山，却又对此毫无把握。

亡者手卒们紧跟在她们身后，一方面是听命于主人的差遣，另一方面，也是它们对生命本能的渴望使然。

第二十二章
端倪初现

古国，珂睐冰川

莉芮尔在尼克隔壁的房间里洗浴。这儿有许多极尽奢华的浴室，这不过是其中一间，简直像是把阿布霍森在希尔费尔的浴室全套搬了过来似的。浴缸是由黑色大理石开凿而成的，石块中还掺杂着银质的纹理，水龙头和水管是镀金的，虽然镀金层已几乎磨损殆尽。珂睐的普通浴室里绝对不会有这些设备。莉芮尔想象着古代阿布霍森们的生活，很显然，他们比后代更热衷于奢侈的享受，也许他们只是有更多机会沉迷其中。

痛痛快快地泡个热水澡是很享受的事。莉芮尔就这样泡在浴缸里，每过五分钟添上一次热水，将所有的烦心事统统抛开。就像珂睐冰川中的所有地方一样，这里的热水也带有一股硫黄味，因为它来自地底极深处。不过莉芮尔对此早已习惯，再次适应起来很简单。

她任由自己浮在水中，什么都不想，只希望好好放松一下。可是，要放空大脑并不容易。纷繁芜杂的念头如走马灯一般轮番上映，光是关于尼古拉斯的事情就有一大堆：尼克接下来的命运该当如何？我希望他怎么做？或是希望和他一起做些什么？……还有关于珂睐，关于童年，关于吉瑞丝姨妈，关于成为准阿布霍森以及自己的未来，种种念头在她的脑海中挥之不去。莉芮尔不知道自己的人生是否永远都将在完成任务和处理危难中度过，是否永远会乘着纸翼飞来飞去，解决一个又一个肆行魔法造物或亡者，也不知道是否因为不知该如何像普通人一样生活，所以终究会选择这样的生活。

最终，在莉芮尔滴入浴缸中的精油和热水的帮助下，把这些念头统统赶走，大脑暂时算是放空了。莉芮尔泡在水中，用大脚趾转动着水龙头，差一点儿睡着了。要不是想到梵赛莉即将到来，想到晚餐，她可以在水中泡上好几个小时不出来。可是一旦想到食物，她马上就发现自己是多么饥肠辘辘，所以便从浴池里跳了出来。

一个影像送来了一块松软的大毛巾，与她小时候用的那种完全不同，同时还送来了干净衣物。内衣取自公用仓库，是珂睐平常穿的亚麻衣。让她万分惊讶的是，影像还送来一条裙子，而不是她以前整天穿的朴素而实用的服装。这条裙子有着长长的衣袖，袖口处有燕尾状装饰，剪裁合身，长及脚踝。裙子是深蓝色的，衣料与丝绸相仿，但具体是什么，莉芮尔说不上来。长裙上还点缀着银线绣成的小钥匙图案。一看即知，这裙子已经很老旧了，不常穿，不过最近刚刚洗好熨好。它非常贴合莉芮尔的身材，这说明影像已经将裙子改过了。它们总是这样全心全意地服务于自己的创造者和他们的后代，只是有时候热情得有些过头，难免会惹人烦。

穿着其他阿布霍森很久之前穿过的衣物，而且还不是制服，莉芮尔总觉得有些不自在。她已经习惯于将自己隐藏在图书馆馆员的马甲后面，或是一片片的钶希尼拼缀而成的盔甲后面。

影像还送来一条非常柔软的红色皮腰带，非常老旧的式样，没有搭扣，上面装饰着与之相衬的银色猫头，还镶着红宝石充作猫眼。

腰带上的猫头不免让莉芮尔想到了莫格。自从将奥兰尼斯重新封印后，她已经不止一次地猜测，那只似猫而非猫的猫到底去了哪里？莉芮尔知道萨姆见过那只猫好几次。他们之间似乎存在着某种友谊，至少是某种共鸣。但是莉芮尔一直忙着其他事情，没机会问萨姆那恢复自由身的第八位光明者去了哪里。一方面，她希望自己不要再遇到他，尽管在对抗毁灭者的最后一刻，莫格已经证明了他是必不可少的正义盟友，但下一次他是否仍然是这样的盟友，她可不敢确定。

莉芮尔从浴室中走出来时，除了守门的影像外，待客室空无一人。见影像指着走廊，莉芮尔便沿着走廊去看紧挨着的那两间屋子。那是两间华贵的寝室，里面放着让人过目不忘的四柱床，床柱镀着金，雕刻着各种各样的图案，床腿做成了龙爪状，还配有织金锦缎和深蓝色天鹅绒的床帘，看上去沉甸甸的。这一切都不合莉芮尔的胃口，也与阿布霍森家宅中的那些简朴的装饰，以及拜里塞尔的风格大相径庭。

莉芮尔继续沿着长廊往前走，紧挨着的下一个房间叫她停下了脚步。这个房间里有一扇大窗，她知道透过这扇窗户就能眺望外面的世界，还可以俯瞰冰川下方的瑞特林河谷。外面已是沉沉黑夜，因为阴云笼罩，加上飘着小雪，房间里的照明咒印透过窗户后只撒播出一小片光明，除了这一范围之外，外面便什么也看不见，只有柔和的黑夜。但是她知道，在阳光晴好的白日里，那里是一片大好风光。她曾经偷偷溜进附近图书馆馆长的房间，透过一扇类似的窗户往外面眺望过。

这叫她又想起了坏狗，并马上条件反射般地去摸那小小的皂石雕像，随即她又想起，自己将铃带和系在上面那装小狗的袋子放在了前门旁的架子上，她的剑也放在了那里。

莉芮尔回到走廊，试着推了推另一扇门。门打开了，这是一间宽大的餐室。最显眼的是一张浅色木材制成的长桌，桌腿和桌边雕刻着花纹。桌边摆放着十七把椅子，椅子腿都镀着金。第十八把椅子独踞于长桌另一端，像王座一般装饰着很多金饰和宝石，一看便令人觉得坐上去很不舒服。

伊姆什正坐在王座旁的一把普通椅子上，面前的桌子上放着两个匣子，里面装着欢迎莉芮尔回家的礼物。她以某种姿势坐在那儿，兴致勃勃地看着长桌离她较近的一端。莉芮尔认识这个姿势。伊姆什曾经被某个大人物告诫过不要多管闲事，所以养成了以这个姿势看热闹的习惯。

吸引伊姆什和莉芮尔注意力的是尼克。眼下他穿着一件浅白的亚麻衬衫，还有羊毛裤子和长袜，正躺在桌上，从一把椅子上取下的软垫正垫在他的脑后，充当枕头。

梵赛莉和医院院长——一位身材矮小，六十岁左右的珂睐正凑在尼克跟前。医生名叫莉拉，一副信心十足、行事果决的模样，在莉芮尔的曾曾曾祖母菲丽丝去世大约五年前，她便接任了这个职位。院长正在施放一个很复杂的咒语，这是一个莉芮尔不认识的治疗咒语。梵赛莉和医生共同为此忙碌着。前者用手指从空中抓取咒印，咒印如同大颗闪光的雨点一般纷纷落下，医生便将它们一把抓住，迅速灌注到她在尼克手腕上编织的一条粗粗的金色光线中。光线正从尼克的皮肤往里钻，咒印闪烁的光芒也比平日更为耀眼。

“集中精力。”梵赛莉对尼克说，“祈愿这些咒印变得更强，邀请它们进入你的身体，助你痊愈。一次集中于一个咒印，对你来说会比较容易。”

“我在努力。”尼克缓缓吐出一句话，“它们到处跑，而且这么亮——”

“它们在起作用，”梵赛莉说，“这些咒印正在回应你，对吗，莉拉？”

“没错。我只是将这个咒印准备好，并未遣它进去。”莉拉说。她刚才已经用右手食指触碰过尼克前额的咒印。要触碰一个浸礼咒印而不被拉进咒契之中，需要十分精妙的技巧，身为珂睐的医生必须掌握这项技巧。“真有趣。他好像能够增加咒印的能量，使咒语的效果更好。同时，我在他体内捕捉到的肆行魔法却并未因此而减弱，它们被咒契魔法所束缚，藏在它后面或是下层。”

“可是我感觉更虚弱了。”尼克焦虑地说，“好像跑了一英里似的……我不能一直看着这些咒印，它们太……这太难——”

“好了，你也该休息了。”莉拉说，“咒语由我们来引导。闭上眼睛，放松。如果想睡就睡吧。”

尼克放松地闭上了双眼。他没有看见我，莉芮尔想，她仍待在门口观望。梵赛莉和莉拉都看到了她，却都没有表示她可以进去。几分钟后，她们完成了咒印的施放。

“很高兴见到你，莉芮尔。”莉拉从桌边退后一步，鞠了一躬后说道。尼克坐起身，朝这边望了过来。看到莉芮尔，他似乎很惊讶，张着嘴，盯着她。莉芮尔并不知道，这是因为尼克从没见过她不穿盔甲的样子。

“谢谢你。”莉芮尔答道。她刻意不去回应一直盯着自己的尼克，“病人怎么样？”

“情况还不错。”莉拉轻快地说，“之前受过的伤导致身体虚弱，但是不严重。手腕上的伤虽然流了不少血，但本身不打紧。莉芮尔，你给他做的治疗很不错，跟我所期望的一样。还有……”

她顿了顿，朝梵赛莉看了一眼，后者点头示意她继续说下去。

“而且，尽管现在还早，还有很多工作要做，但在图书馆馆长的帮助下，我们已经有了一些认识。他已经成为，或正在成为某种非常有趣的东西。实际上，他有些像是一个——”

“我就在这儿。”尼克插进话来，“你用不着像是当我不存在似的谈论我。”

“请原谅，年轻人。”莉拉说道，不过她似乎根本没把尼克的话听进去，依旧对着莉芮尔说，“你进来的时候，我们正在做一件事，那就是让尼古拉斯证明我们之前的假设。”

“什么假设？”莉芮尔问，她不明白莉拉到底在说些什么。

“我们认为尼古拉斯有些类似于咒契石。”梵赛莉严肃地说，“也就是说，他被体内的肆行魔法以某种方式推动着，成了咒契魔法的源头。眼下只进行了几次基本的测试，但他已经展示了自己的能力，他能引导这股力量，用以加强咒印和咒语，想必也可以消减这股力量，如果他愿意的话。”

“哦。”莉芮尔说着看了看尼克，尼克正朝她微笑，她也朝他莞尔一笑，但随即发现梵赛莉和莉拉正盯着自己，又赶紧作罢。从两位珂睐的表情中，猜不出她们心中的任何想法。

“这也可能是一种非常危险的能力。”莉拉说，“如果尼古拉斯无法控制它的话。某些种类的咒语一旦增强到超出控制，或是使用不当，对他自己和身边的人都可能带来致命伤害……他这种特殊情况应该只有一种解释。我们还需要做更多、更彻底的研究。”

医生终于将视线转向尼克，轻拍着他的头。

“你得学着掌控自己的天赋，我相信你能做到。”她说，“尽管有的人可能会认为这是一种诅咒。好了，在医院里还有很多打着喷嚏，眼泪汪汪，不愿看病的病人在等着我，我再不出现的话，她们会想方设法溜走的，我必须要走了。阿布霍森、馆长、尼古拉斯·塞尔先生、伊姆什，晚安。”

说完，她便拿着自己的皮袋子，经过莉芮尔身旁，习惯性地一溜小跑着离开了。那个袋子是她职位的标志，同时，她也在其中存放所有与魔法不相关的诊疗工具。

“我也得回图书馆去了。”梵赛莉说，“明天早上我再来看你，莉芮尔。经你允许后，我们会继续研究塞尔先生那些有趣的能力。”

“我的允许呢？”尼克问。

“同样也需要，当然了。”梵赛莉答道。她犹豫了一会儿，又补充道：“但是你最好知道，你是作为图书馆的研究对象被带来的，确切地说，并不是我们的客人，而是，恕我冒昧，受到阿布霍森监护的对象。我不认为你体内的力量会引起麻烦，但还是小心为上。莉芮尔，两名二级助理馆员会守在你前门外的南区，尼古拉斯不能离开阿布霍森的房间，除非是有我、医生或是你的陪同。”

“这么说我是个囚犯喽。”尼克轻声说。

“不。”梵赛莉答道，“如果你要离开，我们会安排你回安塞斯蒂尔。你更像一个谜，一个有潜在危险的谜，危及的对象甚至包括你自己。我们想要帮助你，查出你怎样才能掌控那不请自来的魔力，但也有另一种可能性，也许回到既没有咒契魔法也没有肆行魔法的地方，才是最好的办法。不过，我怀疑南边还有另一个像赫儒尔一样的怪物，所以你可以离开这里，穿越界墙，去更远的地方。你希望这样吗？”

“不。”尼克答得飞快，同时朝莉芮尔扫了一眼，“不，我想要待在这儿。了解我到底是什么，我能做什么，不能做什么。”

“很好。”梵赛莉说，“那么先再见了。”

她鞠了一躬，向后转过身，离开了。

“终于结束了！”伊姆什大声嚷嚷着跳下桌子，抓住了莉芮尔的手，“你必须瞧瞧送给你的礼物，莉芮尔！”

“礼物！”尼克喊了一声，一翻身下了桌子。他似乎已经恢复得差不多了，不过莉芮尔注意到他没有用自己的右手，“嗯，……是你的生日吗？”

“不是。”莉芮尔说。

“是为了欢迎她回家。”伊姆什嘟囔着，“图书馆馆员们送的礼物，还有珂睐的大图书馆送的礼物。送给一位图书馆馆员，成为一位伟大人物的图书馆馆员，一位古国内外的英雄！”

“并没有外到哪里去啦。”莉芮尔说，伊姆什那副慷慨激昂的模样叫她手足无措，但又不愿意在尼克面前表现出来。她心底一阵冲动，只想把头埋得低低的，把脸藏在头发后面，但终究还是忍住了。

“你也会说玩笑话！”伊姆什大笑起来，“我还从没听过你开过玩笑。”

“我从小到大都很内向。”莉芮尔告诉尼克，尽管她并没有直视他。她希望他能够理解，自己现在还是非常害羞。“好了，我先开哪个匣子呢？”

“这个。”伊姆什拍着大一些的匣子说。她明显正压抑着自己的热情，尽量想显得庄重些，但是并未奏效，“这是所有图书馆馆员一起送的，我们亲手做的。”

莉芮尔拧动金锁片里插着的钥匙，打开了匣盖。先是几层薄薄的、质地精良的浅黄色纸张。她将它们拿起来放到一旁，下面是一件图书管理员的马甲，一件独一无二的马甲。莉芮尔盯着它看了好一会儿，这才拿起来，就像是看到什么奇珍异宝似的。图书馆馆员的马甲是硬挺的帆布制成的，只有外罩是丝绸，这样更耐磨。

这件马甲和副馆长的一样是蓝色的，只是颜色更深，与阿布霍森的铠甲罩衫颜色相仿，而且上面绣着数百个小小的银匙和金星。莉芮尔把它拿起来仔细端详，发现每个小图案的绣工和效果都大不相同。

“我们每人绣了一颗星或一把银匙。”伊姆什自豪地说。她指了指靠近前口袋的那颗星，不是足以作为高超绣工的范本的那种，“这是我绣的。”

马甲的口袋里有一个崭新的发条小鼠，一个新的银口哨，已经在靠近衣领处别好。抚摸着这个口哨，莉芮尔有一种恍若隔世的感觉。她想起伊姆什曾经告诉自己，这个口哨必须固定在那儿，这样图书管理员随时可以吹响，哪怕是在双手被绑住的情况下。

“太漂亮了。”莉芮尔说，她解开了马甲的前襟，穿在了裙子外面。

“还有呢。”伊姆什激动地将手伸进匣子里，拿出一柄图书馆馆员的短剑和一只手镯。短剑是用普通的钢镀银后灌注咒印制成的，只是刀柄的工艺比莉芮尔的那把旧剑要好得多。手镯是银箔的，有三指宽，上面镶有七颗翡翠。这七颗宝石上附有能够打开图书馆那一扇扇大门的咒语。当莉芮尔将手镯戴上手腕，七颗翡翠立刻开始闪亮起来，证明它们被激活了。这与她刚刚来到图书馆工作时的待遇简直有着天渊之别。当时她只是个三级助理馆员，只能使用一个关键咒语，虽然她后来偷偷激活了其他的七颗宝石。可是这只手镯却能为莉芮尔打开图书馆所有的大门、小门、栅栏，足以与馆长本人平起平坐。

“谢谢你。”莉芮尔说。她拥抱了伊姆什，伊姆什也热情地拥抱了她。然后，伊姆什转过身，抱了抱尼克。

“等等！”尼克笑起来，莉芮尔很高兴地注意到，他并没有用胳膊拥住对方，“抱我干什么？我又不是荣归故里的英雄。”

“我高兴过头了。”伊姆什说着从他身旁跳开，举着双手乱晃，“太令人激动了！哦！另外一个匣子装的是官方的礼物！打开吧！”

第二个匣子十分狭长，莉芮尔已经猜到里面装着一把剑。所以，当她发现那果真是一把剑时，并未感到惊讶。叫她震惊的是，这把剑与她弄丢的那把尼希玛竟然如此相似。虽然剑柄嵌有一块蓝宝石，而不是翡翠，但是银质的剑身却与尼希玛有着同样的长度和宽度，而且剑刃上同样蚀刻着铭文。咒印绕着铭文波动流转，就像水上的油膜般散发着彩虹的光华。

“拉弥纳。”莉芮尔小声地念了出来。随着她的话音，咒印符文和剑身上的字母也闪烁着发生了变化，新的铭文出现了，围绕着它的咒印也换了模样。

“筑墙者塑吾之形，执剑者驭吾以智，威力方显。”

“像绕口令一样。”尼克低声咕哝了一句。他差一点笑出声来，可是看到莉芮尔专心看着那把剑时那副庄重的模样，又硬生生地忍了回去。莉芮尔将剑擎起，只见咒印沿着剑刃流动，流过镶有蓝宝石的剑柄，汇入了她的金手掌上那流动的咒印之中。尼克能够想象，倘若敌人见到此时的莉芮尔，一定会被吓得屁滚尿流。

“不知道尼希玛在这世上有多少把姊妹剑。”莉芮尔平静地说，“不过拉弥纳一定是其中的一把，就像图书管理员的缚魔剑一样。”

“还有一个剑鞘，在盒子里。”伊姆什说，她又表现出一本正经的样子来，“副馆长温萝丝在福文加工厂事件一星期之后找到这把剑，当时她在为一间好几百年没人踏足的整理室编撰目录。这把剑的标签是‘智慧’。几天后，有人预视到你拿着它，在这里，在冰川。虽然我们没有看到你的到来，但是我们知道你会为它而来。”

“迟早的事。”莉芮尔说。她拿出剑鞘，这是上过漆的黑色皮质剑鞘，嵌着镀银的钢制加固圈。然后，她将拉弥纳插入了鞘中。

第二十三章

月光正好

古国，黄沙村附近

起初，亡者的动作迟缓而笨拙，它们体内的灵体尚未适应寄居于皮囊之中，而且单纯依靠肆行魔法力量驱动残破的肢体行动也颇为吃力。不过，一旦开始享受拥有人形的感觉，它们的速度就快了起来，并且还会将一些身体部位加以改造，适应自己的需求。它们的关节扭转成不可思议的角度，肌肉自行用怪诞的方式进行黏合，脚趾和手指变长，骨头刺出，为所剩无几的皮肉提供保护，指甲和牙齿增长，变得更加锋利和粗糙……

翁皮与小拉斯卡正竭尽全力往山下赶，每迈出一步都须留意选好落脚点。不论役亡师打的是什么算盘，他并未试图重新召唤乌云。云散后，风也恢复成东北风。很快，一弯弦月便完全露了出来，悬挂于群星闪耀的夜空中。阿撒斯科女孩和小拉斯卡都是经验丰富的走夜路的人，在如水的月光下她们更是朝着山下快速走去。

“它们越来越快了。”小拉斯卡说。

“是的。”翁皮应道。她能听到页岩的碎裂之声，干枯关节发出的咔嗒声也越来越大，越来越近，“至少够亮了，我们得做一件斯温瑟绝对不会同意的事。”

“什么事？”

“跑。”翁皮说，“就算摔下去也比被那些东西抓住好，我想。”

说着，她便加快了步伐，并且确保自己的每一个脚步都踏在小径之上。这里仍处于山顶的平台区，路不算窄，且没有多少松动的页岩。即便如此，翁皮刚跑出十多步时还是差一点滑倒，好在是虚惊一场。她一语不发，只是站稳了脚跟，继续以同样的速度拔腿飞奔。小拉斯卡紧跟在她身后，将长弓水平横在胸前。

她们身后的亡者手卒也加快了速度，领头的那个比其他几个稍微机灵一些，它趴下来，四肢着地，像猿猴一样飞快地往前蹿。其余三个反应稍慢一些，只会模仿第一个的举动。可是最后那个在页岩上哧溜一滑，最终一个跟头从小径边缘栽了出去。

听到页岩的碎裂声和坍塌声，翁皮苦笑了起来。少一个亡者手卒便意味着她们活下来的机会又大了一分。她已经能够肯定，自己对斯温瑟最后的遗言理解无误。她们所处的山脊正沿着一条斜线快速朝山谷延伸而去。如果能赶在亡者前面进入山谷，而且平地上没有木怪追击，她们就有机会逃到位于入海口的瞭望塔里——

翁皮正如此这般地盘算着，却没料到受伤的脚踝已经承受不住了。她的身体往前一倒，她用尽全力一扭，这才没有从路上摔出去。她在松松的页岩上滑了一段距离，虽然手上蹭破了皮，但终究没有掉下去。小拉斯卡来不及停住脚步，一脚踢在她身上。一时间页岩咔嗒作响，不过还好，并没有伴随着尖叫声，也没有页岩崩塌后发出的巨响。

“你受伤了？”

“没有，没有。”翁皮喘着粗气答道。尽管背上的背包沉甸甸的，脚踝也使不上劲儿，她还是尽快站了起来。她用一只脚蹦了蹦，估计着脚踝的情况。疼痛一阵强过一阵，但脚踝还能够支撑她的重量。

“走吧！”她喊道。亡者手卒更近了，翁皮回头一瞥，月光下，灰色页岩清晰地衬托出它们黑色的身形。“快走！”

她们继续拔腿飞奔，小拉斯卡跑在了前面。速度比之前慢一点儿，但仍旧很快。如今她们已无暇顾及安全问题，两人每跑上十几步就会打滑，但总能设法在摔倒之前稳住身体。每一次翁皮的脚踝都痛如刀绞，她担心继续这样下去，自己会疼得昏过去，然后摔落山崖。

亡者手卒与她们之间的距离还在缩小。

翁皮突然做了个决定。族里的长者叮嘱过，这个消息只能告诉珂睐，尤其是那个叫莉芮尔的珂睐，除此之外，不能对任何人透露。

但这么做多愚蠢啊，翁皮想。部族的长辈们向来多疑。他们不知道世上还有像卡里尔克、斯温瑟和小拉斯卡这样诚实的人，他们与所有阿撒斯科人一样值得信任。翁皮知道，用不了多久，自己要么是掉下去，要么是落入亡者手中，但是前面的小拉斯卡却有机会逃出生天。她没有受伤，只要到了页岩山的山脚，一定能跑得更快。

小拉斯卡可以帮她传递消息。阿撒斯科人会被另一个人挽救，那又有什么关系呢？最重要的是消息，而不是送消息的人。

“小拉斯卡！”翁皮喊道，同时脚上的速度不减，“我要将传给珂睐的消息告诉你。你再告诉其中一个叫莉芮尔的。莉芮尔！现在，听好了！”伴随着页岩尖锐的破裂声，脚下页岩那令人胆寒的滑脱声，自己粗重的喘息，越来越近的亡者骨头刺耳的摩擦声，腐烂的肉块被震松后掉落的噗噗声，她将烙在记忆中的信息一字一句地复述了一遍。

翁皮说完最后一句，她们刚好到达山脚，她们的双脚踏在了泥土之上，再不是松动的页岩。小拉斯卡后退一步，拉住了翁皮的胳膊，帮她受伤的脚踝分担了一些重量，拽着她往前跑，

“你记住那条消息了吗？”翁皮喘着气问。

“记住了。”小拉斯卡说道。她感到女孩的脚步越来越慢，便愈加使劲地拉她的胳膊，“但是要送这样一条信息，两个信使比一个好。”

“我……我只会拖累你。”

“别说话。”小拉斯卡说，“快跑！”

亡者手卒也紧随在她们身后下了山。它们三个并肩连成一线，突然迈开阔步跑了起来，速度丝毫不逊于它们猎捕的对象，也许还要更快一些。

小拉斯卡和翁皮跑了两三百步，便来到了大路上。但是从身后的动静判断，她们知道亡者手卒已经逼近了。翁皮将小拉斯卡推开，放慢脚步，最后干脆停了下来。她打算做最后的抵抗，这无疑

将是一次非常短暂的，也是最终的抵抗。

“阿撒斯科！”翁皮怒吼一声，把自己的刀高高举起，刀刃寒光闪闪，“阿撒斯科！”

小拉斯卡也停下脚步，并立刻开始探寻咒契。她知道自己仅余的体力只够撑到施放一个咒语，不过这咒语却很管用，在边境守卫当中曾经盛行一时。在受伤或感到力竭时，他们都会使用这个咒语。

她很快就找到了需要的咒印，并将它们汇聚到手中，然后转至口中。

离得最近的亡者手卒猛地朝翁皮扑了过去，小拉斯卡也恰好在此时施放了咒印。

“阿奈特！卡鲁！弗罕！”

银色的光刃从小拉斯卡张开的手中疾飞而出，打在亡者手卒的脖子、大腿根和膝盖上，一道道金色的火焰从随之豁开的伤口上爆发出来。但是那亡者手卒仍未放弃，继续将形如利爪的手朝翁皮抓去。翁皮往侧面一个闪身，避开来犯，接着挥动自己的小刀猛地一砍。亡者手卒踉跄着从她身边走开，藏匿其中的灵体已无法控制这具躯壳，却又无法离开，只得等着那被咒语织就的刀刃消失，金色火焰也渐渐熄灭。

剩下的两个亡者手卒也踏上了大路，一左一右，蹑手蹑脚地同时朝翁皮逼近。

“快跑！”翁皮哑声道，“帮我把消息送到！”

小拉斯卡没有跑。她再次探入了咒契之中。她还从未试过接连两次施放过这银刃咒，因为从未面临这样危险的境地。不过，就算她这一次使出浑身解数放出了咒语，面前还有两个亡者手卒……

怪物们见同伙被小拉斯卡了结，自然十分忌惮，所以向前时显得分外小心。它们的脚趾变长，勾了起来，在路面的石头上摩擦，发出刺耳的声响；仅余森森白骨的下巴晃荡着，露出一根根带锯齿的长牙。它们感受到生命的美好气息，垂涎于即将得手的饕餮大餐，眼中的红色火焰燃烧得愈加炽烈了。

一个亡者手卒的舌头从嘴里耷拉下来，仿佛一根肉鞭般甩来甩去，竟能够到耳朵的部位。两个亡者手卒都对这唾手可得的生命极度渴望。如果有口水的话，它们早就垂涎三尺了。

小拉斯卡努力勾勒着组成咒语的第三个咒印，可她实在是力不从心，最终昏了过去，成形的两个咒印从她嘴里飘出来，在风中消散了。

翁皮大吼一声，高举着刀朝最近的亡者手卒冲了过去。她本打算将刀迎头劈下，可是脚踝却在这时候失去了力气，她就地一滚，滚到它的脚下，躺在那儿，竭力朝上一刺，与此同时，翁皮心中明白，这举动毫无用处。

翁皮突然跌倒倒把那亡者手卒吓了一跳，只得顺势从她身上跳过去。它转过身来，鹰爪般的双手举得高高的，想抓起她来一撕两半——突然，一道耀眼的亮光闪过，在那电光石火的瞬间，翁皮看见一条金色咒印编成的绳索套在那亡者手卒的头上，猛地一拉，将它从自己身旁拉走了。接着，绳子又是一紧，把它的头整个从脖子上勒了下来。怪物那残缺的躯体将胳膊胡乱地摆动了一阵，转着圈横冲直撞，最后消失在黑暗中。寄居其中的死灵竭力寻找着另一具血肉之躯，好让它能够转移过去，继续留在生者的世界里。可是它找不到新的皮囊，只能发出一声绝望的哀号，返回了冥界。

又是一声伴随着金色火焰的爆炸声，这次响起在翁皮的右侧。她闭上双眼，避开了那耀眼的亮光。当她再次睁开眼睛，只见阿斯蒂拉兰正在上方俯视着自己，并且朝自己伸过一只手来。而乡村治安官梅格里利正弯着腰，拨开小拉斯卡的眼皮，查看她的情况。

“有多少个亡者？”阿斯蒂拉兰将翁皮扶起来，忙不迭地问道。翁皮挣脱了自己的背包。她甚至懒得拾起自己的弓和箭袋。

“有三个离得很近。”翁皮答道，“但是役亡师还在后面的某个地方……你们是来接我们的？”

“不是。”阿斯蒂拉兰说。他眯缝着眼睛朝翁皮的背后看去，“我们只是进行常规巡逻，到了这里。你刚才说，有一个役亡师？”

“是的。”翁皮说。

“斯温瑟呢？”

翁皮指向一个被金色火焰勾勒出来的身影，它正在远处蹦个不停。小拉斯卡的第一个咒语尚未燃烧殆尽，仍在折磨着那具躯体内的死灵。那跳跃着的躯体看起来根本不成人形。

“他摔下去了。”她的声音里透出悲伤和懊悔。

“他的尸体被役亡师利用了？”

“残留的那部分身体。”翁皮低声说道。她单脚朝前跳了跳，想再测测自己的脚踝感觉如何。

“你的脚踝劳累过度，我的治疗咒早就失效了，我提醒过你的。梅格里利！”

“什么事？”

“一个役亡师，在后面不远处，可能还有更多的亡者。我们要快些了！”

“哦，好的！”梅格里利回应道。她麻利地将小拉斯卡的背包扯下来，扔到一边，然后弯腰将她拉起来，架到自己的肩膀上。“我会尽快的！”

第二十四章

二加一的晚餐

古国，珂睐冰川

莉芮尔刚刚将剑插回鞘中，就响起了一阵敲门声。一个负责日常事务的年轻珂睐羞涩地探头进来。

“晚餐来了。”她说，“您要在这里用餐吗？”

“是的！”莉芮尔忙不迭地说。她饿坏了，同时还有一丝好奇：在冰川生活了那么多年，要么在哪个餐室用餐，要么是在图书馆的研究室或自己的房间里吃些点心，她还没吃过送到自己房间里的正餐呢。冰川共有三个餐室：底层餐室主要用来招待来访者，中层餐室要大得多，也常用得多，还有高层餐室，供那些工作地点位于山峰高处的珂睐用餐。

几个年轻的珂睐端着托盘鱼贯而入，盘里装着各式各样的菜肴，还盖着保温用的银盖；在她们身后跟着三个影像，拿着陶制餐具和银器；最后是一个类似于主管的影像，它拿着一块折叠起来的桌布，桌布是蓝银两色，由垂坠的亚麻布制成，四面镶着花边。这个影像先朝莉芮尔鞠了一躬，然后将桌布铺在桌子上，拉平，这才对其他影像打手势，示意它们将盘子、数不清的玻璃杯和明晃晃的银餐具布置妥当。那几名珂睐被指派到一个长长的餐具柜前，在那儿放下餐盘后便退了出去。她们很想一睹莉芮尔和尼克的真容，却又极力掩饰着自己的目的。

“来自高层餐室。”伊姆什指着那些盖着的菜肴说，“只有最重要的客人才有资格享用。你知道吗？这儿还有一个酒窖呢，里面珍藏着很多有名的陈年佳酿。我很惊讶，竟然没人敢提出要酒喝。可能因为这是阿布霍森的酒，和我们的公共物资不一样。”

珂睐基本没有个人物品，当她们有需要时，只要提出申请，然后从公用物资库里领取即可。所有物资都有编码，由同辈中选出一位珂睐相对松散地管理着，只有相当过分的需求，高阶珂睐才会介入其中。这种情况很少，但的确偶有发生。莉芮尔记得当自己还是个孩子时，曾见到贾西菲尔满脸惭愧地将一千多块肥皂往回搬，而且每次只能搬一块，还要高举过头顶，好让所有人都能看到。

莉芮尔想着满身肥皂味的贾西菲尔，怀疑如果她看到这满桌的菜只供两人享用，说不定会再一次提出过分的要求。

“只有两个人用餐？”她问。

“哦，我早就吃过了！”伊姆什欢快地嚷嚷道。她转向莉芮尔，趁着尼克没有看见，朝她挤了挤眼睛，“我敢肯定你们一定饿得前胸贴后背，而且等不及要互诉衷肠了。我和来访者在芳香花园有个约会。”

“花园？”尼克问道，“在这里吗？在山上？”

“在山里面。”莉芮尔赶紧接茬道。她不想伊姆什说出珂睐们晚上去芳香花园主要是为了与情人约会，“是一个非常开阔的空间，里面满是芳香扑鼻的植物和花朵，咒印在高处发光，轮流模拟太阳和夜晚的天空。好了，我来看看今天的晚餐吃什么。”

她走到餐具柜前，拿起了盖子。尼克也走了过来。他们都没注意到伊姆什不知何时偷偷溜出了门去，只留下影像在房间里。

“兔肉。”莉芮尔说，“蒜烤的。”

“某种鱼肉。”尼克弯腰去闻，“闻起来很香。”

“这是鳗鱼。”莉芮尔说，“从鳗鱼池塘抓来的，我们……珂睐很爱吃鳗鱼。这也是鱼，从瑞特林河刚捕上来的。梭鱼片。”

“梭鱼？”尼克问，“我总觉得鱼刺太多了，吃起来不方便。不过这道菜看起来倒不错。”

莉芮尔感到有人轻轻碰了碰自己的胳膊肘，原来是管家影像给她递来一个盘子，同时另一个影像也给尼克递了一个。

“土豆是三百年前从安塞斯蒂尔传过来的。”莉芮尔指着另一盘菜说，“我曾在图书馆读过一本很美的书，讲土豆的，最早在这儿种土豆的园丁写的。她也是一位了不起的艺术家，不过，也许对于许多读者来说，六十到七十个手工染色的土豆彩页实在有些太多了。”

“彩页？”尼克问，“这么说，你们这儿还能印刷？哦，我不是……我有点晕了。你们有剑和盔甲这种类似中世纪的东西，同时又有魔法灯，还有热水，还有加热……”

“我对安塞斯蒂尔的事也是一知半解，同样常常晕头转向。”莉芮尔说，给自己盛了一些烤兔肉，“吃点这个，我们管它叫扭扭绿。这是一种带叶蔬菜，辣的，而且非常提神。没错，冰川有几所印刷厂，在拜里塞尔和其他城市里还有几十所。大部分印刷厂只印刷些简单的印刷品，但是在这里，几乎任何尺寸的书都能打印和装订。在拜里塞尔，大约每三至四所印刷厂里有一座能达到这个水平。而且与书本印刷有关的咒契魔法也不少。我们最顶尖的印刷术专家里，有不少同时也是非常强大的咒契法师。”

莉芮尔说话的当儿，仍一边心不在焉地往盘子里堆食物，直到一块土豆险些滚落下来，才不得不赶紧将盘子一斜，可是这样一来，一块兔肉又往下滑去，她不得不又将盘子歪向另一边。她只觉得自己笨手笨脚，朝尼克看过去时，却发现他一点嘲笑的意思也没有。

“接住了吗？”他问，“我曾经把一个装满糊糊的分菜勺弹得飞到桌子对面，弄到一位非常重要的客人脸上。那还是一位大使。他非常生气，在场的其他人也一样。”

“糊糊？”莉芮尔问。

“就是土豆泥。”尼克说，“你们没有土豆泥吗？你们有香肠吗？”

“哦，有的，我们有香肠。”莉芮尔说。

“谢天谢地。”尼克说着转过身，把自己的盘子放在桌上，“如果没有香肠，我可做不出来。但做糊糊还是有可能的……来，给我一个土豆，我可以做点儿给你看。那是黄油吗？我拿着我的叉子，这样！”

叉子刺下去，但没有将小土豆和那点儿黄油压成像糊糊一样的东西。土豆从尖齿下射了出去，飞过桌面，打中一个水晶酒杯，不幸地响起一声清脆的声音。还好不是玻璃的破裂声。

“哎呀！”尼克惊叫道。

莉芮尔放下自己的盘子，她畅快地大笑起来。尼克迟疑着，不知是否应该加入她的行列，但是很快就笑得前仰后合了。

晚餐就这样在轻松愉悦的氛围中进行下去。管家影像送来几个美丽的银颈雕花玻璃酒瓶，里面分别装着几种不同的酒。他们一一品尝，最后选定了一种装在灰绿色瓶子里的酒，这是一种气泡酒，呈现出金黄的稻草色，有成百上千个小泡泡汩汩地往外冒。

他们一边吃，一边畅所欲言。莉芮尔就像打开了话匣子，她尽情地倾诉着，除了坏狗之外，她还从未跟任何人说过这么多的话。他们谈起自己的童年，并且从童年的孤独中找到了共鸣。尽管尼克的父母健在，可是他们从未关心过他的成长。从六岁起，尼克就被送到寄宿学校，而且第一次放假（以及后来很多次假期）就没有回家，因为父母都出远门了，他只能被送去爱德华叔叔家里。准确地说，是和叔叔的家仆们在一起，因为那时候爱德华·塞尔身居要职，没时间和自己的侄子相处。

莉芮尔的妈妈是一个古灵精怪的珂睐，她总是迷失在未来里——即使是对珂睐而言，也到了过分沉迷的地步。女儿五岁那年，她因为预视到的景象离开了冰川。数年后传来消息，说阿瑞丽死了，死在北边的某个地方。尽管在珂睐们当中，抚养后代主要采取的是一种集体互助式的方式，特别是孩子们长大一些之后，但是对于那些没有妈妈、姨妈关心的孩子，生活还是要艰难得多。不过具体到莉芮尔的情况，有一个愿意关照她的亲戚，反而叫她的处境变得更加艰难了。

珂睐的天性使然，她们对孩子的父亲们只有着过客般的兴趣。虽然其中许多为父亲者是这里的常客，与女儿们关系很好，却无法完全参与冰川内部的生活，只能进入有限的冰川区域，主要是底层食堂、访客宿舍和像芳香花园或日光阶梯之类的娱乐场所。

莉芮尔唯一的近亲就是吉瑞丝姨妈，不过冰川里几乎每个人都和她有着某种程度上的血缘关系。说到吉瑞丝姨妈，善解人意绝对不是她的特长。在尚未获得预视之力时，莉芮尔常常因为感觉自己不是名副其实的珂睐而苦恼，可是，那其中的孤独和绝望，吉瑞丝姨妈完全无法理解。

他们的话题从家庭和童年转到了朋友。他们简单地聊了聊莉芮尔那了不起的、唯一的朋友——坏狗。尼克发现一聊到坏狗，莉芮尔便难掩痛苦之情，所以很快转移了话题，说起萨姆斯王子来。他是尼克最要好的朋友之一，也是莉芮尔的朋友，而且莫名其妙地成了她的半个侄子。谈到他的癖好，他们放声大笑，同时又一同对他的创造力赞不绝口，而且，尼克由此找到一个由头，从桌子对面握住莉芮尔的金手掌。他举起这只手，凝视着那镀金的手掌上流动和扭转的咒印。

在他的掌握中，莉芮尔手上的咒印变得更为明亮，有的甚至在尼克的皮肤上绽放开来，如同是从他的身体中出现一般。他们同时感到咒契的力量陡然涌现，将自己紧紧包裹在其中。触碰浸礼咒印时，感觉像是跌入了咒契之河，但这一次却像是有一波咒契的狂涛巨浪落在了他们身上。

尼克松开手，目光不安地闪烁起来，但是莉芮尔握住他的手，不让他松开。

“不。”她平静地说，“坚持。你的力量正在显现。放松，让我们接受咒契的涤荡。我认为这没有害处。”

尼克深吸一口气，努力按照她的话去做。他发现自己直视着莉芮尔的眼睛，而她这一次终于没有低头，也没有让头发遮住脸庞。尽管仍旧能感到咒契带来的压力，但他平静下来。数不清的咒印在他周围浮动，渗入他的体内。在视线的余光中，他能看到它们，或者说可以感觉到它们。不计其数的咒印在他们身边漂浮着，整个房间似乎充斥着金色的雾气。

在两人周围，一股极强的魔法力量正在成形，与此同时，这股能量也传递到另一种能量中，尼克能够感到这种藏于身体深处的能量，那是肆行魔法。尼克突然深深地恐惧起来。咒契的显现是否如洪水一般，会将能量逐渐积累起来，冲进他的体内，将血液和骨髓中的怪火彻底熄灭，将奥兰尼斯的残片一扫而光，但同时是否会杀死他——

“我想再见到你。”尼克赶忙说道。他突然感到，如果现在不说，可能永远没有机会了，“自从福文加工厂事件后我就这么盼望着，也许比那还早，虽然那一次像是在梦里。”

“我也想见到你。”莉芮尔说，“我……我不是很……我不太善于聊天，更别说……但是我希望。我希望你喜欢我。”

“我喜欢。”尼克说，“你今晚走进来时……你很美丽，莉芮尔。”

“真的吗？”

“真的。但是……你喜欢我？在发生了这一切之后？”

“这一切？”

尼克难过地耸耸肩。“奥兰尼斯。还有……还有赫奇。我帮助他们——”

“那不是你的错！是你身体里毁灭者的碎片在作祟。你能活下来已经很不可思议了。”

“可是，还有那箱子里的怪物。”尼克接着说。

“赫儒尔。我让它变得更加强大了。如果你没来，它肯定早就大开杀戒了，说不定杀了好几十人，也许好几百……”

“你已经尽力挽回了。”莉芮尔说，“这比坐视不管强得多。而且，赫儒尔已经被困在地下，而你在这里……”

“我们在这里。”尼克说。他微笑着，脸上焕发出动人的光彩。

“我们在这里，在一起。”

“是的。”莉芮尔说。她也微笑着，快乐就像玻璃酒杯里的气泡一样，飘飘荡荡地往上浮，“但是你要……你要知道……我不太懂……我不懂该做什么，我是说，接下来……”

尼克微笑着，从桌子对面靠过来，他们吻在了一起。就在这一瞬间，充斥着整间屋子的咒印仿佛突然受到某种启迪一般，瞬间消失了，只剩下两个隔着桌子亲吻的年轻人，一个人的手肘放在一块吃剩下的鳝鱼上，另一个人的左手则撑在一堆从打翻的盐瓶中洒出来的盐粒中。

要不是突然响起敲门声，这个吻本该继续进行下去，弄得杯盘狼藉才算完。莉芮尔和尼克赶忙坐回各自的座位，他们刚刚坐下，门就开了。一直在前门外的南区值守的三级助理馆员走了进来，朝天花板翻着白眼，用一种非常正式的声音宣布道：

“九日预视轮值发言人驾到！”

她话音刚落，莉芮尔的吉瑞丝姨妈便进来了。吉瑞丝是个肌肉发达的大个子女人，又高又壮，穿着白袍子，像一块巨大的大理石板。她戴着一顶华美的银冠，上面镶嵌着月长石。莉芮尔认出这是一件古董。它通常被保存在图书馆阅览室的一个展台里，这几百年间，没有任何一位预视发言人使用过它。吉瑞丝那关节粗大的手中拿着镶有金属头的象牙手杖，这支手杖象征着她的职位，至少是接下来五天里的职位。

“莉芮尔！”她粗声大气地说，“欢迎回来！你一定就是图书管理员们要检查的小古董，安塞斯蒂尔人？欢迎，欢迎。”

吉瑞丝大步走进来时，尼克已经起身了。他朝她鞠了一躬，不过莉芮尔注意到，听到自己被称作“小古董”，他不满地撇了撇嘴。

“请允许我介绍尼古拉斯·塞尔，他是安塞斯蒂尔总理大臣的侄子。”莉芮尔不冷不热地说。吉瑞丝走上前来，明显想要给她一个拥抱，可是莉芮尔后退一步，用自己的椅子挡在前面。她知道姨妈对自己并非真的感情深厚，只是喜欢做出这样的姿态而已，就像眼下这样。

“哦，从界墙那边来的！”吉瑞丝说，那语气仿佛正在谈论的是附近某个垃圾堆似的，“让我看看你，莉芮尔！你长高了，我发誓。”

“好多年前我就不再长高了，姨妈。”莉芮尔说。

“蓝色适合你，还有这些银色的小装饰。”吉瑞丝说着便在桌子旁的主位坐下，并且朝一个影像打手势：“上酒。不是那种冒泡的垃圾，我要红色的烈酒。”

那个影像没有动。吉瑞丝皱起眉头。

“我们这儿有些影像真是又老又蠢——”

“不是这么回事。”莉芮尔打断她的话，“这是阿布霍森的房间，姨妈。它不会随便按哪个珂睐的要求行事。”

“我可不是随随便便的哪个珂睐！”吉瑞丝大吼起来，“我是九日预视轮值发言人，而且我当得正是时候。说出来你都不信，预视塔里有多糟糕，人人都在找借口，说什么因为得了流感生病了，我可以保证，只要意志坚定，绝对能够抗击流感……叫它给我些酒，莉芮尔。我只有一会儿工夫，这就得走了。我们好不容易预视到一些有用的东西，一时半会儿我是闲不下来了。”

“请帮我的姨妈拿些酒来。”莉芮尔平静地对管家影像说，它鞠了一躬表示明白。莉芮尔瞥了一眼尼克，他轻微地扬了扬一侧的眉毛。她不知道尼克还有这本事，莉芮尔却只是微微撇了撇嘴作为回应，尽管她真正想要做的，是尽情欢笑，将尼克抱在怀里，继续和他接吻，也许还能……莉芮尔使劲眨眨眼，把思绪带回到吉瑞丝正滔滔不绝地说出来的废话上来。

“肆行魔法生物！袭击我们的一个村子！你能相信吗？”

莉芮尔所有的注意力顿时全部集中到了吉瑞丝身上。

“什么？”她问道，“肆行魔法生物？在哪里？什么时候？”

“黄沙村。”吉瑞丝挥舞着一只手，朝她认为的东北方向指去，其实那是正南方，“在纳维斯的北边。十几个，还有他们的主人，还有那些牧民们带着的一堆乌合之众。有一个役亡师。”

“什么时候？”莉芮尔严肃地问，“还有多久？”

“还有多久？”吉瑞丝把问题重复了一遍，“今天，或者说，按照奥蕾娜估算，你知道的，通过看太阳和月亮的状态，实际上，就是眼下——”

“现在！”

莉芮尔大惊失色。她站起身，所有与亲吻有关的想法顿时荡然无存。她看着角落里耸立着的那座水力驱动的时钟。眼下是将近午夜，离天亮大概还有七个小时，那时候她才能驾驶纸翼上路。可现在她还没有往背包里补充食物和水，没有清洁盔甲……吉瑞丝仍在滔滔不绝地说个不停。

“别担心。今早知道这件事之后，我们马上往纳维斯的岗哨派出了信鹰，还有到拜里塞尔去的信鹰。我敢确定，萨布莉尔很快就会赶过去，把他们解决掉，虽然现在还没有预视到这一幕。等我回去，我保证会集中力量进行预视，不论特恩娜说什么——”

“阿布霍森在度假。”莉芮尔表示反对，“我有责任处理这种事情！为什么我到这儿的时候，没人告诉我？”

“别傻了，亲爱的。”吉瑞丝说，“这是国王和阿布霍森的工作，往常都是这样。你还太年轻。我知道你是受过训练的阿布霍森，但是说真的——”

“我是准阿布霍森，我对付过各种各样的亡者和肆行魔法造物，并且制服了它们，其中还包括最强大的那一个，第九大光明者。”莉芮尔激愤地争辩道，“现在，我必须知道，你们预视到了什么。”

“你真的和你妈一个样。”吉瑞丝抱怨道，“总是盲目地自信，看看她是什么下场！”

“告诉我预视到了什么，否则我会要求派个能告诉我的人来！”莉芮尔反驳道，“我们在浪费时间！”

“哦，很好。”吉瑞丝不甘心地说。她抓起管家影像刚刚为她倒的酒，喝了一大口，然后将早上的预视结果告诉了莉芮尔和尼克。她的讲述冗长又零碎，其中包括许多不必要的细节，比如自从预视的景象遭到肆行魔法扭曲后，要集中于可疑的特殊碎片上是多么不易，比如许多人对预示的真实性是如何心存怀疑，等等。

这番语无伦次的演讲结束时，莉芮尔终于掌握了有用的信息：有十几个木怪以及随从的巫师和来自几个部族的主人正在突袭一个位于东北方向的渔村：黄沙村。渔民们已经撤退到位于一个潮汐沟旁的旧塔里，但有个役亡师正沿着附近的一道山脊，追击其中一个渔民，而且召唤了亡者。这一切可能是刚刚发生的，也可能发生在这个晚上的早些时候。

莉芮尔倾听吉瑞丝的讲述时，尼克一直盯着她。很明显，她虽然很愤怒，但同时也对每个细枝末节都倍加关注。尼克很快就明白了，莉芮尔打算尽快赶到黄沙村去。他不免有些担心。他不知道木怪是什么，但是“十几个木怪”听起来似乎很多，而且还有一个役亡师和亡者……他的记忆已经支离破碎，但仍能想起一些画面，那里面有赫奇，还有赫奇称之为“加夜班的人”，那是噩梦般的回忆。萨姆告诉过他，实际上它们就是亡者手卒。

“很好。”吉瑞丝话音刚落，莉芮尔便下了逐客令，“你可以走了。”

“我是发言人！”吉瑞丝抗议道，“不用别人告诉我该走该留。”

不过，她还是把椅子推开，站起来，拿起了她的手杖。在她喋喋不休地讲述这一切时，从莉芮尔偶尔却很关键的提问中，她似乎感到自己犯下了大错，从前良好的自我感觉逐渐土崩瓦解。吉瑞丝感到，尽管接下来的五天里，她仍旧是发言人，但以后自己很可能与这个位置彻底无关了。

“我选择离开！”她说，“我没有把消息传给你，你应该高兴才是。莉芮尔，我只是想照顾你，让你远离危险！”

莉芮尔没有回答，她的表情和冒火的双眼已经表达了内心的愤怒。吉瑞丝一言不发地溜走了。尼克走到桌边，伸出了双臂，但是莉芮尔没有朝他走过去，也没有伸出手。

“我得准备一个咒契皮肤。”她只是把心中的想法说出来，并非说给尼克听，“一只猫头鹰。如果我现在就开始准备，也许能在三四点钟出发，刚好在拂晓以前，纸翼那时候就可以起飞了。”

“但是你已经很累了。”尼克垂下了胳膊，担心地说，“你必须去吗？”

“这是……这是阿布霍森的职责。”莉芮尔说。她似乎在凝视着远方。她已经开始思考用来制作咒契皮肤需要用到的第一批咒印了。“你该去睡了，影像们会告诉你卧室在哪里。图书馆馆长……早上会有人来看你。”

她犹豫片刻，冲到尼克身旁，飞快地在他嘴上留下一个吻，他们的鼻子几乎挤成了一团。在尼克来不及有所回应之前，她便匆匆离开了这个房间。

第二十五章

不明的催眠

古国，黄沙村附近

翁皮在危机四伏的页岩上长时间行走之后，在草地上奔跑感觉起来似乎有些古怪。翁皮仍等着听到可怕的破裂声，还感觉地面似乎在脚下滑动。这时候，她那累到极点的脑子才突然想起，她们已经来到了山谷里，而将她搀扶起来的正是老治疗师阿斯蒂拉兰。没想到他虽然瘦巴巴的，却强壮得惊人。

小拉斯卡已经恢复了知觉，她也在一旁拔腿狂奔。梅格里利负责殿后，并不时停下脚步回头张望，一手随时准备拔剑，一手准备施放咒语。但是并没有追兵追来，至少暂时没有。役亡师和主人也许仍旧尾随在后面，可是在清朗的月光下，或许不走大路才能更好地隐藏自己。

五分钟后，阿斯蒂拉兰叫大家停下来。翁皮双膝一软，气喘吁吁地跪倒在地，一只手依旧放在刀柄上。刚才迫不得已把弓和背包扔下了，她感到很后悔，不过当时那样做是正确的，如果仍旧负重前行，她走不了这么远。

“休息三分钟。”阿斯蒂拉兰说着弯下腰来，把双手放在膝盖上，大口大口地呼吸着。

“你有没有……你有没有看到和别的木怪在一起的术士在干什么？”翁皮问。

“把村子洗劫一空，然后回到他们的船上去了。”阿斯蒂拉兰喘着粗气，“看来……对役亡师很有信心……梅格里利，你看到或听到什么了吗？”

“没有。”乡村治安官低声答道。她离开了大路，正半掩在一丛矮灌木后面，她准备一见到有人追过来便从那儿一跃而起。

“他一定没有放弃。”翁皮喘着粗气问，“大家都……大家都进塔了吗？”

“晚些我再告诉你，”阿斯蒂拉兰说，他用余光瞥了一眼小拉斯卡，她似乎仍旧是一副恍恍惚惚的样子。未能成功施放的咒语影响了她的喉咙，叫她说不出话来，“省点儿气息。”

“如果……他真的追上来……”翁皮说，“杀掉他的主人。役亡师……自由后，可能去别的地方。这办法能行。”

“好的。”梅格里利答道。她将剑身斜过来，避免剑刃被月光照亮后产生反光。

阿斯蒂拉兰轻哼了一声，这是一种公开表示怀疑的声音。

“休息结束了，走吧。”

他们这次跑得慢了些。翁皮的脚踝一点劲儿也使不上，全身的重量几乎全部落在阿斯蒂拉兰身上。在疲劳和眩晕的双重夹击下，小拉斯卡跑起来歪歪扭扭的。只有总是奔跑在最后的梅格里利依旧行动自如。

不过，南边的小山那黑暗的轮廓在天空的映衬下清晰可见，而且这条路正逐渐向东转去。他们离塔只有半里格的距离了，甚至可能更近，但依旧没有追兵的踪影。

直到一个铃声在他们身后响起。

虽然不是很近，但已经足够了。这温柔甜美的声音渗入到翁皮的肌肉里。她感到温暖而安全，浑身无力却很舒服。不知不觉中，她缓缓歪倒在地上，阿斯蒂拉兰也随着她一起倒在地上。阿斯蒂拉兰打了个哈欠，翁皮也随着张大嘴，紧闭双眼打了个哈欠。他们就这样躺在了路边的草地上。小拉斯卡蜷缩着身体，双手抱头，倒在路旁的石头上。

只有梅格里利仍在跌跌撞撞地往前走，咒印在她的锁子甲上明灭闪烁，从护甲上滚落到皮肤上，剑上的咒印也纷纷落到她的手上。保护咒被激活了，那是警卫队和乡村警察中的法师提前为她准备好的，为的便是在她受到如眼前这般邪恶力量的威胁时，能够保护她的安全。梅格里利伸出两个手指，按住自己额头上的咒印。抵制睡意的努力叫她的整张脸都扭曲起来。

“铃声！”她低沉地说着，“安眠者……醒来！快醒来！”

梅格里利摇摇晃晃地朝阿斯蒂拉兰走过去，跪下来触碰他的咒印。老治疗师翻个身，在睡眠中咕哝了一句什么，但是没有醒来。

梅格里利叹了口气，站起身，像马儿一样摇着头，先是左右摇晃，然后上下摆动。她警惕地握剑在手，沿着来路望去。岚纳甜美迷人的铃声在四面八方回荡着，但是在这催眠曲的掩盖之下，隐藏着脚步声。那脚步声很轻，窸窸窣窣的是牧民的鹿皮鞋踩出来的声音，不是南方人的靴子。

乡村治安官深吸一口气，又迅速地呼出了一口气。她使劲咬着自己的下唇，然后仰天发出一声长啸，仍旧无法阻断岚纳那叫人沉溺的悦耳铃音。

梅格里利冲上大道，希望能找到一丝惊喜。她看见了役亡师，他的手里拿着小小的法铃。跟在他后面的主人扔掉银链，从身后拿起自己的弓，她并未费事再去拔箭，因为她的左手本来就有一支灵体玻璃箭。

梅格里利只走出了十几步的距离，那支灵体玻璃箭就射中了她的胸口。肆行魔法瞬间爆发，就连那施过咒语的盔甲也失去了保护的功能，染血的箭穿透了她的身体。不过梅格里利仍继续往前走了两三步，甚至举起手中的剑，似乎要刺出去。然后她踉跄了一下，剑从她突然松开的手中旋转着飞出去，她最终倒在路上，死去了。

“把她的灵体利用起来。”役亡师的主人命令道，然后弯腰拾起了银链，与此同时，她不由自主地打起了哈欠。“别让铃声影响我！”她朝役亡师看了一眼后说道。

役亡师微笑着再一次摇响了岚纳。这一次他将法铃拿得离自己很远，不像从前那样将铃放在自己胸前。他的主人怒斥一声，弓着身伸手便去拿插在腰间的另一支灵体箭，这一支箭的箭头上稳稳地套着护帽。那只铃几乎正对着她的脸响了起来，所以她还没能抽出箭来，便颓然跌倒在役亡师的双腿前。役亡师将她一脚踢开，让铃声止息，把它重新放回到铃袋中，同时将一个哈欠忍了回去。即使是经验最丰富的役亡师，在使用这些摇铃时也需倍加小心，因为贪婪的法铃不会放过每一个受铃音控制的对象。

役亡师弯下腰，将主人的刀拔了出来。他将她的喉咙割开，感受着她的死亡，心中涌起一股莫大的快感。役亡师笑了起来，仿佛终于吃到了自己垂涎已久的美食一般。

“好了，该把你带回来了，我的主人。”他小声地自言自语道。役亡师望了望死去的乡村治安官。如果赶在她尚未踏入冥界深处之前就行动，连她的灵体也能一并收获。只要他行动足够迅速，就能在冥界第一道门前把这两个灵体都追上，然后利用墨思锐尔把它们带回现世。即使考虑到需要保持“平衡”，也不会超过第二道门。役亡师认为自己应该能够迅速赶回来。全程算下来，他的肉身在现世的时间应该不会超过三十分钟，而他现在有的是时间。

役亡师本想多走几步，将被岚纳催眠的三人杀死，但随即又打消了这个想法。他们这一睡将是好几个小时，他大可以随后再从容不迫地杀死他们。冥界的水流动不息，乡村治安官不是他的主要目标，前主人的灵体才是他极度渴望攫取的，但若要成功，必须赶在它走远之前，更要紧的是，赶在它被其他人束缚，受他人驱使之前。

只要懂得其中的窍门，连死人也是可以折磨的。役亡师知道这一点，他有太多怨气需要发泄。

即便如此，他还是稍微等待了一会儿，将自己对生死的感知延展开去，确保附近没有别的埋伏。他能感觉到那睡着的三个人，还有一些小动物，也许是草原上的野兔。除此之外，附近再没有别的人了。当他踏入冥界时，本应有人在此为他暴露在现世的肉身保驾护航。

但是他没有这样的仆役。和往常一样，进入冥界是需要对风险做一番权衡的。不过，这一次他不打算走入比第三道门更远的地方，所以一旦有情况，他肯定能迅速回到自己的身体里。

役亡师拿出撒拉奈斯，它的乌木手柄周围有着红色的火焰。他的眼中同样出现了火焰，那并不是铃柄上火焰的反射造成的，而是蛰伏于皮肤下的某种生物的迹象，这种生物正是他法力的来源。

他再迟些可能会用到贝尔基，但眼下却选择了撒拉奈斯，因为进入冥界后最好随时做好控制和禁锢亡灵的准备，以防任何力量强大的生物潜藏在近旁，或是在周遭潜行，盼着找到方便进入现世的入口。突发而惨烈的死亡能够打开这样的入口，洒落的鲜血也有这一功能。眼下这附近便有大量刚刚流出的鲜血，在役亡师的靴子底下就聚集着很大的一摊。

役亡师按照自己的意志，迈步走进了冥界。他的身体上突然结上了一层冰，脚下主人的那一摊血液亦是更加冰凉。

几分钟后，第一批为数六人的皇家卫队士兵从位于纳维斯的岗哨赶来此地，正沿着这条路谨慎前进。十六个小时前，珂睐派去的信鹰送来了警报，这支先头部队便从纳维斯出发了。他们在一小时前到达入海口处的瞭望塔，在卡里尔克那儿弄明白了事情的来龙去脉。眼下，他们正步步为营地向前走，寻找阿斯蒂拉兰和梅格里利、木怪、役亡师和他的主人以及亡者。

他们看到了在路上和路旁睡着的阿斯蒂拉兰、翁皮和小拉斯卡后，并没有说话，只是沉默着并肩排成一排，更加谨慎地前进。

这时候，他们见到路上有两具尸体，一摊血迹，还有那手里拿着摇铃、蹲伏在路中间的役亡师。士兵们这才停下脚步。役亡师浑身覆盖着冰霜，在月光下散发着瘆人的白光，像是一尊食物做成的古怪雕塑，被人从气氛不佳的庆典上挪到这里。

士兵们暂停了几秒钟，此时役亡师已经感到了他们的出现，他当时正打算穿过第一道门后的瀑布。他马上转过身，逆水而上，一边迈着大步匆匆返回现世，一边责怪自己太过愚蠢，竟然为了复仇而罔顾自己的安危。

他几乎已经到达了生死交界处，朝自己的身体伸出了手，就在这时，六把施过咒语的剑动作统一地刺了出来，分别刺进了他的喉咙、肚子、两条胳膊和两条腿。金色的火焰熊熊燃烧，火花四散，即便如此，役亡师还是用尽全力，回到了自己的身体中。只是，回来也无济于事，他已被这些剑牢牢钉住了。他念出咒语，但是插在喉咙上的剑却让他无法呼吸，想要做一个手势，胳膊却动弹不得，他已无法召唤那听命于他的、寄居在他体内的肆行魔法灵体，这是他法力的来源。

役亡师嗓子里咕噜响了一阵，发出几声挣扎的声音，死去了。他自己那软弱无力、法力全无的灵体被拉进了冥界，受他禁锢的肆行魔法灵体也与他分道扬镳，独自离开了，说不定哪一天会再次返回现世。

“杰利克、林拉姆和卡沙德，继续往前侦察一下，然后返回。”指挥官悄声命令道，“留神燃烧的眼睛，还有木怪。停下来听一听动静，那些法师的主人手中有链子，会发出声音。”

三个士兵点点头，并肩朝前走去。他们没走大路，并且很谨慎地不让月亮把自己的影子投在光秃秃的石板路上。

“特莫里，回去看看是否能把那三个人叫醒。”指挥官继续低声吩咐，“现在役亡师已经死了，也许他们能醒。”

特莫里的腰带上插着一把剑，还挂着一个治疗师的口袋。

她离开后，指挥官转身问中士：“这些铃怎么办？我从来没处理过役亡师。”

“我也是。”中士说。他深深吐了口气，呼吸间略微有些颤抖，“我也从没和这样的东西打过交道。”

“我们真走运。”指挥官说，“再过上几分钟，他就万事俱备了，那两个人就成了他的亡者手卒，兴许还不止两个呢，只是我们没发现。到那时他就该为所欲为了。嗯……让这两个人安息吧。”

中士摇摇头。

“敌人会看到火光的。”他指的是尸体火葬时产生的白色火焰，为了保证将尸体彻底焚烧，不留任何可供敌人驱使的部分，需要用到咒契魔法，同时还能将与尸体相连的灵体送过第九道门，“等天亮吧，等我们搞清楚到底发生了什么事，然后再回来。”

“这些铃就这么留着吗？”

“你想捡起来吗？”

指挥官摇摇头。她能闻到肆行魔法的味道，那种恶心的、刺激性的灼热金属气味，还有黑色法铃把手上的红色火焰，也暗示着肆行魔法的存在。她无法直视它，可每次她转过头去，它却总能出现在眼角的余光里。

“役亡师的主人还有一支灵体玻璃箭。”中士说，“应该把那东西敲碎，离着一段距离敲。”

“这是阿布霍森的职责。”指挥官心中已经有了主意，“萨布莉尔或莉芮尔明天应该会赶到，消息已经传给她们了。我们将一切都原封不动地留下，撤回塔里去。现在是晚上，附近可能还有木怪，不宜在此地久留。而且我们已经找到了那个牧民女孩，卡里尔克说事情是因她而起的。”

“卡里尔克说她丈夫跟他们在一起。”中士缓声道，“是一个带着大斧头的伐木工，但是三人中没有他。”

“是啊。”指挥官说，“算了，能带回几个算几个吧。”

黑暗中，响起一个轻微的声音，一只秧鸡在轻声叫唤，叫了两次。

“没见到什么。”中士说，“他们在回来的路上。”

指挥官回头去看睡着的几个人。老治疗师已经被特莫里唤醒，而且已经站了起来，但是另外两人依旧躺在路上，虽然用了咒契咒语，依旧无法将她们唤醒。

“我帮杰利克。”指挥官说，“你帮林拉姆和卡沙德。他们必须把牧民和边境守卫带回去。”

“至少那牧民个子不大。”中士说，“不知道她的马上哪儿去了？”

第二十六章

猫头鹰和夜间来客

古国，珂睐冰川

莉芮尔看过的那两间卧室原来仅是客房而已。影像领着她走到真正属于阿布霍森的卧室，这儿的面积比客房大了不止两倍，但同样有一个大到不可思议的豪华大床。这张床有八根床柱，每个角落各两根，床柱是木制的，外层镀着金，上面装饰着富丽堂皇的雕花。床垫平整到不可思议，想必耗费了好几百只鹅的羽毛。床罩上饰有银色的流苏，还有银色的小珍珠绣成的，约六英尺长的阿布霍森银匙图案。

莉芮尔的背包被放在梳妆台上，她的新佩剑拉弥纳被放在梳妆台旁的剑架上。盔甲已清理干净，也放在一个支架上，法铃则被置于另一个模样怪异的书柜之上，与前门旁的那个一样。

莉芮尔查看自己的背包，发现影像已经将水壶里灌满了水，还装了应急的干粮，是用纸和防水油布层层包裹的硬饼干和更加硬邦邦的奶酪。她的斗篷被紧紧地卷了起来，比她自己以往卷得要紧得多，机械打火石换了一块新的，刀已被磨利，汤勺也擦得锃亮。

“谢谢你。”莉芮尔对门口的影像说。它站起来，示意莉芮尔看向另一堆物品，就在她自己的东西旁边。

“这是什么？”

那儿有几件折叠起来的衣物，被放在一个皮包上面。莉芮尔从最上面拿起一件，发现这是一件带兜帽的长袍。袍子的布料她不认识，看得出织得很密实，而且上面有好几个褪了色的咒印。也许这件衣服上曾经缀满了咒印吧，她想。那堆物品中还有两双长及手肘的手套，也是用同样的布料制成的，而它们的下面……是一个青铜面具。

莉芮尔拿起手套，便看到了面具，突然间，她的心如擂鼓般怦怦跳。她猛地后退几步，骤然警惕起来，因为这是克萝尔的面具！

莉芮尔心中顿时涌起惧意。她努力压下了恐惧，这才发现那不是克萝尔的面具，但可能与那个面具出自同一位工匠之手。这个面具也曾灌注了咒契魔法，如今仍有褪色的咒印在上面游走。

莉芮尔将面具放在一旁，去看那个皮包。包里装着三个金属瓶，还有带金线的纯银瓶塞，随时可以将瓶口封住。这是用来禁锢肆行魔法生物的瓶子，她曾经在《奈吉生物记》和其他巨著里读到过。

长袍、手套、面具和瓶子……它们都是古时阿布霍森用来对付肆行魔法生物的装备。与萨布莉尔所用的方式，或是她谈起过的方式相比，从前的阿布霍森离那些生物更近，与它们之间的牵扯也更多。萨布莉尔与莉芮尔谈起肆行魔法生物的时候不多，但是莉芮尔知道，萨布莉尔认为，在它们尚处于萌芽状态时便应尽量将其消灭。强大的肆行魔法生物很少，而且经常被赶到古国的边界以外，或是被禁锢在干涸的井底等类似的地方。

从这些旧瓶子和起保护作用的服饰可以看出，过去的阿布霍森可能会将自己的肆行魔法俘虏们关押在身边，并且用某种方式利用它们，甚至可能是与那些术士们相似的方式……

莉芮尔把包放到一旁，不由得心潮起伏。她想起克萝尔戴的面具上根本没有咒印，却不知为何与眼前这个面具有着相同的图案，这一定是一位昔日阿布霍森的物品。她决定要去问问梵赛莉，图书馆里是否有关于克萝尔的资料。

不过，眼下还有更重要的事要做。

莉芮尔坐在那巨大的、如王座般的扶手椅上——往昔阿布霍森浮夸的品位由此再次得到充分的体现——立刻开始着手制作咒契皮肤。她全神贯注地工作着。这对她有好处，因为她有一些非常强烈的感觉需要暂时搁置起来。吉瑞丝令她愤怒，感到挫败，尼克叫她心意难平，那是一种更为复杂微妙的感情，既有渴望、兴奋和快乐，也有恐惧和忧虑。她害怕失去自己刚刚开始了解的东西。

渐渐地，她深深地沉浸在咒契中，寻找着每一个咒印，并将其编织到猫头鹰形状的复杂网络中，同时，也将所有的情绪和大部分有意识的思维抛到了脑后。她的心中只有咒契、咒印和成为一只猫头鹰的感觉，皮肤似乎为羽毛所替代，空气中不同的气流带着她扭转方向，将她托起，这是一种全新体验……

三个小时后，她已经将咒契皮肤制作完成，只是还没折叠成方便储存和携带的形状，那要花费的时间可就更长了，莉芮尔必须先休息一会儿才能继续工作。她站起来，身体直打晃，不得不扶住椅子的扶手，才没有摔倒。

莉芮尔累极了。可是她知道，自己必须飞到黄沙村去，做些力所能及的事。虽然吉瑞丝确实告诉过她已经有士兵从纳维斯赶了过去，可是士兵们也可能需要帮助。

莉芮尔从椅子旁走开一步，差一点摔倒在做好的咒契皮肤上。这套皮肤尚未收拾妥当，一压就会坏掉。她站稳了身体，眨巴眨巴眼睛，想等着视线变得清晰起来。

这可不行。她至少得睡上一小会儿。假如刚变成猫头鹰便睡着，一头栽到地上，还怎么帮忙?

“影像。”她小声对房间角落里那几乎看不见的安静仆人说，“一个小时后叫醒我。”

说完，她便摇摇晃晃地走到床边，脸朝下，一下子扑在绣满刺绣的床罩上。她太累了，根本感觉不到那些小颗的珍珠。等她醒来后，面颊上便会出现一个抽象的图案。

但最后将她唤醒的并不是影像，唤醒的时间也不是一个小时之后。急迫的敲门声响起来，打扰了莉芮尔的梦。在梦中，有个木匠正和别的一些人捶打着一些莫名其妙的木头。这时候，有人摇晃着她的身体，不是影像那由咒契魔法做成的手，而是实实在在的真人的手。

“醒醒！莉芮尔！”

莉芮尔呻吟着睁开眼睛。一张熟悉的面庞出现在她眼前，那棕色的脸颊上透出一片绯红，蓝色的眼睛不似平时那般明亮，那如云般的金色秀发也随意披散着。

“萨娜！”

这位平日里端庄美丽、自控力极强的珂睐看起来光彩尽失，一副憔悴的模样。过了一会儿，莉芮尔发现，虽然萨娜状态不佳，但却戴着发言人的银头环——是标准的头环，不是吉瑞丝戴的那种古董皇冠——而且还拿着象牙和钢制的权杖。

“你又当上发言人了？那吉瑞丝呢？”

“有人报告说她患上了流感。”萨娜说，“我真抱歉把你叫醒，莉芮尔。我也病了。实际上，莉拉刚刚批准我出院，她说我的确已经痊愈了。我正竭尽全力把最近发生的事理出个头绪来。吉瑞丝……嗯，她说的事，有些我听得不太明白，所以我只能把上个星期的所有来信都回顾了一遍，又找特恩娜了解了预视塔里‘看’到的情况，然后只能把病得不严重的人都召集起来进行预视，希望能够‘看’到一些有意义的景象。我们刚刚才完成这项工作。”

“很好。”莉芮尔说。她摇摇头，触摸着脸颊上奇怪的压痕，苦笑起来，“你们预视到黄沙村发生的事了吗？我做了一个咒契皮肤，一只猫头鹰。我会飞去那儿，我很快就能把它叠好——”

“那正是我把你叫醒的原因。”萨娜说，“你哪儿都不用去。术士们已经带着他们的木怪回到船上，离开了。役亡师也被从纳维斯赶去的士兵杀死了。萨布莉尔和国王黎明十分已经出发，正在飞往黄沙村。顺便提一句，这件事我们没有预视到。昨晚太阳落山前，有只信鹰飞进来，把他们的打算转告给我们，但是吉瑞丝却把来信放在袖筒里，没有归档。”

“但是……但是他们的假期！”莉芮尔抗议道。想到自己没有尽到应尽的职责，让同父异母的姐姐失望了，她突然感到心中一沉。

萨娜笑了起来。

“他们那样的人能继续安心度假吗？”她问，“我想他们肯定很高兴被叫了回来，就算吉瑞丝这么做不妥。当然了，这件事她确实做得不对。这是我的问题，我道歉。嗯，我为我和瑞尔的错误道歉。我们犯了珂睐常犯的错误，也是我们的母亲经常警告我们要小心提防的错误。”

“什么错误？”

“我们以为能预视到每一件重大事件的发生。”萨娜答道，“其实我们心中都清楚这一点，只是有时会忘记。除了这一次的流感之外，我们没有预视到任何大事，而且也觉得给平常没有机会成为发言人的姐妹几次安慰，并不会让她们得意忘形。有的人真的劳苦功高，比如负责蒸汽工程的佩格伦，还有老阿拉贝特，她在上层餐室制作非常甜美的糖果。还有些人不那么合格，比如吉瑞丝。我们只是厌倦了成天听她抱怨自己的价值无人赏识。”

“那么说我可以继续睡觉了吧。”莉芮尔说。

“暂时是这样。”萨娜回答，“信鹰传来消息，说萨布莉尔和塔齐斯顿正赶往黄沙村。但是应该不会花很长时间，因为我们预视到他们会来这儿。”

“来这儿？”莉芮尔问，“为什么？”

“他们带来一名信使。”萨娜说，“一个年轻的女孩，她来自干草原之上的遥远群山，一路上吃了很多苦头。”

莉芮尔点点头，打了个哈欠。困意汹涌地袭来，她再次回到了床上，这才感觉出羽毛床垫有多么舒服。比起她的旧床来，它是这么温暖和妥帖，并且更宽大，两人共眠也绰绰有余。比如说，她和尼克……

萨娜还在说着什么。莉芮尔正全身心地陶醉于非常愉悦的想象当中，所以对萨娜的话，她大部分听而不闻，只有几个字眼触动了她非常疲累的神经。当听到萨娜提起了一个人的时候，她猛然间清醒过来，将神思重新聚到当下。

“你的母亲。”

莉芮尔坐直身体，仿佛有一根硕大的针突然出现在羽毛床垫正中间。

“我的母亲？”她提高了声音问道，“你说什么？”

“来自遥远群山的信使。”萨娜柔声回答，“她从你的母亲那儿捎来一条消息，这消息牵扯到一些更大的麻烦。国王已经召集了大家开讨论会。我估计他们会在中午时到达。萨布莉尔和塔齐斯顿都驾驶着纸翼，他们会把信使带来。”

“可是我母亲已经死了。”莉芮尔的声音很低，“不是吗？”

“没错。”萨娜来到床边，在她身旁坐下，给了她一个拥抱，“但是她是个珂睐，而且能力不俗。我们猜测，她可能在几年前预视到了什么，‘看’到了眼下将要发生的事，而且安排了一个信使来提醒你，提醒我们。”

“我明白了。”莉芮尔说，她轻轻地苦笑一声，“或者更准确地说，我一如既往，没能‘看’到。”

“你有其他的天赋。”萨娜说，“非常重要的天赋，我们都知道。你是准阿布霍森，也是忆往师。我想阿瑞丽一定会为你感到骄傲，非常非常的骄傲。”

“为一个被她抛下的五岁孩子？”

“不。”萨娜平静地说，“为你今天成为的这样的人。我想，她‘看’到了你。她什么都知道。也许这位信使有更多消息要告诉我们。你现在该睡觉了。”

她站起来朝门口走去。

“你的朋友很帅，顺便说一句。”萨娜说。

“哦。”莉芮尔说，“你说尼克？你……你预视到他了？预视到我们了？”

“时候还没到，不是在冰川。”萨娜说道，这叫莉芮尔大大地松了口气，“不过他的卧室开着门，而且他也是和衣睡下的，和你一样。”

“他身体恢复后会更帅的。”莉芮尔说，“可那不是……那只是一部分……他还有很多别的，不是一眼就能看出来的……”

“透过一张英俊的脸看到其背后的灵魂，向来非常重要。”萨娜说，“睡个好觉吧。”

她走出门去，影像在她身后轻轻地关上了门。

不过莉芮尔并未马上躺回床上。虽然她仍旧很疲乏，却还是站起身，将裙子脱下来，小心地放在椅子上。影像立刻走上前来，从衣柜里拿出睡袍递给她。这个衣柜丑得叫人过目不忘，因为柜顶的四角都装饰着怪兽的雕塑。莉芮尔乖乖穿上睡袍，却没有直接回到床上。她解开领带上系着的口袋，拿出那个小小皂石雕像。她用左手紧紧地攥着它，走到床了边。这一次她钻进了被褥里面，蜷缩起来，愉快地感受着上好丝绸的质感，很快就陷入了沉睡。

第二十七章
到达和离开

古国，黄沙村附近和珂睐冰川附近

翁皮做了个噩梦。她再次坐在贡品之椅上，这次不止她一个人，还有很多小孩，龇着他们那锋利无比的牙齿，在啃她的脚踝，撕咬她的血肉和骨头，像狗一样发出呼噜呼噜的声音。然后，他们走了，她的腹部却传来更加钻心的疼痛。翁皮从未目睹，只是听别人说无脸女巫正在捅她的肚子。她捅了一下，又捅一下，青铜面具上流淌着汗珠，大颗大颗滴落在翁皮身上，燃烧起来……

然后她就醒了。她发现自己躺在一张矮床上，身上盖着一条毯子，还有自己的阿撒斯科的毛外套。翁皮轻轻地碰了碰上面的绒毛，想看看这是真的还是仍在梦中，因为她记得自己把这件外套放在了背包里，而背包已经在逃跑时被扔在了半路上……她松开它，抬起头来，不安地环顾四周。她是被役亡师抓住了吗？他会直接杀死她吗？

翁皮在一间石头墙围成的房间里，背后的墙壁是弧形的。她能通过对面狭窄的窗户看到清晨的天空，不是黎明时那朦胧的晨光，现在应该是上午，天亮后大概两到三小时的光景。她左边有一扇打开的门，这是个好兆头，说明这儿不是监狱。她能看见石头台阶先是往下，然后往上延伸。

一座塔。也许是村民们避难的那座塔。翁皮苦笑着想起自己还有事要告诉卡里尔克，但是她首先得起来。她将胳膊肘往后挪，试着起身，可是腹部却疼痛起来。她将外套和毯子推开，发现自己身上只穿着一件白色的长衫，腹部缠着一圈绷带。她伸手压了压绷带，那儿有一处伤口。

这像是一处刀伤。可是她不记得自己被刀子捅过，她很肯定自己没有被这一类武器所伤。这处伤口与她脸上和手上那许多的小伤口不同，那些是血鸦和页岩造成的，上面都抹上了某种药膏，但是没有缠着绷带。

她的脚踝也很疼，但疼得不像之前那样厉害。坐起身来很不容易，但是她做到了。她朝右脚看过去。

那只脚不见了。

腿的末端是一段残肢，有人为她细致地缠上了绷带。

翁皮敢发誓，她依旧感觉得到自己的脚趾，甚至能够使它们弯曲。但是它们却不在那儿了。这太意外了，一时间，她只是盯着那条腿发愣。那条腿伤得太严重了，治疗咒语也失效了，为了不让毒往全身扩散，只好截了它。

翁皮的头重新往后一仰，躺了下来。她盯着天花板，告诉自己尽量保持冷静。她是阿撒斯科人，失去一条腿算不了什么，她能再做一条木腿。在她们的部族里，有好几个人因为战争或是事故等变得缺胳膊少腿，还有失去耳朵和鼻子的。这都没关系。

只不过，在不久的将来，这会让事情变得有些麻烦。翁皮还想知道伤口为何不再像之前在渔船上时那样疼痛。她再次坐起身，呻吟着，努力朝脚上看去。过了几秒钟，翁皮看见了那些古怪的符文，它们亮闪闪的，四处游弋着，她的脚上和腹部都有，是咒契魔法在起作用。

“啊，你醒了。”阿斯蒂拉兰登上最后几级台阶，走了进来。

“你截断了我的腿，”翁皮直截了当地问，“还有人在我肚子上来了一刀？”

“为你截肢时我的确出了一份力，但那是因为我不得不这么做。”阿斯蒂拉兰没好气地说，“但是没人捅你的肚子，只是把里面的肆行魔法护符给取了出来。先完成这一步，然后才能在你身上施放足够的治疗咒语。你很走运，为你做这两个手术的人对咒契魔法比我精通得多。我只是从旁协助，在外科手术方面，用刀子、锯子和我的针线包打了个下手。”

“是谁把护符取出来的？”翁皮问。

“是我。”在阿斯蒂拉兰之后进来的那个女人说道。她很高，肤色苍白，留着短短的黑发。她的语气中，战争领袖和伟大女巫的气质兼而有之。她穿着镶有银匙图案的深蓝色铠甲罩衫，那是有许多小片拼叠而成的奇怪盔甲，系着役亡师的法铃。翁皮倒是从没见过这种铠甲。女人的身侧系着一把剑，剑柄磨损得非常严重。小小的魔法符文布满在她周围，在屋里的暗处闪闪发亮，当她走到从窗户中透进来的阳光里，符文变得光彩夺目。

“这位是阿布霍森萨布莉尔，也是女王。”阿斯蒂拉兰说着深深地弯下腰来鞠了一躬，“夫人，这是阿撒斯科部族的翁皮，她有一条重要消息要传给您的妹妹莉芮尔，还有珂睐。”

“您的妹妹？”翁皮惊呆了。过了一会儿，她才意识到自己在与比部落长者们更加了不起的大人物说话，便不安地低下头，以代替鞠躬的动作。

“莉芮尔和我是同父异母的姐妹。”萨布莉尔说道。

“啊，你一点也不像洞穴女巫。”翁皮说，“在我印象中是这样，我当时还很小。没有人告诉过我莉芮尔有一个姐姐。”

“对你的腿，我感到很遗憾。”萨布莉尔说，“但是就像阿斯蒂拉兰说的，必须要将它截断。那个伤口，还有你的部族标志下的肆行魔法护符，加上阿斯蒂拉兰施放的治疗咒语之间有冲突，所以伤口的情况变得很糟糕。”

“是血毒吗？”翁皮问。她挥动自己的手指，这是一个表示轻蔑的动作，“还是切了好。”

“不是血毒，不过可能会发展成血毒。”萨布莉尔说，“你的脚在变成别的东西，血肉和骨骼都变形了。过些日子，它甚至可能蔓延到身体的其他部分。不受限制的肆行魔法就会这样。你身体里的护符就不受控制，你知道的。”

翁皮沉默地思索着。失去一只脚比成为一个怪物要好太多了。

“谢谢你。”翁皮说道，“也谢谢所有救我的人，不论他们是谁。我在路上摔了一跤，然后就什么也记不起来了。一定是摔着头了。”

“不。”萨布莉尔说，“你是在岚纳的影响下睡着了。岚纳是役亡师的法铃，被称为安眠者。幸运的是，没过多久我们的人就赶到了，而且那个役亡师非常粗心。”

“我现在是在入海口的塔里吗？”翁皮问。

“是的。”萨布莉尔说。

“渔民呢？”翁皮问，“他们在吗？我得告诉……我必须告诉卡里尔克关于她丈夫斯温瑟的事。他牺牲得很英勇，而且我们是靠他的遗言获救的。”

“村民们都回到黄沙村去了，很多从纳维斯赶来的士兵跟他们在一起。”萨布莉尔说，“卡里尔克已经知道了。小拉斯卡比你醒得早，她也跟着他们一起回村子里去了。”

“小拉斯卡还活着？”翁皮问道，“那太好了。她与我们阿撒斯科人一样勇敢，在射箭上甚至比我们更胜一筹，至少比我们射得远。”

“她父亲去世了。”阿斯蒂拉兰说，“因为心脏病发作。老拉斯卡年岁够大的了，他早就做好了随时离去的准备。除了斯温瑟和梅格里利外，他是这次唯一去世的人。翁皮，还有许多人——也许应该说，我们所有人——如果不是你把追来的人引开，可能已经死了。我们都为此深深感激，我说的是黄沙村的每个村民。”

“可从一开始就是我把敌人引来的。”翁皮说。她环顾四周，看到自己的背包躺在一个角落里，“我的包里有金子，是从我们那儿的河里淘来的天然金块。把它带给卡里尔克、小拉斯卡和梅格里利的家人，作为对他们付出生命的补偿。当然，这还远远不够，不过我只有这么多而已。”

“不需要——”阿斯蒂拉兰刚一开口，就被萨布莉尔制止了，她抬了抬下巴，示意他拿走那些金子。

“我代表他们谢谢你的补偿。”萨布莉尔郑重地说，“但是有关这条消息，请说得更详细些。小拉斯卡说它非常重要，但她不愿告诉我消息的内容，因为她知道你是信使，而且你不久就能醒来，亲口告诉我。如果你不愿意告诉我，而是坚持把消息送到莉芮尔和珂睐那儿，很快也都能办到。如果你觉得自己能够活动，我们就可以飞往冰川，花不了多长时间。莉芮尔就在那里。”

“飞？”翁皮大声惊叹起来，她以为自己没有露出惊讶的表情，不过大家都清楚地看到她那双瞪得大大的眼睛：“你骑龙飞行？”

“不。”萨布莉尔说，“手工做的飞行器，叫作纸翼，一种能够在天空飞行的魔法船。我读过有关龙的书，或者说，是在过去的岁月里被人们称为龙的东西。你见过龙吗？”

“没有。”翁皮不无遗憾地说，“很久以前，我们部族的一位女巫就有一条供她驱使的龙。也许只是传说吧。其他部族的魔法师也提起过他们传说中的龙，但都只是故事而已。我还想，在这儿，在你们这块奇怪的土地上，龙也许不仅仅存在于传说里。真想亲眼看看龙的样子，那样我和族人们在换季聚会时就有的聊了。”

“我倒是很庆幸这儿没有龙。”萨布莉尔说，她对龙还是略有了解的。它们不过是些肆行魔法生物，力量强大，常常以一种善飞的爬行动物的外形出现。“好了，有个问题是所有医生都必须要问的：你现在感觉如何？”

“我很高兴能活下来。”翁皮说着，疑惑地扬起了眉毛，“我很开心，因为我们的敌人死了。而且，我离成功把消息送到目的地更近了一步——”

“不，不是这个意思。”萨布莉尔笑着问，“你还因为发烧而恶心吗？疼痛可以忍受吗？我已经在你身上施放了一些治疗咒语，但是它们的效果不见得很好。”

“疼痛对阿撒斯科来说算不了什么。”翁皮答道，顿了顿，她更加诚实地补充道，“但是现在疼得比之前要轻了。我想我可以单脚跳。等我回到族人身边，就能用长在我们夏日营帐旁的橡树给自己做一只脚。还有我肚子上的切口……也没什么。”

“我儿子也许能给你做一只比简单的橡木脚更好的脚。”萨布莉尔说，“他对这种事情擅长得很。”

阿斯蒂拉兰饶有兴致地看着她。

“萨姆斯吗？我听说过他为莉芮尔打造的金手掌，但是这种东西能在没有咒契魔法的北方发挥作用吗？”

“北方有咒契魔法。”萨布莉尔说，“至少一直到大裂谷都有，只是连入咒契会难得多，因为最近的咒契石也很遥远。”

“你去过北方？”翁皮问，“去过我们部族吗，在高山里的？”

“没有去山里。”萨布莉尔说，“我曾经去过干草原，低的和高的都去过。不过那是很久以前了。好了，说说你送的消息。你想现在告诉我，还是找到莉芮尔后，告诉她？”

“你是说小拉斯卡没有把消息转告给你？”翁皮问。

“是的，因为消息是你的。”萨布莉尔说。

“其实消息是洞穴女巫的。”翁皮有些犹豫地说，“我告诉小拉斯卡，是因为我以为自己就要死了，我死没关系，消息不能跟着我而去。但是现在……我还是希望按照部族长者的指示去做，我要亲自告诉莉芮尔，那也是洞穴女巫所希望的。”

“很好。”萨布莉尔说，“你先休息。有位军士正在帮你做木头拐杖，不过我们首先会找人把你抬下去——”

“不用！”翁皮轻蔑地看着那些台阶，“我随随便便就能爬下去。”

“有人会来抬你。”萨布莉尔严肃地说，“到了平地上，你再用拐杖。”

“但是不能过度劳累。”阿斯蒂拉兰补充道，“好好休息！休息才是最好的治疗方法。”

“食物同样也是疗伤的良药。”翁皮说，她突然感觉又饿又渴。

“早餐已经准备好了。”萨布莉尔说，“我会派士兵把你送下楼去。阿斯蒂拉兰，劳驾，过来说句话。”

她走下了台阶，阿斯蒂拉兰紧随其后，然后便是两人轻轻的谈话声。翁皮竖起耳朵，却无法从其中捕捉到只言片语。她差一点儿真的打算爬下去，让他们知道自己的确有这个实力，但最终还是放弃了。

毕竟，被战士们抬着并不会有辱阿撒斯科人的尊严，反而是件光荣的事。

两个小时后，翁皮已经登上了一架蓝银两色的纸翼，坐在驾驶舱里。萨布莉尔驾驶着这架纸翼，朝着冰川飞去。没过多久，另一架纸翼追了上来，在她们的右侧飞行。翁皮被告知，驾驶那架纸翼的是国王本人——塔齐斯顿一世，她好不容易才没表现出大惊小怪的样子。国王本来有公务在身，不过现在加入了她们的行动，朝珂睐冰川飞去。

起飞不久后，萨布莉尔与翁皮聊了聊。她向翁皮打听在北边的生活，知道了翁皮这个名字的来由。萨布莉尔对此似乎兴趣盎然，而且她对无脸女巫，以及所有部族都向女巫进贡年轻姑娘的习俗也很有兴趣，虽然这习俗已经被废除了。

过了一会儿，翁皮的嗓子便哑了。萨布莉尔便不再提问，也不再说话。在她偶尔吹响口哨的时候，翁皮能看见许多咒印随着她的气息而出现。大部分的时间里，这个阿撒斯科女孩都在从驾驶舱的侧面俯瞰着下方的大地。她看见一只老鹰，脸上露出会心的微笑。这只鹰和她家乡山间的那种体形巨大的黄褐色老鹰似乎一模一样。纸翼飞得比这只鹰更高，也更快，所以她能够从高处俯视着它。

辽阔的视野，极速的飞行，都叫翁皮眼界大开。如果她的族人也有这样的飞行器，就能朝着敌人俯冲下去。翁皮本想拿出自己的弓来放上一箭，她相信自己坐在纸翼上同样能放箭。不过她不敢轻举妄动。她担心放出的箭会被纸翼带起的气流裹挟着飞回来，扎到自己的脸上或是纸翼上。萨布莉尔也许会生气，翁皮可不希望惹她生气。

接近正午时分，太阳升到了她们头顶的正上方。纸翼已经飞得很高了，尽管魔法一直在她们周围维持着一团温暖的空气，可还是越来越冷。翁皮庆幸自己穿着一件毛外套，但也不继续探头出去俯瞰大地。她很清楚那样做会被冻伤。碧空如洗，不过地面太过遥远，几乎什么也看不清，只能看见缤纷的色彩，暗示着那是一片片的森林和原野。还有一条长长的河流，那不是绿水河，它不像绿水河那样宽，从南边白雪覆盖的山上流出来，然后一路向北。

不久后，纸翼便开始不停向下盘旋，朝着两座大山中间夹着的一座冰川降落。那两座山非常壮观，几乎和阿撒斯科的山脉一样高，不过最吸引翁皮的还是那座冰川。它应该就是此行的目的地。翁皮很好奇，不知道珂睐是如何在一座冰川内部生活的。不过好奇的时间并不长，因为她知道自己很快就能找到答案。和往常一样，她不会浪费精力去琢磨不必要的问题，比如这种时候一到，答案自然就会揭晓的问题。

国王的纸翼首先着陆在西边那座山峰半山腰的一个平台上。翁皮本以为这里会有深深的积雪，但实际上看到的积雪只有大约一指厚。萨布莉尔驾驶着纸翼紧随其后，它滑行到国王的纸翼后面，最后稳稳地停住了。

萨布莉尔扶着翁皮站起来，离开了纸翼。等这个姑娘拄着拐杖站稳，她便马上收回了手，站到一旁。萨布莉尔已经很清楚，翁皮是个多么骄傲和能干的人。

“当心树桩，只要有机会坐，就坐下。”萨布莉尔叮嘱道，“我知道你感觉不到疼痛，不过这只是因为治疗咒语在起作用，而咒语是很容易受到干扰的。”

“没错，我在页岩山上就有过这种体验。”翁皮说。她说这话时并没有表现出悔意，只是觉得自己做了该做的事，并为之付出了一只脚作为代价。这是值得的，因为她最终还是来到这里，将肩上的重任完成后，便可以回到自己的族人身边去了。

“紧跟着我。”萨布莉尔说。从前方的大门里走出许多人来，都是女人，有些身披盔甲，明显是战士，但是更多人只是穿着朴素的白袍子，单薄得难以御寒。不过，从围绕着大门边缘的一缕缕蒸汽中，翁皮能看出里面的大房间很暖和。她看到里面还有三架纸翼，所以那儿应该是停放纸翼的地方。

国王一定会感到有点儿冷，至少是腿冷，翁皮想，因为他穿着一件古怪的裙子似的皮衣，这样式她从没见过，虽然他还明智地在外面罩了一件毛外套。塔齐斯顿有两把佩剑，这也是翁皮没见过的。她想知道国王怎样拿着两把剑去战斗，如果能亲眼见识见识就好了。从国王的长相、走路的姿态和四肢的肌肉来看，他应该是一位非常强大的战士。

出来迎接他们的人当中，有很多都连连打着喷嚏，而且鼻头发红。翁皮皱了皱鼻子，想起在冬天，自己试图将发烧的症状隐瞒下去，直到最后治疗师请她为了部族着想，卧床休息三天的经历。那种忍着咳嗽，哪儿也去不了的日子可真难熬。

女人们纷纷向国王鞠躬，国王这时正看着萨布莉尔，朝她伸出一只手。发现大家都在行礼，他才赶紧说：“哦，萨娜，瑞尔，见到你们真高兴。不过我发现冬天的流感仍在这里肆虐，拜里塞尔同样也有。我们还是进去吧，这里怪冷的。有人会照看这些纸翼吗？

很好。走吧，萨布莉尔！我的膝盖都冻僵了。你一定就是来自阿撒斯科的信使翁皮吧？”

翁皮优雅地鞠了一躬，拄着拐杖要做到这一点真不容易。国王把“阿撒斯科”这个音发得很准确，其他南方人从没做到过这一点。她的目光迅速在他与萨布莉尔之间移来移去，她发现这两个人不仅能力强，声望高，而且一样的聪明，广受大家拥戴。当然，他们不再年轻，可是，他们建立的丰功伟绩已是不胜枚举，而且他们仍处于盛年。

翁皮希望自己有一天也能像他们一样。她并未意识到，这是她第一次真正为自己的未来打算。

第二十八章
夜晚的神秘动静

古国，珂睐冰川

莉芮尔缓缓醒来，第一个想到的便是尼克，随即又责怪自己不该首先想到尼克。身为阿布霍森，她还有重要的责任需要面对，如果萨布莉尔和国王正朝冰川飞来，那一定是有很重要的事。然后，她想到那条据说是从妈妈那儿捎来的消息。

莉芮尔已经记不真切妈妈的样子，或者说，她拥有一些关于妈妈的零散的记忆，却无法确定这些支离破碎的片段是出自自己的凭空想象，还是看到别的母女在一起的情景，然后移植到自己的记忆中的。她掀开被子，慌里慌张地下了床。冰川内部随处可见用来照明的咒印，这儿也一样，其中有一部分模仿的是太阳和月亮的光亮。珂睐们只要看一眼这样的咒印，马上就能知晓时间。莉芮尔刚刚发现，现在已经是将近中午。响彻青年会所和宿舍区的早铃声显然没有传到位于南区这些更为独立的房间里来。她早在几个小时前就该醒了！

莉芮尔从床上站起来，墙边和门口的影像走上前，一个指着放在梳妆台上的脸盆和大水罐，另一个则送来了新的内衣。莉芮尔跑到盆边，将水泼到脸上，手指在头发间一阵划拉，然后抓起新的内衣飞快地穿好，单脚蹦着去穿内裤。就在这时候，她才想起放在地上的咒契皮肤。莉芮尔一声哀叹，她想自己一定把它给踩碎了。

可是咒契皮肤不在原地，而且，与它一同消失不见的，还有别的东西。莉芮尔站了一会儿，彻底清醒过来。她看着自己的双手。小狗雕像已不在手中，虽然她清晰地记得自己上床睡觉时是拿着它的。她重新回到床上，掀起枕头和被子，把它们一股脑地往后扔。但是那个皂石雕塑已经消失无踪。

不过，她在翻找雕像时发现了放在王座边桌上的咒契皮肤。有人已经把它妥帖地折好，只等装进包里了。这可真奇怪。莉芮尔走过去，小心将它拿起来。咒契皮肤叠得很细致，至少和她的水平不相上下。可是，制造和折叠咒契皮肤是咒契魔法技艺当中一个相当鲜为人知的分支，她不知道在珂睐当中——或者干脆说，这个世界上——还有谁懂得这门手艺。

一阵敲门声打断了莉芮尔的思绪。她将咒契皮肤放下，正要示意影像开门，突然想到敲门的可能会是尼克。你希望他看到自己穿着内衣的样子吗？朴素的珂睐内衣，用乏味的亚麻布做的，还有一条齐腰高的内裤？不，而且再一细想，她不希望任何人看到自己这副模样，哪怕是和她一同长大的珂睐。她如今已是一名准阿布霍森，穿着内衣内裤见人不利于增强她的威望。

“是谁？”

“信使。”一个年轻珂睐的声音说，“国王和阿布霍森在上面着陆了。一个小时后，讨论会将在地图室召开。”

“谢谢！”莉芮尔喊道。地图室是图书馆的一部分，实际上它过去是阅览室，直到八百年前，一座更大更新的阅览室建成后，才被改作他用。赶到那儿去至少要花二十分钟：它位于南区下方大约一千步远的地方，她首先要取道二号后旋梯，走上一大段，然后……不过还是先穿好衣服再说。

与国王和萨布莉尔一起参加讨论会，这是一件公事。莉芮尔从门口折了回来，发现善解人意的影像已经充分考虑到了这一点，它们一个举着她的外套，另一个正拿着穿在外面的斗篷。

“不要斗篷。”莉芮尔周到地说，“今天不穿，谢谢你。我在盔甲外面穿那件图书馆馆员的新马甲。”

图书馆馆员们看到她穿这件马甲一定会很高兴的，莉芮尔想。它穿在盔甲外面很贴身。马甲是穿在最外层的，而且要足够宽松，以满足图书馆馆员们的共同需求，那就是把各种各样的东西一股脑塞进口袋里。想到这里，莉芮尔感到两侧的口袋里都装着东西。她翻开口袋，发现左边的大口袋里装着那只机械鼠。不过真正叫她惊讶的，是她从右侧口袋里找到了一本书。莉芮尔很快便平静下来。这本书从口袋里拿出来后，便在她的手中变大，那是一本深蓝色的书，皮质的封面，银色的搭扣，书脊处用银色浮雕文字印着书名——

《回忆与忘却之书》。

和它的姊妹书——《亡者之书》一样，这本巨著的封面布满了咒印。这些主管禁锢与封锁、燃烧与毁灭的咒印确保只有特定人选才能将书打开，至于阅读，要求就更高了。书里存在着肆行魔法，被纸板、皮封面、胶水和缝线所禁锢和封锁着。

莉芮尔把这本书留在拜里塞尔的宫中，在自己的房间里，可它总会在可能被用到的任何地方和任何时间出现。这本书她读过几次，同《亡者之书》一样，每一次阅读时，书中的内容都会因为阅读者的需求不同，或是因为月相或者天气的变化而变化。图书馆设有一个部门，专门尝试为这样的书做索引，但未能成功，因为索引永远是不完整的。而具体到这本书而言，就连失败的索引莉芮尔也从未找到过。

她将书放回口袋里，虽然它足有口袋的两倍宽，却会自动缩小，所以轻轻松松就进去了。把书放回去时，莉芮尔感到口袋里似乎还有别的东西。既然这本书已经出现，莉芮尔不用看也知道那会是什么，尽管她把这件东西和这本书一起留在了拜里塞尔。那是一个小小的金属盒子，在安塞斯蒂尔人看来，这像是用来装香烟的盒子，或者是个粉盒。可实际上，它也是一种附有咒契魔法的容器，里面是一个双面镜，一面是明晃晃的银，而另一面……只是一块长方形的空洞的黑暗。

有了这块暗镜，再结合《回忆与忘却之书》中的知识，她就能步入冥界，回溯过往。

这本书和镜子同时出现，意味着莉芮尔可能需要回溯过往，不过她把这事暂时抛在一边。这不是她自己愿意做的事，但也不会令她产生恐惧或忧虑。她只是不想总琢磨这件事，因为忆往师需要回望的时间越久远，就必须踏入冥界的更深处。上一次使用暗镜时，莉芮尔已经走到冥界的深处，到了第九道门的边缘。她需要从世界最初的源起开始，回溯毁灭者第一次被打败和被束缚的过程。莉芮尔再也不愿回望如此久远的事情，而且认为今后也不会再有此必要了。

一个影像把她的新佩剑拉弥纳递了过来。剑插在她那黑银两色的剑鞘中，剑鞘被固定在一根同样的深色皮革制成、带银色搭扣的饰带上。她将它往肩上一搭，让剑在身侧固定好位置。莉芮尔费了点儿工夫考虑是否要带上法铃，但随即想到，在冰川里它们毫无用武之地，便将它们留在了架子上，走了出去。

她先听到了尼克的声音，然后才见到他的人。走廊两侧所有的门都敞开着，从那间能够透过窗户看到外面的冰川和下方的河谷的接待室里，传来了尼克的声音。走到离门口只有几步远的地方，莉芮尔突然踌躇不前。她不确定自己该如何表现，该做些什么。昨晚与尼克分享秘密的亲密无间已经消失了，她害怕他会否认已经发生的一切。

莉芮尔眨了眨眼，鼓起所有的勇气，同时也为自己如此大费周章而感到疑惑。如果那里面是一个肆行魔法生物或可怕的亡者幽灵，她决不会如此犹豫，反而会径直冲进去，把它干掉。

尼克正在与人聊天，是梵赛莉，她在说话。他们在谈论咒契，但是就在这时，莉芮尔听到了自己的名字。必须赶在自己再次被提起之前阻止他们，不论是赞美还是贬斥她都不喜欢。莉芮尔强迫自己大步流星地走进那个房间，还兴高采烈地问了好，甚至连她自己听起来都觉得别扭。

“差不多是下午了，”梵赛莉说，“但我并没有责怪你的意思。你太累了。萨娜告诉我她几小时之前找过你，劝你不用急着动身去黄沙村。”

“是的。”莉芮尔回答着梵赛莉的问题，眼睛看着的却是尼克。幸运的是，他也在看着她，而且他的眼神和整个脸庞都散发着一种特别的光彩，仿佛在告诉她，他非但不会否定前一晚发生的任何事，反而渴望再次重复那样的经历，一次又一次。从前，莉芮尔也曾在别人脸上见到过这样的眼神，感受到他们之间的情感的涌动，体验过旁观这样私密而无言的沟通时那种不自在的感觉。不过，用这样的眼神彼此对望，对她而言还是第一次。

“早上好。”尼克说。他微笑着，莉芮尔也报以微笑。两人之间那个秘密的小世界再次将彼此连接，与这个单调乏味的现实世界共存于他们身边。“我发现尼古拉斯真是一件非常有意思的藏品，虽然只是暂时收藏在我们的图书馆。”梵赛莉说道。她一如既往的平静，面色淡漠如常。虽然从莉芮尔和尼克对望的样子中不可能看不出端倪，但梵赛莉却并未发表任何看法，或是表示出自己有所觉察。“我找到了一些应该很有帮助的资料。另外，我想你还应该与萨布莉尔和萨姆斯谈谈，因为阿布霍森的法铃也有相似的法器，都是受咒契魔法束缚或引导的肆行魔法力量。我想，或许哈奎尔副馆长也能帮上忙，因为她对同时具有这两种性质的书本进行过长期的研究。”

“我帮助梵赛莉施放了两个咒语，并且还停止了……一个。”尼克激动不已地说。他走上前来，执起莉芮尔的双手。莉芮尔的金手掌顿时发出光芒，小小的咒印从她的指尖落下，仿佛一场金色的蒙蒙细雨，可是他们两人都没注意到。“所以，就算我自己不能施放咒契咒语，我也能帮助别人，我能帮助你。”

“老实说，你不能忘记自己失败过好几次。”梵赛莉说，“如果只是安全的小咒语，是不会造成伤害的。但如果不经过大量练习，就为了测试自己的能力而与法力高强的东西抗争，就可能给你和周围的人带来严重的威胁。比如，现在，你最好放开莉芮尔的手。”

“哦！”尼克惊呼一声。他犹豫了一会儿，只是松开了莉芮尔的金手掌，右手仍旧紧紧握住她的左手，而且还起身站到她身边。尼克坦诚地说出了自己的感受，莉芮尔朝他靠了过去，同样将自己的态度表露无遗。

梵赛莉露出了微笑，莉芮尔还从未见过她的笑容。她不确定梵赛莉是否喜欢眼前这一幕，直到她的脸恢复了平日的宁静和超然，莉芮尔才松了一口气。

“好了，我想我们都得参加国王召集的讨论会。”梵赛莉说，“可能要开一段时间。莉芮尔，我建议你去地图室之前吃些东西。祝你们两位愉快。”

她一离开，莉芮尔和尼克就在窗边紧紧拥抱在一起，再一次热吻起来。这一次，仍旧是太阳的一道光叫莉芮尔想起了时间。她不情愿地结束了这个叫人心醉神迷的吻。他们拥抱着彼此，莉芮尔很小心地不用自己的金手掌触碰尼克。

“我一定要找到应付那些咒语的办法。”尼克说着朝她的右手歪了歪脑袋。

“我相信你会的。”莉芮尔说，“但是我们还要参加国王的讨论会，去之前我得吃些东西。我可不想当着塔齐斯顿和萨布莉尔的面晕过去。”

“萨布莉尔？”尼克紧张起来，“她去学校看望过萨姆斯，我总是有些怕她。我的意思是，他爸爸也有算有些威严，但是没那么严重。如果你明白我的意思就好了。你认为，对于我去古国……还有……跟你在一起这件事，他们会不会觉得OK？”

“‘OK’是什么意思？”莉芮尔问。

“嗯，就是‘没问题’，”尼克说，“他们会觉得我待在这儿，和你在一起没问题吗？他们不会把我送回去吧？”

“不会的。”莉芮尔斩钉截铁地说，“不会，我保证他们不会，就算他们那么做，我也不会让他们如愿的。”

尼克又吻了她一下，一个如蜻蜓点水般的轻吻。

“你是个冷酷的图书管理员，不是吗？”他敬佩地说，“我喜欢这件马甲。”

“你承认从前对图书管理员的认识和评价相当愚蠢了吗？”莉芮尔问，回吻着他。

“是的，是的。”尼克说，“嗯，我也必须要参加这个讨论会吗？”

莉芮尔点点头，不情愿地把他推开了。

“没错。”她说，“他们应该想了解些赫儒尔的事，还有别的事，你的力量……嗯……说到这个，地图室里有块咒契石。我希望你会……你是怎么说的来着……OK？”

“为什么会不OK？”尼克问。

莉芮尔简单扼要地讲述了穿过界墙时发生的事。尼克专心聆听，眉头因为担忧和思考皱成了一团。他看起来好多了，莉芮尔想。治疗咒语让他恢复了从前的气色，现在的他容光焕发，整个人充满活力。

“当我身体里的力量想要……想要连入咒契魔法的时候，我能够分辨出来。”尼克说，“而且我可以让它走，也可以让它回来。我做得越来越好了。所以即使有咒契石在，只要我是清醒的，尽量控制住……应该也没问题。”

“无论如何，那儿会有很多经验丰富的咒契魔法师。”莉芮尔说，“我是说，除了国王和萨布莉尔、梵赛莉、萨娜和瑞尔一定会在之外，也许还包括米瑞丽和一些其他的高级管理人员。”

“那我穿成这样，合适吗？”尼克问。他穿着一件深蓝色的短袍，颜色和莉芮尔的马甲一样，但没有银匙图案，还有一条颜色相仿的长裤，鹿皮的鞋子，侧面扣着蓝色纽扣，“我要带把剑吗？”

“你可以拿我那把旧的，从拜里塞尔带来的。”莉芮尔说道，她思考片刻，又说，“不过那把剑是附有咒契魔法的。”

“你去吃饭的时候，我可以拿它练习。”尼克急匆匆地说，“它就放在前门旁，不是吗？我去拿，食堂见！”

他匆匆忙忙，一转身出了门，她想要把他拉回来，再来一次拥抱和亲吻。莉芮尔笑着耸耸肩，正要跟着他往外走，却发现地上有个东西。

她的小狗雕像。

莉芮尔把它捡起来，抚摸着那块再熟悉不过的皂石，朝四周打量。它怎么跑到这儿来的？在房间的角落里，那把供人们舒舒服服躺着观景的长皮躺椅后面，站着两个影像。

“这是怎么来的？”莉芮尔问。但是影像们没有出声。莉芮尔又看了看那个小狗雕像，然后看看窗外。天气晴好，她能看到瑞特林河，那是一条泛着波光的长长的蓝线。一艘小船正在河里逆流而上，毫无疑问是朝珂睐的码头而来，因为它已经错过所有其他可能上岸的地方。逆流行船本就不易，况且还有春季的洪水。从小船航行的路线来看，应该有魔法的帮助 。

除此之外，并没有什么值得注意的地方。

莉芮尔的眉头又皱起来。她把小狗雕像塞进马甲的口袋中，打算去体验体验仓促的饭会是个什么吃法。

第二十九章

塔齐斯顿召开的讨论会

古国，珂睐冰川

地图室是一间带穹顶的会议室，天花板上装饰着马赛克图案，其中也附有大量咒契魔法，所以每块瓦片的图案和颜色都在不停地变化着。整个天花板就是一张古国地图，从遥远的西北到东南地区的界墙，全部囊括在内。但是穹顶几乎从不一次展示整个古国的全貌，只是细致入微地展示某个城镇或某条山脉，或呈现出一幅航海地图，标注着塞尔环海中某些海域的相关数据。地图几乎问世于一千多年前，所以有的时候，会显示出已经毁灭的城市或村庄，消失已久的森林，或一些不太容易被今天的珂睐所理解的古怪的细节。

除了天花板上这幅变化莫测的巨型地图，地图室里似乎见不到别的地图。房间的正中央，也就是穹顶最高处的下方，有一张大约八十步高的古老圆桌。圆桌是用深红色的木材做成的，本就年深日久，加上几百年的摩挲，已近黑色。桌子的直径有三十步，周围放着一圈相配的椅子，能够坐下四十人。椅子由与圆桌相同的木材制成，不过很多都曾经修缮过。地毯很洁净，这已经是地图室铺过的第十一张地毯了。

圆桌正中有一个洞，因为这儿有一块咒契石——它不是那种常见的灰色咒契石，而是一块黑色玄武岩的方尖碑。石头上萦绕着咒印，有的在咒契石表面漂浮着，闪动着金光或少许的银光，然后沉回石头中，也有寥寥不多的一些咒印会离开石头，朝上方的地图飘去。

除了正中的桌子，还有一些方桌，它们排成三行，位于房间的北边。不过，这些方桌上也没有放着地图。图书馆有许多桌子，大部分是绿色皮质的桌面，但这些方桌不同，它们的桌面是干净洁白的大理石。

在房间的南端，地图室大约三分之一的面积被许多稀奇古怪的细长支架占据着。每个支架都有两人高，上面挂着数千条绶带，每条绶带上印着两个字母和四个数字，以某种形式组成一组编码。每条绶带上还挂着一个象牙色的方块，方块散发着咒印的气味。

莉芮尔对地图室再熟悉不过，所以信步就往青铜大门里走去。大门是为了召开这次的讨论会特意打开的，平时珂睐们进出走的是左侧的一扇小门。但是尼克却在门口停了下来，他先是抬头看了看天花板，然后又环顾了一番巨大的房间。莉芮尔和他手拉着手，她不小心，踩在了尼克的脚上，尼克不由得一声叫唤。

大家正围绕着一张方桌站着，这时都回过头来看着他们。国王、萨布莉尔、拄着拐杖的翁皮、梵赛莉、萨娜和瑞尔、米瑞丽、院长，还有好几位非常重要的珂睐都在。这些人围成一圈，在外圈还有二十多名等级稍低的珂睐围绕着他们，有的做记录，有的做侍者，有的做信使。此外，还有来自鹰舍、巡逻队、图书馆、预视塔和储存室的珂睐……

“大家好。”莉芮尔的声音在穹顶之下回荡。她和尼克是沿着二号后旋梯最后几百个台阶一路跑下来的，所以她有些上气不接下气。他们是手拉着手跑的。想到这里，她轻轻放开手，尼克也一样，“对不起，我们迟到了。”

她没有解释迟到的原因。尼克实在是过于乐观，高估了自己的能力，认为能够驾驭那把施过咒语的剑，可最后剑身开始出现火焰，还是莉芮尔帮他熄灭的。火焰熄灭之前，因为剑柄被烧得烫手，尼克将它扔在了地上，所以，在阿布霍森的房间里，便有一张地毯被烧了一条长剑形状的焦痕。

不过，尼克眼下倒是佩着一把剑，那是管家影像给他拿来的。这是一把普通的剑，一丁点儿魔法也没有，当初它被扔下时是什么样子，现在还是什么样子。这让莉芮尔想起，自己还没把所有阿布霍森的房间仔细探索一番，其中一定有个武器库，还有伊姆什曾经提起过的酒窖。还是先对萨布莉尔解释一下地毯上的烧痕吧，莉芮尔想，她知道这位姐姐对家具和缝纫用品兴味索然，所以希望她对待古老的阿布霍森地毯的问题时也是同样的态度……

他们快步走向桌边的人群。

“我应该鞠躬、单膝下跪还是怎么样？”尼克小声问。当他们绕开房间中央的咒契石和圆桌，朝国王和萨布莉尔走去时，等级较低的珂睐静静地移到一旁，为他们让出一条通道。

“都不用。”莉芮尔说，“他们不喜欢这种仪式，除非是在特殊场合。”

萨布莉尔走上前，扶住莉芮尔的双肩，亲吻她的面颊，然后按照安塞斯蒂尔的礼节，朝尼克伸过一只手去，尼克这才彻底打消了心中的疑虑。

“欢迎，”萨布莉尔说，“从萨默斯比远道而来吧，塞尔先生？”

“是的，夫人。”尼克慌慌张张地答道。严格来说，他上一次见到萨布莉尔时，还在上五年级，他认为自己已经今非昔比了。

“叫我萨布莉尔就好。我想你还没有正式见过我丈夫吧？他没去过学校。塔齐斯顿，这是萨姆斯的朋友，尼古拉斯·塞尔。”

“很荣幸见到您，先生。”尼克与塔齐斯顿握了握手。他的目光无法控制地偷偷往下瞥，去看塔齐斯顿光秃秃的膝盖，塔齐斯顿发现了他的这一举动，被逗得哈哈大笑，笑得尼克脸都红了。

“随时穿条短褶裙。”他说，“这是我们那个年代的潮流。这种服装好看又舒服，我一直不遗余力地在古国为它进行推广，却发现连自己的儿子也不愿穿上身，那个时候我就知道，努力全都白费了！顺便说一句，萨姆斯很快就到，他已经在泊船了。”

“萨姆也会来？”尼克问。

“是的，来看看你怎么样了。”塔齐斯顿说，“不过我们大家都有许多别的事情需要查清楚。莉芮尔，你应该先见见信使。请允许我介绍她，来自阿撒斯科部族的翁皮。”

莉芮尔朝人群中非常打眼的那个女孩看过去。那女孩很年轻，衣着很特别。她的衣服是由某种柔软的皮革，用红线缝制而成的。

从她脚上绑着的绷带和绷带上那些莉芮尔耳熟能详的治疗咒语来看，这只脚是最近被截断的。女孩虽然拄着拐杖，却行动自如，仿佛至少一星期前就开始靠单足行走了似的。

她非常年轻，大概只有十六七岁的模样。她的个子比莉芮尔要矮许多，却给人一种能干又坚强的印象，也许是因为她脸上和手上布满擦伤的痕迹，也许是因为她少一只脚却并未自哀自怜，她拄着拐杖上前来给莉芮尔鞠躬，更是让莉芮尔加深了这种印象。

“我替洞穴女巫捎来一条消息。”翁皮说，“要带给她的女儿，珂睐之女莉芮尔。”

“谢谢你。”莉芮尔说，“这任务绝不轻松，我能看出来。”

翁皮耸了耸肩。

“我这一路上，又是走路，又是乘船，又是乘纸翼。”她轻轻一笑，似乎这些都不值一提，“不过只是按照阿撒斯科长者们的期待行事而已。现在我可以把消息说出来了吗？”

“请吧。”莉芮尔说。她感到自己的心在胸腔里怦怦狂跳。久已杳无音信而逝去多年的母亲会对她说些什么呢？

翁皮深吸一口气，将一封很短的书信背诵出来。考虑到这是一条意义十分重大的信息，她特地用了一种自认为适合将其公之于众的语气。

“莉芮尔，这些话来自你的母亲。我已经死了，死于慢性疾病。但是我曾在冰瀑中‘看’到了你。一位像你父亲一样的阿布霍森，同时也是一位忆往师，暗镜的使用者。你已经建立许多丰功伟绩，但仍肩负着更多的使命。一个针对古国的可怕威胁正日渐形成，可能给许许多多的人，不论是南方还是北方，带来死亡和灾难，包括我的阿撒斯科族朋友。我预视到，在未来的某一天，你会通过回溯过往的方式来找我，那时候我已经不在人世了，所以到那时我会告诉你更详细的情况。时间是你十岁生日那一年，冬季的第三个月圆之夜，这一天来找我，我会把我看到的说给你听。”

莉芮尔沉默了片刻，然后开口了。

“这就完了？抛弃我的母亲认为我‘肩负着更多的使命’，叫我用暗镜回到过去，去听她交代任务？”莉芮尔的愤怒和难过已经无法压抑。阿瑞丽甚至并未提及任何私人的事情，或是表达自己的爱，只是发号施令。“还有谁预视到过这个‘可怕的威胁’吗？”

“我们没有。”萨娜平静地说，她看着莉芮尔脸上的表情，“但是你是知道的，预视之力正在变弱。我们有许多最好的视者，不是流感未愈就是正在恢复当中，而在北方，肆行魔法的聚集可能会影响我们的能力。”

她犹豫了片刻，然后补充道：“也有一种可能，那就是米瑞丽被错误的未来景象误导了。她说自己得了重病，时日无多。在这种情况下，我们珂睐常常预视到很多不同的未来，实际上，还包括很多不可能发生的事情。”

“不过，她也许还是有些依据的。”萨布莉尔说，“很多事情都证明，珂睐的预视之力的确被别有用心的人影响了。就说这次流感吧，是一队来自干草原的商人带来的，时间上也不对。”

“肆行魔法能制造疾病吗？”尼克好奇地问。

“不能，但是能够用来影响已经存在的疾病。北方的冬天总有流感横行，一般情况下，会慢慢蔓延到我们这里，在暮春时最为严重。”莉拉说，“这一次却早了很多，商人们也来得特别早。当然，说不定只是巧合。”

“翁皮告诉我们，‘无脸女巫’命令她们部族的长者将所有具有战斗力的族人调集起来。”塔齐斯顿说，“在原野集市集结。如果其他部族也收到一样的命令，那就只可能为了一个目的：一次针对绿水河大桥的大规模攻击。”

“我无意冒犯我们的客人。”米瑞丽说着对翁皮鞠了一躬，“可是如果这一切没有人‘看’到，我们如何确信真的有个部族在调集战士？或者他们是否真的接到了这样的命令？‘无脸女巫’又是谁？”

“护桥中队并未报告任何反常迹象。”塔齐斯顿说，“不过他们要到夏天，才会巡逻至原野集市那般偏远的地区。至于‘无脸女巫’……”

他朝萨布莉尔转过身去。

“那一定是克萝尔。”萨布莉尔说，“她来自北方。我一直好奇她是怎样延续生命的，看来用的是与凯瑞格类似的方法。”

这个名字在人群中引起了一阵骚动。后来，尼克就此询问过莉芮尔。他隐约记得萨姆提过这个名字一次，不过他以为这不过是一个宠物的名字。一只猫。不过也许它是一只像莫格一样的猫，或者根本就不是猫。

“实际上，甚至可能是克萝尔把这方法教给他的。据说他一直在北方游荡。长话短说，在几百年前，克萝尔就已经将自己的躯壳置于生死之间的状态，由肆行魔法固定在某处，而她的灵体则转移到新的躯壳中。新的躯壳她大概每过几十年就要更换一次，看来是通过要求各部族长期进贡的方式。我们的新朋友翁皮就差一点儿遭此厄运，她的名字就是因为被选作贡品而得来的。我把克萝尔最后一次使用的躯壳杀死后，她便成了亡灵。可由于她把原初的身体藏匿得很好，所以不能真正被杀死，哪怕是被我或莉芮尔的法铃驱使。通过这样一种方式，她就能利用其他亡者和肆行魔法能量，变得越来越强大。这一点我疏忽了。我一直以为她会待在北方，只要她不愚蠢到越过绿水河，就不具有任何威胁。可是，如果事情真如翁皮所说，阿瑞丽给出的提示也是真的，那么我就错得非常离谱了。我们必须做好对抗克萝尔，以及对抗北方部族全部兵力的准备，在古国的历史上，这还是第一次。”

“如果消息是真的。”米瑞丽念叨着。

“我想，首先要弄清楚妈妈还有什么要告诉我的。”莉芮尔说，她看着萨布莉尔，“你会跟我一起去冥界吗？”

“会的。”萨布莉尔说。她发现尼克本能地朝莉芮尔靠过去，似乎想要保护她，“我也有问题需要进入冥界调查，与无脸女巫有关的问题。”

萨布莉尔从腰包里拿出一个小小的铜盒，用两个手指碰了碰它，一个解锁的咒印便如变戏法一般出现了。盒子弹开，露出一根闪烁着小小的肆行魔法火焰的骨头。它刚一露面，一阵刺鼻的热金属般的气味便扑面而来，几个人连连后退。但是高等级的珂睐全都没有动，莉芮尔和翁皮也没有动。尼克倒吸了一口凉气，莉芮尔感到他挪了挪脚，但他最终没有往后退。

“这是我从翁皮体内取出的护符，或者叫护身符。”萨布莉尔说，“它有好几个作用，不过最有趣的也许是它上面的魔法，我怀疑它把翁皮与无脸女巫以某种方式联系起来。我需要去冥界进行调查，也许能够弄清楚翁皮为何被如此巨大的势力追杀。十几个木怪加上它们的主人，这组合已经非同一般了。等我们回来后，就会了解到更多信息。”

“我们不能从这儿进入冥界。”莉芮尔说，“图书馆里到处都有防护。我们可以再往下走，到古层去。或是往上走，然后出去……找个瞭望塔也许会更好。”

“西北二号岗哨。”米瑞丽毫不犹豫地说，“阳光照射的时间比较长。”

“我去取我的法铃，然后到那儿与你会合。”莉芮尔对萨布莉尔说。

“稍等片刻。”塔齐斯顿从容地说，“我同意你的意见，萨布莉尔。但是我认为，还需要了解更多信息，……我认为我们必须重视这次威胁，行动起来。一支牧民组成的军队即将朝大桥发起攻击……制图员，能给我们看看绿水河这一地区的地图吗？带原野集市的那部分？”

制图员是图书馆的副馆长，这样的要求正在她的预料之中。她左手拎着系有象牙块的绶带，从中选择了一块，放在大理石桌面上。咒契魔法开始发挥作用，许多咒印发着光在象牙表面游移。少顷，象牙块上出现了一条浓重的黑色线，像是由一位隐形制图员仔细画出来的一般。那条线继续延伸，越来越快，比实际作画的速度要快得多，不到半分钟，一幅相当详尽的地图便出现了。那是绿水河周围的一大块地区，以大桥为中心，包括东边的黄沙村，东南方向的纳维斯，南边的珂睐冰川，还有北边六十里格之外的原野集市。原野集市是干草原上一块方圆一平方英里的地区，根据停战协议，每年将要在此举行四次盛大的贸易集会。

“太神奇了！”尼克惊叹道。翁皮也看得呆住了，这幅地图比她从前所见的任何一幅都要精细、翔实得多。

“这座桥戒备森严，北岸和南岸有要塞，河中间也有堡垒。”塔齐斯顿说着碰了碰地图，画面随之发生了变化，大桥和它的防御工事被拉得更近了，“不过，它本来可以更加坚固的……现在正在洪水期，大桥是唯一可能过河的地方，如果出现过鬼鬼祟祟的筏子，就算珂睐‘看’不到，我们的日常巡逻兵也早该发现了。所以一定是这座桥。你同意吗？”

“同意。”萨布莉尔问翁皮，“你觉得呢，翁皮？你的表亲们，那些骑马的牧民，能从别的地方过河吗？”

“不能。”翁皮说，“我曾经试过，可是筏子被冲到了海里。”

“你试过在洪水中横渡绿水河？”莉芮尔问。

“我一开始是想从桥上过的。”翁皮说，“他们也会这样做的。那条河太宽，水太冷，水流太急了。哪怕是阿撒斯科的族人也应付不来。”

“只有伊鲁斯部族有船。”塔齐斯顿若有所思地说，“而且也不多。没错，那就一定是这座桥了。驯鹰人？”

一名珂睐走上前来，她长着鹰隼般的脸，穿着鹰舍的皮制服，两名助理驯鹰人拿着记录本和笔，站在她身边做好了准备。

“我有两条消息要即刻发出。”塔齐斯顿的语速很快，语气很坚决，“后面应该还会有更多消息。第一条，给在拜里塞尔的艾丽米尔公主。怀疑绿水河大桥即将遭到北方人入侵，命令所有北方卫戍部队，包括察塞尔在内，调拨三分之二的兵力，马上赶往绿水河大桥集结。所有训练公会动员起来。拜里塞尔的训练公会尽快行军，赶往绿水河大桥……啊……是不是太长了？”

“是的，陛下。”驯鹰人说，“但是我会把消息拆开来，按要求分派几只不同的鹰送。”

“那好。新消息，送往纳维斯的绿水河大桥护桥中队。北方人意欲进攻大桥，正朝大桥迫近。国王命令所有防御力量做好准备。所有轮值兵力即刻派往大桥。本人也将前往。发信人塔齐斯顿。

“眼下就这么多。”塔齐斯顿说道，“先把这些送出去吧。萨布莉尔和莉芮尔如果能知道阿瑞丽从过去带给我们的消息，那就更好了。尼古拉斯，你也许想等着萨姆，他会直接到这里来。米瑞丽，我们需要你的巡逻队队员，有多少要多少，还有你的图书馆馆员们，梵赛莉，明天一早在北路集合。你的纸翼飞行队，瑞尔，能在今天下午飞到大桥，明天一早飞到原野集市吗？如果对那一地区做个详细的侦察，就能确定到底发生了什么事。”

“纸翼不喜欢飞过绿水河，太远了。”瑞尔说，“没有下方的石头，咒契就变得很遥远，纸翼会感觉很虚弱，甚至奄奄一息。”

“可以做到吗？”

“也许可以。”瑞尔说，她犹豫了一会儿又说，“但是我不喜欢让所有的纸翼和飞行员都出去冒险。我会独自一人进行侦察。你能确定真的有威胁吗？”

珂睐对已经窥见一斑的未来向来疑虑重重，对全然不知的事情反倒容易放心，瑞尔将这一点表现得淋漓尽致。

“不能。”塔齐斯顿说，“不过有一点我很肯定，宁可信其有，不可信其无，所以我们必须行动起来。”

第三十章

阿瑞丽

古国，珂睐冰川

尼克和莉芮尔只来得及交换一个心照不宣的眼神，莉芮尔就被萨布莉尔拉着胳膊，跟着米瑞丽手下的一个巡逻队员朝门口走去。莉芮尔注意到带路的是琪拉，她不再在盔甲的胸口位置佩戴雪豹徽章，那是巡逻队副指挥官的标志。

“是因为尼古拉斯·塞尔，所以艾丽米尔介绍的年轻人你都没看上？”萨布莉尔笑着问道。这时她们跟着琪拉走进苹果皮路，那是一个很陡的螺旋形坡道，通往三号后楼梯。莉芮尔不知道巡逻队的西北二号岗哨位于何处，只知道在星辰山上很高的地方。

“不。”莉芮尔答道，又红着脸补充，“我是说，是的。只是当时我还不知道。直到上次……直到昨天。”

“他看来是个不错的年轻人。”萨布莉尔说，“萨姆斯对他评价很高，他们在学校时是很好的朋友。但是现在，他成了某种连接咒契的渠道，这个问题有些麻烦——”

“他正在努力加以控制。”莉芮尔接话，想到那把冒火的剑，她的脸又红了，“至少我保证他将来一定能够控制好。”

“很好。”萨布莉尔说。她们沿着坡道不断向上，向上，有一阵子她没说话，然后又突然问，“你的坏狗出现过吗？”

“没有。”莉芮尔答道。痛苦依旧存在，但是不知为何变得能够忍受了，“为什么……你为什么问这个？”

“因为尼古拉斯。从某种程度上说他就像坏狗。既属于肆行魔法，又与咒契深深纠缠在一起。我以为坏狗会回来查看被她从冥界带回来的尼克如何。”

“可是她死了。”莉芮尔喃喃低语。

“这些年她和你在一起时的躯壳是死了。”萨布莉尔说，“但她可是基佰司，七铃之一，永远都是。”

“她说和我在一起的时光一去不复返了。”莉芮尔说。她的眼中泛起了泪花。她擦掉眼泪，使劲眨巴眼睛，不让自己显露出悲伤。

萨布莉尔伸出胳膊，给了她一个拥抱。

“我很抱歉。”她说，“我不想让你难过。我以为坏狗也许会……偶尔来看看……就像现在的莫格时不时来拜访一样，虽然他的动机还是让人摸不透。”

“莫格？”莉芮尔问，“为什么？”

“谁知道呢？”萨布莉尔说。她触摸着左手的银戒，不安地将它绕着手指转动了两次，“他不时来看看萨姆斯，一般是在有鱼吃的时候，其实他凭自己的能力要抓鱼很轻松。他去了哪儿，做了什么，还是个谜……我只希望他不要惹麻烦。我可不希望有一天再次把他给束缚起来。”

攀爬到瞭望台花了她们一个小时的时间，途中绕了一小段路，去取莉芮尔的法铃。萨布莉尔没有提起阿布霍森房间里那被烧坏的地毯，只说皇家的房间比起这里来要好得多，来自希尔费尔的古老家具在那儿摆放得很整齐，欢迎莉芮尔和尼克搬到那儿去住。莉芮尔谢绝了邀请，她已经开始考虑晚上的任务了。

她们在走出冰川前稍作停顿，因为这个瞭望台所在的位置相当高，所以要穿戴上御寒的服饰，厚厚的毛斗篷、帽子、雪镜，还有用来遮住脸颊的围巾。这里筑有围墙，距顶峰有一千步之遥。在这个高度，莉芮尔和萨布莉尔都感觉到了空气的稀薄，她们的肺努力地工作着，帮助她们获取足够的氧气。

"我们要制造一个菱形护阵吗？"莉芮尔问。

萨布莉尔犹豫了片刻。这是一般的做法，当她们深入冥界时，护阵能够保护被留在现世的躯体。但是这儿有琪拉，还有四名巡逻队队员在轮流通过巨大的铜质望远镜监视着瑞特林河以及河边的数条通往冰川的道路。

"你要回溯过往，我们需要走进冥界多深？"萨布莉尔问，"九年，是吗？"

"差不多十年。"莉芮尔说，"我的生日就在六周后。我快二十岁了。"

"二十岁。"萨布莉尔笑道。她想起自己的二十岁生日。当时的萨布莉尔已经怀上了艾丽米尔，她总是一时高兴一时生气，因为塔齐斯顿总是外出，而她却不得不留在阿布霍森的宅子里。那是大修复时期的开端，每个星期都有新的危机要处理，几乎每两个星期就要打一仗。

“我来看看书里是怎么说的。”莉芮尔说。她拿出《回忆与忘却之书》，没有留意到在书页翻开，涌出一股白烟时，琪拉往后退了退。正如莉芮尔所料，书本一打开，正好就是她要看的内容，她只需要用手指指着表格里的一行字，将她脑海里所记得的内容再次进行确认。

“很简单。”她说着把书放了回去，“第一环，甚至不用穿过第一道大门。”

萨布莉尔举起一只手，表情非常严肃。

“永远不要认为进入冥界是件简单的事。”她说，“那条河能够轻松地将我们带走，不论是在第一区，还是别的哪一区。敌人可能埋伏在任何地方。切记，永远不要忘记在进入冥界的同时保护好自己的生命。我想，你一定希望尼古拉斯能够再见到你吧？”

“是的。”莉芮尔惭愧地答道。她突然想起自己如何在现世边缘遭到役亡师赫奇的袭击，以及怎样差一点就没能逃脱。“我……我太大意了，以后不会了。”

“琪拉，”萨布莉尔叫那名巡逻队队员，“我和准阿布霍森要进入冥界。因为时间紧急，我们不制造菱形护阵，而是靠你和你的同伴保护我们的身体。如果发生意外或遭到攻击，你必须拍我——我的身体——的肩膀。但是除非真的发生紧急事件，否则不要碰我们。明白了吗？”

“明白，阿布霍森。”琪拉非常严肃地说，“祝你们一切顺利。”

萨布莉尔点点头。她拔出佩剑，拿出撒拉奈斯，摆出防御的姿势，右手执剑，左手执铃。莉芮尔走到她身边，不过没有靠得太近。她拿出安眠者岚纳和自己的剑拉弥纳。

“准备好了吗？”

莉芮尔点点头，她们一同跨入了冥界。

河水的冰冷与山巅的寒冷是截然不同的两种感觉。这里的冷似乎是从体内往外散发，而不是由外界透进身体内，而且水流与往常一样在贪婪地拖拽着她们。进入冥界后的最初几步通常是最重要的，就像是与冥水的一次较量，看看谁更强大，是阿布霍森还是这条河。

萨布莉尔如同一棵扎根的树一般稳稳站定，任那冥河水从她的大腿处冲过。莉芮尔踉跄了一步，努力抵制河水的冲击。水流抓住她的脚踝不放，不断地又拧又拖，但是除了起初那一步之外，再没能撼动她半分。

除了河水流动的声音，还有第一道门处瀑布遥远的咆哮。远处迷蒙一片，怪异的灰色光线一直延伸到平直的地平线处。那儿看上去很近，实际却遥不可及。

两位阿布霍森原地站立了几分钟，保持着高度的警惕。萨布莉尔嗅了嗅，虽然她并非要搜寻某种特定的气味，但这么做似乎有所帮助。莉芮尔撇了撇嘴，这动作能帮助她增强听力。

“什么也没有。”萨布莉尔说，“眼下是这样。你打算往前走多远？”

“十几步。”莉芮尔答道。她朝前缓缓走去，小心地在迈出每一步之前都先站稳脚跟。冥河可能会玩花样，甚至会倒流。

萨布莉尔跟着她一起走，法铃和剑都拿在手中，随时警惕着四周的动静。

“这里就可以了。”莉芮尔说道。她深吸一口气，还剑入鞘，还铃入袋，然后伸手到马甲的口袋里去取暗镜。暗镜有一部分被压在铃带下面，她之前没有想到这一点，所以费了点劲儿才拿出来，但是莉芮尔并未因此而分心。她双脚牢牢站稳，双腿分开，保持身体平衡。

“你见到母亲的时候，可能会很难过。”萨布莉尔说，顿了顿她又补充道，“我就从没见过我的母亲，你知道的。但我想，如果在多年后见到从小深爱着的人，却发现她根本不是你记忆中的样子，这才是更糟糕的事。”

莉芮尔点点头。她知道萨布莉尔在提醒自己，自己回溯过往时即将见到的那个阿瑞丽也许已经彻底疯了。这种情况不多见，但有时候珂睐确实会因为预视带来的压力而疯狂，因为预视到太多可能的情况，变化又太快，所以她们会迷失在许多可能的未来中，与当下完全脱离。

莉芮尔打开暗镜，迅速将它举起，放到自己的右眼前，左眼依旧注视着河水。她的一只眼睛看着铺天盖地的灰光和奔流的河水，另一只眼却盯着纯然的一片漆黑，以这样的姿势让眼睛聚焦很不容易，但是她知道，这是能做到的，她曾经做到过两次，所以她能坚持。

渐渐地，黑暗消失了，镜子开始变得清晰起来。镜中出现了一个亮点，那是太阳。太阳开始从西往东走，回溯的过程开始了。

莉芮尔以她拥有的一幅母亲的肖像画为依据，想象着妈妈的脸，她想象着妈妈生活在一个堆满积雪的山洞里，但她的衣服应该像翁皮一样，是红线缝制的柔软皮衣。同时，她努力回想着自己的十岁生日，同样因为没能获得预视之力而心情沉重，不过远不如后来几次生日受到的打击那样大。

咒印开始填充着莉芮尔的头脑。她感受到咒印的洪流将自己、铃铛和身边的萨布莉尔连接在一起。按照书中学到的知识，莉芮尔选择了需要的咒印。

“我从未真正了解的母亲。”她说，“她‘看’到我出现在她的将来，请为我显示她的过往，十年前，冬季的第三个月圆之夜。”

随着她的话语声，许多个太阳从镜子中一闪而过，霎时间，已经过去了许多日子。然后时间再次放慢，太阳变得更大，更近了。莉芮尔感到自己被拉向镜子，朝镜子里跌落，太阳依旧越来越近，越来越亮，直到她最后为了不被亮光刺瞎，而不得不闭上双眼。

莉芮尔再次睁开眼睛，不一会儿，就看见一个帐篷，红线缝制的皮帐篷，搭在冻结的瀑布前，瀑布从一个深深的洞穴口垂下。帐篷外有一个火坑，火焰很高，火星四射。

一个身穿白色皮衣的女人一边绕着火坑疾走，一边直直地盯着莉芮尔。她比萨布莉尔年轻，这是第一件让人惊讶的事，不过想一想她在三十五岁左右就在某个地方悄然离世，这时自然应该是年轻的。第二件叫人震惊的事是，她的模样与吉瑞丝很相像。虽然她没有吉瑞丝那样的身高和厚实的肩膀，整个人要比她小一圈，但她们的脸却十分相似，只是她的脸庞线条更为精致。莉芮尔从母亲的身上几乎看不到自己的样子。阿瑞丽是典型的珂睐长相，皮肤是如橡果般的棕色，眼睛是宝蓝色，头发接近浅金色。

“莉芮尔。”阿瑞丽唤道。那一瞬间，莉芮尔差一点儿回应了她的呼唤，仿佛她真的在面前一般。可她只是翕动着嘴唇，却没有说出话来，因为她知道，阿瑞丽在与未来对话，与她感觉到的那个莉芮尔，她知道一定会回溯到过往这一时刻的莉芮尔对话。

“莉芮尔，真希望我在与真正的你说话，虽然你是透过暗镜在看着我。”

阿瑞丽伸出一只手，仿佛真的能触碰到自己的女儿，然后她的胳膊垂了下来。光凭这个动作，已经能够看出她的身体有多糟糕，因为她的一举一动看上去都颇费力气。而且，阿瑞丽收回胳膊后，开始咳嗽起来。

“我总是在冰雪中预视到太多事情，总是被驱使着去改变未来……掌控事情的发展，仿佛我独自一人就能改造这个世界。对未来预见太多，却对当下视而不见，既傲慢自大又十分愚蠢。”

她停下来咳了一阵，当她将手从嘴边拿开时，手上留下了大滴的鲜血。

“我以为你在冰川一天天长大，会过得很开心，就像我一样。我已经很久没有‘看’到你了，我以为你会与其他人没什么不同，以为有一天你会像我一样带上银冠和月石，就像我九岁那年一样。我们这个家族获得预视能力的年龄总是很早。但你却不同……我很抱歉，对不起……”

莉芮尔面前的景象模糊起来，不过她知道，并非因为镜子出了毛病。她的眼中有眼泪，这些年，她因为一位多年前就销声匿迹的母亲流过很多眼泪，这次不过是其中之一。

阿瑞丽强打起精神，痛苦地吸了口气，又咳嗽起来。不过，当这一阵咳嗽结束后，她再没有提及莉芮尔的童年。她的态度变了，仿佛是一位从预视塔送来重要消息的珂睐，而且是一条需要立即采取行动的消息。

“听着。在你二十岁生日那年，无脸女巫召集了所有部族的战斗力量和魔法力量，命令他们于春天的第二次满月时，在原野集市上集结。从我预视到的情境来看，距离你在这儿看见我的这一天大概只有一星期到十天时间。这班人马会在满月后进攻绿水河大桥。不过，那座桥也不过是攻击对象的一部分，他们还有别的计划，只是我并不知道。你一定要提醒国王和阿布霍森。古国的军事力量无法阻止北方人的进攻，至少我认为做不到。我已经预视到许多个未来，在这些未来里，都有牧民在古国四处游荡，城镇被焚烧，拜里塞尔的城墙破裂，冰川被围困……有很多人死去，还有很多人危在旦夕……”

阿瑞丽又咳了起来，等她再次抬起头，莉芮尔看到她满脸都是豆大的汗珠，可她呼出的气却凝成了霜。

“无脸女巫是胜利的关键所在，必须把她杀死。我预视到你和一个年轻男子，你们去做了这件事，你们走到大裂谷之外，来到荒地，那儿没有咒契存在，四处散落着灵体玻璃碎片。我不知道具体经过……但是你们做到了，那才是最重要的。找到她，杀死她，那就是你要做的事。有许多次，太多太多次了，我的女儿死了……我‘看’到了这样可怕的景象，太可怕了……”

阿瑞丽开始哭泣，扯起自己的头发。莉芮尔本能地想上前去抱住她，但是她没有动。她只能看着，听着，直到她的母亲又一次咳嗽起来，而且不知为什么，这一阵咳嗽之后，她平静了许多，也能够继续说话了。

“在比大裂谷更远的地方。那片荒地，魔法师们去那儿寻找灵体玻璃。那就是她所在的地方，她躺在石棺里。祭品们知道路，虽然她们不知道自己是如何得知的。与她们所有人都息息相关——无脸女巫和祭品们，所以她想把她们都烧死。如果她们被烧死，如果她们全都被烧死，那就全都没了，没有线索可以追踪……但是还有一个，那个去找莉芮尔的。不是吗？我不记得了……她的手，你那只可怜的手，虽然是金色的手，金子做的手……”

阿瑞丽再次潸然泪下，眼泪混杂着汗珠滚滚而落。但是她再一次停止了哭泣，用沾上了血的手擦了擦眼睛，让自己强打起精神来，虽然胸腔里的疼痛让她的五官不住地抽搐和颤抖。

“莉芮尔，你必须到比大裂谷更远的地方，肆行魔法术士寻找灵体玻璃的地方。无脸女巫的第一个身体就在那儿，在一具石棺里，石头的棺材。跟着那条线别放松，你必须杀死她。我已经‘看’到必须完成的事，虽然我无法清楚地看到是否……你是否能成功。我已经预视到你是在哪儿……不……我不能去想那个。”

她又开始咳嗽，但是一会儿便设法忍住了。

“走吧，带着我的爱。我永远爱你，永远。你也许不相信，也许你本就不该相信。爱空口无凭，要靠行动来表现，过去的我沉迷于自己‘看’到的未来，等明白这一点时已经太迟了。尽你的力量，去吧。走吧，莉芮尔。不要看着我死去。再见！”

莉芮尔使劲闭上双眼，保持了大约两秒钟。当她再次睁开眼时，看到的只有冥河和身旁的萨布莉尔。后者正小心翼翼地看着她。

“你看见她了？”萨布莉尔轻轻地问。

莉芮尔点点头，合上暗镜，把它放回到马甲的口袋里。然后她再次抽出拉弥纳和岚纳，在冥界要随时保持警惕。

“她已经时日无多了。”莉芮尔说，“她给我讲了她看到的未来景象。无脸女巫召集的一支牧民的军队，在春季第二个满月的夜晚或那晚以后会发动袭击。”

“从今天算起还有一个星期。”萨布莉尔说。

“针对大桥的攻击。”莉芮尔说，“她说还有别的阴谋，但她还不知道。在许多，也许是大部分预见到的景象里，这场仗我们都打输了。”

“不容乐观。”莉芮尔说。

“她告诉我，我必须杀死无脸女巫的躯壳，她在一个比大裂谷更遥远的石棺里，那是魔法师们寻找灵体玻璃的地方。”莉芮尔继续说。

“啊！”萨布莉尔直截了当地说，“可是那说不通啊。克萝尔原来的身体是她在现世的锚。而且比大裂谷还远……”

“我对那地方一无所知。”莉芮尔说。

“我们往回走的时候再谈这个。”萨布莉尔说。她停下来，再次朝四周仔细查看，侧耳细听，莉芮尔也是一样。“但是在回去之前，你是否可以帮我放哨，我想查一下从翁皮身体里取出来的护符。”

莉芮尔点点头。看见自己的母亲那窘迫、痛苦且病入膏肓的模样，她忍不住浑身微微颤抖起来。但是冥河能够觉察出她的虚弱，所以她尽量让自己平静下来，将随时可能涌起的混乱思绪暂时搁置一旁。

她身旁的萨布莉尔打开那装着骨头护符的金属盒子。红色火焰绕着它腾空而起，比在生者的世界里，燃烧得更旺。在火光的照耀下，两位阿布霍森都看到，有两根黑线连接在骨头上。

两根线都通往现世，但是一根向右，一根向左。

第三十一章

从骨头护符上引出的线

冥界

“真是不同寻常。”萨布莉尔举起盒子，端详着从冥水中被拉出来的线，“两根线都通往现世。我们得跟着它们，看看它们去了哪儿。”

莉芮尔点点头。她从《亡者之书》中看到过有关这种线的内容。它们一般被强大的役亡师用来控制远处的受法力奴役的灵体，也可作为一种绊线，用来提醒役亡师，他留在冥界的东西受到了打搅。可是，两根这样的线连在一个从活人身上剥离出来的护符上，而且是从冥界引向现世，她却闻所未闻。

她们紧随着第一根线，沿着生死边界走了几百步，然后那根线便进入了现世。

“帮我看着点。”萨布莉尔说，然后她径直朝现世边缘走去。虽然隔着几步之远，莉芮尔也能感到现世的暖意，那是来自生者世界的诱惑。但是如果从这里出去，她是无法找到自己的身体的。

萨布莉尔抬起一只手，感受着那无形的生死边界，然后她将头靠在手上，闭上双眼。

莉芮尔知道这种观望现世的方法，虽然她愿意练习，却没有真正勤加修炼。她看了一会儿萨布莉尔，然后移开视线，凝神观察河水，聆听第一道门处传来的声响。如果瀑布的水声停了，便可能意味着有什么生物正在从冥界深处一路走出来。

萨布莉尔那窃听般的姿势并没有维持多久。她直起身，转过来将盒子里的骨头护符高高举起，将第二根线抬高，只见它同样沿着生死相交处蔓延开去，只是与第一根线方向相反。

“第一根朝着北边的某个地方去了。”她说，“我估计是比大裂谷更远的地方，这符合阿瑞丽之前说过的话。我们来看看另外这根去了哪里。”

莉芮尔点点头，跟上了萨布莉尔的脚步。身处冥界总是让人非常疲倦。冥河流淌不息，不断将热量、精力和希望带走，莉芮尔能从双腿周围泛起的每一个微小的涟漪中感受到这一点，它们在引诱她放弃，希望她躺下来，随波逐流。她必须对抗这种诱惑，同时还要抵御水流本身对自己灵魂的冲击。

这一次，萨布莉尔为了找到第二根线在现世的位置，蹲的时间更长。当她站起身来时，发出了一声警告。

“做好准备！影手卒！”

一团团畸怪浓黑的形体从现世跃入冥河之中，驱使着它们的是在生者世界的主人。长得匪夷所思的利爪，朝萨布莉尔抓过来，她飞快地向后闪退，撒拉奈斯已经开始响了起来。

铃声将影手卒们定在原地，但是它们足足有十多个，而且还有后来者源源不断冲上来。莉芮尔将岚纳放回去，并使它保持安静，同时飞快地拿出了撒拉奈斯。她将它高举过肩，不断画出大大的圆圈，同时晃动摇铃，将它的声音汇入了萨布莉尔手中法铃的铃音中。这是她们常常一起练习的技法，因为法铃的声音合而为一后，其力量会成倍增加。

“让它们待在那儿。”萨布莉尔命令道，“我们回现世去。”

她们沿着边界缓缓挪动脚步，寻找着躯壳等待的地方，同时不停摇晃着手中的摇铃。这次撤退叫莉芮尔感到很惊讶，因为按照萨布莉尔的习惯，遇到任何一个亡者，都要把它遣至永死之门才罢休。在莉芮尔向她学习的这么长时间里，这位阿布霍森从未有过后撤的举动，而且尽管眼下有十六个影手卒，但对于萨布莉尔和这位学徒而言，应付起来并不难，至少莉芮尔是这样觉得的。

但是当她们靠近生死之界时，莉芮尔明白了萨布莉尔撤退的原因：许许多多亡者正在穿越生死之界。它们从现世寄居的身体中被拖了出来，虽然它们并不算强大，可是它们数量巨大！有上百个，甚至更多。而且，在它们后面，还跟着几个高大的暗影，它们的眼窝里燃烧着烈火，手上滴落着烈焰。高等亡者，至少有五个。

它们跑错了方向，竟然从现世进入了冥界。即使阿布霍森不加干涉，这些亡者当中，也会有许多被冥河困住。这是它们挣扎已久想要离开的地方，如今竟然主动返回，看来是受到什么东西或什么人的驱使。

“出去！”萨布莉尔说着便踏入了现世，莉芮尔紧随其后。

冰霜迸裂开来，纷纷从皮肤和盔甲上掉落，她们回来了。珂睐转过头迅速瞥了一眼，又继续埋头于各自的值守工作。不过，所有人都已做好准备，不是等着施放咒语，就是已经搭在弓上或剑柄上。

“做好准备！”萨布莉尔对莉芮尔发出警报，“就算有阳光，它们也可能会铤而走险，穿越边界。”

影手卒的动作很快。它们离生死之界很近，所以要回到现世并不难，特别是这里刚刚有人穿越边界，所以穿行起来更是便捷。

果然不出萨布莉尔所料，试探性的进攻到来了。一个影手卒在现世缓缓显出形状，先是半空中出现了一条细长的暗影卷须，在阳光下，它立刻开始冒烟，泛出泡沫。它试图往回收，可是萨布莉尔已经摇响了撒拉奈斯，在铃声的作用下，整个灵体被迫现形了。

它与铃声以及萨布莉尔那强大的意志抗争着，与此同时，阳光在它那幽暗的灵体躯壳上灼出了一个又一个洞。滚滚浓烟从怪物身上打着旋冒了出来，它扭动着，翻滚着，无法逃回冥界，便绝望地想要在石头下藏匿起来。但是撒拉奈斯依旧在鸣响，它那威严的声音无法逃避，除了听命于它，再无别的选择。

一分钟后，那影手卒已经不复存在了。在春日里，下午阳光的力量要杀死亡者生物可谓绰绰有余，除了高等亡者之外，不过即使是它们，也会对阳光有所忌惮。

“应该不会有更多的跟上来了。”萨布莉尔说着将摇铃放回去，“不过，我希望今晚这里值守的巡逻队队员人数加倍，还要点亮许多咒契灯。来吧，莉芮尔，我们得回到讨论会上去。现在请你把阿瑞丽说的话原原本本地告诉我，恐怕她的预见是对的。第二根线连接着一大批集结的力量，包括许多亡者和肆行魔法生物，应该就在干草原上的某个地方，很可能是原野集市。”

她们快步从岗哨往下走，莉芮尔将自己记下的内容告诉了萨布莉尔。萨布莉尔仔细地听着，不断提出问题。她们一路上穿过许多大门和倾斜的廊道，萨布莉尔大步朝前走，不断用不容争辩的口吻高喊着“紧急公务”，将一群群珂睐惊得四散开来，就像蚂蚁躲避沉甸甸的雨点一般。

莉芮尔将自己回溯时记住的内容复述了两遍后，萨布莉尔得出了自己的判断。听完她那番连珠炮似的话后，莉芮尔发现，事情比几小时前大家估计的最差的情形还要糟糕。

“你母亲预视到的事的确发生了，我毫不怀疑。”萨布莉尔说，“干草原上有一股力量在集结，而且每天都在壮大。假如瑞尔安全返回的话，明晚我们就会知道那个位置是不是在原野集市……那儿一定会有血鸦。对了，我得派只信鹰到桥上去警告她。”

“是的，阿布霍森？”一个年轻的珂睐回应道，她正全身贴在走廊的墙壁上，好方便萨布莉尔由此通过。

“我需要你马上去鹰舍，告诉驯鹰人，不论是谁都好，只要是那儿的负责人就可以，叫她派一只信鹰到绿水河大桥，消息是阿布霍森萨布莉尔发出的，发给珂睐之女瑞尔。内容是‘在原野集市要当心血鸦和肆行魔法。’现在重复一遍。”

女孩结结巴巴地把命令和消息重复了一遍。

“很好。”萨布莉尔说，“你叫什么？”

“布林戴尔。”女孩小声回答。

“去吧！”萨布莉尔一声令下，布林戴尔一溜烟跑远了。她溜走的方向没错，是通往三号梯的，莉芮尔注意到，这条路通往鹰舍最为快捷。

“这么说在干草原上有一伙人，另一条线一定是引向荒土的，我能从那种安静中感觉出来。你怎么看？”

“我也不知道。”莉芮尔说，“我是说，一条线一定是引向那炮制护符的役亡师。那应该是无脸女巫，我是说，克萝尔。对吗？”

萨布莉尔突然停下脚步，抓住了莉芮尔的肩膀。

“全都引向克萝尔！”

“哦。”莉芮尔说，慢慢将碎片拼凑起来，“你是说引向……克萝尔原本的身体，还有她现在的亡者形体？”

“是的！”萨布莉尔喊道，再次大步往前走，差一点儿就与一位蒸汽工程师撞了个满怀，后者不得不把工具箱转到背后，才避免它与萨布莉尔的双腿撞在一起。

“你的母亲也是这么告诉我们的。”萨布莉尔继续说，“跟着线找到最初的无脸女巫，那条从祭品身上取出的护符中的线。它们关联在一起，就像阿瑞丽‘看’到的那样。”

“但是荒土是什么？”莉芮尔问道，并牵着萨布莉尔的手肘，领她走向左侧的门，“在大裂谷之外还有什么？”

“大裂谷西边有的地方尚有人烟。”萨布莉尔说，“但是北边却是荒凉的不毛之地，没有活物，完全没有。那就是荒土。没有植物，没有动物，什么都没有，甚至没有可以呼吸的空气。”

“什么？”

“肆行魔法术士到那儿去收集灵体玻璃，也就是黑曜石的碎片，里面有被困住的灵体。”萨布莉尔解释道。她们回到了苹果皮路，她突然拔腿沿着倾斜的廊道往下跑，“他们用自己的魔法制造空气泡把自己罩住，能够维持一定的时间，供他们冲进荒土，四处收集灵体玻璃，然后再跑回来。当然，许多都死在了那儿。”

“可是我们怎么去那儿？”莉芮尔问，“我们根本做不到。”

“可以用咒契魔法做一个空气泡，不是吗？”萨布莉尔问。

“是的。”莉芮尔说，“但是我想……妈妈说比大裂谷更遥远的地方不存在咒契。”

“是不存在。”萨布莉尔说，“我想那是被奥兰尼斯摧毁的一个世界留下的残余。”

“什么？”莉芮尔惊叹道。她停下脚步，突然想起自己在暗镜中看到过奥兰尼斯被束缚之前发生的事。她曾经见过被摧毁的世界，见识过毁灭者那可怕的力量，暴虐的毁灭之环从它身上炸开，一连串的圆环，一个比一个大……

“我想，这是奥兰尼斯摧毁的世界留下的残骸。”萨布莉尔重复道，“灵体玻璃碎片是最后生存下来的肆行魔法生物，与毁灭者非敌非友，只是足够强大，所以没有被完全击溃而已。快走！”

萨布莉尔迈步前行，而莉芮尔跟随的脚步却慢了下来。她在姐姐的身后叫她，再一次提出之前的那个问题：“但是如果那儿没有咒契，我们到了那儿怎么用咒契魔法制造空气泡呢？”

“随身携带咒契！”萨布莉尔吼道，丝毫没有停下来的意思，“快走！”

第三十二章

谁去杀死棘手的克萝尔

古国，珂睐冰川

待到萨布莉尔和莉芮尔回到地图室时，那儿已经聚集了很多的人。好几张桌子都被用来展示地图。信使脚步匆匆，有的刚从国王身边离开，有的正等着将收到的来信进行报告。一群图书管理员用推车推来满车的书本，在另一张桌上进行分类。负责日常事务的珂睐正在圆桌上摆放酒瓶和酒杯。

尼克和萨姆坐在一张桌子旁，快速地说着什么，两人又是比手势，又是耸肩膀，又是微笑。看到莉芮尔跟在萨布莉尔身后跑进来，两个男孩儿都跳了起来。但是莉芮尔只能一边跟着阿布霍森径直朝国王走去，一边朝他们笑着摆摆手。

“都是真的。”离着十几步的距离，萨布莉尔便喊起来，“克萝尔集结了很大的力量，有各种各样的亡者和肆行魔法生物，还有数万名牧民。几乎可以肯定，他们将在一星期后发动进攻，在月圆之夜，或是第二天。”

“我明白了。”塔齐斯顿平静地说，“这么说来，我们必须做好准备，背水一战。”

“还不止呢。”萨布莉尔说。她走到塔齐斯顿面前，匆匆拥抱了他一下，然后继续说，“他们会耍花招，因为大桥并不是主要的进攻目标。”

“不是大桥？”塔齐斯顿问，“可是没有别的地方可以过河了啊。”

“也许有，只是我们不知道而已。”萨布莉尔说，“进攻会从大桥附近开始，但他们还有别的阴谋，肯定会利用法术。克萝尔手下有一大群肆行魔法生物。一百五十个，甚至更多。我不清楚它们聚在一起能搞出什么花样来。”

“我们也有许多强大的咒契法师。”塔齐斯顿说，他小心地看着妻子，“要论法力稍逊一些的，就更多了。”

“不仅仅是数量的问题，你知道的。”萨布莉尔说，“是情报的问题。如果他们准备好某个咒语，联手施放的话，我们几乎做不到及时抵抗。无论如何，我们还算走运，有一种方法可以除去这批大军的头目，没有了它，所有的部落就会四分五裂，然后各回各家，或者像他们平常一样打个你死我活。”

“你是指克萝尔？”塔齐斯顿问，“她有弱点？我记得你说过，根本无法将她彻底杀死。”

“除非把她最初的躯体杀死。”萨布莉尔说，“不过现在我们已经知道她的位置，多亏有莉芮尔和她的暗镜。”

“在哪儿？”翁皮问，她夹在两个珂睐之间，利用肘部和拐杖妥妥地把自己撑了起来，“我要杀了她！”

“在荒土上，比大裂谷还远的地方。”萨布莉尔说，“你很勇敢，翁皮，但你不能去那儿。不过，是我从你身体里取出的护符带我们找到她的。你把护符带给我们，并且把消息送到，已经立下了汗马功劳。”

“可是只有亲手杀了她，那才真叫痛快呢。”翁皮低声嘀咕，不过没人听见。塔齐斯顿已经站起身来，他的额头皱纹重重，一双手反复地攥紧拳头又松开。

“哦，天哪。”萨姆斯快步走到父亲身边，尼克紧跟着他。

“把我们带到她身边？”塔齐斯顿问道，一脸的平静，却暗流涌动，“你不会是说要到比大裂谷更远的地方去吧，萨布莉尔？那儿根本没有咒契。你打算使用肆行魔法吗？你知道那么做有多危险，就算是阿布霍森也受不了。”

“我就是这样打算的，”萨布莉尔说道，她同样很平静，但语气很坚决，“但是不用肆行魔法。我会带着咒契魔法之源一起去。如果他同意的话。”

塔齐斯顿转过头去，看向尼克，哀叹了一声。

“你怎么总是能找到一些办法去做最危险、最疯狂、最草率——”

“请原谅。”莉芮尔打断道，“但是这不应该是萨布莉尔的责任。我的母亲，阿瑞丽……她在冰瀑中预见到了这一切。我才是那个应该去比大裂谷更远的地方，杀死克萝尔的人。”

萨布莉尔朝她转过身来，眼睛里闪动着恼怒的目光，但是莉芮尔毫不畏惧地迎了上去。片刻之后，阿布霍森叹了口气，表情放松下来。

“真奇怪，你怎么会记得这一点。”她不情愿地说，“不过，我想在大桥那儿也有很多事要做。”

莉芮尔看着尼克。他知道她要问的是什么。她用不着开口说话，他也不用回答。他走到她身边，执起她的手——她的左手。

“我明白了。”萨姆微笑着朝他们两人点头，“我赞成，姨妈。但是，如果你要去那样一个地方，而且带着我这位集两种魔法于一身的朋友，我最好跟你们一起去。无论如何，你们会需要一个人，一个懂得高级咒契魔法的人。”

“在我把所有事情都了解清楚之前，没有人要去任何地方。”塔齐斯顿斩钉截铁地说，“为什么我们家的人，总是哪儿冒出一个敌人就径直冲过去呢？我们需要计划！先要思考，然后要做计划，前提是把你们在冥界，或任何地方所获得的全部信息分享给大家！”

“我想你应该喝杯酒。”萨布莉尔温柔地说，“咒契知道，我也需要来一杯。”

在许多杯酒、大麦汤和茶水下肚之后，问题终于得到了解决，虽然也许不是让所有人都满意的方式。

“时间。”塔齐斯顿说，“时间永远都不够。这样看来，在满月之前，我们甚至连训练公会的一半兵力都没法派到大桥去。护桥中队已经批准整个冬季班的士兵放假，他们大部分去了拜里塞尔和南方更远的地方，可能无法及时召回，也可能根本就召不回。”

他皱着眉，突然换了话题。

“你确定用猫头鹰的模样能飞到大裂谷那么远的地方吗，莉芮尔，还带着尼古拉斯？”

“我从前飞过，带着萨姆。”莉芮尔说，“这次花的时间会更长，也远得多。大概要飞几个白天，或者晚上飞更好。白天我需要休息。”

“有些地方能够找到安全的庇护所，我在地图上指给你看。”翁皮说，“只要是马儿到不了的地方都不错，但是在干草原上这种地方不多。岩石都是很尖锐的，这种地方很多。还有一些小山，单独的小山，但是很稀少。沼泽，到处是咬人的虫子，但是骑马的牧民不会去。”

“你会需要我的跳蛙帮你吃虫子。”萨姆说，“幸运的是，我带来了，在船上预备着。不过我还是认为我应该和你们一起去。”

“我可载不动你们两个。”莉芮尔说，“纸翼又不能也不愿意飞过绿水河大桥去。而且，我确定大桥也很需要你。”

“你可以在我的箭上施放咒语。”翁皮说，她那满是伤口的脸上洋溢着激情，“就像小拉斯卡对她的箭那样。对付木怪和魂行卒很好用。”

“是——啊。”萨姆表示赞同。他歪过头去看向翁皮，也许这还是第一次，萨姆透过那满脸的伤痕，注意到了这个年轻的姑娘，“这样吧，我帮大家的箭都施上咒语，多做一些留着用。好主意。”

“以后你能帮我做一只脚吗？萨布莉尔说你会的，你做的比用木头做的好。”

“好吧，如果妈妈说我可以，那我当然乐意服从。”萨姆说。翁皮失去了一只脚，却显得如此不以为意，这种态度叫他惊诧不已，“至少需要花上好几个月。你到时候要去拜里塞尔，去我的工场找我。”

“如果我们能活下来，我会去的。”翁皮说。她上上下下打量着萨姆，仿佛在估测他为自己制作新脚是否可行，又仿佛别有用心……萨姆挺胸收腹，然后转过头去对莉芮尔说起话来。

“我们刚才说到魔法假肢！我希望尼克能够让你的手继续发挥作用，否则那就只是一块废铁。”

“我会竭尽所能的。”尼克非常严肃地说。

“如果不是迫不得已，我们不会让你面对这样的考验，不会那么快。”萨布莉尔说。

“我知道。”尼克小声咕哝道。他很清楚这一点，就像他知道萨布莉尔、塔齐斯顿、萨姆斯和莉芮尔决不会躲避责任一样。如果有什么事需要他们，他们就会挺身而出，不论自己要付出多大的代价。

他紧张地朝莉芮尔望了一眼，希望自己没有把担心表现出来。一方面，要和莉芮尔一起去做一件大事，这叫他倍感兴奋，可同时也对莉芮尔将要面对的考验感到担忧。他们才刚刚找到彼此，现在却要陷入未知的危险之中，而且他根本不清楚自己是否帮得上忙，有可能最后会成为阻碍……

莉芮尔也有着相似的念头。她绞尽脑汁，希望想出可以去大裂谷，却不用带上尼克的方法。可是还有谁能充作咒契魔法的源头呢？这时她又想到，若要确保这方法奏效，他们需要一起勤加练习，尽管在很大程度上，她只是希望能和尼克单独在一起，在某个安全的地方，而不是荒郊野外，时时刻刻需要提高警惕的地方……

“我要练习如何通过尼克与咒契相连。”她说。

“我得帮你重新制作猫头鹰咒契皮肤。”萨姆说。莉芮尔告诉过大家，她已经做好了一个咒契皮肤，可以将做好的皮肤拆散一部分，做一个更大的。至少有了萨姆的帮助，做起来会更快。“我很好奇是谁把它折起来的，顺便问一句。”

“应该是一个阿布霍森做的影像干的。”莉芮尔说。

“嗯。”萨姆回道，“这儿的影像我不太清楚。不过，做一个会折叠咒契皮肤的影像还是有可能的。虽然可能很难……”

“去练习吧。”萨布莉尔说，“去做咒契皮肤。翁皮，你想和我一起飞到大桥去吗？”

“想！”翁皮用拐杖把地面敲得咚咚响。

“我们明天黎明起飞。”塔齐斯顿说，“萨姆和我共乘一架纸翼，翁皮和萨布莉尔乘一架。你们今晚就要动身，莉芮尔，如果你的咒契皮肤准备停当的话。”

“啊！”莉芮尔惨叫一声。她本以为还能度过一个舒适又安全的夜晚，不过现在，这个想法就像洗澡时漂浮在水上的肥皂泡一样破裂了。

“时间。”塔齐斯顿说，“两到三天的时间飞到大裂谷，穿过它至少还需要三天，另外还需要一天寻找石棺——”

“我有翁皮的护符。”莉芮尔说，“到了那儿之后，我会跟着冥界的那条线，很快就能找到地方。”

“希望如此吧。”塔齐斯顿说，“但是事情总是会节外生枝。希望你能在开战之前把克萝尔彻底解决掉。那样能挽救很多人，敌我两方的都包括在内。”

“我们族人的长者担心的正是这一点。”翁皮说道，她突然变得非常严肃，“我们阿撒斯科人是最勇猛的战士，肯定是第一批上战场的。如果成年人都战死了，那我们部族就完了？”

“好的。”莉芮尔说，“我们今晚就走。大概午夜时分，从纸翼平台出发。”

她想了想，然后说道，“萨姆，你看看能在盔甲、旅行背包这些装备上，给尼克帮些忙吗？比如硬的食物，还有水等。请教一下米瑞丽，这位珂睐的装备很不错。随后我会在阿布霍森的房间和你们碰面，我们一起做咒契皮肤，和你一起练习，尼克。翁皮，我想知道在哪些地方休息比较好，所以需要你的建议。来跟我一起看地图。”

“我们会给你们送行的。”萨布莉尔说，“哦，真希望我自己能去！”

第三十三章
越过绿水河

北边，绿水河大桥

莉芮尔对于变成猫头鹰飞翔已经有些生疏了，尤其还得变成一只巨型猫头鹰，带着一个背着背包和武器的人飞翔。从纸翼平台起飞的过程堪比噩梦。他们朝着冰川笔直地坠了下去，直到下落了至少四百英尺，莉芮尔才拼命扑扇着翅膀向上飞。两人都被吓得够呛。不过最终，他们还是飞越了巨大的冰峰，朝着北方飞去了。

莉芮尔的右翅是金子做的，这也是叫她心慌的原因之一。她一度认为自己无法挥动这只翅膀，它一开始还真的没有扇动起来，但好在后来成功了。除了颜色不同之外，这只翅膀和左边的翅膀比毫不逊色。

越过群山之后，便能飞得低一些了。一阵暖风托着他们往目的地飞去，一切似乎顺利起来。莉芮尔大部分时间都在滑翔，甚至能与尼克说话，只是她从鸟喙里传出的话叫尼克难以理解，倒是惊到了几只古怪的夜鸟，吓得它们立刻掉转方向，朝别处飞去。

将近黎明时分，莉芮尔看到了绿水河和大桥。在月明星稀的夜晚，从高处很容易看到它们。大桥在东边很远的地方，所以尽管她考虑过要在桥上休息，最终还是改变了主意。与此同时，她还看到前方有几座小山，在绿水河以北，大约八九里格的地方，大地从那儿开始抬升，与干草原的边界接壤。日出后，猫头鹰的金色大眼睛很容易受到阳光的干扰，她必须在此之前赶到那儿。

着陆的过程仍是险象环生。莉芮尔降落了三次，前两次差点儿把尼克摔到地上。他躺在一张吊床里，吊床被她的两只爪子抓住，虽然尼克把双腿伸出来，做好了着陆的准备，但她接近地面时速度仍快了一些。

但是第三次，莉芮尔终于减速成功，最后完全停了下来。她慌慌张张地拍打着硕大的双翅，扬起漫天尘土，希望在破晓时分的光线中自己不会太显眼。把尼克放下后，她放下吊床，再次起飞，最后降落在十几步远的地方。

尼克走过去，挠了挠她头顶的羽毛。他们降落在两座秃山之间的谷地里，位置很隐蔽，但是莉芮尔没有注意到，在北山山坡上有一小股泉水正汩汩地往外冒。水是生存必需品，所以牧民也可能到这儿来饮马。

“你什么时候变回自己？”尼克问，“好让我再次吻你？”

“啊！”莉芮尔说。她忘了告诉尼克，自己要留在咒契皮肤里，直到他们到达大裂谷。咒契皮肤只能穿一次，不过一次可以穿好几天。

“什么意思？”

“只能这副模样！”

“你必须保持这副模样？”

“到大裂谷后！”

“哦。”尼克茫然地说。

“累了。”莉芮尔说，尽量将自己声音压低，“喝水，然后睡觉。你负责守夜到天亮，叫醒我。今晚我飞的时候你睡，好吗？”

“好的。”尼克说着紧张地摸了摸剑柄，“没问题，我负责放哨。”

莉芮尔摇摇摆摆地走到泉水边喝水。她不饿。幸好她不饿，否则如此庞大的身躯，饿起来恐怕能吃下一匹马。而她不想看到马，因为有马就有牧民。

“爱你！”她一边朝尼克尖叫，一边往回走。

“什么？”尼克问。

莉芮尔意味深长地耸耸肩，她的头消失在肩膀后面，也可以说是翅膀的顶端。尼克一脸的迷惑。

“没什么！睡觉。”

大猫头鹰挠出一个浅坑，趴在里面，将头藏在一侧翅膀下，立刻沉沉睡去了。

莉芮尔醒来的时候，尼克又在挠她的头，这次他用上了两只手，挠着她头顶的羽毛。夕阳西下，一切都跟早上一样，泉水汩汩作响，小山将他们隔离在人们的视线之外。

“好的。”莉芮尔说，“准备走了吗？”

“准备走了吗？”尼克重复。

莉芮尔点点头。

“好的，我也准备好了。”尼克说。

“到网子里来吧。”

尼克犹豫了片刻，很明显花了些时间才听懂莉芮尔的话。他爬进吊床，将两条腿分别朝两侧伸出去。莉芮尔用一只爪子支撑着身体，很小心地用另一只爪子抓起网子。她的双翅做好了起飞的准备，然后，她又扬起一片尘土。

与之前相比，这一次起飞要顺畅多了，虽然尼克还是被撞在地上弹了起来，但只有一次，而且很轻。他没有惊叫，莉芮尔认为这是一个好迹象。飞行开始后，她低头朝下看去，另一只爪子也钩住了吊床。尼克微笑着朝她挥手。

莉芮尔有节奏地扇着翅膀，在一弯弦月的照耀下，朝北飞去。

塔齐斯顿国王正在绿水河大桥上大发脾气。护桥中队队长因为没能派出更多的侦察兵遭到迎头痛骂，回去后又转而将不快发泄到自己的下属身上，并且命令他们更好更快地为抵御攻城做好准备。

塔齐斯顿、萨布莉尔和完成侦察任务的瑞尔几乎是同一时间飞到的，所以在南岸要塞的外层堡场上停着三架纸翼。在岸边的两座要塞中，南岸的这座要大得多。瑞尔看到在原野集市确实集结着一大批兵力，甚至比萨布莉尔预计的还多，除此之外，还有排成长队的援军，从四面八方朝那儿汇聚，只有南边除外。

血鸦一直在追踪她，但是因为提前得到萨布莉尔的警告，瑞尔准备得很充分。她比平时飞得更快更高，同时利用咒契咒语将风招来吹开云朵，让阳光直接照射在血鸦身上，加速了它们的第二次死亡。

古国的军队到达的不多——只有在耐尔路巡逻的一小支皇家护卫队，还有缺少三分之一兵力的护桥中队夏季轮值班的士兵们。

萨姆说到做到，马上着手制作魔法箭。他在箭杆上灌注咒印，以使它们飞得笔直，给箭镞上也加上咒印，让其能够射穿肆行魔法生物。他招募了最好的咒契法师帮助自己，但是大部分人就算竭尽所能，也在做十几支魔法箭之后便累得筋疲力尽，萨姆则做了将近百支后才不得不停下来休息。他离开军械库的长椅，靠着城墙一屁股坐下，却发现翁皮正在旁边的长椅上看着自己，她的拐杖就靠在一个长矛架上。

“你比那些人更善于做魔法箭。”她说，“我想要一些你做的箭。”

萨姆用手捂着嘴打了个哈欠，试着站起来。但是他失败了，于是索性靠着墙又往下滑了一些。

“你自己得有咒印，才能使用它们。”他说着摸了摸自己前额上的浸礼咒印，“不然是没用的。对不起。”

“什么？”翁皮嚷嚷道，“可是，是我提醒你这么做的。”

“没错。”萨姆耐心解释，“但是我没想到你自己也想要。”

“你以为我少了一只脚就不能射箭了吗？”翁皮抗议，“我自己有弓。我可以上瞭望塔去，靠着墙。简单得很。”

“不不不，我不是那个意思。”萨姆赶紧说。

“可是我需要用魔法箭，才能杀死木怪。”翁皮说，“怎样才能拥有咒印？把刀子烧热吗？你能帮我弄吗？”

“可以……我是说，不行。”萨姆说，他已经很累了，“不用刀子什么的，而且不行，我不能做这件事。这是对小孩做的。”

“没有例外吗？”翁皮问，“我们阿撒斯科就能接纳外族，有时候还是大人。”

“嗯，我想也能赐给大人。”萨姆说，“但那是非常严肃的事情，是对咒契的承诺……”

“我去问问你母亲。”翁皮说，“她很聪明。她会给我咒印的。我一会儿回来找你要箭。”

“祝你好运。”萨姆咕哝着闭上了眼睛。

一个小时后，有人用拐杖戳了戳萨姆的肋骨，唤醒了他。他眨了眨眼睛，好适应昏暗的光线。外面几乎是漆黑一片，军械库没有灯笼或咒契魔法灯，或者有，只是没有点亮。

“看！”翁皮嚷嚷道。她倚着一根拐杖，伸手指着自己的前额。一个咒印在那儿闪闪发光，就在她手指的下方。“瞧见了吧！你碰碰它，我再碰碰你的。”

“啊，好吧。”萨姆小心翼翼地说。他用后背撑着墙站起来，“那是……那是规矩。”

萨姆伸出手去触摸咒印，对它的真实性有些怀疑。但是他马上就深深地坠入一片金色的咒印中，并且在撤回自己的意识时还颇有些困难。是我太疲倦了，他想，然后他站直了身体，让翁皮触摸他的咒印。她的手指在咒印上停了几秒钟，然后缓缓收了回去。

“就像在高湖里游泳一样。”她笑嘻嘻地说，在黑暗中露着雪白的牙齿，“一开始惊呆了，突然感觉很冷，然后它就从四面八方围过来，你知道它是活的，你潜入其中，如此光滑清澈，似乎永远没有尽头，而且不冷，变得暖和起来……”

“没错。”萨姆说。

“你可以给我魔法箭了吧。”翁皮说，“等我们到拜里塞尔，你给我做一只脚吧。你还可以教我施咒，教我做魔法箭。对吗？”

“没错。”萨姆说。

“如果我们能活着的话。”翁皮随口补充了一句。她查看着长椅上已经完成的箭，刚从咒契之海中脱身的萨姆仿佛看到它们全都闪烁着微光，那并不是用眼睛真正看到的光芒。

第三十四章
走进黑暗深处

大裂谷 / 古国，绿水河大桥

从冰川出发，飞行到第四天，离破晓还有几小时的时候，莉芮尔和尼克到达了大裂谷的边缘。他们在途中远远地望见一支长长的牧民队伍朝着东南方挺进，心中十分焦急。所有牧民都被克萝尔招致麾下，任她调遣，所以整个干草原上已经空寂无人。

月亮在凸月期，所以他们早在到达之前数小时就从空中看到了大裂口。那是地面上的一道巨大的裂缝，至少有二到三里格宽，一眼望不见底。他们面前的大裂谷是东西走向的，但略有些偏南，到了接近地平线的地方，偏得更为明显。

虽然有月光，还是很难看清大裂谷的北边。就算莉芮尔现在可以用猫头鹰的眼睛，大峡谷更远处也是模糊一片。而一旦转向眼前，一切立刻变得清晰起来。到处是红色的岩石，还有小股小股的流水，被截断后便成了狭窄的瀑布，可是只流到一半，便出现了异象。但是莉芮尔知道，那是某种边界，就像南方的人看界墙一样。

从出发开始直到现在，她都不需要通过尼克与咒契相连。这一路上，莉芮尔十分疲劳，尤其是套着咒契皮肤的时候，所以她没有精力尝试。她仍旧能感受到咒契，能够找到它，并且从其中引出咒印来，但是越过绿水河大桥后，比起在古国内要困难多了。不过，咒契还是在那儿，仍然源源不断，叫人心中安定踏实，只是变得越来越偏远，连接时也变得越来越困难。

跨越大裂谷，越过某一临界点之后，咒契便会消失，然后，莉芮尔就需要通过尼克来获得咒契的力量。不论是尼克本人还是别的什么人，都不知道他能够支撑多长时间。

飞行了这些天后，莉芮尔已经掌握了着陆的技巧。她非常轻柔地将尼克放到地面，同时松开网子，再次飞翔，盘旋，最后降落在尼克身边，再也不会跌倒或出别的状况了。

大裂谷的边缘离他们还有两百到三百步远，最重要的是，那儿还立着一面破破烂烂的旗帜，术士们走到那儿之后，便开始穿越峡谷，然后从另一侧攀上崖壁，翻过大裂谷去寻找灵体玻璃箭。

尼克把网子打包收好，手搭在剑柄上，在他们降落的那块石头上四处走动。这里没有任何可供隐蔽的地方，不过莉芮尔并未打算在此停留。她开始缓缓将咒契皮肤脱下来。

硕大的猫头鹰周身金光闪闪，光彩夺目，等它再次变暗后，猫头鹰便不见了。只有莉芮尔侧躺在地上，背上背着包，胸前系着铃带，腰上系着拉弥纳。

“唉。”莉芮尔说，“每次都是这样。我有点儿难受，觉得恶心。而且我可能很臭。”

尼克走过去，把她扶起来。他一边温柔地拥抱着她，一边皱着鼻子，莉芮尔动作僵硬地回应着他的拥抱。

“真幸运。”他说，“我们都很臭。”

莉芮尔同时扬起两侧的眉毛，因为她做不到只扬一侧。

“知道吗，如果我们两个当中只有一个很臭，那可就糟了。”尼克说，“我们在这里休息吗？”

“不。”莉芮尔答道，她叹口气，指着那面旗帜，“我们得下去了。很显然，术士们休息的地方会有山洞。”

“如果遇到他们怎么办？”尼克问。

“那就开打。”莉芮尔简明扼要地说，“但是克萝尔应该早就把他们都调走了。翁皮对此相当肯定。”

他们沉默不语地走了一会儿。两人的手偶尔相碰，却没有牵在一起。莉芮尔的剑和法铃必须随时准备好。

“觉得这儿有什么变化吗？”他们来到小径的起点，朝下望去，这时候莉芮尔悄声问道。这条小径修整得还不错，足足有十英尺宽，在峡谷的石壁中开凿而成。莉芮尔想，如果紧贴着靠石壁的一侧走，甚至看不见悬崖另一侧那望不见底的万丈深渊。她开始往下走，尼克在她身后尾随而行。

“有一点儿……”尼克沉吟道，“当我触碰前额的咒印，感觉……慢了些……咒契还在，但是涌出来花的时间更长。差不多就是如此。”

“肆行魔法呢？”莉芮尔问，“你说过你能觉察到它，潜藏在极深处。”

“是的。”尼克说，“还在，没有扩散，没有爆发。没有变成恶魔。”

“很好。”莉芮尔说，她转过身，冲他嫣然一笑，“请继续保持！”

他们继续沉默着赶路。晨曦映亮了头顶上方的天空，但阳光还需要好几个小时才能照进大裂谷内部，这时候尼克又说话了。

“莉芮尔，”他说，“如果我真的……如果我真的成了恶魔，一个肆行魔法生物……你会杀死我的，对吗？”

莉芮尔没有回答。

“我是认真的。”尼克说，“别让我有机会伤害你，先出手再说。”

莉芮尔停下来，转身面对着他。

“别变成恶魔。”她说，“就这么简单。走吧，我想前面应该有个山洞。”

许多里格之外的绿水河大桥，这里的黎明与大裂谷迥然不同，既不宁静也不孤独。这儿到处都是辛勤工作的士兵们，他们大都在一小时之前就已经起床了。在绿水河北岸，人们正在清理环绕着要塞的护城河，从绿水河中引水进入护城河的水闸暂时关闭，而护城河中的水早在一天前就被水泵抽干了。

“就是他！”翁皮指着下方说道。在泥泞的河沟里，一支混杂着护桥中队、纳维斯训练公会和皇家护卫队士兵的队伍正把水中泡坏了的圆木和碎木捆扎起来，然后从护城河里清除出去。“就是他朝我放箭的！”

护桥中队的弓弩手阿伦起初并未注意到她。为了做好应对攻城的防御工作，他加班加点地工作，已经累坏了。在他旁边劳动的哈拉尔刚好抬头，看见一个穿着白色毛斗篷的山里女孩拄着一只拐杖，在她旁边是一个看上去颇有地位的年轻男人。他穿着一件钶希尼陶瓷片连缀而成的盔甲，应该是个有身份的人。哈拉尔听到牧民女孩说的话，她叹了口气，同时也认出了那男孩的红色铠甲罩衫上的金塔标识。

“你朝那个女孩放过箭，”哈拉尔低声说，“她和萨姆斯王子在一起！”

阿伦正使劲把一块烂木头从淤泥里拉出来，他停下手中的动作，皱着眉头，抬头看去。

“嘿！”翁皮大喊一声，“很幸运你没杀死我。请转告你旁边那位女士，感谢她没让你射中那一箭！”

“对不起。”阿伦也朝她大喊。他是真的为此感到抱歉。自从那次不幸的相遇后，阿伦一直想着这个年轻的山里姑娘，一遍遍回忆自己因为闻到肆行魔法的气味而恐慌的时刻。他真希望这件事从没发生过。“我很高兴你还活着！”

“我也是！”翁皮嚷道。她晃着自己的那条腿，“他们把我一只脚给截了！但我可是阿撒斯科人！我还是能把箭笔直地射出去，比你射得更直！”

“疯丫头。”哈拉尔嘀咕着，却咧开嘴笑了。

“再问一次，你的名字是？”阿伦喊道。他也笑了。

“翁皮！我们来这儿为你们的要塞制作魔法箭，我和萨姆斯。也许你能拿到一些，帮你百发百中！”

她挥了挥手，拄着拐杖走了。萨姆斯跟在她身后，想到那名护桥中队的年轻士兵看着翁皮的样子，他心中有些不满。

“你说‘我们’来制作魔法箭，是什么意思？”当他们走过护城河的活动吊桥时，萨姆斯问道。

“我在每支箭上……”翁皮骄傲地答道，“都放了一个咒印。”

“为了让它发光吗？”萨姆说，“它们用不着发光。”

“这样晚上就能看见射出的箭落在哪里。”翁皮说，“不过你是对的。你要教我更多的咒语，如果我们活下来的话。”

第三十五章

没有空气可供呼吸

大裂谷以北

“我还从没和男人同床共枕过呢。”莉芮尔说，她把包裹甩到身后，准备开始一天的攀爬。他们花了一天时间下了大裂谷的南坡，又花了一天从瓦砾遍地的谷底穿过，现在是第三天，他们要一路攀上北坡去。莉芮尔看见晨曦那红色的触角触摸着上方的天空，仿佛在诱惑她，让她尽快逃离谷底那永不消退的黑暗。

“你现在也没有过啊。”尼克带着一抹疲惫的笑容说，“但是有一天，等我们都干干净净的，不再累得连放哨时也快要睡过去——”

“我放哨的时候可没睡着。”莉芮尔抗议道。

“我也没有……”尼克说，“我说的是‘快要睡过去’。你的手怎么样？”

莉芮尔扬起她的金手掌，伸缩五指。她动作迟缓，平日里闪动的金属光芒消失了。

“还能动，”她说，“但是变慢了。我看今天就能登上北坡了。”

“不要转移话题，”尼克说，“把手伸出来，我看看是否能帮上忙。”

他用双手捧起她的手，然后将所有意念集中到一处。他感应到了咒契，已经非常遥远，还有他身体深处那股强烈的、灼热的肆行魔法的能量。当咒契消退后，这股力量变强大了，但是他并没有告诉莉芮尔，也不打算告诉她，除非他感到自己会失去控制。

尼克把这股能量引了过来，在意念中把它与咒契相结合，又把它拉得更近。咒印开始飘进他的脑海中，较之前更加明亮，更有力量。他不知道它们是什么，只是敞开心扉接受它们，让它们通过自己进入莉芮尔的手中。

尼克紧握着莉芮尔的手，就这样站立了数分钟之久。那只手重新开始发出光芒，莉芮尔缓缓活动了一下手指，却没挣脱尼克握紧的手。最后，尼克自己放开了。

“有作用吗？”他问道。

莉芮尔随意地活动了一下右手，还是有些迟缓，但是比之前已经明显好多了。

“有作用。”她说着亲吻了一下他的额头。她的嘴唇有些小伤，他的额头很脏，但感觉还是很美妙。“我们走吧。记住，只要有呼吸困难的感觉，马上说出来。我可不希望突然走到没有空气的深处，而且除了等死没有任何办法。”

三个小时的艰难攀爬后，他们终于爬上了大裂谷的北坡。这儿没有瀑布，没有灌木，没有鸟儿，没有飞行的昆虫，没有蚂蚁，没有甲壳虫，没有任何活物。他们视线所及的最远处依旧是一片平坦的平原，地上有一条条黑色的条纹，仿佛是被火燎过之后留下的痕迹。但是那儿也有旗帜，那是挂在牧民长矛上的一块块破布，而长矛则被插进了石头里。

“术士们已经帮我们标记好路线了。”莉芮尔说，“你还有多少水？”

“壶里还剩三分之二。”尼克答道。

“一半多一点儿。”莉芮尔说，“好吧，这应该足够维持到返回昨晚那个山洞了，那里面有泉水。我想我该去冥界调查一下，看看那根黑线引向哪里。”

“我该做些什么？”尼克问。

“帮我放风，看好我的身体。”莉芮尔说，“顺便说一句，我的身体到时候会结上一层冰。除非是受到攻击，或是有其他迫在眉睫的威胁，否则不要触碰我。”

“为什么？”

“那样做对我们两个来说都很危险，”莉芮尔说，“会导致我在冥界分心，也许正逢某个关键时刻。而且你也可能被拉进冥界，冥界那条河肯定能把你冲倒，然后将你带走。”

“那条河……我依稀还记得。”尼克说，“坏狗就是在那儿找到我的。我漂在河里，感觉非常宁静——”

“不！”莉芮尔大喝道，“咒契护佑我们，如果你真的活着进入了冥界，千万不要放松，不要随波逐流，要与水流抗争，要强迫自己回到现世。”

“我会的。”尼克柔声说，“你也是，对吗？”

“没错，”莉芮尔说，“我也会。”

莉芮尔拔出拉弥纳，发现除了十字形护手旁的几个咒印外，剑身的其他咒印全都变得暗淡，凝滞不动，可是撒拉奈斯上的咒印却一如既往地活跃。她看着它们，心中猜测，也许因为摇铃同样也是两种魔法的混合体的缘故……不过她无暇多想，塔齐斯顿说的话深深印在她心中：他们有任务在身，而且越早完成越好。

莉芮尔走进了冥界，比上次与萨布莉尔一起进入时更为小心谨慎。她几乎刚进去就停下来，双脚在水流中站定，朝四处张望着，将最细微的动静一一进行辨别。没有反常之处，只有冥水轻柔的冲刷声，还有远处传来的冥水穿过第一道门时的声音。

莉芮尔将铃和剑放了回去，拿出装着骨头护符的盒子，打开来。和上次一样，两根线由水中伸出，一根向左，一根向右。莉芮尔追踪着左侧的线。它只延伸了六步远，就回到了现世，这证明石棺就在附近。

准阿布霍森再次环视四周，察看是否有亡者潜伏的迹象。然后她将头靠在生死交界处——这边界肉眼不可见，需要用意识去觉察——闭上了双眼。片刻之后，她看到了现世的情境。这种情形与她用眼睛去看大不相同，更像是在脑海中想象的一幅画面，这幅画面中有穿过黑色荒漠的道路，有矛杆上的旗帜作为道路的标识，还有那条黑线。它沿路延伸，经过了前三面旗帜，然后朝左一拐，开始微微上升……不……那里有一个低矮的小丘。它从那儿伸进了地下。

莉芮尔睁开双眼，马上朝四周打量。她已经觉察到了什么，对亡者的觉察产生了一阵刺痛。有什么东西在悄悄朝她逼近吗？或者她只是太累，太害怕了？她迅速把装着护符的盒子放回去，几乎连想都没想，就一手拔剑，一手拿出了摇铃。和平常一样，她拿出的铃是基佰司。虽然她握住了铃舌，但它仍旧发出了微弱的声音，激荡出一种邈远的、萦绕不去的回响。

河水纠缠着莉芮尔的膝盖，而且产生了两股乱流，她一时没站稳，左脚便略有移动。几乎就在同时，莉芮尔感到脚下的地面突然消失了，冥水将承载她的地方侵蚀掉了一层。她苦笑着，双脚猛地往下一沉，然后才缓缓涉水而上，回到自己进入冥界的地方，开始与身体融合。

终于见到莉芮尔回来，尼克大大地松了一口气。她在冥界停留的时间不长，身上并未凝结多少冰霜，只有一些薄薄的雪花从她的脸上落下来。

“那个可以喝吗？”尼克指着冰块融化的地方问。大裂谷这一侧的天气更热了，比那一侧热得多。太阳似乎更大了，甚至连颜色也变了，黄色中稍带着一些蓝色。

“我不会喝的。”莉芮尔说，“好吧，不到迫不得已的时候不会喝。我找到石棺的位置了，至少我感觉是找到了。走到第三面旗，然后往左，地上有个小丘。我们得把它挖开。可能得用盘子，或者是杯子。”

他们的包裹里有几个白铁盘，不过食物不多了。莉芮尔使用猫头鹰皮肤时吃得很少，只是偶尔在干草原上抓些小动物吃。不过他们出发时以为莉芮尔可以再做一个猫头鹰咒契皮肤返回，所以两人带的干粮仅够七天吃的，大约就是进入大裂谷及后撤的天数。

“往前走。”莉芮尔说，“记住，只要感到憋闷，我们就往回走。”

走到第二面旗帜处，两人都后退了。他们突然间就感觉到了憋闷，对视一眼后，他们都同意尽快后撤。两人心下惶然，跌跌撞撞走了好几步，呼吸才变得顺畅一些。

这便是空气消失之处。

没有任何明显的迹象表明空气发生了变化，地上没有痕迹，光线也没有区别。即使是那面旗帜，看起来也和其他的旗帜一样，假如一条破布和另一条破布称得上有任何相似之处的话。

“我不喜欢那种感觉，”尼克低声说，“窒息感，什么也吸不进来，不论……”

“我会做一个空气球，”莉芮尔说，“就像制作咒契皮肤一样。这个咒语很有名，采珠人和做这类工作的人经常用到。”

她想去探寻咒契，可是什么也没有发生。尼克发现她的眼神变了，眼神里出现了恐慌。莉芮尔喘着气，看着自己的手。她努力想要攥成一个拳头，但是手指却像冻住了一般纹丝不动。

“它消失了。”莉芮尔轻声说，“咒契！它彻底消失了！”

第三十六章

大战一触即发

古国，绿水河大桥 / 大裂谷以北

第一波进攻正如阿瑞丽的预言一样，发生在月圆的那个晚上。北岸一片雾气蒙蒙，河面上却没有雾。那是由许多术士们召唤来的雾气，而且变得越来越浓。它朝着北岸要塞飘去，这时候警报的号角声响了起来，然后在河中堡垒、南岸要塞，以及新建的兵营中重复了一次。兵营是在仓促之间建成的，就在河边，用以容纳塔齐斯顿召集起来的那支抵抗进攻的小军队。

“这就开始了。”萨姆斯说道。他来到河中堡垒的瞭望塔顶层，和父母在一起。这座塔比南北要塞里的所有的塔都高出很多，所以视野最好，不过除高度之外，与那两座要塞的主楼相比，它的面积小了很多。

“是的，可是到底怎么开始？”塔齐斯顿问，“雾是术士召唤来的，这一点毫无疑问。但是它正在朝北岸要塞的西边飘过去……”

“也许他们没控制好，”萨布莉尔说，“它在朝河面飘去。”

“逆风而行。”翁皮的话把萨姆吓了一跳。刚才她并没有站在他身后，而且他想不到有人拄着拐杖还能走得这样悄无声息。

“没错。”萨布莉尔表示赞同，她抬头看着在头顶飘扬的旗帜，“这是有意为之，那片雾并未失去控制。但是为什么要让它越过河面朝西边蔓延呢？”

莉芮尔抬起手，五指张开，然后吹出五个彼此独立的哨声。每一次哨声响起，就有咒印从她嘴中飞出，分别聚集在五个手指上。第五个哨声停止后，萨布莉尔合上了手指，把所有咒印汇聚成一个熠熠发光的球，她把球高举起来并扔了出去，同时再次吹响口哨。

这个球朝着河对面猛冲过去，消失在那正缓缓飘过水面的浓雾中。

接下来，什么动静也没有。萨姆听到翁皮深深地呼了口气，很明显，她刚才一直因为期待而屏住了呼吸。

“什——”翁皮话音刚起，便被突如其来的爆炸声给打断了。五道光矛闪电般从浓雾中射出，就像一个燃烧着的巨轮上的五根辐条，周围还围绕着浓重的雾气。几秒种后，雾气被撕裂开来，在发红的圆月照耀下，一切隐蔽在雾气下的东西都暴露无遗。

在大桥上游半里格处，一队魂行卒正鱼贯朝河水中走去。它们都是用石头做成的大块头，每一个体内寄居着一个肆行魔法生物，一切活动都受它驱遣。魂行卒极其强壮，用普通武器几乎不可能对它造成伤害。眼下他们能看见的魂行卒大约有四十多个，也许还有更多已经下到了水里。

“为什么？”塔齐斯顿问道，“魂行卒我们能对付，特别是一个接一个从另一边上岸的话。排成一排反倒难对付一点儿。虽然个子这么大，可它们还是可能被冲到下游去，摔成碎片……”

“不。”萨姆斯说，他正用一架自己制作的望远镜观察着这些肆行魔法生物，望远镜上被施加了增强光线的咒语，“它们拿着黑色金属做成的链条，能让它们串成一行，但是我不认为它们过河是为打斗而来的。”

他拿着望远镜，缓缓对着北岸来回移动。就算没有望远镜，其他人也能看到那儿的动静，只是看不清细节，所以无法得知那儿究竟发生了什么。

“骑马的牧民，”萨姆说道，他的声音突然变得更为低沉，“有好几千个，一直排到看不见的地方。他们似乎正准备发动进攻。”

“他们要过河？”塔齐斯顿问。

“魂行卒，”萨布莉尔突然开口，“加上铁链。它们结合起来是为了施放一个咒语。冰冻河水的咒语，也许是。或是让河水倒流的咒语，他们要冲到对岸来。”

“那怎么能阻止他们呢？”翁皮问，“走出要塞去？他们太远了，放箭是射不到的，用你的长弓也不行。”

“他们能绕过大桥、要塞和兵营，走一路，杀一路，为所欲为。”塔齐斯顿面色冷峻地说，“我们没有骑兵追得上他们，也无法阻止他们，所以只能尽量在河边拦下他们。”

“可是他们有上万人，也许还不止。”萨姆反对道。他看到一排又一排骑马的牧民在北岸集结，数不胜数，还在不断往后延伸，直到看不清单独的马匹和战士，人马融合为一体。而且，他们所有人都井然有序。萨姆简直要相信这是一种幻觉了，虽然他知道并不是，“我们没法阻止他们！”

“我们只能尽力了。”塔齐斯顿说。他用自己的望远镜看了半分钟，然后转身朝站在身后的两名助手吼道：“告诉兵营的人，所有人马上出来，在河边占据防御位置，皇家卫队在中间，那是进攻将会针对的地方。我很快就会去那儿做具体部署。另一个信使去北岸要塞，让他们调拨三分之二的卫戍部队到南岸来，加入我们在岸边的队伍。这个堡垒也要调走三分之二的兵力；告诉金德雷德上尉把人手调拨出来，而且要马上行动。”

“我们要打破这个咒语！”萨姆说道，这时候，从塔齐斯顿处领受了命令的士兵们正匆匆跑下台阶。

“好几百个肆行魔法生物被链条串在一起，这是好几个月，甚至一年的准备才能做到的。”萨布莉尔冷冷地说，“几个小时之内根本无法消解，甚至几天也不行。”

她拿起萨姆的望远镜，观察着那些走进水中的动作笨拙的怪物，还有静静排队等待着的骑兵。

“至少魂行卒只能待在河床上。在骑马的军团中我看到了木怪或沙泳卒。”萨布莉尔说，“很明显，可能大部分马儿都害怕魂行卒这种生物。骑兵们明显在等待大冲锋，而魂行卒若是在队伍里，就可能扰乱他们的行动。不过，这意味着它们可能会被用来对付大桥。”

她把望远镜交还给萨姆，飞快地抱了抱他，然后朝塔齐斯顿转过身去。

“我和你一起去河岸边参加战斗，亲爱的。”

“你留在这里。”塔齐斯顿对萨姆说。

“可是父亲——”

“我命令你在这儿发布指令。”塔齐斯顿喝道，“等着木怪之类的生物出现，尽量坚持住，莉芮尔有可能获得成功。如果克萝尔倒下，这帮人自己就会四分五裂。”

他拍了拍萨姆的肩膀，和萨布莉尔一同离开了。伴随着一阵脚步声，塔齐斯顿朝各级军官发号施令，命令他们加入自己的队伍。

“在这儿坚持住？”翁皮问道，“我们也应该到河边去，那儿才是战场！”

“北岸要塞已经减少了兵力，这儿也只留了三分之一，你要是和我一起留下来，作战的机会可能会很多。”萨姆说。

“啊！”翁皮说，“那不一样。不过，你是希望我和你并肩战斗吗？我接受。”

“握住我的手。”尼克说，“想着咒契，缓慢呼吸，保持平静。顺便说一句，平常这种话都是你说给我听的。”

“没错。”莉芮尔浑身颤抖着说。她握住他的双手，低下头去。

一开始什么也没有，她感到内心深处渐渐涌起了恐惧，与咒契的连接被切断了，几乎就像是自己不存在了一般，就像……她努力克制着这些感觉，努力将精神集中起来。

“在那儿。”尼克说，“我感觉到它了，很远，但是正在靠近。”

一个单独的咒印在莉芮尔的脑海中浮现出来。一个小小的咒印，非常常见，本身微不足道，用来将其他咒印连缀在一起。但是莉芮尔非常开心地接纳了它，然后跟着另一个，然后又是一个，然后是咒印的涓涓细流，而且都是她认识的咒印。越来越多的咒印朝她涌来，最后那整条咒印的河流汹涌而至，她又能感受到咒印的海洋，那无穷无尽的，无法一一辨识的咒印，深入她的四肢百骸之中。

莉芮尔睁开眼睛，对尼克说了声“谢谢”，然后开始着手制作她的空气球。

仍旧比平时更加艰难，但幸运的是，这是一个她很熟悉，并且经常用到的咒语。所有咒印似乎很明白自己该落入哪个位置，所以将它们从无穷无尽的咒契之流中找到并牵引出来变得非常简单。当咒印完成后，莉芮尔举起胳膊，让其在他们周围铺展开，一个直径为十多步的闪亮光球便形成了，她和尼克处于正中间。

“你能伸手去碰它吗？”莉芮尔着急地问。

尼克照做了。他的手触碰之处，球体的咒印变得更加明亮了。

“我想你得维持住这个球。”莉芮尔说，“不然我们穿过那道没有空气的分界线，也就是咒契彻底消失的地方，球可能也会消失，你必须将它保持住。”

尼克朝第二面旗帜望过去，在那之后两三百步远处，是第三面旗帜。

“如果失败了，想要屏住呼吸走回这儿来是绝对做不到的。”他说。

“是的。”莉芮尔说，“就像如果我们不解决克萝尔，他们根本抵挡不了那么多部落的强大力量一样。”

“那好吧。”尼克轻轻说道，“我一定会保持住的。”他抬起另一只手，好让它同样也碰到球，并且还活动着手指，搅动着那些发光的咒印。

“我们来看看这样是否能奏效。”莉芮尔说。她往前走一步，球便随着她往前移动。尼克将双手举过头顶，脚步踉跄地跟着她一起往前走。

“我看起来一定很滑稽。”他说，“不过从乐观的方面来想，如果有个术士在旁边，准会以为我在投降。”

“我想这儿应该不会有别人。”莉芮尔说，“只有我们两个而已，几里格内唯一的活物，只有我们，还有原初的克萝尔，她已经在一具石棺里躺了许多年，悬在生死之间，既不死也不活。”

他们经过了第二面旗帜。尼克深深吸了口气，但是莉芮尔并没有这样做。他们继续往前走，尼克吐出了这口气，希望莉芮尔没有留意自己的举动。不过她却注意到了。“管用了。”她说，“继续撑住。”

谁也没有说话，他们只是加快脚步往前走，仿佛说话会消耗更多空气似的。他们一直走到第三面旗旁边。莉芮尔指着大约三十步开外的地方，地面上有一个小丘。

“在那下面。”她说，“我来挖，你要撑住这个球。我想应该埋得不是很深。“

“好的。”尼克表示赞同，用一只脚试探着地面，“我看上面堆的都是风吹来的浮土，至少我希望是这样。如果是压实的土，我们就需要一把铲子或铁锹了。”

“还需要更多的空气。”莉芮尔说，“我记得这个咒语只够维持一个人呼吸两个小时的。两个人的话，数量减半，只有一个小时。”

“现在过了多长时间了？”尼克问，“十分钟？我会……嗯……浅浅的呼吸。”

“比十分钟多一点儿，我想。”莉芮尔皱着眉头说。她站在土堆顶上，然后跪了下来。空气球随着她的动作而动，尼克也跪了下来。

“用不着拿盘子了。”莉芮尔满意地说。她用金手掌的侧面将松松的泥土扫开，下面露出一块加工过的石块。几分钟后，他们两人都已经往后退了一段距离。莉芮尔清理出一大块区域，足以证明那的确是一块石板，石棺的棺盖。

石头上雕刻着诡异而扭曲的符号。那不是咒印，尽管它们也在颤动着四处游移。尼克转开眼不去看它们。它们让他觉得恶心，但是却有着莫名的吸引力，他必须以极大的意志力阻止自己去触碰它们。

“腐坏的咒印。”莉芮尔简单地说，“肆行魔法。用来保护石棺，杀死敌人的咒印。但是太古老了，而且已经褪色，根本不管用了。不过幸好刨土时用的是金手掌。”

“我也这么想。”尼克说。

“棺盖不是很厚。”莉芮尔用金手掌摸着石棺。几个白色火花从她的手指下迸射出来，但仅此而已。过了一会儿，那上面的肆行魔法符号仍旧静止不动，看来所有的法力都已经消耗殆尽。“我想我能把它滑开了。小心些，跟着我。”

她弯下腰，使劲推着石头棺盖。一开始，它并没有移动，但接下来突然自己滑开，正好滑到石棺的另一侧。莉芮尔跟着它滑动，空气球也一样，努力撑着球的尼克差一点被莉芮尔绊倒，一头栽进棺材里。

这是个很浅的棺材。莉芮尔左手按住剑柄，朝里面看去。虽然用同侧手拔剑会很别扭，但至少这只手是能够活动自如的。

尼克也朝里面张望着。

“她已经死了。”他盯着石棺内那个干尸说。它比骷髅好不了几分，枯骨上只残留着星星点点深黄色的皮肤，身上还裹着下葬时穿着的袍子，不过已经烂成了布条，“你怎么能杀死这样一把骨头？”

“她的灵体还附在上面。”莉芮尔语气沉重地说，“或者说，她灵体的碎片。克萝尔没有转移到新皮囊中的一小部分。”

“那么，你要……你要怎么做？”尼克问。

“进入冥界，”莉芮尔说，“把灵体引入永死之门。”

“要花多长时间呢？”尼克忧虑地问，“只有……你知道的，空气……”

“不会很久的。”莉芮尔说，“我得赶快动手了。和之前一样，尽量不要碰我。”

她犹豫片刻，然后将右手握成拳头，就算她的金手指在冥界无法活动，手心留下的空间也足以容纳一只法铃。不过，她没有拿出铃铛，而是用左手拔出了拉弥纳，果然如同预期的一样别扭。

“我会想你的。”尼克说。他凑过去吻了吻莉芮尔。一个轻轻的、温柔的吻。他们的嘴唇都很干。“快些回来。”

“我会的。”莉芮尔说。

她踏进了冥界。

第三十七章
倒流的河

古国，绿水河大桥 / 冥界

满月高悬，将世界照得亮如白昼，萨姆几乎能借着这亮光读书。夜空一片清朗，漫天都是闪亮的星斗。

几个来自护桥中队和奥希尔训练公会的士兵组成了河中堡垒的剩余兵力，他们来到瞭望塔的塔顶，沉默地看着最后三到四个魂行卒拿着它们的黑色金属铁链下了河，消失在激荡的河水中。但是很快，萨姆斯就命令除哨兵和自己之外的其他人后撤，并要求他们做好准备，阻止牧民绕过北岸要塞，直接进入大桥。翁皮自然是拒绝离开的。

萨姆不住地观察着岸边的战况，有时会用望远镜——他得不停地从翁皮手中要回来。他看到父母走进兵营，因为各种队形的军队朝西边半里格开外的河岸进行了短距离行军。南岸要塞也开始有军队快速出动。这一切的喧闹勉强盖过了河水的怒吼声，所以萨姆从远处能听到一些微弱的动静。巨大的冰块不时撞击在桥墩的分水角或是堡垒的石墙上，发出砰砰的巨响，阻滞河水的流动。

“河里的咒语开始起作用了。”翁皮说，“快看北边。”

萨姆朝北岸看了过去。河水反射着银光，那银光是如此明亮，似乎月亮真的沉入了水底，而且将星星一并拽了下来。假如换成别的时候，这情境可算是美得无与伦比。这条河……

“它不流了！”萨姆大喊一声。他瞪着河面上的某个地方，期待着泛起的白色泡沫移动起来，但它却待在原地不动。然后，让萨姆更加恐惧的事情发生了，那片泡沫开始打着漩儿，往后退去。

“河水倒流了？”萨姆问，“那会怎么样？”

“不是。”翁皮说，她对河流有着更多亲身体验，“没错，水是在往回流，但没流多远，而且一直循环往复地流动着。就像有一堵墙从魂行卒下水的地方竖立起来，一堵我们看不见的墙。水不会结冰，而是被拦住，然后法齐人、德纳斯人、赫鲁什人和布罗尔人，所有的马上部族，所有的牧民，除了我的族人之外，他们就能从河床上通过了。”

翁皮说的没错，萨姆已经看到了。河流旋动着往后流，似乎前方有一道无形的障碍。在那道障碍的前方，水变得越来越浅。一座横跨绿水河两岸的魔法大坝正在形成。

“我们一定能做些什么。”他绝望地说，“等河干了之后，我们就能攻打魂行卒。如果我们能下去，干掉一些魂行卒，打断金属链——”

“一旦河水重新流动起来，我们就会被淹死。”翁皮说。她沿着河岸看过去，“不管怎样，最后都会被淹死。真的，没有咒语能够永远拦住这样一条河。你想想，一旦他们的军队过了河，这些被挡住的水会去哪里？”

萨姆看了看逐渐上涨的河水，又朝下方看去。一般情况下，春季洪水的水位到桥面的距离是四十步，桥面再往上十几步是瞭望塔的塔基，塔本身高度为八十步，而且非常坚固。但是水流的力量不可小觑，如果绿水河的春季洪水全部积蓄到一处，然后一泄如注……

他朝左右看了看。北岸和南岸的要塞都比河岸高出一百多步，而且是建造在岩石露出来的部分上，所以比河中堡垒更高，而且要塞的主楼也更大。它们也许能幸存下来，但是他突然觉得自己所在的这座塔不会。

“你是说我们不论怎样都要出去？往北还是往南？”

“往北。”翁皮说，“靠敌人更近。”

“等他们过了河之后就不是了。”萨姆说。

“骑兵肯定会过河。”翁皮说，“但是他们所有的术士和术士的主人在哪儿？无脸女巫又在哪儿？我们杀不死女巫，但是能杀死术士和主人。我们去找他们。”

“我不确定。”萨姆说，“父亲告诉我坚守在这里。可如果敌人过河后，河水会朝我们冲过来……”

他再次朝河面望去。河水在那道无形的魔法墙后越涨越快，眼前是一派怪诞而可怖的景象：泥泞的河水朝空中攀爬，然后回头倒流，遇到阻碍后溅起高高的水花。河水已经比正常水位至少高出了五十步，而前方的河床正在被抽干，萨姆斯看到，河面比大桥西边的桥墩分水角还要低十五步，仅仅几分钟前，那处分水角还是完全浸泡在水底的。

桥上传来一阵脚步声，一时之间他的注意力被这脚步声吸引了。从北岸要塞里出来的队伍正按照指示跑步通过大桥。因为河水已经不再喧腾，所以萨姆能听到咆哮般的命令声、吼叫声以及武器和盔甲的碰撞声。

这些士兵赶赴的是一场残酷的战斗，萨姆知道。南岸这支小小的队伍，萨布莉尔和塔齐斯顿，还有皇家卫队和珂眯的巡逻队队员们，都阻挡不了这么多的骑兵。即使是最了不起的咒契法师也会被长矛或是箭矢杀死。

而他和翁皮，还有他那支小小的卫戍部队，一定会在克萝尔放开对河水的控制后被淹没，大军过河后，她一定会这么做的。他们只能坐以待毙。

萨姆心中开始涌起一阵阵恐惧，就像河水上涨的速度一样快。可是，那不是害怕被淹死或被杀死的恐惧，而是害怕做错事情的恐惧。

他可以派人去向塔齐斯顿请命，但是按照大坝前水平面下降的速度来看，牧民很快就能冲过河床了。新的命令可能永远也传不到这里。

死在战场上，总比直接被淹死好一点儿。

“我们去北岸要塞，”萨姆说，“然后见机行事。”

说完他才发现，自己已经没有了听众。翁皮已经冲下了台阶，她用拐杖敲打着地面，就像鼓声一般铿锵有力。

莉芮尔几乎是刚进入冥界便轻易地找到了灵体。那不是一具干枯古老的尸体，而是一个明亮的灵体，是一个年轻女人的样子，比莉芮尔年长不了几岁。灵体悬浮在冥河的水面之下，长长的黑发随着冥水的冲刷漂动不已。她穿着肉身下葬时穿着的衣服，一袭朴素的白袍，与珂睐们的装束很有几分相似。

她的脸上有几道骇人的伤疤。前额上有一个扭曲的、凹凸不平的X状伤疤，莉芮尔猜测那儿曾经是一个咒印。她从前应该很美丽，或者说很帅气，因为她有一张刚毅的脸。伤疤看上去的确不美观，但即便如此，莉芮尔也很是迷惑，为何这个女人要将脸藏在一张青铜面具后面？阿布霍森们制作这张面具是为了与肆行魔法生物打交道……

但是已经没有时间去纠结这种细节了，莉芮尔知道自己必须尽快回到现世，她和尼克还等着从无法呼吸的平原上撤回去。她做好了抵御水流的准备，然后将拉弥纳高高擎起，朝那脸上长疤的女人胸口刺去。

可是剑身碰到灵体后，并没有遇到任何阻碍，反倒是莉芮尔差一点摔倒。她稳住身体，站稳脚跟，直至确定河水无法将自己带走，这才将剑撤了回来。那个女人仍在莉芮尔脚下的河水中，拉弥纳并未伤她一分一毫。恐怕这灵体的碎片太过于虚幻，任何武器都奈何不了她，莉芮尔这样猜测。即使是施过咒语的剑也无济于事——进入冥界后，拉弥纳上的咒印重新绽放出了光芒，莉芮尔的金手掌也恢复了功能。虽然咒契在外面的现世已不存在，却能存在于冥界之中，这也是莉芮尔没有想到的。

她还有更加紧迫的问题。莉芮尔低头瞪着那漂浮的身影，绞尽脑汁地思考着对策，必须将眼前的克萝尔送到第九道门之后去。

但是怎样才能做到？

莉芮尔的手依次抚过所有的法铃，不知该用哪一只才好。

她迅速地否定了岚纳。这女人本就处于最深的睡眠中。墨思锐尔呢？她稍加考虑，同样放弃了这只铃。醒灵者能将女人送往现世，却可能会将莉芮尔拖往冥界更深处，不能用。

基佰司呢？她最喜爱的铃，因为基佰司就是坏狗，坏狗就是基佰司。可是，它能够驱使这样一个悬浮着的、全无反应的灵体行动吗？她可不这样认为。

戴芮姆？也不合用。此时没有谁需要重新开口，也不需要将谁变成哑巴。

贝尔基……思想者。重塑一个活人的形体，让亡者重获自我和独立的思想……那么，贝尔基对这个残余的灵体，这被精心从完整的灵体中分离出来的一部分的残片会做些什么？

撒拉奈斯，铃音最为低沉。撒拉奈斯按照摇铃者的意志束缚亡者，但仍是那个问题，它对这悬浮的灵体能做些什么？

接下来是阿斯塔睿尔。莉芮尔的手指在这只铃柄的上方停下了，但是并没有触碰它。哀恸者阿斯塔睿尔，它那凄婉的声音会令所有听到铃音的人坠入冥界深处。每个人，包括摇铃者在内。阿斯塔睿尔能够奏效，但这是最后时刻才能求助的铃。

莉芮尔继续思考了一会儿，然后将拉弥纳收入鞘中，用左手将贝尔基拉了出来，并且紧紧握住了铃舌。贝尔基是只捉摸不定的铃，能够轻易将人的意识消除——比如莉芮尔的意识——就像它能够轻松地令这睡着的女人恢复意识一般。

贝尔基的声音在冥界显得异常响亮。铃音明亮而清晰，莉芮尔感觉这声音仿佛穿透了她的头骨，直刺入她的脑中。她按照《亡者之书》中的描述，准确地摇晃了一会儿，很快让它噤声，放回到铃袋中。

她下方那满脸疤痕的女人睁开了眼睛。她眼中先是浮现出一丝恐惧，恐惧很快消失了，又过了一会儿，女人猛地从水中站起来，咳嗽着，语无伦次地说着什么，并且伸手朝莉芮尔抓来，莉芮尔迅速后退了一步。河水在女人的双腿周围不断咆哮和涌动，但是她成功地站稳了身体，依旧朝莉芮尔伸着手。

“走。”准阿布霍森喝道。她拿出基佰司，摇响了它，随着铃声那热情的召唤，女人旋转起来。她走了两步……三步……然后停下来，转过身。

“如果能走的话，我应该会走的。”她说，声音低沉而微弱，“但是我做不到。她……我……对此把握十足。”

她从水中抬起一只脚来，莉芮尔见那脚踝上系着一根粗粗的黑绳，黑绳另一头延伸到她刚才漂浮着的地方。不是那种细细的、用来提醒役亡师情况有变的绳索，而是一根附有强大法力的咒绳，用来将灵体固定在某个位置，使其不得移动。

“你说的‘她’和‘我’都是指克萝尔，对吗？”莉芮尔问，“你是克萝尔。”

“我是她的一部分，再次遇到肆行魔法，必须做出自己的决定时，我和她做了不同的选择。”女人平静地说，“告诉我，虽然一看你便是一名阿布霍森，但是为什么会同时佩戴着珂睐的标志？”

“我两者皆是。”莉芮尔说。她小心地走到捆缚女人的绳索被固定的地方，双腿在水流中稳稳站定，然后去检查那一根黑绳。这是一种高等肆行魔法，可以用摇铃消解，但是她首先要知道它是如何做出来的。莉芮尔暗暗咒骂了一句，跪了下来，一方面，她要确保自己非常稳固，另一方面还要留意那个女人。她看起来手无寸铁，一副人畜无害的模样，可她是克萝尔的一部分，即使是灵体碎片也可能非常危险。

时间在冥界和现世流逝的速度大不相同，但是每一分每一秒莉芮尔都十分珍惜。她和尼克需要赶快离开，回到第二面旗帜那儿，回到能够再次畅快呼吸的地方。

“你是阿布霍森吗？”女人问。

“准阿布霍森。”莉芮尔回答道。她在水下找到了另一根线，一根往现世和冥界分界线延伸而去的绊线。它正在呜呜作响，仿佛远处有人正在拽它。

所以说，克萝尔现在已经知道，那将她固定在永死之门外的锚有些松动了，因为那根黑线不可能通往别的地方。

“现在的阿布霍森是谁？还是贝拉提尔吗？”

“我只在阿布霍森的族谱上看到过这个名字，那是非常古老的阿布霍森了。”莉芮尔说。她摸索着那根锚索，努力感受着它是如何编成，又是被哪一只铃固定于此的。用同一只铃也许能够把它拔起，但是莉芮尔还需要知道一些别的事情。

“你叫什么名字？顺便问一句。变成戴面具的克萝尔之前，你是谁？”

“阿布霍森贝拉提尔已经是很久很久以前的事了吗？”

女人皱着眉，直勾勾地望着远处的河面，仿佛能看到什么莉芮尔看不到的东西。

“我……我们……遭到了驱逐，那感觉似乎还在昨天。多年来，我抵制着诱惑，并未试图获得新的法力。但是后来，我猜肯定是纯粹的运气使然，我找到了那个瓶子……”

“你叫什么名字？”莉芮尔再次问道。

“瓶子里装着阿扎格拉西尔，”女人喃喃自语，“有很长一段时间，我都没有打开它，我认为自己已经足够强大了。但实际并非如此。我打开了瓶塞，将阿扎格拉西尔放了出来。经过一番生死搏斗后，我迫使它成为我的奴仆，但我也身负重伤。有一个女人，一个来自德纳斯的年轻女子在服侍我。阿扎格拉西尔告诉我，告诉我们……我们可以霸占她的身体，寄居其中。我拒绝了，无论如何我也不能那么做。没错，我的确无法抵制肆行魔法的诱惑……但是我不会利用别人的身体。可是我必须得有一具躯壳。我们还是那么做了。尽管当时我也在场……”

“告诉我你的名字。”莉芮尔重复道。名字拥有力量，特别是在冥界。

“我的父母都是生活在拜里塞尔的金匠，我母亲赫赫有名，她叫加西尔。她的父亲是一位阿布霍森，国王是我们的表亲。”女人说。她仍旧凝视着河面，仿佛在端详着什么，“我是阿布霍森的孙女。”

“告诉我你的名字！”莉芮尔喝道。她紧张地朝着那女人看向的方向看去，不知道她在看些什么。莉芮尔没有看到任何不寻常的东西，只有那平淡的冥河和阴郁的灰光。“我要知道你的名字！”

“她来了。”女人说，“我来了。太混乱了。我想起了未曾发生的事情。应该说，是当我被置于此地时，尚未发生的事。我……她……霸占了这么多的躯壳，杀了这么多年轻的女孩……”

眼泪像闪亮的水晶一般沿着她脸颊上的伤疤落下来，不过在触碰河面的那一瞬间，变成黑色，顺水漂走了。

“现在她没有了身体？”女人小声说，“她是冥界的生物？我成了冥界里的生物？”

莉芮尔拔出撒拉奈斯，打算摇响法铃，命令女人给出答案，就在这时，女人直勾勾地朝她看来，她们的目光相遇了。

“我的名字是克莱莉尔，”她无比清晰地说，“阿布霍森，请引我坠入永死之门。我们要快一些，赶在她到来之前。”

第三十八章

河床上满是白白死掉的鱼

死域 / 绿水河大桥

“她来了吗？”莉芮尔问道，“克萝尔？”

“她，还有许多亡者仆从，”克莱莉尔一副恍恍惚惚的样子，“她离开了战场，在一条大河旁的战场……那是绿水河，我想，不过很奇怪，那条河干了……我……她很生气，因为我醒了，知道了自己是谁，而且赶在她最忙的时候，因为战争需要她的指挥……可是现在，她必须赶到这里来……赶来把我夺回去，让我们重新融为一体……不……不……你一定要帮助我，在她赶到之前！我是如此不堪一击，如果她要靠近，我根本无力抵抗。”

“我正在努力。”莉芮尔咬紧牙关说道。她把撒拉奈斯放回去，再次跪在冰冷的河水里，想将那一卷黑色的绳索拔起来。可是她依旧无法确定这咒绳是做什么用的。在编织它的过程中，一定曾用到好几个法铃，她根本不知道该如何解开它。“和克萝尔一起来的还有谁？准确地说，有多少个？”

“好几十个。”克莱莉尔说，“影手卒。我很害怕你，我的意思是，她害怕你，但是更害怕的是萨布莉尔。”

“你怎么知道萨布莉尔的事——”莉芮尔问道。就在这时，她的脑海中冒出一个可怕的念头，“你能看到克萝尔所看到的，知道她的想法。她对你也同样如此？”

“是的。”克莱莉尔说，“当然。我们是一体的。虽然我很慢，但是我的脑子和她的脑子里，有很多记忆，那么多我们做过的事，可怕的事……我是过去的她，她是现在的我。快，时间不多了。我不像她那样了解冥界。她来得很快，她认为自己很快就能把你杀死，把我带回去。快！”

莉芮尔站起身来，没有理会朝膝盖上猛扑过来的河水。她想着尼克。想到他仍在现世里那没有空气的荒原上等待，她感到心如刀绞。是否已经太迟了？她是否在冥界浪费了太多的时间？当冰霜迸裂，她的躯壳无力地倒下，躺在他的脚下死去时，他是否会转身往回跑？

她希望他会，却担心他不会。

“这就是阿布霍森的命运。”她悲哀地说着，将阿斯塔睿尔拿了出来。

绿水河已经比正常的水位高出了很多，形成了一堵不停翻腾的水墙，耸立在两岸之间。在那被魂行卒和黑铁链筑起的魔法墙下游，出现了一大片干涸的河床，在石块和泥沼中遍布着成百上千条银色的死鱼，间或能看到一些很久以前沉没的船只残骸，有的是建造大桥期间使用的筏子，有的是很久以前游牧部族进攻时被损坏的战船。

萨姆和翁皮已经来到北岸要塞的城墙上。两人手中都握着弓，箭已上弦，他们颤抖着靠在墙上，为抵抗下一波的攻击做好了准备。根本用不着出去寻找术士和他们的主人，因为这儿多得数也数不清。萨姆带领他的卫戍部队进入要塞后，便听到疯狂吹响的警报号角，他们从与大桥相连的南侧瞭望塔上跑了过来，直接加入了战斗。几分钟后，几十个木怪便朝城墙发起了攻击。

木怪虽然来到了城墙下，却并未打算攀上高墙，它们朝护城河中不断投入巨大的石块。一阵施过咒语的箭矢如风暴般袭来后，只有四五个木怪全身而退，其余的只是站在原地不动，它们已经不能被称为木怪，而是一个个熊熊燃烧的木架。

与木怪相比，用弓箭对付起第二波攻墙者来要难多了，因为这是由四十个沙泳卒组成的队伍。它们看上去就像起伏不定的沙堆和沙粒，在地面上发着微光，很难将其和周围的地面区分开来。它们同样并未尝试攀墙，而是扑入了护城河中，将大石块间的空隙填满，然后就那样待在河里。如雨般的魔法箭朝它们射过来，萨姆和护桥中队的几名咒契法师也朝它们连连施放出咒语，沙泳卒就这样被杀死了。

可是它们的任务已经完成了。寄居于它们之中的肆行魔法生物或是被驱逐，或是被束缚，沙泳卒成了真正的沙子和石头，变成了填充在石头中间的物料，所以，后面的攻城者就该直接攀墙了。萨姆已经看到第三波攻城的军队正在远处准备着，那是徒步的战士。月光如此明亮，虽然他们仍在弓箭的射程之外，却已在他的视野之内。

“我害怕他们。”翁皮说道，她撕扯着头发，将平日里总是紧紧盘绕在头上的发辫解开。

“什么？”萨姆惊讶地问。若论人数，他们与正在列队的敌方的确有很大差距，但他们看上去并不是特别难以对付。护城河上方的城墙足足有五十步之高，可是这些人并未携带攀登梯之类的攻城装备，而且队列中也看不见银链的亮光，那便意味着其中没有术士和他们的主人。第一波进攻中幸存的几个木怪已经全部消失了。

“你马上就会明白的。”翁皮说，“瞧，他们将外套翻了个面，马上你就能看到我们面对的是谁了，知道他们的名字是你的荣耀。”

在战士的队列里闪过一道白光，然后又是一道。萨姆过了好一会儿，才意识到自己看到的是什么。他们将外套内外反穿，将阿撒斯科的白毛露了出来，阿撒斯科是西北方群山中的大猫。

“你们的人。”萨姆说。

“是……也不是。”翁皮说，“我是贡品，他们以放弃我为代价，求得部族的生存。我是最好的，也是最不必操心的。”

“到北墙去，或是去西墙。”萨姆说，“那儿有其他的部族要对付。”

“不。”翁皮说，“这里需要我。他们很快就会攀墙了，而我们守城的战士太少了。”

“可是他们没有梯子，也没有撞门的东西……”

“阿撒斯科人会将绳子射上来，然后顺着绳子往上爬。”翁皮说道，她的语气相当地骄傲，可是也夹杂着几丝哀伤，“我们决不能让他们靠近。也许……也许还有机会，莉芮尔会杀掉无脸女巫，我们能够活下来，你、我，还有阿撒斯科人。”

萨姆张嘴说了些什么，却消失在突如其来的巨大声响中。突然间，数百个牧民吹响了号角，撼天动地的号角声中混杂着上千牧民发出的欢呼声。就在这时，雷鸣般的轰隆声又响了起来，上万匹马儿开始跑起来，当它们跑到遍布小石头的平坦的河床上，便成了万马奔腾的冲锋。

“来不及了。”萨姆说。

他伸手去拔箭，可是他的手僵住了，因为手指碰到一团柔软的绒毛。他低头一看，两只小小的杏仁状的眼睛，在月亮照着城垛投下来的影子里闪着幽幽的绿光。

“什么来不及了？”莫格问。

“拉住我的手。”莉芮尔说，“紧紧拉住！”

她将自己的金手掌朝克莱莉尔伸去，后者用双手紧紧地握住。

莉芮尔将阿斯塔睿尔往上一抛，放开了铃舌，当铃落下来时，她顺势抓住了铃柄，将执铃的手背在身后，任其上下晃动着。晃动的法铃奏出了乐曲，这声音刺透了莉芮尔的四肢百骸，仿佛有一千根头发丝粗细的针同时扎她的全身。

莉芮尔尖叫起来，克莱莉尔的叫声也汇入其中。霎时间，冥河水带着一股突如其来的巨大力量，在莉芮尔身边暴涨。她被河水攫住，往前抛去，近乎窒息地穿过了第一道大门的瀑布。有了这凌驾一切的哀婉铃声的召唤，根本不需要任何开路的咒语。接下来是一次叫人心惊胆寒的俯冲，她浑身湿透地穿过了冥界的第二环。克莱莉尔撞在她身上，不过她的灵体轻如鸿毛，莉芮尔几乎感觉不到。她尝试着放下阿斯塔睿尔，但是法铃却不听她的使唤，不断地翁鸣着，发出那单调而可怕、摧枯拉朽的声音。

她们继续往前冲，上气不接下气地冲到第二道大门后的漩涡。漩涡里的水开始结冰，成为一条螺旋向下的道路，她们便一路颠簸着滑去，来到了第三环。可是，在此处待了几秒钟后，水浪又将她们裹住了。莉芮尔摇摇摆摆地站起来，再一次试图让铃声止息，但是她的手，那真正属于她的血肉之躯并不听使唤。在她还没来得及有所反应之前，又被卷入水中，穿过了第三道门的迷雾。许多绝望的亡者痛苦地哭号着，包围在她们身边。它们要么是被水浪裹挟着，要么是被阿斯塔睿尔逼迫着来到这里——只不过与莉芮尔和克莱莉尔走的是不同的路—— 然后它们便到了第四环。莉芮尔集中所有的意志指挥自己的手，这一次她成功了。她将法铃放回到铃带上的铃囊中，铃声终于停下来。

这儿的河水比现世附近要急得多。莉芮尔滑出去好几步才站稳脚跟，并且不得不倾斜着身体。

“松手吧。”她对克莱莉尔说。也许她仍有机会，能够在尼克只是渴求着空气，还不至于窒息而亡之前，回到现世去，回到他的身边。阿斯塔睿尔并没有把她拖出去太远，没有她担心的那么远，“河水会带你走。”

“谢谢你。”克莱莉尔说。她垂下头，松开了莉芮尔的金手掌，没入河里。

可是流水没能带走她。她仰面躺在那儿，一个迷惑的表情浮现在她那布满疤痕的脸上。莉芮尔看着这样的情景，心中寒意顿生。这时候，克莱莉尔慢慢从水中抬起一只脚来。

那条黑色的咒绳仍在那儿。只要绳索不断，她是无法继续前进的。可是莉芮尔不知道如何才能截断绳索。

莉芮尔闭上眼睛，这次只闭了一小会儿，然后，她缓缓从铃带中再次拿出了阿斯塔睿尔。做这个动作的时候，仿佛有针在一下下地扎着她的手指。她能感到那只铃在自己的手中颤抖起来。阿斯塔睿尔迫不及待想要再次鸣响，把她们带入冥界的最深处。

莉芮尔知道自己别无选择。她必须和克莱莉尔一起进入第九环，与她一起站在第九道门后那无情的星空下。任何咒绳也不可能强大到能抵抗第九道门后那永死的召唤。

她举起摇铃，松开了铃舌。

“莫格！”萨姆惊叫道。他弯下腰，试图抱住那只小白猫，但是那小东西在他两腿间绕来绕去，躲开了。“你在这儿干什么？”

“我闻到了鱼的气味。”莫格说，“上千条上好的鲑鱼就这么浪费了。我还闻到了肆行魔法，所以我很好奇。”

“你会帮助我们吗？”萨姆赶紧问，“我知道我们不能逼迫你。我是作为一个……一个朋友问你的。”

“它是什么……它是谁？”翁皮低声问。

“我是莫格。”猫咪说，“不错的外套，赢得光明磊落吧？”

“尖刀对利爪，这是我们的规矩。”翁皮慢条斯理地说。她死死地盯着莫格看了一会儿，然后缓缓将拐杖放倒，低下头来，单膝跪下。这叫萨姆大吃一惊，她面对塔齐斯顿时都没有这样毕恭毕敬。“您是……您是伟大的圣猫阿撒斯科吗？”

“也许吧。”莫格说，“我记不清了。”

“莫格，你能把克萝尔的水坝破坏掉吗？我的母亲和父亲，他们都在对岸战斗，如果我们能淹死大部分骑兵——”

“不行。”莫格无动于衷地说，“这和我没关系。我说过了，我只是好奇。”

“我就知道你不是‘阿撒斯科圣猫’，”翁皮说着，没好气地拄着拐杖站起来，靠在城墙上，打算继续拉弓放箭。“太小了，而且太——”

莫格突然爆发出足以让星光黯然失色的耀眼光芒，光芒熄灭后，城墙上突然出现了一只巨大的白猫。它仰起头来，朝着月亮和下方进军的牧民发出一声狂啸。这声音中挟带着一股巨大的能量，并且散发出肆行魔法的恶臭，伴随着一股股浓烈的白烟，还有几乎令人窒息的热金属的味道。然后，白猫低下头，用轻柔得多的声音冲着翁皮大叫起来。翁皮用一只胳膊挡住脸，扔掉了拐杖，差一点儿仰面朝天地从围墙上翻下去，还好萨姆猛冲上前抓住了她。如果一个倒栽葱掉下去，她将必死无疑。

“如果不帮忙，那就走开！”萨姆怒吼着，一只手拉着翁皮，另一只手拉着墙上的一个U形铁钉。他的心在愤怒地狂跳。“我再也不会帮你抓鱼了！也不会帮你从安塞斯蒂尔捎沙丁鱼！”

“你至于这样吗？”莫格说着缩成一只普通猫大小，绿眼睛闪闪发亮，“我帮了你，虽然只是个小忙，这我承认。但是肯定比什么都不做要好。剩下的事就看你们的了。不过，我盼着你们能让克萝尔吃个教训，让她知道不该打搅我最喜欢的河，还有河里的鱼。”

说完，他从墙头上一跃而起，消失了。猫儿跃起的时候还在嚷嚷着什么，大概是沙丁鱼罐头总是生锈，鱼的味道糟糕透了之类的抱怨，不过萨姆并未留意。他忙着把摔倒在对面垛口上的翁皮拉过来。萨姆感觉左臂上有块肌肉被拉得快要撕裂了，不由得疼得龇牙咧嘴。他揉了揉痛处，考虑自己该用什么样的治疗咒语，并且要快，这样才能再次拿起弓来……

翁皮发出一个声音，像是一声闷笑。

萨姆忘记了自己的胳膊，从她的头顶看去，看着那一列阿撒斯科战士的队伍。他们没有继续往前挺进，而是又一次将他们的外套翻了个面，而那些已经完成这一动作的人正朝着进攻要塞的反方向走去。

“所以说那真是‘阿撒斯科圣猫’？”翁皮狐疑地说，她的声音很低，萨姆从没听过她如此小声说过话，“它保护了我们，我的族人也看到了。”

“也许它……”萨姆欲言又止。他看着撤退的山民，终于松了一口气。在知道他们只是克萝尔集合的大部队中很小的一部分后，他依然很紧张，“以后我再给你讲莫格的事。它鬼点子特别多。它要是能帮更大的忙……现在一切都看莉芮尔和尼克了。父亲和母亲根本……根本不可能守住南岸。对方人太多了。”

“那么就让我们多射死几个吧。”翁皮说。“还有，希望莉芮尔能够完成任务。我们还能做些什么？”

“没有了。”萨姆冷峻地说着，拿起了他的弓。

第三十九章

死得其时

大裂谷以北/冥界

尼克再一次担忧地朝莉芮尔那被冰霜包裹的身体看去，嘴里继续数着数。她刚踏入冥界不久，尼克就粗略地计算过球内空气能够维持多少时间。尽管不能确定两人具体要消耗多少空气，他却知道，莉芮尔所说的有关这个咒语的事千真万确。两个人能用一小时，在莉芮尔尚未进入冥界之前，他们已经用了十五分钟。那同样也是他们回到能够呼吸的地方需要花费的时间。

“911只河马。”尼克数道。他胳膊酸痛，可他继续坚持着，“912只河马。”

他想，数到1000的时候，就不用说“河马”这个词了，光是把数字念出来就够一秒钟了 。可是数到1000秒的时候，就说明在这儿停留的时间刚刚超过半小时。到那时，将只剩下十分钟的时间，仅够他们返回。

“加油啊，加油啊。”他小声嘀咕着，“回到我身边来，莉芮尔。回来。该死，刚才肯定过了四秒钟……920只河马……921只河米 ……该死该死，早知道说土豆就好了……好了……923只河马，应该是924个土豆了……”

莉芮尔身上有什么东西在动，在她的肋下，左侧靠下一点儿的地方。铃带最小的口袋上有冰裂开。尼克停止了数数，瞪着那儿，好奇这是怎么回事。他一边数着口袋的个数，一边努力想要记起这些法铃的名字。莉芮尔告诉过他一些，萨姆也说过一些，但是尼克没记住。那个口袋似乎是从头数起的第八个……他又数了一遍，还是第八个……但是那肯定不对。只有七个铃铛。

一只长长的、棕色的耳朵突然从那个口袋里冒出来，接着是一个圆脑袋，然后是另一只尖耳朵。

尼克拔出剑来，同时左手依旧牢牢地撑住那个球。

一个长着长鼻子的狗脑袋突然从口袋里钻了出来，一条腿也伸出来一大半。

“放下剑，把我拉出来！”坏狗大叫，“快点！不，不要松开这个球。”

尼克扔下剑，呆了一秒钟，然后他把胳膊伸得老长，去拉那条狗的前腿。刚碰到它的腿，他立刻感到咒契魔法和肆行魔法的两股激流涌入了自己体内。

那条狗急急忙忙地钻了出来。她比尼克记忆中的那将自己送回现世的狗要小，但同样是尖耳朵，耷拉的舌头，黑色的背，浑身长着棕色毛的狗。它使劲抖动着身体，好一会儿才停下，把冰霜碎片甩了尼克一身。

“听着，”坏狗飞快地说，“你要让自己对这个球更投入一些，还有省着点空气。”

“省着点空气！你要我‘更投入一些’，是什么意思？”尼克问，“发生什么事了？”

他恐惧得浑身发抖，因为担心莉芮尔而恐惧。

“莉芮尔被迫摇响了阿斯塔睿尔。”坏狗厉声说，“躺下，伸出双手撑着那个球。你要感受体内的咒契，让它流经你的双手，然后传给空气球。闭上你的眼睛，轻轻地呼吸。还有，停止那愚蠢的数数。”

“你能帮助她吗？”尼克问。他强忍着突然袭来的恐慌，他根本不想轻轻地呼吸，反而大口大口地喘息，不过他压下了这股冲动。

“不能。”坏狗说道，“但是你可以，只要她能回头。”

坏狗站在那儿，鼻子冲前，抬起一条腿—— 然后便消失了，在它刚刚待过的地方，刮起一阵凛冽的冷风，朝尼克脸上刮来。那小小的皂石雕塑用两条腿站了一会儿，然后便倒了下去。

尼克最后深吸了一口气，向前挪了挪身子，但确保自己仍旧能碰得着空气球的边缘。他先是跪下，然后侧躺下来，这样还能看得见莉芮尔，虽然她如今全身都裹满了冰霜。尼克傻傻地笑了起来，这才知道自己之前有多笨。躺下来之后去触碰空气球要轻松得多了。

他感受着手指下的咒印，闭上双眼，将精力集中于体内那部分游移不定的咒印，它们绕着肆行魔法的火焰不断地盘绕回旋。他命令两者都飘浮起来，穿过自己的身体，变为能够支撑他自己和莉芮尔生命的魔力。

她们被一股水流冲击着，跌跌撞撞地穿过第四道门，又穿过了冥界第五环。莉芮尔甚至来不及瞥一眼上方的黑色小径，便与克莱莉尔一起被脚朝上头朝下地抛了起来。她们被第五道门处倒悬的瀑布卷往高处，又被抛出去，落在第六环的浅水中，仅仅几个星期前，莉芮尔和萨布莉尔还在这儿谈起过克萝尔。但是阿斯塔睿尔依旧在鸣响，莉芮尔的喉咙已经喊得生疼，所以当第六道门在她们脚下敞开时，她只能发出沙哑的呜咽声。她们从河水中跌落在干燥的地面上。在下方接住她们的不是河水，而是一个环，直径大约十步。它带着她们一起往下沉，周围的水漫向高处，这一次莉芮尔仍旧没有试图让铃声止息，而是纵容它尽情鸣响。

小环往越来越深处坠落，围绕着她们的河水却并没有落下来，直到她们停止下落，水流才猛地从四周一泻而下，咆哮着泛起了许多泡沫。除了阿斯塔睿尔那单调的铃音，她几乎什么也听不见。那是一种死亡的尖啸。

河水再次把她们冲上高处，水流托举着她们，像举着两个小小的、跳动的小木塞，朝前方那在水中燃烧、跳跃着的无尽的火焰飘去。待到她们靠近时，一排火焰回应着阿斯塔睿尔的召唤，自行排出一道拱门，就像冥界九环的所有大门一样，对她们敞开了通路。

第八环同样是一个凶险叵测的所在。火焰在水面熊熊燃烧，没有明显的形状，也不明白其燃烧的原因。但是，阿斯塔睿尔响过之处，万焰齐暗。河水裹挟着她们，冲击着她们，不断地激荡回旋，克莱莉尔始终紧紧抓着莉芮尔那金色的手。

第八道门是黑暗之门。那是纯粹的黑暗，一切感觉尽失。看不见，听不见，触不到，也闻不到。通过这一环时，阿斯塔睿尔终于归于沉寂，莉芮尔不禁泪流满面。

第九环。阿斯塔睿尔终于安静了。莉芮尔用左手拿着它，缓慢而笨拙地放回到铃袋中。她知道决不能向上看，便一直低垂着头。这里的河水很浅，只到她的脚踝，而且不再流动。水里甚至有一股暖意，也不会给人任何绝望之感。

即使是往下看，莉芮尔也只是眯缝着眼睛，不过倒映在水中的星光依旧映入了她的眼中。

“太美了。”克莱莉尔喃喃地说，“就像大森林的夜晚，只是更多……天空……星辰。我早就应该来到这里了。谢谢你，莉芮尔。”

“我可不想谢你。”从身后传来一声低吼，声音中还带着肆行魔法的声音。

莉芮尔往旁边一闪身，一道燃烧的利刃劈下来，砍在水中，搅乱了水中星星的倒影。她拔出拉弥纳，咒印在剑刃上发出灿然的光芒。两种魔法相遇，厮杀，激起一团团飞舞的白色火焰。

袭击者是克萝尔。她孤身一人，因为影手卒们已被远远甩在了后面，在冥界中它们快不起来。克萝尔身形巨大，是一个暗影与火光的综合体，手中还挥舞着一把火焰剑，足有拉弥纳的两倍长。但是，克萝尔却古怪地弓着背，仿佛受了伤一般。她一直低着头，在她曾经佩戴面具的地方，燃烧的火焰如同融化的古铜色水滴一般落在水中，发出嗞嗞的响声，升起呛人的烟雾。

莉芮尔后退一步，躲开了另一次进攻。她知道，自己只需要坚持几分钟，克萝尔很快便会忍不住抬头，去看那第九道门后的星星。莉芮尔也能感到那巨大的吸引力，就像有人拥着她，轻柔却坚定地将她的头往后掰……莉芮尔陡然清醒过来，发现自己正在不自觉地做着这个动作，她苦涩地笑了笑，赶紧将自己的目光收了回来。

但是在那一瞬间，她瞥见了头顶的夜空，上面布满了星辰，编织成一片发光的云朵，美得叫人难以置信。这云朵朝下面洒下一片光辉，如同现世夏日清晨的阳光一般明亮，但是更加柔和。

许多亡者都在朝着头顶的星辰之云飘去。到处都是亡者，但是它们毫无威胁。它们穿过了第八道门，涉水前行一小段路，或是直接待在原地，然后便被星空俘获，飘起来，朝着没有回头路的永死之境飞去。

克萝尔又朝她挥来一剑，莉芮尔挡开了，可是这一击的力量已经让她喘不上气来，拉弥纳差一点从她的手中掉落。莉芮尔举起了右手，那只金手掌，上面的咒印散发出比以往更加强烈的光芒，这只手仿佛是融化的金子般耀眼。克萝尔被这亮光吓得往后一退，就像避开头顶的星星一样。

莉芮尔双手握剑，一次又一次抵挡着克萝尔的进犯，一次又一次地后退。她满心希望着下一刻克萝尔就会抬起头来，但是克萝尔始终不让她如愿。每挡开一剑，莉芮尔就觉得自己变得更虚弱一些。她差一点摔倒，没能避开又一次凶悍的进攻。

莉芮尔真的摔倒了。她仰面朝天倒在了河水中，可是映入眼帘的却不是星星，而是克萝尔那巨大幽黑的身影。她正将那可怕的剑高高擎起，准备进行最后一击。莉芮尔想举起剑来反抗，心中却很明白，这不过是无谓的挣扎。

一切皆是徒劳的。莉芮尔已经把克莱莉尔带到了第九道门边，可她还是失败了。克萝尔实在太过强大。

但是，那把剑没有砍下来。一个小小的、脸上带疤的女人走上前来，挡在自己面前，站在那暗影组成的庞然大物和莉芮尔之间。

“来吧。”克莱莉尔说。

克萝尔缓缓将剑放下，剑身的火焰熄灭了。做出这个举动并非克萝尔自愿，这个高等亡者似乎在回应某种看不见的力量，就像一只猎狗被一声口哨召唤，暂停了正在进行的猎杀一般。

可是那把剑并未一直保持着低垂的状态。克萝尔发出一个声音，那是一声干巴巴的怪笑。她再次擎起剑向后一挥，但是在向身后挥剑时，克萝尔抬起了头，立刻被星星吸引了。

就在这一刻，克莱莉尔往前一步，合拢双臂，将那暗影组成的克萝尔抱住，将自己的头靠在那生物胸前燃烧和闪烁着的火焰上。克莱莉尔的眼睛睁开了，目光清澈，她很清楚自己在做什么。

“我选择这条路。”克莱莉尔喃喃道。她的声音很低，但是莉芮尔听得很清楚。很奇怪，她的声音听起来竟然很像法铃的铃音。

克萝尔的剑掉落在河水中，不见了。她似乎突然变小了，还有些茫然。

高等亡者和她剩余的灵体一同朝天空飘去。星光围绕着她们，熄灭了火焰，淡去了暗影，也抚平了伤疤。阴影和火焰与那发光的灵体再次合而为一，成为一个女人，一个直到生命的最后时刻也没有做出明智与妥善抉择的女人，一个存在了几个世纪，但早已经死去的女人。

莉芮尔发现自己也在抬头看，看着克莱莉尔飞升，尽管她并没有打算这么做。她感到好奇，克莱莉尔曾经是个什么样的人，这个金匠的女儿是怎样成为一个术士，一个役亡师，最后成为一个高等亡者的？大图书馆也许保存着有关她的资料，莉芮尔想，她可以去查阅。

可是不行，因为第九道门在召唤。

是时候休息了。莉芮尔已经做了自己该做的事，这已经是第二次了。她感到冥河之水在自己脚边荡漾，河水松开了她，她开始往上飞升。

“万事万物，皆有其终。”莉芮尔喃喃自语。她知道，在现世已经过了太长的时间，她和尼克都不可能回去了。但是，她突然想到，也许还有足够的空气供他们说声“再见”，然后他们可以一起死去，虽然她是那么渴望两人都能活下来。

“第三次，我决不后悔，但这一次不行！”莉芮尔喊道，强迫自己低下头。片刻之后，她扑通一声摔到河里，溅起一大片水花，不过她马上从河水中一跃而起。她突然非常强烈地渴望再次见到尼克，期待着再亲吻他一次，和他一起共赴冥界，而不是独自一人踏上永死之路。

她在世间孤独地过了这么多年，刚刚找到心中所爱，她要争取每一分每一秒。

莉芮尔阔步朝着第八道门走去，开门的咒语在脑海中升起，与之相伴的，还有一个声音不停地说着“快，快，快”。

不论冥界有多少危险，有什么样的亡者，统统不能阻挡她的脚步。她要比以往任何时候都快，冥河之水也不能——

可是，第一道咒语卡在她的口中，没有发出来，因为她看到在黑暗之墙边站着一个熟悉的身影。一个竖着耳朵的黄褐色的身影，看起来非常清晰，它正在耐心地等着自己的主人，就像以前无数次在大门口、房间门口和走廊中一样。

“狗狗！哦，狗狗！”莉芮尔流着泪，冲上前去抱住了坏狗的脖子，坏狗不得不半直起身，好让自己的前爪搭在莉芮尔的肩膀上，维持身体的平衡。

“好了，好了。”坏狗说，它轻柔地舔着莉芮尔的耳朵，“我是来陪你一起回现世的。我们得赶快了。你的小帅哥还撑着空气球呢，虽然他并不清楚自己在干什么。”

第四十章

莉芮尔的回归

大裂谷以北

冰霜裂开了。尼克的眼睛猛地睁开，但是他努力把一声惊呼憋了回去，希望这样能少吸一口空气。他挣扎着坐起来，比先前更加小心地伸出双手，触碰着大球。球里已经非常暖和了，空气虽然有些不新鲜，但还是可以呼吸。尼克知道，咒语暂时还未失效，他本能地觉察到了咒印的力量。

越来越多的冰裂开来。莉芮尔笑着用胳膊搂住了他，不过他只能将自己的脸埋在她的脖颈处表示回应。

"真舒服。"尼克低沉地说，"可是我们得快点回去了。"

"好的。"莉芮尔说。她弯下腰捡起他的剑，迅速插回他腰间的剑鞘中，然后又弯腰拾起那小狗的雕像。她把它紧紧攥在手中，然后抓住尼克的胳膊，两人一起朝着下一面旗帜赶回去。他们一开始走得很慢，莉芮尔嗅了嗅，发现空气越来越黏滞，比她想象得更为污浊，便将脚步加快了一些。

他们蹒跚着走过第二面旗帜，又往前多走了十几步之后，这才开口说话。虽然莉芮尔并没有将咒语解除，尼克也没有松手，但空气球自行裂成了两半，咒印就像死蛾子一般纷纷落下，没入了地上的石头中。

尼克浑身颤抖着深吸了一口气，将肺填得满满的。他欢呼着抱住莉芮尔，他们开始亲吻，头碰着头，再次亲吻，然后一起转过身，并肩朝着大裂谷的边缘走去。尼克握住莉芮尔的金手掌，咒印缓缓游移，自他的皮肤中流出，穿过了她的皮肤。越来越多的咒印在他们之间流淌，金色的手渐渐发出了亮光，莉芮尔伸缩着自己的手指，笑了起来。

“回来的路真是漫长。”莉芮尔轻柔地说。

尼克耸耸肩，把她的手握得更紧了。

“不如我们一路走来那样漫长。”他说。

“是的。”莉芮尔说。

“你笑什么？”尼克问，“从冥界回来的时候？”

“那只狗说的事情，太有趣了，我忍不住想笑。”莉芮尔回答。

“她说了什么？”尼克问，“我是说，如果你不介意我问的话。”

“我不介意。”莉芮尔说，“我还以为再也见不到它了，你知道的。它说过，我和它在一起的时光一去不复返了。但是，在冥界，它却朝我走来……”

“也朝我走来过。”尼克说，“它告诉我该怎么做。”

“它回来了，我们还聊天了，它说……它说……”莉芮尔又笑起来，那是劫后余生的笑，可怕的敌人被彻底击溃，生活再次充满了希望。

“它说它会来参加我们的婚礼。”莉芮尔笑得快要背过气去，“它会在我们的婚礼上跳舞！你能想象吗，坏狗跳舞！那就说明我还能再见到它！”

“我喜欢‘我们的婚礼’这个词。”尼克故意绷住脸，忍住笑，“该在哪儿举行呢？你吉瑞丝姨妈的家？那很不错啊。”

莉芮尔又笑了，他们一边走一边搂搂抱抱，差点儿绊倒。尼克也笑了起来，像孩子一样咯咯地笑。他们手拉着手往前跑，朝着大裂谷，也朝着返程的起点。

尾声

如果说阿撒斯科部族表现出来的崇拜，以及莫格对阿撒斯科人表露的不悦是绿水河大桥之战的第一个转折点，那么克萝尔的消失就是第二个。她把各部落的领袖全部集中在河边，要求他们严格按照她的指示指挥族人。可是，克萝尔却连带着手下的许多亡者一同消失了，没有留下替她继续调兵遣将的副手，所以部族的领头人很快就对接下来的行动产生了分歧。

分歧很快发展成了争吵，争吵又一次升级，领头人之间的打斗迅速蔓延到术士和他们的主人，然后扩展到低级别指挥官，最后是普通的族人。没过多久，那些没有与古国军队交战的牧民开始彼此厮杀，而且他们很快意识到，人人都聚集在桥上，没有人保护自己的家园。

不过，克萝尔虽然消失了，却并没有死去，那铁链上被施放的咒语依旧阻拦着河水，有数千名骑马的牧民在南岸激战正酣，后排的战士正在与他们五分钟前的同盟进行厮杀。

萨姆和翁皮最早发现了战场中的变化，翁皮告诉他哪儿是意图掉转马头的月马族战士，哪儿是沿着河的北岸向西疾驰的鬼马部族，哪儿又是不再将新的兵力投入南岸混战中的伊鲁斯人，哪儿依旧有古国的军队把守着，但他们已经被迫从河边后撤了好几百步，并且三面临敌。

在残酷的战场上，不断闪动着咒契咒语的火光，可是肆行魔法那长长的火绳同样肆虐不休，古国军队依旧处于敌众我寡的的境地。萨姆在北岸要塞的外墙上看着这一切，他的心沉了下来。他没有用望远镜，因为不想看得太清楚，他不想看到那必然到来的结局，不想知道萨布莉尔和塔齐斯顿是否已经倒下。

“我猜莉芮尔和尼克已经失败了。”他悲伤地对翁皮说，“一场屠杀即将开始。”

翁皮在他身边，举着望远镜眺望战场。在这个远离主战场的地方，翁皮表现得安静多了，至少眼下是这样。萨姆明白了，她那咋咋呼呼的劲头其实是一种虚张声势，为了鼓舞自己的士气，也为了鼓舞她身边的人，而且效果很不错。

“河床上的铁链，”翁皮不经意地说道，“那上面的红色火焰……”

“怎么了？”萨姆问。他想要把望远镜拿回来，但是翁皮死死攥着不肯放手。

“熄灭了。”

当铁链上的肆行魔法火焰熄灭，拦住河水的咒语便也随之失效了。

萨姆不再去抢望远镜，反而抓住了翁皮的拐杖，啪的一声放在她的胳膊底下。

“上主楼！”他吼道，同时朝城墙上的其他人使劲挥手，“上主楼！河水回来了！”

片刻之后，那看不见的墙壁彻底土崩瓦解，被它阻拦的洪流顿时便以雷霆万钧之势倾泻而下。

水浪腾起足足有桥面的三倍高，一声震耳欲聋的断裂声响起来，在五十里格之外也能听见，在那之后，大桥便消失在滚滚洪流之中。巨浪打在河中堡垒上，荡起更高的浪花后分成了两股急流，继续往前。南岸临时搭建的营帐瞬间就被巨浪扫荡得不见了踪影。

大部分激战正酣的牧民和古国士兵也是一样。纳维斯、辛德尔和拜里塞尔的许多地方将会哀声一片，因为酿酒者行会训练公会的成员都在离河水最近的地方战斗，大部分不是被溺死，就是被大浪卷走。

萨布莉尔和塔齐斯顿还活着，不过两人都受了伤。他们倚着各自的剑，凝望着彼此，休息了片刻。他们两人早已身经百战，有的时候甚至比这次还要凶险，但他们每次都活了下来。他们两人都知道，将来还会有更多战斗，而且总有一天，他们中的某个人可能无法继续这样的幸运。

“堡垒还在。”萨布莉尔松了口气，“萨姆应该没事。还有那个阿撒斯科女孩，翁皮。”

他们交换了一个眼神，那是为人父母之间心照不宣的眼神。过不了多久，萨姆就会深陷于与这个乐趣有关的麻烦之中了。

“莉芮尔呢？”塔齐斯顿问道，“她成功了，但是……”

“如果她死了，我能感觉得到。”萨布莉尔说。阿布霍森对彼此之间的死亡有种某种心灵上的感应。“有一瞬间……但是没有，我确定她还活着。我希望尼克也活着，因为她需要……她该过上幸福的生活。”

一位军官开始大声喊话，告诉大家两岸救治伤员、收拾残局的工作开始了，于是他们的谈话就此被打断了。在洪水中幸存下来的牧民所剩无几，但他们不依不饶，非要战斗到底，不过他们很快就被控制和催眠的咒契魔法弄得服服帖帖——想要牧民投降是不可能的，只要他们手中仍握着武器。

在北岸要塞主楼的一间河水及膝深的房间里，萨姆正在帮助翁皮把漂浮的拐杖捡回来。一扇供弓箭手使用的小窗仍滴着水，翁皮坐在窗边，身下堆积着许多装箭矢的空箱子和许多厚垫子。如果攻城的工程车朝城墙投石块，这些垫子可以拿来保护城墙。翁皮用手抱着自己的腿，看着那段残肢。

“我不想要一只金色的脚。”翁皮说，“晚上出门不合适，黑色的倒是不错。”

“你的脚总要穿上靴子或鞋子吧。”萨姆说道，“所以有什么关系呢？”他抓住了一个拐杖，它差一点就随着迅速退去的河水从城墙上的一个排水孔漏下去。

“为什么我要穿靴子？”翁皮问，“我要是有一只魔法脚，恨不得全世界都能看见！”

“我以为你希望全世界都看不见呢。”萨姆有些恼怒地说。拐杖卡在了排水孔里。他很累了，而且尚未从战争中回过神来。不过，他从望远镜里看到了萨布莉尔和塔齐斯顿，他们正在对岸指挥大家进行清理工作，他放心了不少。绿水河大桥垮了，所以他暂时无法加入他们的行列，也许等明天一早，纸翼能够再次起飞的时候……

“别管它了，过来，坐在我旁边。”翁皮说着放下了那条腿，“歇一会儿。我给你讲讲我们阿撒斯科人的规矩吧。”

萨姆在她旁边坐下来。刚一坐下，全身便僵硬了，只见翁皮往他身边凑得更近了些，将她的腿与他的腿紧挨在一起，然后用非常矜持和严肃的态度将舌头缓缓伸进他的耳朵里。

“你……你干什么？”他紧张地问。

“这是我们的规矩，打完仗之后的规矩。”翁皮说道，她的眼睛里闪过狡黠的亮光，“可以说是从今天开始的一条新规矩。还没完呢，我演示给你看。我们活下来了，得找找乐子。”

萨姆转过头看着她，刚开始，他的表情是迟疑的，但是渐渐地便露出了笑容。

“有时候我反应有些慢。”他说，“我是说，除了做东西之外的事情。”

“没错，你确实有些慢。”翁皮说，“但是没关系，我不慢。”

致 谢

和从前一样，我要感谢的人有很多。谢谢我的代理人：纽约的吉尔·格林贝格（Jill Grinberg），悉尼的费欧娜·英格丽丝（Fiona Inglis），伦敦的安东尼·哈伍德（Antony Harwood）；我的出版商：凯瑟琳·特根图书/哈珀·柯林斯（Kartherine Tegen BOOKs / Harper Collins），尤其是凯瑟琳·特根（Katherine Tegen）和她的团队；艾伦－昂温出版公司（Allen & Unwin）的伊娃·米尔斯（Eva Mills）和她的团队，以及热键公司（Hot Key）的埃玛·马修森（Emma Mathewson）和她的团队。还要感谢所有帮助我将古王国系列小说和我的其他作品带给读者的书商，当然，我最要感谢的，还是所有的读者朋友们。如果不是因为你们来买我的书，我肯定还是会写作，但是会写得很慢，而且需要以其他工作谋生。我很幸运，能够将自己喜爱的事当成工作。我希望能够继续下去！

没有家人的鼓励和支持，我一定写不出像样的作品，谢谢我的妻子安娜，我的儿子托马斯（Thomas）和爱德华（Edward），我的父母亨利（Henry）和凯瑟琳（Katharine），我的兄弟西蒙（Simon）和乔纳森（Jonathan）以及他们的家人。

谢谢大家！